ボイジャーに伝えて

a message to Voyager

Toshiki Komazawa

駒沢敏器

風鯨社

ボイジャーに伝えて

装画　朝光ワカコ
ブックデザイン　鈴木成一デザイン室

1

誰かにあるひとりの人間について伝えようとするとき、それにはいくつかの方法がある。まず相手はその人を見たこともなく、どんな声と口調で話すのかも知らない。つまらない話しかしない人なのか、冗談ばかり言っているのか、表面とは裏腹にどこかに影があるのか、そんなこともわからない。性格について語ろうとしても、簡単に言葉で説明できるものではない。

だとすれば、まずはその人を特徴づけるディテールを、うまく抜き出すことが肝要だ。人というのは不思議なもので、概要とか全体といったものをいくら的確に説明されても、何ひとつ思い描けないものなのだ。なのにちょっとした細部を伝えるだけでも、相手の中では人物像がどんどんと膨らんでゆく。まるで以前から知っていた人のように具体性を帯び始め、ときにはその人のことを批判し始めたりまでする。「そんな男とは別れた方がいい」と、会ったこともないのに断言してみたり、

「年齢のわりには発想が若々しい」などと評論家のような口を利いたりする。細部が想像力に火を点《つ》け、なぜかその想像力に、人は絶対に近い自信を得てしまうのだ。だからある人物について語るときは、その話を伝える相手を選ばないといけないし、伝える自分もまた、主観を抜きにして視点をフラットにしなければならない。

しかし北山公平についてどう語ればいいのか、彼のことに関しては、どこから手を付ければいいのかわからなくなる。私にその能力がないからではなく、彼があまりにも風変わりだからだ。初めて出逢ってから2年と少しを経た今でも、私は彼がどのような人物であったのか、本当のところ確信が持てない。自分の中に宇宙ほども大きな存在を置いていったことは確かだけれど、それは宇宙とは何かを説明するのが難しいのと同じくらいに、つかみどころのないものなのだ。

私は子供の頃によく、父親にこう訊《き》いたものだ。「ねえお父さん、星空の向こうには何があるの?」女の子なのに男みたいな質問をするんだなあ、と言った父は、「宇宙の向こうには何もないんだよ」と答えてくれた。今にしてみれば、子供を相手にずいぶんと正確な知識を伝えてくれたと思うけれど、父はぽかんとしている私を相手に、さらにこう話を続けた。

「宇宙っていうのは、どんどん膨張しているんだ。何もない重い固まりがあって、それがあるとき爆発した。それはもの凄い勢いで散らばっていって、あちこちに星ができたんだ。恭子が今見ている星もそれさ」

「じゃあ宇宙って、どこまで広がるの?」と私は訊いた。そのことはなぜか、よく覚えている。その質問に父は「それは誰にもわからないんだよ」と答えた。

「宇宙の端っこはどんどん遠ざかっているんだ。だからその外側っていうのは、あっという間に内側になっちゃってるんだ。だから誰にも想像することができないのさ」

北山公平も、そんな男性だった。知れば知るほど遠くなって、いまここにいるのに、どんどんわからなくなってゆく。私の想像が届かないところにいる。想像してみても、別の場所へもう行っている。その速度があまりに速いので、私は不安になって何度も「私のこと、本当に好きなの?」と、それまでの自分では考えられないような、くだらないことまで訊いた。そして彼の答えはいつも「好きに決まってるじゃないか」だった。そのたびに私は腹が立ち、自分が小さく思え、彼がもはや同じ人間ではないような気がして、不安はひとつも消えなかった。軽くごまかされているような気になったり、核心をかわされたりしているような気分になることもあった。

しかし公平は、いたって真面目な男だった。その、とっておきのエピソードを紹介しよう。

ある夜、彼とふたりでキャンプをして、私たちは星や森の話をしていた。普段は静かな公平も、そういう話題になるとがぜん冗舌になった。私たちのまえには焚《た》き火の赤く燃える炎があり、たまに話が途切れても、そのゆらめくさまを見ているだけで、心は充たされた。

私はふと公平に向かって「ねえ公ちゃんって、挫折《ざせつ》したことある?」と、そのときに訊いた。思えばずいぶんと不躾《ぶしつけ》で失礼な訊き方だけれど、いい大学を出ていい会社に入り、それなのにさっさとその会社を辞めてしまった彼を見ていると、挫折とは無縁の男のように思えたのだ。もちろん無縁なのは挫折だけではなく、世俗的な成功や欲にもまったく縁がないのだけれど。

しかし公平は黙ったままで、ひとつも答えてはくれなかった。地面に置いたキャンプ用のカップをときおり口に運んでは、彼の好きな泡盛を口にするだけで、目はずっと焚き火のゆれる炎を見つめていた。挫折のことなど口にしたくないのか、それとも挫折したこともないように恋人の目さえからも映っているのが不愉快で不本意なのか、彼はずっと黙っていた。私はいやらしい質問をした自分が惨めになり、腹を割って答えてもくれない彼に対して、つらい距離感を感じ始めていた。

そして5分も経った頃、公平はふと口を開いた。

「挫折っていうかさあ、俺が何をやっても敵《かな》わない奴がいるんだなあ、って思ったことはあるよ。人間的に俺よりも大きいし、性格だって優しいし、勉強もずっとできるんだ。血がつながっているのに、なぜかなあ、とよく思ったな……」

「血がつながってるって、何のこと?」と私は訊き返した。もっと本質的で広い話をしているはずなのに、この男は今までずっと真剣な顔をして、質問をした私の方が悪かったとまで思うくらいに待たせて、やっと口から出てきた相手は自分の兄弟なのだ。

「弟だよ、弟の隆」と、彼は言った。目は焚き火を向いたまま、泡盛を寂しそうに一口呑《の》んだ。

「あいつにだけは敵わないなあと思って、あるとき一緒に温泉に入ったんだ。そして洗い場でふと横を見たらさ、あいつのちんちんのほうがずっとでかいんだ。ああ俺はちんこまでこいつに負けてるのかと思って、途方に暮れたことがあるよ」

途方に暮れるのはどっちだ?

しかし公平はあくまでも真剣な顔をしていて、たまらなくなった私は彼の首筋に腕を巻きつけた。そして顔じゅうにキスをした。くすぐったがる彼の動きを無視して、私は耳元で「ねえ、ここでしようよ」と囁《ささや》いた。

彼は一瞬だけ驚いた顔をして、急に私にかぶさって熱意のある唇を重ねてきた。私はあろうことか、急に可愛らしい声を出してしまい（演技ではない！）、そのまま彼に身を委ねようとした。なのに彼は私の目を見つめて、馬鹿らしいくらいに真剣な表情で訊いた。

「俺のでいいのか？」

「何が？」

「俺のちんちんなんかで、いいのか？」

ほんの一端でも説明するなら、北山公平とはこのような男だった。


私が初めて彼を見たのは、横浜のライヴハウスだった。アマチュアのバンドが3組合同で小屋を借り、資金を何とか工面していた。そんなものだから客はいずれかのバンドの身内ばかりで、よく言えばアットホーム的な温かい歓迎の空気があり、はっきりと言えば緊張感がなく弛緩《しかん》した空気が流れてもいた。こんな環境で演奏をしていて、この人たちはちゃんとしたプロになれるのだろうか、と私は思ったものだ。

実のところ私はアマチュア・バンドというものに興味がなく、どちらかというと軽く見ているところがあった。自分たちだけヒロイックで、取るに足らない美学を大事にしており、それでいてプロの世界へ飛び出していくだけの度量も技術も決意も持ち合わせてなどいないように映っていたからだ。何かを捨てなければ何かを拾うこともできない、私はそんなふうに思っていた。しかし彼らは捨てるべきものにあくまでもこだわり、拾うべきものをいつまでも見定められないだけの存在だと決めつけていた。

それでも小屋に足を運んだのは、会社の同僚に強引に誘われたからだ。敵は私の考え方を既に先回りしていて、夕食に誘うようなふりをしてチケットを2枚差し出してきた。用事がないから夕食もいいかな、と肯定的な返事をしてしまったときに、私はもう断れなくなっていた。

「ごはんはライヴが終わってからなんだけど、それでもいいかなあ」と、香里《かおり》は言った。

「このあいだ知り合った人がバンドをやっていて、2組目に出るの。友だちも連れてきて、って言われてチケットを送ってきたのよ。ごはんは打ち上げの場所になると思うんだけれど、どうする?」

どうするも何も、ただ利用されているだけの私としては、断る方が却《かえ》って大人げなかった。助け舟を出すような気持ちで私は申し出に乗り、明日は土曜日だからと思って彼女と横浜まででかけた。しかしチケットを用意した男のサックスは私が聴いても力量がなく、休憩の時間になって照明が明るくなると、隣りにいたはずの香里は既に姿を消していた。おそらくスタッフのパスを彼からもらって、楽屋のような場所へ媚でも売りに行っているのだろう。

しかし、ふたたび照明が落とされて小さなステージに現れた最後のバンドは、かなり印象が際立っていた。「音の素材を集めたバンド」とでもいうのだろうか、最初に耳に入ってくる印象としてはピンク・フロイドに似ているのだけれど、それよりもずっとブルースがかっており、痩《や》せ細ったギタリストの出す音には泣いているような訴求力があった。ごちゃごちゃとしたメッセージを、あまり歌詞に乗せていないのも好感が持てた。踊り出したくなるほどにはリズムを強調してはいないけれど、リラックスしながらドキドキもするという、精神年齢の高そうな感情の幅があった。

こういうのはどこか懐かしいなあ、どこで聴いたんだっけなあ、と思った途端に思い出したのは、ジョン・カーペンター監督の隠れた名作『スターマン』の冒頭で流れていた、ローリング・ストーンズの「サティスファクション」だった。広大な星空の奥へ向かう惑星探査機ボイジャーから発信されているかのように流れるその曲と映像は、人間の故郷が地球であることを強烈に感じさせた。宇宙を見ていると逆に地球が恋しくなるものなんだなと思ったのを、私は3組目のバンドの演奏を聴きながら、はっきりと思い出した。

もちろん、このバンドの楽曲はストーンズとはさほど似ていない。ブルースが通底しているだけで、あえて似ているものを探し出すとしたら、パット・メセニーのような感じだ。このバンドの曲を聴きながら、アリゾナの砂漠を真夜中に走ったら、星空からUFOが舞い降りてくるかもしれない。そんなふうに思わせる曲づくりだ。ギターはメセニーほどにうまくはないし（当然だ）、宇宙のようなスケールまでにはいたっていないけれど、この音は地球から宇宙へ向けて送っているつもりなのではないか、と私は思った。あるいはそう思いたくなるサウンドだった。

ひとつのバンドにつき楽曲は6曲という割り当てがあるらしく、宇宙とか砂漠とかいろいろなことを考えているうちに、リーダーと思《おぼ》しき痩身《そうしん》のギタリストは「じゃあ、これが最後の曲です」と、ぼそっと言った。客の受けが他の2組のバンドほどよくないのは、会場に身内をあまり集めてはいないからだろう。

オルガンのイントロがあってシンセサイザーがそこに重なり、シンバルを静かに叩《たた》くドラムスへ音の軸を加えるように、品のいいベースが全体を支えた。そこへエフェクターを使ったギターが入りこみ、2分ほどの演奏が続くと、痩身の彼はマイクに近づいて英語の歌詞を少しだけ歌った。私でもはっきりと聞き取れる英語だった。

「I'm here.」「I'm glad you are there.」

私はここにいます、あなたがそこにいてよかった……。

私って誰のことなのだろう、そしてあなたは？

この人はいったい何者で、誰に向かって演奏をしているのかしら、と思った。女のくせにブルースだの何だのと音楽にうるさすぎると言われる私は、いつの間にかこのバンドのメッセージに魅入られているようだった。

横浜駅近くの雑居ビル、5人も乗れば満員になってしまうようなエレベーターで上がった7階の居酒屋が、打ち上げの会場だった。スタッフから渡された地図を頼りに、香里と私はすし詰め状態のエレベーターに乗った。そしてドアが開くとそこには廊下などなく、すぐにそのまま店内だった。大きな水槽にはアジやハマチが泳ぎ、その水槽をまわりこんだ場所に、テーブルをつけた宴会用の席が2列設けてあった。バンドのメンバーたちは楽器や機材の片づけでまだ誰も到着しておらず、ファンの子やメンバーの友人たちが8人ほど、所在なさそうに列の端にすわっていた。おしぼりと箸《はし》、そして取り皿だけは早々と用意されており、却《かえ》ってどこにすわればいいものか途方に暮れてしまった。ふと香里を見ると、彼女も迷っている様子だった。

「ねえ香里」と私は言った。「あなたの彼、どこにすわるか訊いてないの？　これはいったい、どうすればいいのよ」

「さあ……先に行っててくれ、って言われただけだから」と香里は答えた。「適当にすわっていれば、向こうの方が後から見つけてくれるんじゃないかしら」

　何となく真ん中の席を選ぶと、やたらと威勢だけはいい若い男性の店員が現れ、「関係者の方《かた》ですか？」と大きな声で訊いてきた。

　プロでも業界でもないのに「関係者」ってのは何なのかと思いつつ、店員は人の返事も待たずに「先にお飲物だけ伺っておきます、メニューはこちらになりまして、生ビールの方《ほう》がただいまキャンペーン中となっておりまして、中生《なま》５５０円のところ小生《なま》と同じお値段で３５０円になります」と、一方的に喋《しゃべ》り続けた。おいおい、生ビールの方ってのはどの方角とか方面なんだよ、指でも差して答えてみせよと思っているうちに、しかし香里は勝手に「じゃあ、その中生ふたつ」と注文してしまった。

　ビールが席に届き、がら空きのテーブルでふたりだけで乾杯をし（しかもなぜか「お疲れさま」などと言って）、最初のひと口をごくんと呑んだ香里は「今日は急に誘っちゃってごめんね」と言った。

「うちの会社で音楽に詳しい同性は、恭子しかいなかったのよ。せっかくのライヴなのに音楽がわからない人だと、向こうにも失礼でしょ。だけど今週はずっと忙しそうだったから声をかけづらくて、それで今日になっちゃったの」

人をだしに使った上に、その恩人をひとり置き去りにして、今晩は彼の部屋にお泊まりなのは見え見えであったけれど、そういうことで怒らないのが私だ。というか、そこまで見抜かれてのことなのだろうが、それが最初からわかっていた私は、終電の時間が早くも気になっていた。ライヴが始まったのが7時半、今は既に10時を少しだけ過ぎている。バンドのメンバーはすぐには来ないだろうし、消えどころを考えておかなければならない。

　しかしそんな心配をよそに、「今日の演奏はどうだった?」と香里は訊いてきた。あんなサックスでは反応のしようもないのだけれど、私は角の立たないように誉《ほ》めるべきところは誉めて、「最後のバンドは、趣味でやっているとは思えなかったわ」と香里に言った。

「テクニックはそうでもないと思うけれど、どこかこう、宇宙のようなイメージを感じたわ。あのギタリストって、お客さんじゃなくて、何か別の存在に向けてメッセージを発しているみたい。こちら側に向かっている気がしなくて、そこが少し不思議に感じた」

　かなり真剣な眼差しを私に見せながら、香里は中生をごくごくと呑んでいた。馬鹿みたいな話し方をする彼女だけれど、それはそれで結構頭のいいところはあるのだ。優秀な女子大というのは、このような女を大量生産する一種の工場のようなものなのだろうか。

「私は音楽のこと、あなたみたいにはわからないけれど」と、香里は言った。「彼の話だと、あのギターの人は少し変わってるんですって」

「変わってるって、何が?」

「すごく頭がいいのに会社を辞めてしまって、今ではアルバイトをしながらバンド活動だけしているらしいの。一緒にいると話がしづらいらしいんだけれど、どうしても気になって、こちらから話しかけないではいられなくなるって、彼が言ってたわ。ああいう男には憧《あこが》れるなあ、って」

「どこだか知らないけど、会社辞めちゃったんだ……」

「男の人はそういうのに憧れるのかなあ」

演奏能力とはまた別に、音の表現そのものに訴求力があるのは、それが理由なのかもしれなかった。給料生活をしながらの表現では飽きたらず、自分をどこかへ追いこんでしまったのだろう。甘いと言えばそれまでだが、おそらくただの憧れだけでは、あのような切羽詰まった感じの音は出てこないはずだ。勇ましく噴き上げるだけの低能野郎とは違い、あの音の表現は単純ではなかった。いびつなまでのバランスを自分の中でぎりぎりまで我慢して、それを爆発させずに昇華させるような音なのだ。ある種の精神的なタフネスがなければ、もっと手前で挫折して、凡庸で平坦な表現で済ませてしまうところだろう。かといってプロになるような野心も感じられなかったし、いったいどこへ向かいたがっているのか、私にはどうにも想像がつかなかった。

「あの人、ひとりで住んでるらしいわよ」

早くも2杯目の中生を注文した香里は、出し抜けにそう言った。これだから、見かけのように馬鹿ではないというのだ。

「ブルースとかに詳しいらしいから、黒人音楽ファンのあなたとは、話が合うんじゃないかなあ」

「合うも何も、向こうはまだこっちのことなんて全然知らないじゃないの」

「いいのよ、今日ここで知り合うんだから」

「違うわよ、そんなことのために来たんじゃないわよ。あなたの好きな合コンとは違うでしょうが」

そのとき若い店員の大声が店内に響いた。エレベーターのドアが開くたびに、あの男はそれを目ざとく見逃さずに、声を張り上げるようだ。そして私はその声につられるように、ふとエレベーターの方向に目を向けた。水槽があるせいで中から出てきた人たちの顔はわからないが、ギターケースの頭が何本か見えていた。そして最後に現れた男は背が高く、水槽の上辺から顔が覗いていた。


痩身の男は私の隣りにすわっており、たまに自分のバンドのメンバーと話をするだけで、あとは泡盛を少しずつ口にしては、誰の会話にも加わらずに黙っていた。右にいる香里は斜め向かいにいる彼と、その仲間に自分をアピールするのにご執心で、私にはずっと背を向けたままだ。この陽気な女は気を遣っているつもりなのか、それとも自分のことで手一杯なのか、何を食べても緊張で味のわからない私は、その判断ができなくなっていた。

だいたいこの男の身長が高すぎるのだ。女としては背が高い方に属する私よりも、さらに頭一個分抜きん出ている。ふと視線だけを横に向けると、そこにあるのは顔ではなくて肩である。威圧感があって、普通の挨拶《あいさつ》をすることさえ、何かのきっかけがないと不自然だ。こちらからわざわざ見上げるようにして、「初めまして」なんて間の抜けたことは言えない。

しかもこういうときに限って、あの声のうるさい店員は注文を取りに来てくれない。ボトルだのピッチャーだのをどかんとテーブルに置いていったからだろうか、逆に客から注文の声がかかるのを、楽をして待っている様子だ。これではますますきっかけなど得られようはずもないし、知らない人たちに囲まれて、女ひとりで手酌《てじゃく》（しかもピッチャーをだ）をするわけにもいかない。お酒は呑めないし話もできないし、食べても味はわからないしで、ここにいる自分が惨めである。

そこへようやく、香里の彼が助け舟を出してくれた。彼は榊原ですと名乗って飲み物を勧めてくれ、私はようやく忍耐から解放された。香里もこちらへ向き直り、私をバンドのメンバーたちに紹介した。話を聞いてみると、彼ら5人のうち2人が広告代理店の社員であり、残りの3人はそのクライアントであるということだった。偶然にもみな同い年で、コマーシャル・フィルムを徹夜で編集している現場で、バンド結成の話が持ち上がったのだという。演奏が二の次なのはそれが理由なのだろう。そしてその編集室に、香里も同席していたのだ。

私と香里が所属する会社は、録音や画像編集のスタジオをいくつか経営している。プロの音楽家から広告制作会社まで、対象となる範囲は雑多だ。香里はそこで主にスケジュール管理の仕事をしており、一方の私は、レコーディング・ディレクターの補佐という立場で4年前に入社した。音楽家になるほどの才能はないと自覚していたので、せめてその現場にいられたらいいと思い、いまの仕事を選んだ。おかげで耳は鋭くなる一方だし、音楽の知識はさらに増え続けている。自分の部屋にCDやレコードが2000枚もある女なんているのか、と思う。

「恭子さんは、音楽に詳しいそうですね」

榊原さんへのお礼にビールを注《つ》ぎ返していると、彼は興味深そうな目で質問をしてきた。咄嗟《とっさ》に香里の顔を見ると、あろうことか彼女は誇らしげな顔をしていた。「香里が相手だと、音楽の話がぜんぜん通じないんですよ」と彼は続けた。

「ぼくはR&Bが好きなんですけど、恭子さんもそっちの方にお詳しいと聞きました。どんなミュージシャンが好きなんですか?」

この質問がいちばん困る。ひとりだけ答えよ、と言われているのと一緒だからだ。こういうときは適当に答えておけばいいとわかってはいるのだが、こと音楽となると私にはそれが難しい。

「ええと……強いて言えばメンフィス系ですね……」と私は言った。そして榊原さんの表情をうかがうと、早くも困惑と不快の影が眉のあたりに差していた。しかしだからと言って、ここで話を逸らすわけにもいかない。相手の知識不足を一瞬にして見て取ったことになってしまうからだ。もう少しだけ、先を続けてみるしかなかった。それには、こちらから質問を返すのがいちばんいい。

「榊原さんは、どのあたりがお好きなんですか」と私は訊いた。

「ぼくですか、ぼくはやっぱりマービン・ゲイが好きですねえ」と彼は言った。

「あ、じゃあデトロイト系なんですね」

「う~ん、デトロイトね」

「モータウンの映画、観られました?」

「あ、いや。まだなんだ……でも、メンフィスっていえば、プレスリーだよね」

「ああ、はい」

「じゃあロックなんかも好きなんだ」

音楽の話はここで終わった。香里に悪いことをしたなあ、と思って視線を向けてみると、しかし彼女はこの会話じたいが理解できていない様子だった。R&Bには大きく分けてメンフィスとデトロイトとフィラデルフィアがあるなんていう講釈を垂れなくてよかった。

その後、男たちの会話は仕事の内容が中心になり、香里は憧れたような眼差しでその話を熱心に聴いていた。まあいわゆる業界の話だから面白く聞こえるのも無理はないと思うけれど、趣味でやっている演奏の後に結局は仕事の話をする男なんていうのは、私にはあまり信用できない。ということで会話に加わることもままならず、私はただ苦くなっているだけのビールを時間つぶしに少しずつ呑んだ。

そのときだった。隣りからぼそっとした声が聞こえた。

「メンフィスですか?」と彼は言った。私は思わず左隣りを振り向いた。

「去年の夏に行きましたよ。スタックスのスタジオにも行って、たくさん隠し撮りをしました」

「隠し撮りって何のことですか?」

もう、嬉《うれ》しくてたまらなかった。彼が口を利いてくれたからというのではなく、音楽の話が一発で通じたからだ。まさかここで、往年のスタジオの話ができるなんて。

「撮影禁止なんですよ」と、彼は話を続けた。「肖像権の問題があるんだろうけれど、僕みたいな一般の観光客でも撮影はだめなんです。でもね、ミキサーの端に『ブッカーT』っていうステッカーが貼ってあって、それを見たらもうアウトです。まわりに人がいないのを確認して、デジカメで何枚も撮ったんだ」

スタックスというR&Bのレコード・レーベルを代表するオルガニストの名が出たところで、私たちの会話は一気に爆発した。普通の人が聞いてもまずはわからない固有名詞が羅列され、それだけでお互いの趣味がよく似ているのがわかった。彼はデトロイトはもちろんシカゴにもミシシッピにも行ったことがあるらしく、それが私には音楽歴訪の旅のように聞こえた。

私は彼のバンドについて自分の受けた印象を伝え、彼は「そんなに正確に言い当てられたのは初めてだ」と、正直に驚いた顔で喜んでくれた。でも、地球から宇宙へ向けて発信しているようなイメージって、どうしてわかったのかなあ、と彼は言った。音楽の話ですっかりうち解けていた私は、彼にならこの話も理解されるのではないかと思い、惑星探査機ボイジャーの話をした。

「ふと、ボイジャー・レコードのことを、演奏を聴いていて連想したんです」と私は言った。「地球外生命体がいつかボイジャーを見つけたとき、地球がどんな惑星なのかを知ってもらうために、地球の自然音とか音楽を録音したレコードを積んでいますよね」

「うん、カール・セーガンの発案だ」と彼は答えた。やっぱり話が通じた。「クジラの鳴き声とか、波の音とか、チャック・ベリーやルイ・アームストロングまで入っている」

彼が初めて笑った。私は久しぶりにどきどきした。

「そのボイジャー・レコードのことを、演奏を聴いていて思い出したんです。だから宇宙へ向けて発信している音楽なのかなあ、と思って」

「まったくその通りだよ。僕はボイジャー・レコードに、バンドのヒントを得たんだ」と公平は言った。「それにしても……こういう言い方は失礼かもしれないけれど、ボイジャーのことまで知っている女性は珍しいね」

「実は父が天文マニアで」と私は答えた。「私が生まれたのが、77年の8月20日なんです。これって、ボイジャー2号が打ち上げられた日付と一緒なんですよね。後から父に聞きました。だからこんなに詳しくなってしまって」

公平の顔は、激しく驚いたように動かずに止まっていた。音楽だけならいざ知らず、宇宙船のことまで話す女に、さすがに引いたのだろうか。またしてもやってしまった、と私は思った。

「実は僕が生まれたのは……」目を大きく見開いたまま、しかし公平はようやく口を開いた。

「きみと同じ77年で、9月5日なんだ」

「ええっ！」

今度は私が驚く番だった。これはボイジャー1号が打ち上げられた日付である。1号にトラブルがあって、16日間延期されて2号の方が先に太陽系の外へと向かったのだ。

「私の生まれた日が2号で、あなたのが1号なの？」

「ああ、どうやらそのようだ」

私はどきどきして、なぜか涙が出そうだった。宇宙からやって来た同じ異星人がふたり、地球で邂逅《かいこう》を果たしたような衝撃だった。しかし私は頑張って涙を抑えて、冷静に戻るために気になっていたことを彼に尋ねた。

「最後の曲で、英語の歌詞がありましたよね。『I'm here.』『I'm glad you are there.』っていう歌詞」

「そう、それだよ、それ」

「それって、何のこと？」

「わかってくれたんだ」

「いやあの、ごめんなさい。わからなくて訊いたんです」

「そうか、そのことならもっと話をしよう。こんな所じゃなくて。いま何時なんだろう」

私は終電のことなどとっくに忘れており、そう言われて初めて腕にある時計を見た。1時を既にまわっていた。

「うわ、終電なくなってる！」

「大丈夫だよ」

「え？」

「うちに来ればいい。僕の部屋でもっと話をしよう」

2

気がつくと私たちは、彼が手を上げて止めたタクシーに乗っていた。どこへ向かっているのか土地勘のない私はまるでわからず、途中でふと、中華街の門が車内から見えた。タクシーはその門をかすめて直進し、少しばかり走った先で止まった。公平が料金を支払おうとしているとき、メーターの横にある時計が目に入った。1時半を過ぎたところだった。

ここから歩いて1分もかからない、と言う彼の言葉を聞いて、タクシーに同乗してきたことを私は急に恥じた。誘われるままについてきて、初めて会ったばかりの男性の部屋に行くということが、自分で信じられない。期待もなければ不安もないが、流れに軽薄に乗ってしまっている自覚のなさに、我ながら嫌悪感を覚えた。自分を取り戻さなければ、と思った。

しかし周囲を見渡してもコンビニは見当たらず、勝手に歩き出している公平に尋ねてみるしかなかった。私の声を聞いてふり向いた彼は、人を置き去りにしていることに初めて気がついたような顔をしていた。「腹が減ったのか?」と彼は訊《き》いてきた。「酒だったら部屋にいくらでもあるけど」

「そうじゃなくて」と私は言った。「いろいろと準備が必要でしょ、何も用意してないんだから」

「用意って?」

説明をしても意味がないので、私はただ店のある場所を訊いた。角を曲がった先にあるらしく、そこまで案内をした彼は何をどう勘違いしているのか、店には入らずに外で煙草を吸いながら待っていた。私が何をコンビニで準備していると思っているのだろうか。

彼の住むマンションはそこからすぐの場所にあり、住人専用のカードキーをスロットに差しこむと、エントランスのドアが音もなく開いた。さすがに6畳一間のアパートを想像してはいなかったけれど、自分と同じ27歳の住む建物とは思えなかった。

エレベーターに乗り、それが11階につくまで、彼はこの場所に住んでいる理由を簡単に説明した。東京ではなく、港の開放感と中華街特有の猥雑《わいざつ》な空気に惹《ひ》かれて、地元の不動産屋に衝動的に飛びこんだのだと彼は言った。しかしその中華街にほど近い物件は、不動産屋に言わせると「いずれも問題の多いものばかり」とのことで、そこからやや離れた新築の物件を紹介されたのだという。いわゆるその筋の人の出入りが激しく、夜半を過ぎても静かにならないのだそうだ。問題が起きて地元の警察が踏みこむこともしばしばあり、不動産屋としても面倒を抱えこみたくはなかったのだろう。

エレベーターを降りた廊下のつきあたりに公平の部屋はあり、リビングだけでも私の部屋より広く見えた。カーテンを引いてサッシュを開くとやわらかい風が室内に入り、遠くには点滅するベイ・ブリッジが見えていた。会社を辞めても両親の援助で暮らしていけるような境遇なのではあるまいな、と私は少しだけ勘繰らざるを得なかった。そうでなくして、なぜこのような環境をバイト生活で維持できるというのか。

彼がビールを勧めるのを私は断り、バスルームの場所を尋ねた。歯ブラシなら旅行用のがいくつもある、とまたしても的のはずれたことを彼は言い、私は「それならさっき買いました」と言って洗顔のために部屋に向かった。彼の住処《すみか》はリビングを除いては極端にものが少なく、モデルルームのように生活感といったものがなかった。

まずは歯を磨き、化粧をいったんすべて落としてから、さてどうしたものかと私は鏡に映っている自分を見た。このままの素顔ではたしていいのか。本当は軽くシャワーを浴びたいところなのだが、そんなことまで勝手にしていいのか。またしても何か勘違いされはしないか……。何も言わずにバスルームに行ったまま、ついでにシャワーまで浴びて出てきたら、さすがに誰だって驚くだろう。

しかし体がどうしても気持ち悪くて、私は衣服をすべて脱いでバスルームに入った。熱いお湯を頭から盛大に浴びて、室内に置いてある彼のシャンプーとリンスを勝手に拝借し、泡をたんねんに洗い流した。そしてついでにボディソープで全身の脂分を拭《ぬぐ》い去ると、もやもやとした気分は消えて、もはや爽快になっていた。

数時間まえまでは青山のスタジオで働いていて、そのときにはよもや夢想さえしなかった展開に対して、私はすべてを受け入れる気になっていた。それは何かが起こりそうな予感に対する受容ではなく、予想外のまま走るしかないのだという、ある種の決意だった。こうして人の部屋に来てシャワーを浴びちゃっているところが、そもそもの私なのだ。あるいは今まで知ることもなかった新しい何かを受け止めるために、その決意を自分に言い聞かせる手段として、私は服を脱いで熱いシャワーを全身に浴びせたのかもしれない。買ってきた小さなタオルで全身を拭《ふ》き、長くはない髪をほとんど乾かさずに、私はバスルームを出た。

部屋の隅にあるスタンド以外に、部屋に灯《あか》りはなかった。凝ったオーディオ機器に火が入り、赤やオレンジの小さな光が暗いリビングのなかでアクセントになっている。その横にはギターアンプが置かれ、専用のスタンドにギターが3本並んでいる。今晩のライヴで使ったものを含めてエレクトリックが2本、アコースティックが1本だ。垂直に向かいあう壁には大きな本棚があり、洋書も含めて溢《あふ》れんばかりになっている。趣味以外のものにはほとんどお金をかけない人なのがわかる。

スピーカーからは、ごく静かに音が流れている。音楽ではなく、様ざまな自然の音だ。鈴虫の鳴く音が聞こえ、風が小枝の葉をゆらし、音像の遠くに潮騒の音がしている。ある場所をそのまま録《と》ったのではなく、編集をしてあるのか、音ぜんたいに流れと強弱、そしてうねりが感じられる。単なる自然音なのに聴いていて飽きないのは、おそらくそれが理由なのだろう。

私は「シャワー浴びちゃいました」と言って公平とさしむかいでソファにすわり、勧められたグラスを口にした。ジンを炭酸で割ったものだった。市販品とは違って味に締まりがあるので、私は驚いた顔を彼に見せた。

「酒ならいくらでもある、って言っただろう」公平はそう言って、私の背後を指差してみせた。振り返ってみると、キッチンのカウンターに様ざまな種類の瓶がぎっしりと並んでいた。

「大学のときにバーテンの見習いをしていたんだよ。僕は理系だから、実験みたいにカクテルをつくってみるのが好きなんだ。でもこの部屋には滅多に人が来ないから、数だけあってなかなか減らない」

私たちは改めてグラスを触れ合わせて乾杯をし、とりとめのない話をして時間を過ごした。鈴虫の音はいつの間にか消え、いまは渓流の音に雨粒が重なっていた。岩を撫《な》でてゆくやわらかい水の流れが聞こえ、周囲の森に雨が細かく落ちているのが、葉にあたる音でわかった。しだいに風が吹いてきて、森ぜんたいをわずかに騒がせた。私は彼に断ってアンプのボリュームを上げてみた。夜の部屋に、森の静かな音が満ちていた。適正な位置までふたたび音を下げ、ソファにすわりなおした。

「この設定、音圧がまえに出てこないのね。落ち着いて聴いていられる」

彼のオーディオの設定は中音域が膨らまず、音量を多少上げてもうるさく圧倒されることがなかった。だからいま流れているような自然の音も、細かいところまでひとつひとつ透明に聞こえた。持ち主の嗜好性や人間性が、無意識に投影されているのだろう。

「いま聴いてもらっているCDは、僕がつくったものなんだ」

星空の写真をジャケットにしたCDのケースを、公平は私に手渡した。蓋《ふた》を開いてなかを見ると、自然の音を収録した現場が詳細に記されていた。

「いろいろな場所に行って、そこの自然音を録音する。そして会社に戻ったら、その音を編集する。そんなことを僕は仕事にしていたんだ」

録音した場所のリストを見ると、そこには屋久島や白神山地などの国内から、バリ島やハワイ、アラスカまで並んでいた。世界中の音をひとつにまとめるなんて、強引な気がしなくもないけれど、流れはごく自然で穏やかなものだった。

「僕はプロの技師じゃないから、録音用の機材を借りて見よう見まねでやるだけなんだ」と公平は言った。「でもデジタルの技術が進んでいるから、そこそこの音にはなる」

「それをコンピュータで、自分の好きなように編集するわけね」

「ああ。あちこちの音を混ぜてひとつにするなんて、ある意味強引なんだけど、ちょっと視点を変えて編集をするんだよ。この視点の入れ替えというのがすごく面白い」

そう言うと彼はソファから立ち上がり、背後にある本棚から1冊の文庫本を手に戻ってきた。表紙を見ると「タイタンの妖女：カート・ヴォネガット・ジュニア」とあった。私はそれほど本を読む方ではないので、この作家の名前はまったく見覚えがなかった。

「70年代に世界的に流行《はや》った作家でね、初期の村上春樹もかなり影響を受けたらしい。もちろん僕もリアルタイムでは読めないから、あとになって知ったんだ」

そして彼は自分でページを繰り、ある箇所を開いたまま私によこした。おとなしいようでいて確かにこの男はマイペースというか、悪く言うと強引なところもあるのだなと思いつつ、私は言われたままにその箇所に目を通してみた。

〈水星の奥深い洞窟には、生物がいる。この生物にとって、彼らの惑星のうたう歌は大切だ。なぜなら、この生物は振動を養分にしているからだ。この生物には循環器系がいらない。体がきわめて薄いので、生命の糧である振動を、なんの仲介もなしに全細胞で受けとることができるのだ。一つの生物が他の生物を傷つける手段はまったくないし、また傷つける動機もない。飢え、妬み、野心、不安、怒り、宗教、性欲——これらは無縁のものであり、知られてもいない。彼らは弱いテレパシーを持っている。彼らが送信し受信できるメッセージは、水星の歌に近いほど単調だ。彼らはおそらく二つのメッセージしか持っていない。私はここにいます。あなたがそこにいてよかった……〉

私は本をテーブルの上に置き、表紙をしげしげと見つめてしまった。本のなかで、この2匹の不思議な宇宙生物は「ハルモニウム」と名づけられている。そして北山公平は、このハルモニウムの言葉を、今日の演奏曲の詞に乗せていたのだった。

「この原文がI'm here, I'm glad you are there なのね」と私は言った。

「本の作者はハルモニウムを水星の生物だとしているけれど、僕は宇宙に遍在するのだと思っている」と公平は答えた。

「宇宙のあちこちでこの生物は欲を持つこともなく、美しい音を食べて生きている。そしてその音を体に入れると、喜んでアクアマリンの青に輝く。僕はこのハルモニウムに地球の音を食べてもらうような気持ちで、編集してみることにしたんだ。世界の自然音を地域に分けないで、青い星からそのまま届けるような気持ちでね。そんなふうにイメージして編集していると、自分も地球の外に出てハルモニウムの耳で聴いている感覚になる。そういう視点を持つことは、とても重要だと思うんだ」

公平の話によると、ハルモニウムをイメージして自然音を編集するのは、彼の発想ではないということだった。もともとはこの小説があり、それを読んだ日本のある人物が、そこからさらなる着想を得た。宇宙に向けて地球の音を届けるようなラジオ局ができないか、と彼は閃《ひらめ》いたのだ。その音はまさに「私はここにいます」という地球からのメッセージであり、「あなたがそこにいてよかった」は、ハルモニウム的な存在からの返答でもある。荒唐無稽《むけい》と言えばそれまでだし、センチメンタルにすぎるきらいもあるけれど、その人物の凄《すご》いところは、思いつきを実現させてしまったことだ。

電波を送る衛星を彼はハルモニウム的なものとして捉え、それを局のキャラクターとして使用したいとの嘆願書を、実際にアメリカの作家へ送った。作家はそれを読んでいたく感激し、即座に許可を出してきた。意を得たその人物は局を立ち上げる準備を本格的に始め、放送局のディレクターや音楽家、専門の録音技師、ＤＪやその他ライターなどを厳選してそれぞれに声をかけた。

このようにしてチームがまとめられ、開局をまえに各スタッフは思い思いの場所へ飛んだ。沖縄の奥地からヒグマの棲む北海道の森まで、日本全国で収録された自然の音は膨大な数と種類にのぼった。そしてそれらの音は、局独自の編成で放送されることになった。日の出と日の入りを基準とした太陽の運行、月の満ち欠け、そして潮流の満ち引きを組み合わせた進行表をつくり、その流れに合わせるようにして自然音の番組を発信したのだ。

一般的な常識を超えたその衛星ラジオ局は「セント・ギガ」と呼ばれた。現在のようにデジタル技術が進んでいれば、家庭のパソコンで気軽にステーションを楽しむこともできたかもしれない。しかし１９９１年の開局当時は聴取するうえで複雑な入会手続きと専用機器が必要であり、それよりもまず時代が早すぎたのか、普及をはたせずにスタッフはわずか3年で解散にいたった。局を立ち上げた人物も、いまでは他界しているという。

「短くてはかない期間だったけれど、この日本に確かにその放送局は実在したんだ」と公平は言った。

「僕はまだ16歳で、セント・ギガを聴くのに間に合わなかった。でもね、一部ではこの放送局は伝説化していて、僕は会社に入ってから初めて、先輩からCDやテープを入手して聴くことができたんだ。これしかない、とその瞬間に思ったよ。局が存続しているのなら入社を願い出たと思うけれど、もはや存在していないのなら、似たような仕事をつくってしまおうと思ったのさ」

「似たような仕事というのは?」と私は訊いた。彼は私のグラスを手にソファを立ち上がり、カウンターでジンの炭酸割りをつくった。氷がグラスの内側にあたる音がして、部屋にはバリ島の民族音楽と蛙《かえる》の声が静かに流れていた。彼はマドラーを抜いたグラスを私に渡し、ソファには戻らずにそのままカウンターのかたわらに立っていた。

「自然の音を、映像と共にできるだけ多く集める。それがなければ成立しないような内容の企画書を作成する。予算がついたら、半年は取材に出かける。研修の期間を終えて最初の企画書を提出するように義務づけられたとき、セント・ギガのスタイルで僕は行こうと思った」

「何の仕事をしていたの、いったい?」

「広告代理店だよ。どんな仕事をするところなのかよくわからないまま、知り合いに勧められて入社したんだ」

「知らないままで?」

「広告や番組を制作する会社なのだということも知らなかった。でも宇宙に関することができると聞いたんで、電話をかけて面接してもらった」

「何も知らずに?」

「ああ。それで何となく採用ということになって、半年くらい研修があって、それから企画書を書かされた。たぶん配属を決めるための適性審査みたいなものだろうけれど、それが通ってしまったんだ」

「どんな企画書なのか、少し教えてもらえないかしら」

この男はある種の天才なのではないか、と私はふと思った。どこか遠いところに自分の心を置いて、そのまま忘れてしまっているような印象を受けた。

「それよりも先に、おれもシャワーを浴びていいかな?」と公平は言った。

「体がベタベタして気持ち悪いんだ。もしよければ、いまかけているようなCDは他にもある」

2000枚は超えていると思われるラックの片隅を、彼は指差した。先にシャワーを済ませてしまった私は返答のしようがなく「ああ、はい」とだけ言って、彼は口笛を吹きながらバスルームに消えていった。

私はソファから立ち上がり、何を詮索《せんさく》するでもなく彼の部屋を改めて見渡した。左側にはオーディオや楽器があり、奥の壁には大きな本棚がある。右側の壁には引き戸があり、開けたままなのでその奥にベッドが見えている。背後はキッチンとテーブルだ。本棚には縦横の位置に関係なく本が詰まっており、いちばん下の段には、大きな写真集が並んでいる。そのなかに1冊だけ、私も持っている本が見える。ケビン・ケリーという人が編集した『地球／母なる星』という写真集だ。宇宙から見た地球の写真が、飛行士の言葉と共に何枚も掲載されていて、私も疲れた夜にひろげることがある。いまこの部屋に流れている音を聴きながら見たら、感動はもっと高まるのではないかと思う。

本棚の横は小さなテーブルで、その上にあるスタンドのやわらかい光を、一枚の写真が受けとめている。写真は額のなかに収められている。私は咄嗟《とっさ》に視線をはずし、彼が勧めたCDを見るために、ラックのある場所へ向かう。自然音を収録したオリジナルのCDは、すべてで10枚だ。番号がふられているだけなので内容はわからず、気まぐれに1枚を引き抜いてみる。それをトレイに載っているCDと置き換え、プレイのボタンを押す。水と森の音が部屋に溢《あふ》れ、遠くはかない声で何かがせつなく鳴いている。オルカかクジラの声だろう。彼らの声には歌のようにメロディとリズムがあるとされ、公平はそのパターンに合わせるように、音の流れをつくっているようだ。

目を閉じて静かにその音に耳を澄ませてみる。とても不思議な感覚だ。森の空間に包まれたような気分なのに、宇宙のどこかから地球を見おろしている自分もいる。音のする場所を地球の外から見ている気がする。

しばらくじっと聴いていると、音楽のようにはっきりとしたリズムがないからか、静かな音のうねりはしだいに自分の鼓動とか呼吸のリズムと合ってくる。体の律動が鎮まり、深く心地よい瞑想《めいそう》に誘導されていくような感じだ。耳という自分の感覚器官を通して、何かにつながれるような感触がある。

人間は普段、このようにして自然の音を聴くことはない。実際の音の大きさと、その距離との関係のなかでしか、環境の音を聴くことはできない。しかし高性能のマイクを通して収録し、それをさらにアンプで増幅させると、人間の耳では聞き取れない音の域まで体験することになる。体の全感覚が起き上がって、自然の力とひとつに結ばれるような感じがあるのは、それが理由だろう。

しかもその感覚には、どこか懐かしいところもある。肉眼では見えない星を望遠鏡で目にしたときの感動と同じように、自分の耳では聞こえない自然音の奥に、宇宙が無限にひろがっているような気がする。そしてその音のひろがりの中から、生命は生まれてきたのだ。音だけで地球を感じるという体験を、私は初めて実感した。

なかば呆然《ぼうぜん》となったまま、本棚のある場所へ自分を移した。天体や宇宙をはじめとした専門書だけではなく、美術や小説の本もたくさんあった。自分はこの何ヶ月本を読んでいないのだろうと自戒の念を覚えつつ、ふと本棚の横にある写真立てに目を移すと、そこには女性の姿があった。

ひと目見て綺麗《きれい》な人だと思った。私は息を呑《の》んで視線をはずすこともできず、本棚のまえで立ち尽くした。年齢は20代のなかばくらいに見える。首元あたりまでの黒い髪が、さらさらと風になびいている。心臓の鼓動が早くなり、静かな部屋のなかで自分の耳に聞こえてきそうだ。写真の下には手書きの文字があり、よく見るとそこには「かがやく宇宙の微塵となりて、無方の空にちらばらう」と書かれている。この綺麗な女性が誰なのかはわからないけれど、見てはいけないものを覗《のぞ》いてしまった気がして、私はいますぐにでもこの部屋から出ていきたくなった。体がこわばって気持ちが内側へ硬く縮こまり、立っているのも息をするのも苦しい。

シャワーを終えて、洗顔室へ出てくる音が聞こえた。私はソファのテーブルに置いてあるグラスを手にして、気を落ち着かせようと外の夜景を見た。黒く沈んだ湾の向こうに、様ざまな色のコンビナートが浮かび上がっていた。

濡れた髪をバスタオルで拭きながら現れた公平は、上下とも甚平のような軽装になっていた。膝から下がひょろひょろと長く、少年のまま背丈だけが伸びてしまったように見える。公平は部屋に流れている音を聴いて「ああ、これはカナダで録音したやつだ」と呟《つぶや》いた。そして冷蔵庫から氷を取り出し、大きなグラスに入れてジンを注いだ。さらに炭酸を注ぐと、勢いのある細かい泡と共に氷がからからと動いた。「気がつかなくてすまなかった」と彼は言った。

「自分だけこんな格好で申し訳ない。よかったらこれと似たような着替えがあるけれど、どうする?」

「羨《うらや》ましいけれど、私はこのままでいいわ」と答えた。胸のつかえがまだ残っていた。

「でもさあ、そのままの格好では寝られないだろう?」と彼は言った。「僕はソファで寝る。きみも着替えた方がいい」

「寝るって、いま?」

「いや、すぐにではないけれど」公平は意外そうな顔をして、カウンターのまえにあるテーブルにグラスを置いた。「着替えた方がいいよ。そのままでは眠れないし、しわになってしまう。まさか徹夜する気じゃないだろう?」

「だったら私は、どこで寝るの?」

「僕のベッドでよければ。臭いかもしれないけど」

私は引き戸の奥にあるベッドに視線をやった。左側にある写真が目に入った。何の疑いもなくベッドを借りてしまっていいのかどうか、自分では判断がつかなかった。

「着替えは洗顔室に出してある」と公平は髪を拭きながら言った。「フリーサイズなんだけど、僕には小さいんだ。きみくらいの背ならちょうどいいんじゃないか」

促されるままに洗顔室へ行き、折りたたんである部屋着を手に取った。公平が着ているような前面が開いた甚平ではなく、頭からかぶるプルオーバーのものだった。上下とも素材は綿で、藍で着色してある。私はジーンズを脱いで折りたたみ、それを床に置いてボトムをまず脚に通した。へその位置で紐《ひも》を結び、ブラウスのボタンをはずした。あの写真が頭に浮かび、それを自分の外側へ打ち消してから、ブラウスの袖を交互に抜いた。自分のしていることが、よくわからなくなってきた。さすがにブラまでは取れないと思い、そのまま頭からトップをかぶった。V字に切れた襟元の位置を直し、笑顔をつくって外に出た。

「どうだ!」

私は両腕をひらいて、大の字で公平のまえに立った。「どうだ、似合っていると言え」

「おお」と公平は声を洩《も》らした。「居酒屋の女の子みたいだ。生ビールひとつください」

「生いっちょう、まいどあり!」

公平から話の続きを聞いた。彼が書いた企画書はほぼそのまま会社に採用され、映像クリエーターと録音技師のふたりを中心にチームが編成された。音と映像を収録するための場所を何度もの会議で慎重に選び、その準備と並行して、NASAからボイジャーの映像を取り寄せた。太陽系の探査を経て遠く宇宙の果てに向かう宇宙船の旅を追いながら、そこへ地球の映像を重ねるという趣向だった。

「バリの熱帯雨林やスコールの音を、ボイジャーの送ってきた画像に重ねると、震えるくらいによく合った」と彼は言った。静かな口調だけれど、熱意がこもっているのが伝わってきた。私は身を乗り出させて、両肘《りょうひじ》を膝に乗せて話に聞き入った。

「本来何もないはずの宇宙空間と、地球の自然が密集した音や画像が、なぜそんなに合うのかはよくわからない。でもひとつだけ確信したことは、人間が外へ向かっていく営みと、内面を遡《さかのぼ》ってゆく営みはひとつながりなんだ、ということだった」

「自分の内面を深く降りてゆくと、その先に宇宙がひろがっている、ということ?」と私は訊いた。

「イメージとしてはね」と公平は嬉《うれ》しそうに答えた。「なぜ人は遠くへ旅したくなるんだと思う? 住めもしない惑星に心が躍るのはなぜだろう?」

「さっきあなたがシャワーを浴びていたとき、水の音を聴いていて思ったの。音の彼方《かなた》に宇宙があるって……。奥へ突き抜けると、そこでつながっているような気がする」

「それなんだ、僕はそのつながりを追いたいんだ。人が遠い旅を求めるのは、自分のいる場所を知りたいからじゃないだろうか。どこまでも遠くへ行くと、最後には自分の内面にまで戻ってくるような気がするんだよ。変な言い方だけれど、あの世とこの世はつながっている」

「あの世とこの世？」

「ああ、生と死でもいいし、宇宙と地球でもいい。普段はふたつに引き裂かれているけれど実はどこかでつながっていて、そこに何かを仲立ちさせれば、つながりを取り戻せると思うんだ」

「たとえばそれが、高性能のマイクだったりするの？」

私は笑顔をつくった。彼もはにかんだような笑顔で応え、「まずは体感してみることも大切だ」と言った。そしてどこかの森へ録音の旅に一緒に行くことを、提案してくれた。それに大感激して応えると、公平は改まったような真剣な顔を見せた。そして二の腕を大きな手でつかまれ、引き上げられるようにして立ち上がると、そのまま抱きしめられた。全身から力が抜け、涙が溢《あふ》れそうになった。


横で眠っている公平を起こさないようにベッドを抜け出た私は、カーペットに落ちている下着を手にして、バスルームへ向かった。どこかまだ痺《しび》れたような感覚が体に残り、それを熱いシャワーでゆっくりと冷ました。部屋を出てタオルで水滴を拭い、ココアブラウンのショーツを身に着けて、冷蔵庫を開けてごく薄いジンの炭酸割りをつくった。時計を見ると4時半をすぎており、窓の外では東の空がほんのわずかに明けてきていた。

私はこの半日で起こったことを反芻《はんすう》してみようとしたが、記憶が濃密でいまはまだ整理がつかず、心地よい充実感だけが体の感覚としてあった。目が冴《さ》えて眠くならず、このまま起きていようと思った。喉を落ちてゆく炭酸割りの冷たさが、体の感覚を引き締めていった。

検索をしてみると、始発まで1時間を切っていた。ここから最寄の駅に行って、地下鉄に乗った終点の町に私の部屋はある。グラスの中身を飲み終えたらここを出て、部屋に戻ってもまだ6時だ。そこで改めて睡眠をとり、昼ごろに起きて気持ちの整理と確認をしてみよう。このまま部屋にいたのではまるで古女房のようだし、起きてきた彼にどんな顔を見せればいいのかわからない。

とにかくお礼のメモだけは残さなければと思い、私はバッグから手帳を出して紙を1枚、リングからはずした。そしてペンを手に文面を考えていると、奥のベッドルームからうめき声が聞こえてきた。寝苦しいような気温ではないし、夢にうなされる感じとも違っていた。

テーブルから立ち上がってベッドのある場所を覗いてみると、公平は歯を食いしばって苦しそうにもがいていた。何かを喋《しゃべ》ろうとしている様子なのだが、うめく声は言葉にはならず、喉を絞り上げるような音にときおり嗚咽《おえつ》が混ざった。私は文章を考えられなくなり、ごく簡単なメッセージだけを残してテーブルに置いた。

うめき続ける声を耳にしながらブラジャーを着け、ジーンズをはいてブラウスを重ねた。ドアを出るときに鍵のことが気になったが、ホテルのようにいちど閉めると自動的にロックされたのがわかった。エレベーターへの廊下を歩き、11階からエントランスへ降りた。

夜に歩いた道を逆に戻り、中華街の門がある場所まで出て、そこから駅の位置を推定した。このままま っすぐに歩けば横浜スタジアムがあり、その向こうに駅はあるはずだった。

鳥が鳴く早朝の道を、私はしっかりと歩いた。

3

それからの1週間、北山公平から特にこれといった連絡はなかった。自分の携帯番号は、彼の部屋に残したメモにいちおうは記しておいたけれど、向こうの番号を私は知らなかった。

それをさいわいに、彼の輪郭を改めて描きなおしてみようとしたが、ひと晩だけのことなので、情報があまりにも不足していた。なぜ仕事を辞めてしまったのか、そのことすら想像もつかないし、これから何をするつもりなのかもわからない。

謎は謎のままにしておこう、と私は思った。そもそも人のことを詮索《せんさく》するのは趣味ではないし、ふたりで何かを共有したいとも特に思わなかった。男女という関係を固定させてしまった途端、それは内側へ閉じられたものになってしまうからだ。それを暗黙の了解として受け取ることほど、退屈なことはないように思えた。ふたりの関係づくりに熱中したり、そこに安住することを望む公平の姿など、見たくもなかったし想像するのも嫌だった。彼には、普通であって欲しくはなかった。

しかし会社へ出てみると、香里《かおり》は私を放っておいてはくれなかった。廊下で私のことを見つけると、彼女は目を丸く輝かせて近づき、私の手を引いて人のいないスタジオに招き入れた。女性は恋をするために生まれた、と頭から信じているのが香里だった。

あのあとどうなったの、と案の定いちばんつまらないことを彼女は訊《き》いてきた。関係が成立していれば成功であり、そうでなければ残念、という考え方らしい。自分を相手に託してしまうことがどうしてそんなに幸福なのか、従属すればするほど逆に束縛を強制することになり、向こうも鬱陶《うっとう》しいのではないか、と私は思った。あなたが望むようなことにはなっていない、と私は答えた。半分は嘘で、残りの半分は確かに嘘ではないだろう。

「まさかあ、そんなわけないでしょう?」と香里は食い下がってきた。できるだけ多くのことを聞き出して、ここはひとつ協力してやろう、と決めつけているらしい。

「うまくいったんでしょ、話も盛り上がっていたみたいだし」

「部屋には行ったわ」

「やった!」

「趣味が似ているから、そんな話ばかり」

「それから?」

「シャワーを浴びてお酒を飲んだのよ」

するど香里は赤くなり、顔を両手でおさえた。男性のまえだけではなく、私のまえでもこのような仕草を見せるところが、憎めないといえば憎めないのかもしれない。

「何だか、こっちがどきどきしてきた」と彼女は言った。「これ以上訊かないわ。おめでとう、って言っておく。うまく続けてね」

ありがとう、と私は答えた。解放してもらうには、他に言いようがなかった。これだけ恋愛観が違っていたら、会話の続けようなどない。男女の関係がひとたび出来上がったなら、それを持続させるのが当然だと彼女は思っている。電話をして、次に会う日を決め、その頻度を増やしていく。頻度に伴って親密さの深度は増し、やがてはふたりでいる時間がすべての中心となる。このような流れがほぼ何の疑問を生むこともなく、既定であるかのように進行してしまう。この既定という暗黙の前提に、私は激しい違和感を持つ。

それこそが恋愛なのだ、という人は多いのかもしれない。しかしそう断定してしまったら、何もかもすべてが思考停止の状態になるのではないか。あとはただ「恋愛」とかいう感情に、流れを任せていいのか。そんなことなら、セックスへの衝動に身を任せて回数を重ね、身体の相性を確かめる方がよほど大切だと私は思う。愛情と情動は別物で、無批判にそこをひとつに結ばない方がいい。恋愛という言葉で安易にそれをくるんでしまうと、自らその関係の内部に埋没することになる。自分でも自由に身動きが取れなくなり、それだけに相手を束縛しようとし始める。これをまだ「恋愛」と呼ぶのなら、偽善もいいところだ。

多くの女性がなかば無意識に結婚を求めることに、同性の私でさえ懐疑的であるのは、それが理由だ。自分の安定と引き換えに相手に束縛を強いることを、恋愛という言葉で当然であるかのように正当化するのは、自己の放棄でもあるし、ほとんど詐欺みたいなものだ。そんなことをして、誰よりも自分が惨めにならないのだろうか。

しかし私の幸福を心から応援しているような香里の態度を見ると、やはり自分は少数派で偏屈なのか、とも思ってしまう。少なくとも彼女の笑顔に欺瞞《ぎまん》はないし、心からのものだということがわかる。「こんど4人でデートしようよ」などと言い出すのではないかと、内心怖《おそ》れるほどの屈託のなさだが、彼女は、わきまえるところはわきまえていた。

「ひとりでいる方が気楽だろうけれど」と香里は言った。「私はふたりの化学反応に期待してるから。恭子は私の自慢なんだもの」

「自慢って何のこと？」

「私みたいに平凡なのは、幸せについても平凡な想像しかできないの。自分では何も貫けないのよ。だから人に頼りたくなる」

「私だってそんなに強くないわ」彼女の期待を押し返すように私は言った。「たぶん私は、人との関係に呑《の》みこまれるのが怖いだけなんだと、自分でも思う」

「ようするに、逃げてるってこと？」

「そうね」

　彼女は私の顔を、疑わしそうな目で見た。何を考えているのか、わからないようなところがある香里だが、彼女の方がよほど正確に自分を把握しているんじゃないか、と思うことがある。

「自分ではそう思うのかもしれないけれど……」と彼女は言った。「たぶん、可能性のある人ほど悩むのよ。私にはその能力がないから、恭子みたいな人に期待するのかな」

　香里はそう言って先にスタジオを出た。残された私は、彼女は何かを伝えたかったのではないか、と思った。

　それからの2日間は、ほぼ徹夜作業だった。ピアノを中心としたジャズ・トリオの録音があり、コンピュータでデジタル化した音を数日がかりでミックスダウン（編集）した。それをいちど音楽家本人たちに試聴してもらい、ときには激しくなるやりとりのなかでようやく結論を得て、最終調整のために2日間が費やされた。

いつもの作業ではあるけれど、チーフ・エンジニアの竹川剛がプロの音楽家と喧嘩のようにやりあっているのを見ると、私には遠く及ばない領域があることを痛感した。ミキシング・エンジニアはアーティストではないから、自ら個性を主張するという場面はあまりない。しかし音に対する姿勢は、当の音楽家を凌《しの》ぐこともあった。音楽家が自分でも気づいていなかったり、あるいはどこかで妥協してしまったりしているところをミキサーは嗅ぎ当て、能力をさらに引き出すことがあった。

52歳になる竹川は特に職人肌として知られ、多くの音楽家たちから逆に怖れられていた。彼自身がピアニストになる夢を捨てていまの職業に就いているからだろうか、実現できなかったものに対する強い憧《あこが》れは、もはや執念として彼の姿勢を支えていた。しかしだからこそ、彼は音楽家から怖れられながらも、名指しの依頼が跡を絶たなかった。

「夢を実現できなかったことよりも、夢が実現してしまったことの方が辛いこともあるんだ」と、私は彼から聞いたことがあった。もはや終電もなくなった時間、彼は私を居酒屋に誘った。彼のような有名な人物とふたりで最初は緊張していたものの、何杯か飲んだ生ビールの酔いに助けられて、私は以前から気になっていたことを訊いた。それに対して竹川は腹を立てることもなく、「憧れなんて35歳くらいを過ぎてしまえば、逆に懐かしい思い出になるものさ」と答えた。

「何ていうか、たとえはかなりおかしいけれど、犯罪者と刑事みたいな関係かな。何度捕まっても四人は外に出てきて、過ちを繰り返してしまうんだ。しかし本当は気が小さいから、自分のやったことに慄《おのの》いてどこかへ逃げてしまう。そしてその度に馴染《なじ》みの刑事に電話をしてくる。頼むからあんたが捕まえてくれ、と懇願するのさ」

「ミキサーが刑事で、音楽家が犯罪者ですか？」

「最初はおれも、音楽家に対する憧れとか嫉妬《しっと》はあったさ」

ビールを何杯飲んでもまったく表情を変えずに、彼は静かに話を続けた。「おれより下手な奴だって、いくらでもいたからな。何で自分じゃなくてこいつが、と思うことだってあったよ。でもさ、何年かこんな仕事を続けているうちに、彼らは音楽をしたくてしてるんじゃない、やらされているんだ、と思うようになったのさ」

「レコード会社とか、プロデューサーとか、そういうことですか？」

「おまえ、歳《とし》はいくつだったっけ？」

「27歳です」

「その歳じゃあ、まだ無理かなあ」と竹川は呟《つぶや》いて、店員に勘定を促す仕草をした。私が財布を取り出そうとすると、「こんなに安い店なら、おれでも奢《おご》れるさ」と言って私の動作を遮った。ジョッキにはまだ半分ほどビールが残っていた。

「会社とか担当とか、そういうことじゃないよ。ほんとの音楽家っていうのはさ、何かに動かされているんだ。自分じゃ、どうにもならないんだ。こんなに辛いことって、ないと思わないか？　嬉《うれ》しいといってはギターを弾き、哀《かな》しいといっては部屋にひきこもってギターを弾く。なぜなら、それしかできないからさ。才能があるってのは、そういうことだ。側《はた》から見て羨《うらや》ましい、なんて平和なもんじゃない。いちばんしんどいのは、才能を持たされた本人なんだ」

竹川は席を立った。私も慌ててバッグを手にして、彼に従った。そして地下から表通りに上がると、「おまえも、もう少しいい男と恋愛した方がいいな」と言って小さく笑った。


大型のミキシング・コンソールをまえに、竹川は最後のチェックをしているところだった。気になっている箇所をすべて何度も聴きなおし、ヘッドフォーンとコンソールの上にある小型モニターの音を聴き比べた。音楽マニアのなかには、音を聴いただけでミキサーの名前を当てられる人がいる。本当の才能の持ち主がこれだけ入念な作業をおこなっているのだから、それも不思議なことではないのかもしれなかった。

はずしたヘッドフォーンを竹川はわきへ押しやり、大きな回転椅子に背中を深くあずけた。そして冷め切ったはずのコーヒーを片手に、煙草に火を点《つ》けた。アシスタントの私は補佐的な細かい作業を続け、15分後にそれを終えた。竹川はまだ帰る様子を見せず、椅子にすわったまま指で目頭を押さえていた。

「おい篠原、目薬持ってないか?」と彼は訊いた。

「私のでよければありますけど」と私は答えた。

「私のでも彼のでも何でもいい、よかったら貸してくれないか」

おお、これは効くなあと言いながら、彼は気持ちよさそうに目薬を差して言った。そして大きく目をつぶり、もういちど目頭を押さえた。私はスタジオにあるティッシュを引き抜いて彼に渡した。

「この歳になると老眼が進んじまってなあ、目が疲れてしかたがないんだよ。機材がフル・デジタルになってから、よけいに疲れるんだ。耳よりも先に目がやられる」

「私もこの仕事を始めてから、目が悪くなりました」と言って私は笑った。

「篠原、おまえ『ダヨ〜ンのおじさんの法則』って知ってるか？」

「いえ、知りませんけど」

「ダヨ〜ンのおじさんダヨ〜ンのおじさんダヨ〜ンって言ってると、いつまで経《た》っても終わらねえんだ、これが。あ〜あ、嫌だねえおじさんになるってのは」

「マッサージでもしましょうか？」

顔では笑ってみたけれど、私はなかば本気のつもりで言った。竹川は何かを思いついたような顔をしたが、苦笑いを浮かべて私の提案を軽く退けた。

「おれはさあ、マッサージされるとわかっちゃうんだよ」と彼は言った。「この娘はセックスが上《う》手《ま》いとか下手とか、芯が強いけど情に脆《もろ》そうだとかさ」

「本当ですか！」

「そんなわけねえだろう、吉行淳之介じゃあるまいし」

「誰ですか、それ」

「まあいいよ、知らなくても。色男の作家だ」

竹川はバッグのなかに本を欠かしたことがない。それを私が知っているのは、彼がいつも開けっ放しにしてあるバッグのなかにある本が、2冊や3冊ではないからだ。多いときで数冊の本がバッグから覗《のぞ》いており、彼はどこへ行くにもそれを重そうに手で運んでいる。途中で読み終わったら不安になるから、予備も持ち歩くようになったら自然に増えてしまった、というのが理由だそうだ。いまでは気分や場所に応じて、3〜4冊を同時進行で読むのが普通になっている。それを同時に読み終えたら、また持ち歩く本が増えるだけですよ、と私が指摘したら、彼は本気で驚いて笑った。

「マッサージといえば、このあいだ面白い本を読んだよ」

竹川に頼まれたコーヒーをコンソールのわきへ置くと、彼はそれを口にして言った。機械を相手に緻密な作業が続いたからか、さっきからしきりに煙草を吸っている。

「『音楽療法最前線』っていう対談の本なんだけどな、ここに出てくる小松さんていう研究者が面白いんだ」

「マッサージと音楽療法が、何か関係あるんですか?」と私は訊いた。

「ああ、何のことかと思うだろ。これがな、おれたちの仕事にも関係があるんだよ。おまえ、何で音楽を聴いていて気持ちがいいと思う?」

振動です、と答えるしかなかった。本当ならば「音楽家の魂」と答えたいところだが、これではあまりにも曖昧《あいまい》だ。しかもその魂だって、振動によって伝えられるのだ。

「そうだ、おまえの言うとおり振動があるから音楽は気持ちがいい」竹川はミキシング・コンソールを指でこつこつと叩いた。

「音楽は音とか振動のマッサージみたいなもんだ。しかしいわゆるマッサージ・チェアと違うのは、単に心地いいだけじゃない、ってことだ。心を不安にゆさぶる振動もあれば、晴れたように開放させる振動もある。その強弱が人を感動させるんだな……。いずれにしろ、人っていうのはかくも振動に左右される。心地よければマッサージにもなるし、その逆だと脅威にもなる」

「その逆、ってどういうことですか？」

「人の生命中枢にじかに触れるような振動がある、っていうことだよ。たかが振動と馬鹿にしちゃいけない。それまで信じていたものが根底から崩れ去るような、暴力的な振動もあるのさ」

そして竹川は、本で読んだ小松さんの話をしてくれた。航空力学の研究者であり、チェロの愛好者としても知られる糸川英夫氏が提唱した「ボーン・コンダクション理論」に小松さんは出逢い、「身体で聴く」音響装置を開発した。この理論はごく簡潔に言えば「演奏者は、耳だけではなく楽器から伝わる振動を身体でも聴いている」ということになる。バイオリニストは顎骨からの振動で自分の音楽を判断しているし、チェリストはその振動を下腹部でも感じ取る。いうまでもなくその振動は、骨を主幹として伝えられる。

だとしたら、耳だけで聴く音響装置は不十分なのではないか、演奏者の側にできるだけ近い状態で音楽を体験するなら、骨で伝えられる音域をスピーカーに頼らずに再現するべきではないか、という考え方が生まれてきた。

しかしスピーカーの振動に頼らない重低音の振動装置は実現が難しく、多くのメーカーが開発を断念した。そのなかで唯一、小松さんは振動の変換装置の実現に成功した。晴れて「ボディソニック」という商品へ開発は実を結び、市場に出されて日の目を見たものの、多くのオーディオ・マニアからは不評を買った。マッサージ・チェアのように体がじかにゆすぶられることに、大半の人は体感したことのない違和感を覚えたのだ。

それから数年後、意外な方面から小松さんにたっての依頼が舞いこんだ。聾唖者《ろうあしゃ》の専門施設が「警報起床装置」の開発を求めてきたのだ。重度の聾唖者を抱えるその施設は、災害時に緊急事態をしらせる手段に、頭を抱えていた。耳が聞こえない人たちなのだから、非常ベルのような警報機を取り付けても意味はなさない。かといって就寝中に災害が起きた場合、数少ない当直の担当者が聾唖者たちの体をゆすってまわっても、とてもではないが避難させるのに間に合わない。なかには眠りが深くて、起きない人だっている。だとしたら、深い睡眠の途中でも、一瞬のうちに聾唖者たちを起こさせる手段はないのか。

小松さんはこの話を聞いて、「人が本能的に不快になる振動、恐怖のあまり本能的に跳び上がる振動の周波数」を特定した。これをボディソニックを開発したときの変換器に応用させ、施設のベッドに取り付けてみた。

結果は大成功だった。手で触れなければわからないような微細な振動だというのに、それを体で感じた聾唖者たちは恐怖のあまり一瞬で跳び起きた。彼の変換器はいま、クラブの床に取り付ける振動装置などにも応用されているという。

「おれはこの本を読んでさ、人間はまさに振動の洪水のなかに晒《さら》されている、と思ったよ」

コントロール・ルームと呼ばれるスタジオ横のこの部屋に、ピンスポットのライトがいくつか灯っている。数え切れないくらいの調整用つまみがコンソールに並ぶ光景は、宇宙船のコックピットのようだ。中央の前面にある画像モニターに宇宙でも映されていたら、本当にそのように感じるだろう。

「普通の生活のなかでも、地下鉄の音とか発車のアナウンスとか、地上に出れば出たで騒音まみれで、こんな不自然な音や振動に囲まれて、人間てのは気の毒な生き物だな」

「竹川さん、セント・ギガってご存知ですか？」

そのときに彼の表情が変わった気がした。

「自然音を採集して、それを音楽と一緒に流していた放送局があった、って聞いたんですが……」

彼はほんの少し黙っていた。そして帰り支度を始めながら「短いもんだったな、あれは」と言った。「おれの知り合いも、ひとり参加していたよ。ピアノの一本録《ど》りでも、マイクの位置を一瞬で決められる天才だった。そんな奴が自然を相手にするんだから、どんなのをつくり出してくるのかと想像もつかなかった。あれはやってみた者じゃないと、わからないんじゃないかなあ」

「あれ、っていうのは何のことですか」

「ひと言で自然っていってもさ、どこにマイクを向ければいいのか、見当もつかないだろう」

「ええ」

「そこに勘で見当をつけて、マイクで拾った音をヘッドフォーンで聴きながら、目は自然の風景を見ているわけだ」

「そういうことになりますよね」

「目には見えない自然の音がさ、耳元では溢《あふ》れんばかりにひろがっているわけだろう？」

私は、公平がシャワーを浴びているときに彼の部屋で聴いた、あのCDの音を思い返していた。確かにあのような音は、自分の耳だけでは聞くことができない。

「おれもギガの大ファンで、いつも深夜になると寝るまえに聴いていたよ」

本をバッグのなかに押し入れつつ、竹川はジャケットのなかにスタジオのキーを探した。「自然の音に対しては、人間は耳を澄ますものなんだ」と彼は言った。

「どれだけ素晴らしい音楽や演奏であっても、人間はそれを聞き逃そうと思えば聞き逃すことができる。目とは違って、耳っていうのはけっこう主観的なものなんだな。ところがな、泣いている赤ん坊に水の流れる音を聞かせると、泣くのをやめて終《しま》いには寝ちまうんだ」

スタジオのドアを閉め、私たちは夜の通りに出た。走っている車は、ほとんどがタクシーだ。夜の車の音ってのは昼間よりもうるせえなあ、と竹川は独り言のように呟いた。そして「ところでおまえ、何でギガなんて知ってるんだ」と訊いてきた。地下鉄の駅に着くまで、私は公平のことを手短に話した。彼はそれを聞いて「ふうん」と繰り返しているだけだった。

「おじさんはもう疲れた。地下鉄に乗ろうと思ったが、今日はタクシーで帰る」

地下鉄の入り口まで来たところで、竹川は急にそう言い出した。そして向きを変えて別れの言葉を告げながら「おまえ、面白い男を見つけたな」と最後に小さな声で言った。

金曜日の深夜まで仕事をして、続く2日間に予定はなかった。ろくに寝ていなかったので帰宅してからすぐにベッドに入り、気がつくと午後の早い時間になっていた。疲れは取れたけれど、寝すぎたために体が重く、それを跳ね飛ばすためにシャワーを浴びた。

いままでは24時間営業となっている駅前のストアでフルーツを買っておいた私は、それらをすべてジューサーのなかに入れた。30秒ほどもすると自家製のジュースができあがり、砕けた氷と共にそれを喉《のど》に流しこんだ。起きたばかりだからお腹はさほど空いていない。夕方に簡単な食事でも、と思って冷蔵庫を開けてみると、食材になるようなものがほとんどなかった。体を起こすために駅まで歩き、昨夜寄ったのと同じストアで何を買うか考えてみよう。ストアのすぐ近くには、美味しいパンの店もある。

部屋のある横浜の郊外は、歩いてみると思いのほかたくさんの自然が残されている。もちろんそれは森と呼べる規模ではなく、元からあった山林が切れぎれに残されているだけなのだけれど、公平のつくった自然音のCDを聴いて、そして竹川とギガの会話をした翌日だからか、いままでよりも鮮やかに目に入ってくる。雑音が増えた代わりに、本来はあったはずの音が消えていったことが、視覚の問題としてそのまま伝わってくる。竹川の言うように「人間は自然の音には耳を澄ます」のだとしたら、この住宅街に住む人たちはみな、耳を澄ます行為や時間を忘れているのだと感じる。もちろん、この自分も。

パンの店で焼きたてのバゲットを買い、それにはさむ食材をストアで考える。ハムと野菜がいいだろうか、あるいはタマゴのサラダでもいいかもしれない。飲み物はどうしよう。手ごろな値段のワインでも買って帰ろうか。いまから冷やせば夕方には間に合うだろう。そして夜まで本でも読んで、近くにあるバーへ顔を出すのもいい。

昼すぎまでたっぷりと寝た充実感のなかで、夕方から夜にいたる行程を立てるのは、感覚の問題としてとても楽しい。ひとりでもいいし、友人がそこにいてもいい。土曜日の夕方は時間が然るべき場所に収まってゆく、落ち着いた感じがある。何かが懐かしいと思うのは、私だけだろうか。

ひと通りのものをカゴに入れ、さほど混んでもいないレジの列に並ぶと、バッグのなかの携帯が鳴った。私は列からはずれ、店のなかで落ち着いて話のできる場所を咄嗟《とっさ》に探した。冷凍食品のコーナーには人が少なく、そこで携帯を取り出して番号を見ると、登録をしていない見知らぬものだった。11桁の数字は何も意味をなしてはいない。

「もしもし?」

おそるおそる、私は電話に出てみた。電波状態はあまりよくないらしく、稲妻のような雑音が一瞬聞こえた。

「もしもし、篠原ですけど?」

「北山ですが」と、稲妻の向こうでその声は言った。「北山公平です。覚えていらっしゃいますか」

私は携帯を握ったまま、目のまえを見た。「夏の餃子《ギョーザ》フェア」という文字が目に入った。その下には何種類もの冷凍餃子が並んでいた。何かを喋《しゃべ》らなければ、と思った。「北山です、急に電話してすみません」という声が聞こえていた。

「あ、はい。覚えています」と私は答えた。しかし次の言葉がどうしても続いて出てこなかった。

「後ろで何か音がするようですが、あとでかけなおしましょうか」と公平は言った。

「あ、いいえ、大丈夫です」と私は咄嗟に言った。

「ちょっといま、スーパーにいるものですから」

「買い物ですか」

「ええと、そんなところです」

「夕食の買い物ですか」

「あ、はい」

するとしばらく沈黙があり、「今夜の夕食は何ですか」と公平は訊いてきた。私は意味のない会話にさらに混乱し、「ええと、ええ……餃子です」と言ってしまった。

「あのお……」と、小さな声で公平は言った。「餃子を包むのだったら、僕は得意です。もしよければ、具はお任せしますから僕が包みましょうか」

「今日、これからですか!?」

「あ、いや……約束があるのだったら、また別の日にでも」

「それは大丈夫です」なぜかすがるような気持ちで私は焦って答えた。

「それでは、包む方をお願いします。いくつくらいあれば、いいですか」

「包むのだったら、いくらでもできるけど」

「わかりました。では駅の改札口で6時、ということでどうでしょうか」

私は自分の住む街の駅名を口にした。公平はそれを聞いて、それなら一本で30分かからないと言い、「では6時に」と電話を切った。私は餃子の皮とキャベツ、豚のひき肉やショウガなどをカゴに入れてゆき、もういちどレジに並んだ。

いま目のまえには新聞紙がひろげられ、練った具を入れた大きなボウルをさかいに、私と公平は餃子を黙々と包んでいる。駅で再会したときから会話は途切れがちで、それをごまかすかのように部屋にはテレビの音声が流れている。

餃子を包んでいく公平の手つきは、さすがに自分で得意だと言うだけあって、実に巧みだ。いくつ包んでも皮を畳んでゆく間隔は一定で狂うことがなく、皿に並べられてゆく完成品は、どれもみな乱れたところがない。このままではさすがに恥ずかしいと思い、形はともかく速度だけは彼についていこうと、こちらとしても必死になる。

「恭子さん、餃子を包むのが上手ですね」

あと数個で終わろうというときに、一息つくように公平が口を開く。私もそれに合わせて、動かす手をゆっくりとさせる。顔を上げて目を見ようと思うが、どうしても違う方向へ逸らしてしまう。

「恭子さんが篠原さんなのだということを、さっき初めて知りました」

「え?」

「携帯に電話をして、はい篠原です、と言うのを聞いて、そうか篠原さんなのかと思った」

「顔も何となく篠原に似ている、と言われます」私は皮を畳みながら言った。

「篠原に似ている、って、どの篠原さん?」

「篠原ともえ」

「そうかなあ……」

動かす手を止めて、彼が顔を見ているのがわかる。このままあと100個、さらに餃子を包もうか。

「そんなに似ているかなあ……。でも篠原ともえって、よく見るとそうとうの美人だよ」

「ヘンな誉《ほ》め方、しなくていいです」

「ずっと連絡もしないで、申し訳ない」

「え？」

「すぐにでも連絡を、と思ったのだけれど」

「仕事でそれどころじゃありませんでしたから」

「今日はもう、大丈夫？」

「忙しかったら、餃子なんかつくっていません」

「餃子だと聞いて、中華街で特製のタレを買ってきたんだ」

公平は足元に置いたバッグから、小さな袋を取り出した。透明のプラスチック容器に入ったタレは、ラー油のような赤ではなく、濃い茶色の沈殿物だった。

「これは干しエビを発酵させたものなんだ。じゃあ、さっそく焼きにかかろう」

そう言うと公平は席を立ち、皿を両手にキッチンへ向かった。背がレンジフードに届きそうなほどに高かった。

4

テレビではプロ野球のナイター中継をやっていた。その音が部屋のなかにあるのを何となく耳にしながら、私は公平と餃子《ギョーザ》を食べた。試合の様子はわからなかったが、ときおり盛り上がる声援の音が波のように聞こえた。開けてある窓からは隣にある並木を伝う風が入り、クーラーの必要はなかった。遅い時間になって急に思い出したかのように鳴き始めたセミの声に、夜の虫の音が重なっていた。

夏のあいだは、首都圏の住宅地でも音の種類が多くなる。秋を控えて生命の活動がピークに達するからだ。ちょっとした水や緑さえあれば、そこには何らかの生命の音があり、なかば無意識にしか耳にしていなくても、それを聞く人の胸の底に、いつしか情感が重ねられていく。そしてふと音の数が急に少なくなったときに、その人は自分のなかに情感があったことに初めて触れる。秋の哀《かな》しさはここから来るのではないか、と私は思う。夏が去ったからもの哀しいのではなく、胸に残された情感に気づいて初めて哀しくなるのだ。

人と親密に接することに私が距離を置きがちなのは、これと似たところがあるからかもしれない。出逢いがあり、予感がした途端に、それが失われたときの切なさを思ってしまう。別離が哀しいのではなく、記憶や感触が残ることが哀しい。なぜならそれはもう、元には戻らないものだから。

目のまえに公平がいる。ビールを飲みながら餃子をひたすらに消費して、あれだけつくったものが一片も残っていない。自分が今日食べたものは、大量の餃子だけだったんだなと私は改めて気づき、いまここに彼がいることの不思議さを思う。違和感がなさすぎるのだ。使いすぎて古びた、ある意味では馴染みきったものがそこに空気のようなものとしてあるのではなく、1週間まえに知り合ったばかりの関係に疑問を持つことそのものに意味がないと思わせるような、すっきりとした存在感が公平にはある。

図々しいところがひとつもなく、遠慮するところもほとんどない。彼は関係に対して何も求めず、束縛からも自由だ。図々しくなるだけの理由など最初から持っていないし、遠慮のもととなる卑小な自意識も彼とは無縁だった。

「このあたりは、森が多い」と彼は言った。「建物のまえに並木と公園があるからかな、それだけでも、どこか遠くに来た感じがする」

「本当は車の走る音もしているけれど、並木があるだけで気にならなくなるのよ」

「うん」

「この並木がなければ、とっくに引っ越していたと思う」

「そうだね。ここにどれくらい?」

「3年と少しかしら」

「樹木があるだけで、それが緩衝材になっている。これが、目のまえにマンションが建っていたりしたら、余裕も隙間《すきま》もなくなってしまうよ」

「おかげでずいぶんと助かっていると思う。窓の外に樹があると思うだけで、部屋の狭さが気にならなくなるわ」

「別に、狭くなんかないよ」

「あなたのところに比べれば、ぜんぜん狭いわ」

そう簡単に口にした瞬間、私は空気が窮屈になるのを感じた。奥行きのない現実がべったりと自分に貼りつき、その分だけ自分の精神が自由ではなくなって、卑しく縮こまるようだった。狭いのは部屋ではなく、自分のなかの世界だ。自分のなかだけは、自分しだいでどうにでも広くできるはずなのに。

「あの部屋、妙に広いよな、確かに」

テーブルに並んだ皿を重ねながら、公平は言った。

「不動産探しが苦手で、最初に案内された部屋を考えもなしに決めてしまったんだ。最初はそれでも快適だと思ったけれど、住んでいてだんだんと馬鹿らしくなった。ああいうマンションはさ、自分はいまこのレベルにいる、って思いたい人のためにあるんだ。ここまで来たとか、もう少し頑張ろうとか」

「それが励みになる人だって、いるのではないかしら」

若い時分から、人並み以上の収入が確保されている会社にいたからこそ、そんなに余裕のあることが言えるのではないか、とさすがに私は思った。現実が自分に貼りついて来るのは確かに嫌なものだけれど、住まいのように、どうにもならないものだってある。しかしせっかくの会社を公平は既に辞めてしまっているのだから、それ以上を言うとただの反論になると思い、私は先を続けなかった。それよりも、なぜ辞めてしまったのか、その理由の方へ改めて関心が湧いてきた。

「確かにきみの言うとおりかもしれない」と公平は言った。

「いい部屋に住むのは励みになるし、頑張ればもっといいところへ移れる。しかしそんなことをしたところで、いつまで経《た》っても心地よくなんかなれない。だからそれに対して、家賃を払うのもばかばかしい。ゴールドカードの年会費と一緒だ」

公平は重ねた皿を手に、立ち上がった。そしてシンクのなかにそれを入れ、水を出して洗い始めた。私も何かしなければ、と思ったが、彼に任せることにした。

近くに森はないだろうか、と公平は言い出した。近辺を隈《くま》なく歩いたことはないけれど、知っている場所ならいくつかある。森というよりも、もともとあった里山の一部が宅地に奪われた残りでしかないが、それでもいいと彼は言った。

部屋から歩いて15分ほどの里山に着いた。雑木林が小さな谷間《たにあい》をつくり、そこに水田がひろがっている。谷は奥へ行くほど小さくすぼまり、それにしたがって水田の区画も小さく狭くなる。この小さな山の向こう側は斜面が削られて宅地となっているが、谷の内部にいるかぎりは、住宅の灯り《あか》はまったく視界に入らない。外灯も引いていないから、目が慣れるまでは闇《やみ》のようだ。

水田を囲むように、両側に未舗装の道がついている。農作業のために軽トラックが入る幅しかなく、盛大に生えた夏の雑草のなかに、二本の轍《わだち》がある。

「どこに来たのか、という感じだなあ」と公平は呟《つぶや》いた。彼と私は、谷の奥へ続く道を歩いた。

「こういう風景を見て、ただ『懐かしい』と言っていいのかどうか、僕は複雑になるよ」

「自然とはいっても、他人の土地だから？」

「ここは自然ではない。農家の人が手を入れて丁寧に守っている場所だ。たまに気紛れで訪れる僕たちみたいなのは勝手なことを言えるけれど、こういう風景に住む人は土地に縛られている。どこに住むかという選択の余地が、実は最初からない」

「日本じゅう、たぶんそんな場所ばかりなのね」

「風景は懐かしいけれど、そこには昔からの人間関係がびっしりと貼りついている。身動きが取れない。勉強のできる子や長男以外は、本人しだいで東京へ出て来ることもできるだろう。でも、実家のある田舎とは絆《きずな》はつながったままだ。そう考えると、日本というのはつくづく不思議な国だと思うよ。大部分の田舎と、東京の2種類しかないんだ」

「その東京も、大多数は東京ではない人たちで占められているのね」

「お盆になると、東京は見事に空っぽになる」

そう言って公平は笑った。夕食を食べ終えてから初めて見せた笑顔だ。

「こっちで生まれ育った私には田舎というものがないから、お盆になると帰省する友だちが羨ましかったわ」

水田では、蛙たちの鳴き声が交響曲のように響いていた。ただぼんやりと聞いていると、青い稲が伸び始めた水田の一面から、いっせいに音が出ているように感じる。しかし少しでも耳を澄ませると、あらゆる箇所で音が光のように明滅しているのがわかる。はるか奥で鳴き声がしたかと思うと、同じ蛙の声がすぐ足元でも聞こえる。これをヘッドフォーンで聴いたら、どのように聞こえるのだろう。頭のなかはホールになって、そこにはいまここで見ているような、水田の音の風景がひろがるのだろうか。

「そうか、きみには帰る場所がないのか」

公平は畦道《あぜみち》で立ちどまった。腰をかがめて、穂先を指でつついている。すると夜だというのに、そこにいたトンボが一瞬のうちに飛び去った。

「ないというか、最初から存在しないから、田舎があるというのが想像もつかないの」

「そうだろうね」

「だから帰る場所がある人が単純に羨ましくて、帰省する友だちにそのことを言ったことがある」

「怒られただろう?」

私は返答につまった。一瞬で言い当てられるとは思っていなかった。公平が持っている雰囲気は、隅まで都会の人のものだからだ。

「そのとおり、相手は真面目になって怒ったのよ」と私は答えた。「田舎と東京のどちらを選ぶかではなくて、とにかく出ていくしかなかった、と言って反論してきたの」

「そうだろうとは思うね」

「一時的にでも、そこに帰ることのどこが羨ましいのか、あなたも行って住んでみるといい、と言われたわ」

公平は畦道にしゃがみこみ、手元にある雑草を少しちぎって掌《てのひら》に載せた。それを包みこむように手で椀をつくり、鼻先に近づけて匂いをかいでいた。そして掌をひろげて息で吹き飛ばし、立ち上がって手に付いた土を落とした。

「最初から帰る場所がないというのは、僕も逆にきみが羨ましい」

畦道から作業道に戻った公平は、さらにその奥へ続く道を探そうとしていた。轍の道をこのまま歩くと、奥にある水田の端で行き止まりだが、水田とは逆側の里山の斜面の奥へ、車でも入れない通路が延びている。ここをさらに進み、登山のように斜面を上がれば、その先は新興の住宅地だ。

公平はかまわずにその道を選んだ。林はもはや人の手入れがされておらず、細い杉と昔は炭に使ったであろう楢《なら》が放置されていた。足元にほとんど雑草はなく、却《かえ》って歩きやすかった。間引きをしていないので、地面にまで陽射しが充分に届かないのだ。

斜面が終わり、稜線《りょうせん》に出た。頂上は林を一部残した公園のようになっており、いま歩いてきた里山とは対照的な夜の住宅地が、はるか先までひろがっていた。私は公園の隅にベンチを見つけ、公平に声をかけてふたりですわった。

「ハイキングをするとわかっていれば、魔法瓶でも持ってくればよかったなあ」と公平は言った。

「魔法瓶?」と私は訊《き》いた。

「ああ。途中にマクドナルドがあっただろう?　あそこでコーヒーをいくつか買って、その場で登山用の携帯の魔法瓶に移し替えれば、いまこんな時にもっとゆっくりできる」

「登山用の道具なんて、私のうちにはないわよ」

「いや、きみの部屋に置いてきたデイパックに入っているんだ。まさかこんなに歩くとは思わなかった」

住宅地のような場所を歩いていて、ふと目にした里山に入ってみたくなると、公平はまずファストフードの店を探すのだという。そのためにデイパックのなかにはいつも、登山用の保温ボトルを入れてあるらしい。0・5リットルの容量で、ステンレス製なので重さは200グラムしかないという。

「そういう時に、自然の音を録音したりもするの?」と私は訊いた。こういう里山では、さすがにそれは無理だ、と彼は答えた。

「どうしても車の音が入ってしまうからね。というか、まえに録音の専門家に聞いたのだけれど、マイクが車の音を拾わない場所って、ここからどれくらい離れないといけないと思う?」

私には想像もつかなかった。マイクの性能にもよると思うけれど、風景を目で見たときの感覚としては、少し行けばいくらでもあるように思えた。

「富士山のさらに向こうらしいんだよ」と公平は言った。「本栖湖《もとすこ》の奥の方さ。車で2時間以上はかかる。音だけのことで言うと、そこまでが首都圏だ」

「そこでもいいから、私はあなたが録音する場所へ行ってみたいわ」

「その約束をしたよね」

「まだ1週間しか経っていないけれど」

私がそう言うと、公平は意外そうな顔をしてから小さく笑った。この笑顔を見るとこちらも嬉《うれ》しくなるというよりは、何かほっと安心するところがあった。遠い場所から近づいてきてくれたような、いまここにいることがやっと確認できるような感じがするのだ。

しかしそれも一瞬のことで、すぐにまたどこかへ行ってしまうのではないか、という距離感は消えなかった。束縛から自由な人は、こちらから手を触れることはできないのだろうか。

「約束をしてからその後、きみは何をしていたんだろう？」と公平は訊いてきた。それでも関心を持ってくれていることがわかって、胸がふと哀しくなった。

「ジャズ・トリオの音源を編集して、その音を最終的に調整していたのよ」と、私は答えた。

はるか先に鉄塔があり、その尖端《せんたん》で赤い光が明滅していた。蛍の光のようだった。横にすわる彼をふと見ると、彼も新しい住宅地の夜景を眺めていた。私たちふたりは、目が合うことがあまりないのだ、と思った。お互いを見るのではなく、一緒に同じものを見ている。

「先輩のエンジニアが音に厳しい人で、それで一昨日《おととい》と昨日は徹夜だった」

目をまえに向けたまま、私は続けた。

「そうか……何をしているんだろうと、ずっと思っていたよ」

私はその言葉に助けられて、ずっと抑えてきたことが胸のなかで破れた。何かへと急速に吸いこまれていく力を、全身に感じた。この人を絶対に失いたくない、と思った。自分の顔を見せることができず、まえに向けていた目を足元へ落としてしまった。

「あなたはずっと何をしていたの？」と私は訊いた。「私もそればかり、ずっと考えてた。何してるんだろう、って思ってた。あなたの話を、先輩にもしたわ。どうしてもっと早く、連絡してくれなかったの」

「すまない。すぐにでもと思って、考えているうちに今日になってしまった」

「何を考えていたの？」

会話はそこで途切れた。場所を替えよう、と公平は言い、私たちはベンチから立って住宅地の方へ歩き始めた。

夜の10時がすぎて、住宅地の道に人の姿はほとんどなかった。クリスマスの時期になると、いかにもデコレーションをしそうな家がいくつも建ち並び、カーポートにはドイツ製の車が目立った。瀟洒《しょうしゃ》というよりは、まるで何かの冗談のようにしか見えなかった。これが憧《あこが》れの住まいなのだろうか。

ここに並んでいるのは、まさにモデルルームそのものだ。その意味では住宅地ではなく、展示場のようにも見えた。広く誰にでも理解されやすい価値というものがあり、それを「流行」だと言うのだとしたら、この住宅地にある家はほとんどが流行だった。過去を抱えこんでいないし、未来を視界に入れてもいない。いまいちばん売れそうなものが何種類かあり、それぞれの人がそこから好き好きに選んだものをここに並べました、という結果が表れている。いちおうの個性は反映されているようでいて、実はみなで同じことをしているにすぎない気がする。住宅のメーカーから、実は消費者は馬鹿にされているのではないか。

ここに住む人たちは何を広く共有しているのだろうか、と不思議になる。おそらくここに住む人たちの多くは、少しでも趣味性の高いものは却《かえ》って嫌うのだろう。そんなのわからない、普通じゃない、と判断して、最初から考慮のうちにも入れないのだろう。慣れていないものには手を付けず、わかろうとすることの代わりに最初から排除してしまうのかもしれない。

そうか、ここは何かが共通して排除されたところなんだ、と私は自分なりの思いにいたった。だから、これだけ妙に小綺麗《ぎれい》なのだ。そしてこういう光景を羨ましいと感じる人が他にもいればいるほど、ここに住む人たちの優越感や達成感は支えられてゆく。だとすれば、趣味性の高い変わったことなど、最初からするはずもないわけだ。

公平はどんなところに住んでいたのだろうか。ふと気になって、私はそのことを彼に訊こうと思った。道はなだらかな下りになっていて、少しだけ先を彼は歩いていた。一緒に歩くとか、手をつないでみるとか、そういうことには最初から関心がないらしい。

声をかけようとすると、彼が振り返った。何かを言いたそうな顔をしていた。驚き呆《あき》れたような様子を、主張として既に顔に表していた。

「この新興住宅地はすごいなあ」と彼は言った。立ちどまったので、私は彼においついて、そこからは横に並んで歩いた。

「同じ時期に、同じような年齢の人たちが、共通した価値観をもっていっせいに新築の家に引っ越してくると、街とはこのようになるんだね」

「羨ましいと思う?」

「僕の部屋なんかよりも、もっと凄《すご》いよ。何かの見本市みたいだ」

「あなたも普通の住宅地に育ったのかしら」

山間部の小さな町に育ったようには見えなかったので、私はそう訊いた。

「まったくの、普通の住宅地だよ」と彼は答えた。

「しかし一気に出来上がった場所ではないし、古い家もたくさんあったから、ここはかなり違う。住宅地そのものとしての年齢が高いんだ」

「聞いていなかったけれど、出身はどこなのかしら?」

「西宮だよ」

「神戸の近くね」

「でも芦屋みたいに高級じゃない。絵に描いたように普通だ。金持ちもそうじゃない人も、あまり差がない」

「ご実家はそこにあるのかしら」

「18歳のときに、一家ごと東京の郊外へ引っ越してきた。父はエンジニアだから、東京のメーカーに研究者としての職があったんだ」

「じゃあ、いまは私と似た身分なのね」

「どういうこと?」

「帰る故郷がないってことよ」

「ああ、確かにそうだね」

「帰りたいと思うことはある?」

「帰るにも、帰れないんだよ」

そして公平は、きみの部屋はどっちの方角なんだっけ、と質問を向けてきた。斜面を降りきって、そのまま駅へ続く道に私たちは出ていた。商店街とは言えないけれど、マンションの建ち並ぶそこかしこに、小さな居酒屋とかスナックのような店が、ときどき現れる。もう少し駅の近くまで歩けば、店の数はしだいに増えてゆく。

「どこかに寄らないか?」と公平は言った。「場所を替えて話したいことがあったんだ」

なぜ私の部屋ではだめなのだろうか、と思いつつ、彼の提案を受け入れることにした。1週間ぶりの、土曜日の夜だから。


駅まであと5分ほどの道沿いに、知らない店ができていた。部屋は駅をはさんでここは逆にあるので、私が知らなかっただけなのだろう。

それは雑居ビルの角にある、小さなバーだった。駅から歩いてきたなら、ここから先はもうマンションしかないという端の場所で、逆にこの地域の住人からしてみれば、住んでいる場所のすぐ横に、唐突にひとつだけ店があるように感じるはずだ。

公平と私は、ほぼ同時にその店のまえで足をとめた。ドアのうえにある看板をふたりで見上げ、そして顔を見合わせてしまった。

「こんな店があるんだ」

「いつできたのかしら、まったく気づかなかったわ」

「これはひとつ、入ってみるしかないだろう」

「それしかないでしょう」

その店の名前は「クロスロード」といった。ブルース音楽のファンであれば、すぐにピンと来る言葉だ。ミシシッピの綿花畑、赤土の道が交差するその場所で、お金と引き換えにブルースマンのロバート・ジョンソンが悪魔に魂を売った、とされる有名な伝説があるからだ。ブルースというのは、もともとは教会の音楽「ゴスペル」と同じものだから、それを売ってお金に換えることは、黒人の信者たちからしてみれば、悪魔と取引をすることと同じだった。ジョンソンはそれを、うそぶくように格好をつけて表現してみせた。

やがてそのホラ話には脚色が加えられ、世界じゅうの音楽ファンに広まってしまった。それをさらに有名にしたのが、エリック・クラプトンが在籍していたバンド「クリーム」の演奏だった。ジョンソンの原曲をハードでシンプルに再現した曲は、ブルースのスタンダードにまで高まった。

その曲名が店につけられている以上、ここはブルースのバーだと思って当然だ。まさかそれを知らずに偶然に同じ名前をつけたとは考えられず、公平と私はその店に入った。しかしなかに流れている音楽は、まったく普通の、洋楽の有線だった。

「いらっしゃいませ」

声をかけてきた店主と思《おぼ》しき人は、私たちと同じくらいの、20代後半の男性だった。黒いスラックスに白いシャツ、ストライプの入った黒のベストを重ねており、「ブルース・バーの主」とは程遠い印象だった。

店の奥まで長いカウンターがあり、中央の何席かは常連客らしき人たちで占められていた。公平と私は、いちばん奥の場所へ通された。ストゥールにすわると程なくして、店主からおしぼりのタオルを渡された。

「ご注文、お決まりでしたらどうぞ」

公平は壁に並んでいるボトルを端から順に見て、私は渡されたメニューから軽いカクテルを選ぼうと思った。店主はにこにこと笑顔を保ったまま、私たちのまえで待っていた。

私はひとまず先に自分のものを注文し、続いて公平がスコッチの銘柄を口にした。店主は爽やかに注文を受け、飲み物をつくるためにカウンターの中央へ戻った。私と公平は、その様子を横に追った。

店長の横では、さらに若い青年がスイカのカクテルをつくっていた。カットしたスイカを圧縮機に入れ、柄を梃子《てこ》のように押してジュースを搾り出しながら「今年の夏も終わりですから、スイカもあまり甘くないですよ」と、目のまえにいる女性客に言った。気さくな口ぶりからすると、カクテルを頼んだ女性はやはり常連客なのだろう。

「そろそろスイカのカクテルも終わりですよ。明日あたりから、表の看板からはずそうと思ってます」

「だめよ、私の許可も取らないで」と女性は言った。「誰がはずしていい、って言ったのよ。私がいいと言うまでは出しなさい」

「みっちゃんにそう言われたら、やめるにやめられないなあ」

そうか、あの綺麗な人はそういうニックネームで呼ばれているんだ、と思いつつ、その隣にいる男性が目に入った。眼鏡をかけた痩《や》せた中年の人で、煙草を口にしながらいかにも活気のない口調で「今年の阪神の優勝はだめかなあ」と言っているのが聞こえた。

「いやいや、これからですよ」と若い店員は答えた。

同じ方向を見ていた公平が、ふと私を振り返った。彼の気持ちがそのまま顔に出ていた。

「ここって、ブルースのお店なのかしら」

公平の言葉を先取りするように、私が口を開いた。

「どうも、そうじゃないみたいだね、全然」

自分のいる場所がまったくわからない、という風情で彼は答えた。おとなしいけれど、よく見ると表情の豊かな人なのだと思った。

「どうして、クロスロードなんていう名前なんだろう」

「店はブルースじゃないけれど、本人だけがファンなのかしら」

「店長が、学生時代にバンドを組んでいたとか？」

「来たら訊いてみようか」

「うん」

店長が、カクテルとウイスキーを持ってきた。彼はコースターのうえにそれぞれのグラスを置き、お待たせいたしました、とていねいに言った。私はほんのりと赤い色のカクテルを、ひと口飲んだ。上品で切れ味があり、美味《おい》しかった。私はそのことを店長に伝えた。

た。

「ところでここは、ブルースの店ではないのですか？」

口を閉ざしていた公平が尋ねた。見るからに静かそうな雰囲気を持っているので、急に口を開くと不思議な威圧感があって、相手は一瞬だけ緊張する。

「これまで何度か、そう訊かれたお客さんがいらっしゃるんです」

申し訳なさそうに、店長は答えた。

「僕はてっきり、ブルースのかかっている店なのかと思いました」と公平は言った。悪気はないのだが、ストレートなので言われた側は批判にも聞こえるだろう。

「すみません、有線替えましょうか」と店長は言った。

公平は店内を見渡した。天井の片隅にボーズのスピーカーがあるのを確認して、そして横にすわるお客さんたちに目を配った。

「いえ、いいですよ。勘違いしたのはこっちの方です。ところで、まえにバンドでもされていたんですか？」

店長は返答に窮していた。ここをブルース・バーだと思いこんで来た以前のお客さんたちに対しても、同じように困惑していたのだろう。しかしそれくらいに、音楽好きにとって、この店の名前には吸引力があるのだ。

「すみません、遊びでメロコアのバンドはやっていましたが、ブルースなんて全然わからないんです」と店長は謝るように言った。「あとになって、クリームの曲だと言われました。お客さんは、音楽関係の方なんですか」

質問されることから逃れるように、彼は逆に訊いてきた。こちらの女性は音楽の関係者ですが、僕はまったくそうではないです、と公平は答えた。

「じゃあ、やはりバンドをされていたとか」

「ええ、もう解散しましたけどね」

「どんな音楽を演奏されていたんですか」

公平はそれを聞いて黙っていた。空気が気まずくなるまえに、店長はごく自然に私たちのもとから消えた。


先週のライヴを最後に解散したのだ、と公平は言った。それは半年ほどまえから決まっていたことだった。それぞれのメンバーに本業があることが主な理由だが、活動そのものに意味がないと言い出したのは公平だった。彼が会社を辞めてからまもない頃のことだ。

自分が出した企画書が思いがけず採用され、その仕事は約2年にわたって続いた。幸福といえばそれまでだけれど、就職をして最初に担当することになった仕事が壮大なスケールだったから、公平は思う存分それに没頭した。他のことには関心を向けなくてもよかったし、またそれだけの時間もなかった。宇宙の遠い旅の先には人間の精神とつながるものがある、という確信に近い想いに囚《とら》われたまま、その2年は過ぎた。

周囲の同僚や先輩はそれに心配したのか、たまに会社で彼のことを見かけては「おまえのしている企画は20年にいちどの仕事だぞ」と冷やかし気味に声をかけたり、近くの酒場に誘っては「最初にして最高の仕事を手にしたおまえは、最大に不幸なのかもしれない」と諭したりした。しかしそのときの公平は、何を言われても実感を持つことができなかった。最高の仕事だと言われても最初だから他に比べるものがなかったし、収入に恵まれているとはいえ、社内ではまだ下っ端でしかない。「就職したばかりなのに、20年にいちどの仕事だということは、次にやれるときはもう40代の半ばじゃないか、まさかそんな」と思うのがせいぜいだった。

そして2年が終わり、事態は周囲が思ったとおりに進行していった。新しく担当になった仕事は以前のものとは本質的に何の関わりもなく、細かくて具体的な数字が求められた。自分から企画を出しても採用されることはなく、されたとしてもそれは、あっという間に消えてゆくものばかりだった。「北山もそろそろ目を覚ました方がいいんじゃないか」という声も耳にしたが、彼の不安はそこにあるのではなかった。時が経てば経つほど、自分が2年間にわたって没頭し、そして心から信じた何かが希薄になってゆくことに、彼は恐怖を感じていた。

生と死はどこかでつながっているのに違いない、という実感を、彼は確かに感じることができた。しかしその思いが仕事の現場で通用するはずがなく、あとは何をしても小手先のようにしか感じられなくなっていた。「あいつは、月の探検から戻ってきた宇宙飛行士のような気分でいるつもりなんじゃないか」と、陰口を公然と叩く者も現れた。上司に呼び出されるようになり、その後配属先も何度か替わった。

給料をもらっている以上、何とか人並みに仕事はこなしたが、気分的には孤立していくばかりだった。既に手の離れた過去の企画を、いつになっても取引先の関係者は口に出しては手放しで礼賛し、「あれと似た感じでお願いします」という、無責任な注文のしかたをされた。30歳にもなっていないのに、このまま自分は燃え尽きていくのか、と彼は思い始めた。ここにいない方がいいのではないか、自分は就職する場所を間違えたのではないか、それでも役割があるのだとしたら、最初の壮大な企画を実現するだけのために自分はいたのではないか、だとすればこれ以上いても場所も役割もないのではないか。逃避というよりも、本当の役割は最初のひとつだけだったのではないかという確信が芽生え、彼は辞表を提出することを考え始めていた。

居心地のいい店だった。土曜日の夜ということもあってか、常連の客はさらに増えた。みな楽しそうに言葉をかけあい、それでいて酔って声が大きくなる人はいなかった。私もいつかこの和やかな輪に入れるといいな、とふと感じた。それくらいに、自然な空気のある店だった。私も公平も、既に3杯目を頼んでいた。

「大学に入った頃、30歳になった自分を考えたことあった?」と、私は公平に訊いた。「まさか、その手前で既に失職しているとは思わなかったでしょ」

公平はそれに苦笑で応えた。「きみはどうだった、考えたことある?」

「考えてみたことはあるけれど、まったく想像ができなかったわ。それなのに、まさかこんなに早く時間が過ぎるとは」

「もうじき28歳で、それからあと2年で30だ」と彼は言った。「だからそろそろ、僕も何とかしなければ、と思っている」

「うん」

「会社も辞めてしまったし、30歳からはどうしていたいのか、いまからそろそろ、真剣に考え直さないといけない」

「うん」

「周囲の連中も、さすがに方向性が固まってきた。いちど固めたら、よほどのことがないかぎり、もう泣き言は言えない」

「うん」

何を言われても受け止めよう、と私は思った。1週間のあいだ、電話もせずに彼は真剣に考えて今日ここに来たのだ。ああしろこうしろ、なんて言うつもりはない。心からすべて受け止めようと私は心を決めた。

「30になるまえに、何とかしなければならない」

「うん」

「それで僕は考えたんだ。それをきみに伝えなくてはいけない」

「どんなこと?」

「自分は、6畳ひと間の生活に戻らなくてはいけない」

「え?」

「実家は東京に越してきたけれど、20歳のときに僕はそこを出た。バイトをしながら住んだのは、自由が丘にある6畳間のアパートだった」

「そうなの……」

「あんなマンションに住んでいてはいけない。ここで何もない生活に戻らないと、30を超えたときにズルズルになる」

「はあ……」

「僕はもう、あそこはいらない。もしよければ、きみが住まないか? 僕はときどき戻って来るだけでいい」

「ときどき戻って来るって、どこへ行くのよ?」

日本中を旅行するのだ、と公平は言った。録音をしながら日本の方々へ行き、自分の国を感じてみたい。最初の2年間にした仕事のお浚《さら》いとして、自分は日本という足元を見なくてはいけない。そこで何ができるのかを、少なくとも4つの季節を通して1年間は考えてみたい。忙しくしている間に貯まったお金を少しずつ崩すようにして、バイトができるのなら行き先で雇ってもらい、1年したら戻ってくる。そして残りの1年間で、何をするかの足固めをする。公平は真顔で私にそう言った。

「僕の旅先へ、きみもときどき来るといいよ。いろいろな人に会う旅になるはずだから、予想もしないことがたくさん起こるだろう」

どうしてそこまで身勝手なの、と本心では言いたかった。普通ならそうしていただろう。しかし不思議と、その気にはなれなかった。私と一緒にいて、と陳腐なことは言えなかった。しかも1年したら旅は終わる、と彼は言っているのだ。それならば、その1年間を私は自分なりにどう使えばいいのか、それを考えることが彼の真剣な提案への回答となるはずだった。

「私は、いまの部屋のままでいい」と私は言った。「気に入っているし、自分にちょうどいいもの」

「そうか、窓の外に並木もあるしね」

「日本の旅行へは、いつから出るの？」

「大した意味はないけれど、自分の誕生日にしようと思う」

「ほんとにナルシストねえ」私は笑ってみせた。

「ボイジャー1号が旅立った日だ」私のジョークへ彼が自嘲《じちょう》を重ねた。「秋を先取りしに、まずは東北へ行く。そのまま北海道まで行ったら、冬は沖縄へ飛ぶことを考えている」

「そこから北上してくるんだ……」

「これで僕にも、帰る場所が見つかったかな」

そこが私のところでもいいの、と心のなかで私は呟いた。実際に口にしたら、涙がこぼれそうだったからだ。僕には帰る場所がなかったから、と彼は言葉を続けた。「帰る場所を、途中でなくしたからね」

私は公平の顔を見た。この人の何を受け止めればいいのか、そのときにわからなくなった。この人はどこへ帰りたいのだろうか。

「阪神淡路大震災だよ」と彼は口にした。「あれで家が住めなくなってしまった。捨てて出てくるしかなくなったんだ……」

5

高く抜けた青い空だ。

関東地方を直撃した台風が房総半島沖をかすめて、いまは東北の太平洋沿岸が暴風雨の圏内に入っている。秋雨前線が刺激されて、東北の水田地帯には恵みの水がもたらされているはずだ、と公平は言った。

彼は明日、その地方へ向けて旅に出る。台風をあとから追うような旅だ。道路も空も綺麗《きれい》に一掃されて空気が輝き、行く先々で雨に洗われた光景に出逢うことになる。私は彼がいなくなることの寂しさよりも、何ということのない日常に取り残される自分の現実を見せつけられる思いがして、逆に彼の決意に拍手を送りたくなっていた。旅人を見送る立場もまた、それはそれで気分のいいものだということを初めて感じた。

中華街にほど近いマンションはすぐに借り手が見つかり、旅行に必要のないものをすべて東京の実家へ運んだ彼は、金曜日から3日間だけ、私の部屋にいる。近くの駐車場に入れた中古のステーション・ワゴンにある荷物が、これからの彼のすべてだ。

1週間分の衣類、数冊の本、キャンプに必要な道具ひと揃《そろ》いと、それからノート型のパソコン。これは音楽を聴くための道具でもあるし、録音した自然音を取りこんでおく媒体にもなる。いいものが録《と》れたらCDに焼いて送る、と彼は私に約束した。それを自分の部屋で聴くのもいいし、ときにはスタジオの機器で再生してみるのもいいだろう。

ワゴンの荷台には、小型の天体望遠鏡も積まれている。夜の森の音を録音しているときに、そこから少し離れた場所で惑星を観るのだという。そんな時間にお腹は空かないのか、と平凡な質問をしたら、夕飯のまえに民宿のおばさんに頼んで、おにぎりを用意しておいてもらえばいいんだ、と教えてくれた。なるほど男性のひとり旅というのは、そういうところで融通が利いたり、アイデアが活きたりするのだと思った。

録音用の機材は、私が勝手に想像していたよりは、多くはない。ウォークマン・サイズのDATレコーダーに、バックアップ用のMDレコーダー。マイクは3本で、三脚が2本だ。プロの目からすれば趣味の範疇《はんちゅう》を出ないレベルだけれど、これで何かが不足するということは、まったくない。むしろ日本全国の自然の音を聴いてまわる体験をした者など、プロにはほとんどいないのではないだろうか。

定住しなければ荷物はこれだけで済むのだということを目の当たりにして、私は虚を衝《つ》かれる思いがした。自分としては女のわりに持ち物は少ない方だと思っていたが、ワゴンの荷台ひとつで済むかと訊《き》かれたら、それはやはり疑問だ。

「人はどうして、荷物を増やしていっちゃうんだろう」と、彼のワゴンを見せられたときに私は訊いた。

「僕も大震災で被災したときは、そう思ったよ」と公平は答えた。

「マンションの下階が倒壊して、建物そのものが居住不可能になったんだ。家のなかのものは大半が壊れて、数日かけて生活に必要なものだけをまとめたら、段ボール箱で数えるほどしかなかった」

「結局、あとのものは何だったのかしら」

「記憶とか思い入れとか、たぶんそういうことだろう。価値観に応じて買い物をして、気がつくといつの間にか物が増えて、捨てられなくなっている。でもそれも、大半は気のせいなのだということがわかった」

私は彼の部屋にあった、あの女性の写真をふと思い出した。彼は今回の旅に写真を携行しているのだろうか。それとも実家に運んだ荷物のなかにあるのか。おそらく彼女は地震と何か関係があるのではないかと思いながら、むしろその勘が当たらないことを、私は一瞬だけ願った。

「あのとき、自分はいちどゼロになったと思ったんだけどなあ……」

考えごとをしていた私に分け入るように、彼はふたたび話を始めた。

「なのに、マンションに入居してみたら元通りさ。人生は簡単でいいと思ったのに、物は増える」

「だから自棄《やけ》になって会社を辞めて、こんなことを始めるのね」

それを聞いて公平は笑った。


出発を明日に控えて、旅のおおまかなルートを私は訊いてみた。まずは2ヶ月ほどの行程で、東北を抜けて北海道にいたることまでは決まっていた。そのあとは青森に戻り、日本海側を体験しながら新潟まで南下する。そこから北陸へ行くのか、それとも山間部を経由して信越地方の山岳地帯へもぐっていくのか、それは天気予報を見ながらの判断だ。

旅に出ると天気予報が不可欠なものになり、湿度や気圧の変化なども、それなりに肌で感じ取れるようになるという。多くの場合その実感は、水の匂いによってもたらされる。乾いていたはずの空気のなかに、重く湿った水の匂いを少しでも感じたら、それは気圧の谷が近づいている証拠なのだそうだ。人間の性能は、本来はそこまで優れているのかと私が感嘆したら、農家や漁師にとってはそれは常識だ、と言って公平に笑われた。

移動してみるとわかるけれど、日本はつくづく水の国なんだ、と彼は言った。ちょっとした田舎の里にも必ず鎮守の森のような小さな神社があり、その近くには水の湧《わ》き出ている場所がある。あるいは山間部を走っていると、開け放した車の窓から、水の匂いが入ってくる。どこへ行ってもこんなに水の匂いのする国を、彼は体験したことがないという。

彼は大学を卒業した直後、1ヶ月だけカナダの国立公園でテント生活をしたことがある。そのときに感じたのは、日本の水のある風景への思慕ばかりだったそうだ。テントの横をオオジカがのしのしと歩き、湖畔にはクマがいて、目のまえには世界的に有名な高山が聳《そび》えているというのに、その大雑把なスケールと水気のなさに、公平は日本の自然にある小さな美しさを思い知った。規模は確かに小さいけれど、水が豊富なせいで、ごくわずかな範囲内にも複雑な自然の表情がつくられている。だからそれを音に録ったなら、カナダの大森林よりもはるかに複雑で可憐な音の世界になる。

日本地図を部屋のなかでひろげながら、長野までの道程を聞いた私は、まるで寅さんみたいだと思った。ここにはこんな風景がある、こっちの方へ行くと絵に描いたような小さな村があるはずだ、と聞かされるたびに、私の頭のなかには、寅さんの映画で観た風景が浮かんでしまうのだ。それを口にすると、きみの言うことはまったく正しい、と公平は言った。

「多くの人は、寅さんは国民的な娯楽映画で、気楽なものだと思っている。でも、監督の山田洋次は、ある種の怒りであの映画を撮っている」

「寅さんシリーズが怒りなの？」

「ああ」

そう言うと彼は絨毯《じゅうたん》から立ち上がり、キッチンへ歩いて水道の水で顔を洗った。定期的に顔をじゃぶじゃぶと洗うのが公平の癖なのだと、私はまえに彼がここに来たときに気づいた。

タオルで顔を拭《ふ》きながら戻ってきた公平は、絨毯のうえにすわり直した。

「あるいは僕だけがそう思っているのかもしれないけれど、山田監督が途中から怒り出していることは、全作を通して観るとはっきりとわかる」

「いつくらいの作品から？」

「それを特定するのは難しいけれど、彼は日本の原風景というものを、ある時期から執拗《しつよう》に追い始めている。なぜならロケハンに行く先々で、以前からの風景が急速に失われていることに、否応なく気づかされたからだと思うんだ。風景がなくなることに、彼は怒りを感じている。せめて映画のなかだけでも、山田監督は風景を残そうとしている」

「日本が、日本ではなくなっていくのね」

「風景を残したままでも、近代化は図れる。しかしなぜか日本は、風景もろとも壊してしまう。大きな1本の樹があったなら、それを迂回《うかい》する道路はつくらずに、せっかくの大樹の方を何の考えもなく伐《き》ってしまう」

「その樹が1本なくなるだけで、それまでにあったいろいろなものが、いっせいに消えてしまうのではないかしら……」

「伐ってしまった途端に、すべてがなし崩しのように変わってしまうんだ。日本全国いたるところにそんなことがあって、それを身をもって体験した監督は、途中から真剣に怒り出していると思うよ」

「ただ邪魔だから樹を伐るということは、風景に関しても、こんなものは邪魔だという感覚があるのかしら」

「こんなものはなくした方がいいんだ、という感覚がどこかにあるんだよ、きっと。そして田んぼの真ん中に大きな国道を通して、沿線にはあっという間に醜悪な看板が立ち並ぶ」

「それって、精神的にかなり危ないことなんじゃないかしら」

「風景が壊れるということは、社会も人も壊れるということだ。危ないなんていうレベルはとうに通り越して、人が人ではない社会へ向けて、誰も止められないような速度で傾斜していっている」

「これから旅に出るというのに、ずいぶんと後ろ向きなのね」

「何がどれだけ残っているのか、それを知らないと、何かがなくなったことにさえ気づかないだろう？　だから行くんだ」

その夜は1日早く、公平の誕生日を祝うことにした。この歳《とし》で誕生日なんてどうでもいい、と彼は固辞したのだが、旅に出る記念を理由にすると、素直に納得した。

沖縄とハワイの料理を出す店へ、私たちは行った。サーフィンをしている人が経営しているらしく、注文を取りに来た男性は中年だというのに腕の筋肉が浅黒く引き締まり、細い足首から連なるふくらはぎは、瘤《こぶ》のように固まっていた。天井近くからテレビのモニターが吊り下げられ、画面には世界じゅうの波が映し出されていた。『エンドレス・サマー』という映画であることは、私もひと目見てわかった。

ブルース・ブラウンという南カリフォルニアのサーファーが、1966年につくった映画だ。それまでいくつかのサーフィン・ムービーを趣味のように撮っていたブラウンは、地元の高校を借りて上映会を開き、その収益で食いつなぎながら波に乗る生活を続けていた。波の美しさや迫力、それを相手にするサーファーの動きの素晴らしさなどを的確に表現する技術は上がっていったものの、わずかな収益での生活は、しだいに同じことの繰り返しになっていった。

ある冬の日、波に乗れない時期に彼は、ふたりの友人にひとつのアイデアを提案した。いまはここに波はないけれど、南半球に行けばそこは夏で、この地球上にいい波はいくらだってあるのではないか、というのだ。夏を追いかけながら理想の波を求める生活を、作品としてフィルムに収めるというのは、どうだろう。

銀行から少しだけ援助金が出て、3人はいまだ見ぬ土地へ波乗りの旅にでかけた。セネガル、ガーナ、南アフリカ……行く先々での移動はもっぱらヒッチハイクで、彼らを拾うことになった人は、男3人だけではなく、大きな鞄《かばん》とサーフボード、おまけに撮影機材まで運ぶことになった。そのたいへんさに慌てふためいている様子や、あるいは開き直って旅につきあい、見たこともないサーフィンとやらを見物してみようじゃないか、と好奇心を示している地元の人の様子が、映画のなかにも収められている。移動するだけでたいへんなはずなのに、こういう光景を見逃さずにフィルムに収めているところに、私はブラウンのユーモアと大人としての余裕を感じる。

この映画の存在を知人から聞かされ、最初にビデオを観たとき、私はなぜ自分は女に生まれたのだろうと思った。波乗りをする海岸にセクシーな女性がいたら、それをすかさず彼らはフィルムに収めて品評して遊んでいるが、実のところ男3人だけで完全に充足しているのがわかる。彼らに必要なのは夏と波と、その素晴らしさを心から共有できる友人なのだ。そこに女性が入りこむ隙《すき》など、まったくない。自分も男に生まれて、こんなに自由な旅に参加したかったというよりも、女性のことなど綺麗さっぱり頭から消えている、という心の状態を体験してみたかった。同性だけで充足している男性は美しい。そこへ自分が参加した途端に、その美しさは失われてしまうような気がする。

ここにいる公平も、同じような想いなのだろう。まとわりついてくる日常の、いちばん端っこに常に女性というものがあるのだとしたら、とりあえずそれを捨ててしまいたい、と思うのではないか。

しかし店に流れている映画のような旅が、いまでも可能なのだろうか。もうじき30歳に手が届く、そういう意味では最後の青年がひとりでいて、その青年の前向きな行動に対して、現在はどれだけ理解してつきあってくれる人がいるだろう。いまどき珍しいと歓待を受けるのか、それとも、そこにはいない人のように扱われることになるのか。田舎の道を歩いているだけで、向こうから当たり前のように気安く声をかけてくることは、いまでもあるのだろうか。

画面を見上げながら、間の抜けたような表情でタコライスを黙々と食べている公平を見て、私は旅の成功と無事を祈らずにはいられなかった。彼は明日、私がまだ眠っている時間に、部屋を出ていく。

6

早朝5時、公平は恭子を起こさずに部屋を出た。快晴は、一昨日からそのまま安定して続いている。

駐車場へ行き、ワゴンの荷台を開けて改めて確認した彼は、ドアを閉めて運転席に乗りこんだ。エンジンを始動させ、バックで切り返し、自分の歩いてきた道をふと戻った。

彼のステーション・ワゴンは、ほどなくして恭子の住むマンションのまえを通過した。道にはまだ、ほとんど車の姿はない。彼女の部屋を一瞬だけ見上げてみた公平は、カーテンの陰に恭子を見たような気がした。そしてそのまま、速度を上げて高速道路のインターチェンジへ向かった。

都心へ向かう高速道路は、思いのほか空いていた。首都高速の情報を伝える掲示板を見ても、渋滞している箇所はまだひとつもない。これならば1時間もしないうちに東北自動車道に乗り、それから約4時間で仙台の近くまで走れるはずだ。昼の早い時間に着き、どこか港へ行ってみるのも、いいかもしれない。

普段から慣れている首都高を呆気《あっけ》なく走りぬけ、浦和の料金所を通過し、埼玉県北部から利根川を越えて群馬県の館林や栃木県の佐野を走っているあたりまでは、まだ気持ちがぎくしゃくとしていた。車にいつもの日常をそのまま空気ごと乗せて運んできたようで、どこかへ向かっている実感が体になじんでいるような気がしない。運転にもまとまりがなく、何かが吹っ切れない気がする。
しかし高速道路が徐々に高度を稼ぎ出し、宇都宮を過ぎて那須の辺りにまでいたると、もやもやしていた気分は、ようやく晴れてきた。陽射しは、夏のものとも秋のものとも言いがたい。高原の朝の空気はどんなものだろうかと、公平は那須高原のサービスエリアでいったん車を降りた。その途端、秋の気配がはっきりと感じられる冷たい空気に、彼はとりこまれた。都会からここまで車で3時間とかかっていないことが、新鮮な空気と共に、公平に改めて驚きを与えた。近いといえば近いともいえる、普段とは違うこのような場所に来る時間さえ、自分はつくりもせず持たずにきたのだ。

ただ広いだけの駐車場には、大型のトラックが何台か停《と》まっていた。東北地方のナンバーもあるけれど、その逆に静岡や名古屋地方のものもある。エンジンをかけたまま、ドアを開けてラジオを点《つ》けっぱなしで眠っているドライバーもいる。おそらくこのエリアを選んで停めている彼らは、ここがお気に入りの場所なのだろう。

長くすわり続けていたせいで、休憩所へ向かう足取りに、確かな感じがない。どこか不自由な動きだと自分でも思いながら、この先2ヶ月は恭子の部屋に戻らないのだということを、ふと公平は思い知った。帰る場所が自分の部屋ではなく、彼女のところでよかったのだろうか。既に成立している他人の場所へ、自分はもぐりこんでいくのだろうか。

なぜ人間には、男と女しかいないんだろう、と彼は友人に尋ねたことがある。学生時代の話だ。理系だったからか、その友人から返ってきた答えは、あまりにも自明で反論の余地すらないものだった。

「だって数が奇数だったら、種が継続されないじゃないか」

男でもなく女でもない、あるいはどちらでもあるような、そういう存在を公平は心のどこかで望んでいた。その時期の彼は、性がふたつであるということに、どこか苛立《いらだ》ちにも近い違和感を抱いていた。どちらか一方しかないということは、互いの間で起こされるアクションは基本的に1種類しかないからだ。

往年のハリウッド映画を観ても、このひとつしかないアクションを中心に、いくつものバリエーションが描かれていた。作品の数だけバリエーションが微細に描き分けられているのだが、名作と言われて残っている作品のなかには、それでもひとつの共通した特徴があった。最後にはやはり男女が別れてしまうか、あるいはその逆に、結ばれたあとの幸福な生活ぶりを描いてはいないのだ。結ばれたあとを描いていない、ということは、これもひとつの別れ話として捉えることができる、と公平は気づいた。恋愛という1種類のアクションが描かれることで、観る人はそこへ自分のファンタジーを投影し、男女の一瞬の出逢いに凝縮されたものは、その後が描かれないことによって純度高く凍結される。それを知った公平は、女性に対する接し方や距離の取り方が、わからなくなってしまった。どんな女性に出逢っても、結局は同じことの繰り返しから避けられないのではないか。かくも多くの映画や小説が恋愛をテーマとしている以上、そこに現実はないのだ、とも彼は思った。

男と女しか存在せず、永遠にそこにはひとつのアクションしか起こらないというのであれば、あとは何を自分は引き受ければいいのか。公平にはその体験がなかったし、持たないまま今にいたった。小さな恋愛関係は数える程度には人並みに体験したが、いずれも短期間で閉じられた。何かの繰り返しになってきた、と互いが気づき始めた時点で、それはいつも自然に霧消した。

しかしひとつだけ、永遠に凍結されたことで未完に終わっているものがあった。「ふたりの世界」というものがいつの間にかできあがり、それが古びて繰り返しを迎えるまえに、一方的にその関係は遮断された。結果がどうであれ、相手が生きているのなら継続のしようはあるが、生命を奪われてしまった以上、そこから先はもう何もない。想像することすらできない。それは1995年の、冬のさなかに起きた。そのとき公平は、大学受験を目前に控えた18歳だった。初めて彼の相手をした女性は沢口美紗子といい、享年24歳だった。


彼女と出逢ったのは、彼が通う高校の近くにある、市立の大きな図書館だった。自宅に帰るとそのまま遊んでしまいそうだし、何よりも図書館に漂っている香りが好きだった彼は、高校3年を迎えたときから毎日のようにそこへ通った。無数の本に囲まれているだけで不思議と心が落ち着き、参考書を読む気持ちを自然に集中させることができた。

5月の連休が明けるころには公平のすわる位置はほぼ確定し、夕方3時すぎから8時近くまでの約4時間を、彼はそこで過ごした。そしていつからか、自分の斜め前方の大きなテーブルに、いつも同じ女性がいることに気づき始めた。彼女は何冊もの本を高く積み、一心不乱に読書に耽《ふけ》っていた。そして傍らにあるノートに向けて猛然と何かを書き始め、いったんボールペンが走り始めると、それはゆうに1時間近く続いた。

この人は誰なのだろう、と公平が思い始めたのは、たくさんの専門書を積み上げて勉強をしているようでいながら、ときどき楽しそうにひとりで笑顔をつくってみせたり、勉強とは違った、熱中した視線を本に向けていることがあったからだ。本を読んで自分の世界に没頭していることに、本人がまったく気づいていない様子なのが、公平には楽しく感じられた。それにだいいち、人が熱心に本を読んでいるさまというのは、なかなかお目にかかれるものではない。

明らかに自分よりは年齢が上だが、魅力を覚えないほどに離れているようには見えなかった。髪が少しでも短くなると公平はそれに気づき、夏が近づいて服装の生地が薄くなると、彼女に対する知的な魅力や憧《あこが》れの上に、それまでとは違うものが自分の感情に重ねられていくことを、公平は否定できなくなってきた。向こうは私服で自分は制服でいることが、徐々に屈辱になっていった。

それからの公平は上着だけ私服を持参し、図書館の洗面所で着替えて、いつもの席にすわった。ほぼ毎日、彼女は図書館に来た。いつになったらこの自分に気づいてくれるのだろう、と気持ちは焦るばかりだったが、見慣れれば見慣れるほど、彼女は自分よりも人として大人なのだということが、雰囲気を通してわかった。おそらく実際に会話を交わしたなら、その隔たりはさらに大きなものに違いないだろう。

最初から相手にならないのだと実感してから、気分は多少落ち着いてきた。それから数日後だった。自動販売機でコーヒーを買っていると、後ろから女性の声で話しかけられた。振り向くとそこには、彼女が立っていた。

7

太陽は充分に上がりきり、フロントグラス越しに見る光の強さは、夏のものと変わりがない。車に乗ってからほぼ5時間、いまは仙台の南に近づいている。どこか海に近い場所まで行ったら漁港に寄ってみることを思い出した公平は、東北自動車道からはいったん離れて、港の看板がある方へ車を走らせた。標識に従っていけば、迷わずに塩釜港へとたどり着けるはずだ。

ほどなくすると海沿いの道に出て、そこからすぐの場所が塩釜港だった。東北の素朴な漁港を勝手に想像していたのだが、そこはみやげ物屋やレストランなどが立ち並ぶれっきとした観光地で、3階建ての物産センターのようなものまであった。公平はそこを通り越して、できるだけ海沿いの道を選んで走り、小さな漁船が艀《はしけ》に泊められている場所で、車を降りた。かもめが青い空に盛大に飛び、潮と魚の強い匂いが彼の鼻を突いた。

漁を終え、網を整理している漁師がいた。番屋を覗《のぞ》いても人の姿はなく、船から網を引き上げている漁師だけが、最後のひと仕事をしている様子だった。公平は漁師の方へ、そのまま歩いていった。

人の気配を察した漁師は、公平を振り返った。しかし何の興味もなさそうな顔をして、避けるように視線を網に戻した。公平はかまわずその場にすわりこみ、一心不乱に動く漁師の手元を見続けた。怒っている様子はないので、声をかけることならできると思った。

「もう、今日は仕事は終わりですか」と公平は訊《き》いた。漁師は最初、面倒くさそうに黙ったまま手元を動かし続けたが、しばらくして「今日は何も獲っちゃいねえ、ちょっと頼まれてウニを探しに来たんだ」と言った。

「ウニはたくさん獲れたのですか」と公平は訊いた。漁師は器用な手さばきで網を綺麗《きれい》にたたみ、それを足元にまとめ直した。

「ウニはもう終わりだ。お客さんに頼まれたもんだから、まだ少しはいるだろうと思って来たわけだよ」

「民宿か何かを、されているんですね」

「マグロとかカツオは、この歳じゃもうきついからな。母ちゃんとふたりで漁船民宿をやってる」

「それは、腕の見せどころですね」

漁師は網を肩にかつぎ、番屋の方へ歩き出した。公平は彼と並んで歩いた。60歳くらいだろうか、髭《ひげ》には白いものが混じり、黒く灼《や》けた頬《ほお》には無数のしわが刻まれている。網を番屋で降ろした彼は、そこにある椅子にすわって煙草を吸った。公平にも椅子にすわることを勧め、やかんからお茶をふたり分入れた。

「船に乗らなくなった漁師なんぞ、漁師ではないよ、もう」

「引退されたんですね」

「体がきつくて、他のもんに迷惑になるからな。宿は漁師が食うような料理しか出せないが、母ちゃんは大喜びさ」

「それは、確かにそうでしょうね」

「おれが船に乗ってるからいい生活ができたのにさ、降りたら降りたで安心しているんだ。海の上なら勝てるが、陸《おか》に上がったら女には勝てないね。今じゃいっぱしの女将《おかみ》さん気分で、初めて泊まりに来るお客さんとも喋《しゃべ》りっぱなしだ」

公平はお茶を飲んで笑った。その様子を見て、本当なら酒を出すんだが昼間だしおれもさっさと帰らねえと怒られちゃうからなあ、と漁師は言った。ウニはどれくらい獲れたんですか、と公平はもういちど尋ねた。

「ほんの40個くらいのもんだよ、今晩はそんなにはいらねえから、少し分けてやろうか」

彼は網の付いた籠《かご》を取り出し、それを開いて公平に見せた。鋭いトゲのある濃い紫色のウニが、ひと山ほど入っていた。

「箱に入ってるやつはね、あれはだめ」と彼は言った。「もたせるために薬に浸けてるからね。割ったのを、そのまま指ですくって食うのが美味《うま》いんだ」

すると漁師は、番屋に置いてある包丁でウニに切れ目を入れ、手にした柄を使って軽く力を入れて叩き割った。そして人差し指をそこにいれ、器用にくるっと掬《すく》い上げてみせた。

「ほれ、食ってみい」

漁師は指先に載せたウニを公平の手のひらに落とし、公平はそれをそのまますすった。濃厚な海の香りが口いっぱいに広がり、あとから何重も甘みがこみあげてきた。

「どうだ、美味いだろ」

しばらくしてから、公平は「最高です」と言った。漁師はそれを聞いて満足そうにうなずき、自分の割ったウニの残りを、そのまま公平に手渡した。

「悪くなるだけだから、全部食っちまえ。おれがもっと、美味い食い方を教えてやるから」

漁師は立ち上がって番屋の隅へ歩き、一升炊きの大きな炊飯器のふたを開けた。なかにはまだ、白米が残されていた。漁師はそれをプラスチック製のどんぶりによそい、公平のところへ戻ってきた。

「ウニどんぶりですか！」公平は遠慮なく声をあげた。

「いやいや、違う。ちょっと見てろ」

彼は慣れた手つきで次つぎとウニを割って開け、1本の割り箸《ばし》で白米の上に並べていった。やがて、ウニどんぶりと呼べるようなものができあがり、漁師は番屋の冷蔵庫を開けて卵をひとつ持ってきた。そして片手で卵を割りながら、白身だけを殻に残した。山盛りになったウニの中央に、卵の黄身がコロンところがされた。

「ここにさ、醤油を少しだけ垂らして食ってみろ」

漁師はキッコーマンの醤油を公平に手渡した。彼は黄身の表面に数滴だけ醤油を落とし、それを箸で掬い上げようとした。

「ああ、だめだだめだ。ぐちゃぐちゃに掻《か》き混ぜながら、そのまま口のなかへ掻っこむんだよ」

公平はどんぶりの縁に唇をつけ、大きく口を開けてから、箸で押しこむようにウニと黄身の混ざった白米をほお張った。ご飯はまだ温かく、海と醬油の香りが鼻を抜けた。

「どうだ、最高だろ？」

「最高なんてもんじゃないですよ！」

「これはまあ、男の楽しみだからな。こういうのは、母ちゃんには内緒だ」

公平は外へ出て、防波堤にすわって残りのウニご飯を食べた。何もかもが、始まったばかりだった。


「いつも同じ缶コーヒーなのね」

と、その女性の声は言った。缶を手にした高校3年の公平は、呆然《ぼうぜん》としたまま女性を見おろした。彼女は視線をいったん下に落としてから、ゆっくりと観察するように公平を見上げていった。

「間近で見ると、本当に背が高いわ」

なかば感心したように、女性は遠慮なく言葉を続けた。背丈は160センチくらいなのだろうか、肩あたりまである髪からは、耳が片方だけ覗《のぞ》いていた。ほんのりと笑顔を浮かべており、そこには公平を最初から好意的に受け入れる準備が感じられた。この笑顔に、おそらく自分は従うしかないのだ、と18歳の彼は直感した。

「昨年の夏に、急に10センチ伸びたのです」と、公平は答えた。まさかこのような言葉を、いつも図書館の同じ場所にいる女性に言うことになるとは、思ってもみなかった。

「いい歳《とし》をして、朝顔よりも伸びるのが早い、と母親にまるで叱責《しっせき》されるように言われました」

「私も、よく知っている人が1ヶ月会わないうちにそれだけ背が伸びていたら、悪い冗談だと思うかもしれない」

と女性は言って笑った。とりあえず自分は馬鹿な台詞《せりふ》を吐かずにすんだのだ、と公平は安心した。

勉強はひとまず休憩かしら、という女性の言葉に彼はうなずき、彼女がペットボトル入りの飲料水を買うのを待った。そしてふたりは、休憩室のような場所で並んで椅子にすわることになった。

夏休みの公平はジーンズにTシャツ姿で、彼女は花柄のプリントがついた長めのスカートに、薄手の半袖ニットを重ねていた。二の腕から肘《ひじ》を経《へ》て、やがて手首へと細くなってゆくやわらかい直線を、公平は見た。同級生の女の子とはどこかが確実に違う気がした。しかしどこがどう違うのか彼にはわからず、謎のままだった。

僕はいつもあなたを見ていました、と公平は率直に言った。その言葉に、女性はごく自然にうなずいた。何が面白くて見ていたのかしら、と尋ねる彼女の言葉に、公平は「いつも熱心に本を読んでいるからです」と答えた。

「本を読み耽《ふけ》る女性というものを、僕はあまり見たことがなかったんです。本に夢中になっていて、周りのことも忘れている女性の姿というのは、僕の年齢では目が離せないくらいに不思議です」

「きっと間の抜けた顔をしていたでしょう?」と、女性は言った。

「人によく言われるから。普通に喋っているときよりもいろいろな顔をする、って」

「何の本を読んでいるんですか」と、公平は訊いた。

「どうして?」と、彼女は訊き返した。

「真面目な顔をしたかと思うと、怒ったり笑ったりしているのです。僕の目からするとそれは、年上の謎の女性であったり、かと思うと小さな子供のようであったり、とにかく変化に富んでいるんです」

ややや赤らんだ顔を彼女は見せ、公平に「たぶんそういうときは、小説を読んでいるんだわ」と独り言のように言った。

どんな小説ですかと公平が尋ねると、彼女は何人かの作家の名前を口にした。いずれも公平の知らない作家だった。そのときまでの公平は、天文学以外の分野に関しては読書には熱心ではなかった。

「資格を取るために、ここで勉強をしているんです」と、彼女は言った。

「でも、どうしてもそれだけでは飽きてきて、あいだに小説をはさむようにしているの。そうすると気分が変わって、また勉強を続けられるから」

「何の勉強をしているのか、訊いてもいいですか」

建築士の資格を取る勉強なのだ、と彼女は答えた。以降、公平がほぼ一方的に質問し、それに彼女が答えることになった。

地元の大学を出て、この図書館に彼女は就職した。しかし仕事の内容は、想像とはかけ離れていた。仕事とはどのようなものなのか、実のところ自分が何もわかっていなかったことを知り、そこで改めて生きる方法を変えてみることを考えた。そのとき彼女の頭に浮かんだのは、家をつくる、という行為だった。

図書館で膨大な数の本に囲まれながら2年間を過ごしているうちに、実は住居というものに興味があることに彼女は気づいた。家や部屋がたくさん写っている写真集を手にすると、いくらでも飽くことなく見つめ続けることができた。集合住宅や同じ家が並ぶ建て売りの住宅を別とすれば、住まいには同じものがひとつとしてなく、そのことに改めて気づいた彼女は、少なからず感銘を受けた。人生の基盤を受け入れる土台として、家をつくってみることは、様ざまな可能性に富んでいるように思えた。

最初はまず2級の資格を取って、それから4年間にわたる現場での体験が必要なのだ、と彼女は言った。知人が設計事務所を開いているので、資格が取れたらひとまずはそこに籍を置くことになる。そこで具体的な体験を重ね、その後には1級の試験が待っている。

「うまくいって最短でも、僕はようやくその頃、大学から社会へ出るんだなあ」と公平は言った。大学にさえ入っていない自分が子供でしかないばかりか、そこを無事に卒業したとしても、そのときはこの女性とはさらに差がついているのだ、という絶望的な格差が彼を襲った。彼女の行動や決意が人生に対して実効的であるのに対し、自分はまだその準備さえ終えていない。この人のまえでは、人生が自分のものになっている感触は、まったくのゼロだ。

「ところで、お名前は何というのかしら」

しばらく口を閉ざしていた公平に、彼女は訊いた。彼は自分の名前を伝えた。慣れ親しんだ名前なのに、ただふわふわと記号のように浮かんでいるだけで、いまは何の実体もないように感じられた。

「公平さんは、来年受験なの？」

「そうです」

「準備はできている？」

「まったくだめです」

ふと女性を見ると、彼女はその話を真剣に聞きたがっているように思えた。人生の選択をやり直そうと思っている彼女にとって、まだまっさらでしかない自分は、興味の対象になるのだろうか。

「希望の大学は難しいところで、いまの僕の学力では、普通の大学に入るレベルにすらおぼつかないです」と彼は言った。

「まったく平凡な成績なので、このままでは浪人するしかないでしょう」

「そうなんだ……」

「何かいい方法はありますか？」

「えっ？」

「ところでまだお名前を伺っていませんでしたが、訊いてもいいですか」

自分が名乗っていないことを彼女は詫《わ》び、改めて姓名を口にした。沢口美紗子です、と彼女は言った。

「美紗子さん、こんな自分をどうにかする、いい方法はありませんか」と、公平はもういちど訊いた。

「どこかしら、ずれたまま生きているような気がするんです。そのずれを修正する方法は、何かないでしょうか」

「そんなこと、本気で訊いているの？」

「美紗子さんは、自分がずれていることに途中で気づいたんですよね」

「そうね……」

「僕は、自分でどこがどうずれているのか、まったくわかっていないんです。この辺でちゃんと修正しておかないと、何にもなれないはずです」

「ええ」

「ですから、ここがこうずれている、という指摘を、しばらくのあいだお願いしていいでしょうか」

「私が？」

「だめですか」

「別にだめとは言わないけれど……」

「指摘してもらうだけでいいんです。あとは自分で何とかしますから」

そのときふと、公平は彼女から香りを感じた。身につけているものの香りなのか、それとも体から立ち上がってくる香りなのか、それはわからなかった。そのようなものがひとつとなった温度のある香りを、しかし公平は初めてはっきりと感じ、自分のなかで芽生えた感触は、決意となって結ばれた。

「美紗子さんが指摘してくれれば、僕はそれに従います」と彼は言った。

「半年後には、せめてもう少しマシになっていたいんです」

「でも、なぜ私がそれをするの？」

質問に対して理由を説明すれば、この人は自分の思いつきを認めてくれるのだろうか、と公平は思った。だから彼は、自分のなかに必死に理由を探した。彼女の放つ香りがいまも残像となって公平を支配し、激しく混乱させていた。向こうから質問をしてくれたのだから、まったくの拒否ではないのだろう、という判断が、ようやく彼のなかに持ち上がった。

「いまの僕は、まったく不安定です」

言葉を冷静に選ぶように、公平は慎重に言った。

「だから何かに従った方がいいんです。それが励みになるような気がします」

「それが、私でいいの？」

「よろしくお願いします」

「そう言われても……」

「他にお願いできる人がいません」

「困った人だわ……」

とうに飲み終えて空になっているコーヒーの缶を、公平はただ意味もなく握ってみた。この人に従えば何かが開けると思った自分の直感は誤っているのだろうか。自分にとってそれが切実なものであっても、相手には何の関係もないことはわかっている。しかしこの女性の言うことになら何でも従える、という確信だけははっきりとしており、それだけはどうにも揺らぐことはなかった。

「受験まで、あと半年なのね」

その声に、公平はふと彼女を振り向いた。顔を見ずに声だけを聞くのは初めてだ、と思った。美紗子はすっきりとした顔をしていた。

「わかったわ。人をひとり救うと思って、半年間やってみましょう」

「何でも言ってください」

「私が指摘すれば、それでいいのね」

「そうです」

「ではまず、この図書館を出ましょう」

8

漁港から仙台に戻り、東北自動車道に乗ったまま、公平は一関ICまで走った。ここを降りて西側の内陸へ向かうと、温泉の宿と山がある。標高が1000メートルほどの高原で、そこを越えると秋田県だ。

いまはまだ、夏を留《とど》めたままの渓流の風景を右手に、彼はなんども折れ曲がる道を高原に向けて上がっていった。道の曲がる場所はほぼ例外なく高度を稼ぐための勾配《こうばい》がついており、いったん上がりきると地形は平坦《へいたん》になった。青々とした草を生やしたままのスキー場に、動くことのないリフトがかかっているのが見える。

標高差のなかに、季節の動きがある。確か昔の人は、「山から秋が降りてくる」というような言い方をしたのではなかったかと、ふと公平は思う。「山はもう秋だ」という言い方も、あったはずだ。普段は誰も行かない場所、それが山という言い方をされていた。一般的な道路がまだ通っていない時代、山はいちばん奥にある、人の住まない遠く神聖な場所だった。だから季節の到来も自然の恵みも、すべては神聖な場所である山からやって来るのだった。

まえに観た映画で、『グスコーブドリの伝記』というのがあることを、公平は運転をしながら思い出していた。原作は宮沢賢治で、アニメーションによる作品だった。冷害で飢饉《ききん》のあった夏、村の人たちは何ひとつ食糧を貯《たくわ》えることができないままに、やがて厳しい冬を迎える。農耕に必要な馬も売ってしまい、ろくにものも食べられない日々が続く。主人公の一家も欠乏のどん底にあり、囲炉裏で暖を取る薪《まき》はあるものの、外は真冬の猛吹雪で口にできるものはほとんど残されていない。父親も母親も無念にうなだれたまま、口を利く者はいない。

そんなある夜、希望を失った父親はもはやすべてを諦《あきら》め、以前から決めていたことのように、ふと呟《つぶや》いて真冬の夜へ出ていこうとする。彼は残された家族に対して、こともなげにこう告げる。

「森で遊んでくる」

真冬の森でさまよえば、そのまま死ぬことができる。知っているはずの道をどこまでも歩いていき、誰にも覚《さと》られない奥まで行ってしまえば、やがては確実に行き倒れになる。そこから先は一歩も動くことができないまま、寒さによって体温は奪われ、血がまわらなくなって酸欠になるだろう。そのときにふと目を閉じてしまえば、積もった雪に吸いこまれるように、いとも容易《たやす》く向こう側の世界へ行くことができる。そのはかなさと残酷さを、映画は描いていた。

山や森とはまた、そのような場所でもあった。恵みをもたらすこともあるが、そこは死ともつながっている。奥深い複雑な森は多様な生命を生む現場であり、そして同時に死へと開かれている場所でもある。そこでは生死の境界があやふやで、もはや渾然《こんぜん》一体となっているのだろう。

そこにいまは、舗装された道路が通っている。アクセルに足を載せさえすれば、誰でも苦もなく、あっという間にそこを通り過ぎることができる。そのぶんだけ神聖でも何でもなくなってしまったが、走ることを少しだけでもやめて、じっと耳を澄ませば、大昔からある何かを感じ取ることはできるのではないか。

昼間のうちは夏のようだが、午後3時をまわった空気は、真夏の午後3時ではない。秋の近さを、体が感じ取る。自然に対して、体の神経が目を覚ましてくるのがわかる。そのことじたいがなぜ嬉《うれ》しいのか、ハンドルを握る公平は感慨のなかに身を浸す。自分の感受性のなかにいくつもの層が重なっており、それがひとつの層ごとに、風景に向けて開かれてゆくような思いだ。さいごの層までもが開かれたとき、そのとき自分はどうなってしまうのだろうか。何かとひとつになってしまうのだろうか。そのときには、それでもまだ自分という意識は残っているのか。今日やっと始まった旅のなかで、自分はそのような体験をすることがあるだろうか。

快晴を背景に、山がはっきりと見えてきた。栗駒山という山だ。山腹には噴火口がいくつか開き、地下が活動している一端を見せている。道を上がりきると大きな駐車場があり、赤い屋根の温泉宿もある。今日はこの辺にしておこうと思った公平は、その駐車場に車を入れ、約3時間ぶりにエンジンを切る。耳の近くに音がなくなり、ドアを開けて車外に出ると、自然の音が、はるか遠くにひろがる山並みの風景から聞こえてくる。

宿のチェックインを済ませ、夕食の時間と場所を、公平はフロントで働く中年の女性から告げられた。9月初めの月曜日は客もまばらで、従業員もどことなく暇をもてあましているようだ。公平に対して「お仕事ですか」と彼女は訊《き》いてくるのだが、高原の頂きに建つ温泉の宿に仕事で来るのは、業者か報道関係者くらいのものだろう。それを理由に関心を持たれたのだと思って、公平は逆に質問をすることにした。

「ここを車が通らなくなる時間は、何時ごろからですか」

従業員の女性は一瞬だけ意外そうな顔をして、「はあ、そんなこと考えたこともないけんど」と言った。

「奥の人に訊けばわかるかも知れないけど、私じゃあ、ちょっとねえ」

「録音の取材で来たので、おおまかでも教えていただきたいんです」

「そりゃあ、たいへんなことですね。ちょっと待ってくださいね」

女性はフロントの奥にある部屋に入っていき、半被《はっぴ》を着た眼鏡の男性を連れて戻ってきた。旅館を舞台としたドラマに出てくる、番頭さんのような人だ。公平はその男性に、周囲の自然環境について訊いてみた。

「夕方になれば、ほとんど車は通らなくなりますよ」と、やや訛《なま》りの残る口調で彼は言った。

「日が沈むと、真っ暗で何も見えなくなりますからねえ、周囲がどんなだか、いまのうちに少しだけ歩いておくといいですよ」

旅館が用意しているイラストの地図を男は取り出し、カウンターのうえに置いた。栗駒山の山頂にいたる登山道がおおまかに記されており、そこには噴火口やお花畑、ハイキングとして歩くことのできる遊歩道なども描かれていた。うちの裏に源泉があって、そこで湯が湧《わ》いている音なんかどうですか、と彼は言ったのだが、公平は困ったような笑顔でそれを退けた。

「ま、いまのうちに少し歩いていただいて、そのあとは温泉に浸かってください。とにかくうちの風呂は大きいですから。お時間の方は、いつでも入れますので」

明るい夕陽のなかを歩いた公平は、録音をするための箇所に、おおまかに目をつけておいた。一部が高層湿原となっているためか、そこを通る遊歩道は板をわたした木道となっていた。さらに先まで歩くと木道はなくなり、森の見える小広い草原のようになっていた。両耳に手をあてて上半身ごと左右に角度を変えてみると、山の肌に音が反響して軽くエコーのかかる位置があった。今夜はここの音を聴いてみよう、と彼は思った。


ステーション・ワゴンの荷室のドアを公平は開け、バッグからヘッド・ランプを取り出した。小型の特殊な電球がついており、ひとつの電池で40時間以上照らすことができる。

彼はそれを頭部に装着し、試し録《ど》りをするためのごく簡単な録音機材を用意した。1本のマイクと三脚、そしてレコーダーにヘッドフォーンだ。それをナイロン製のバッグに入れ、肩にたすきがけにしてドアを閉めた。これから歩いていくことになる方向へ頭を向けると、ランプの放つ白く強い光のすじだけが、暗闇《くらやみ》をまっすぐに貫いた。

目をつけておいた場所で歩くのをやめ、バッグを地面に下ろして機材の準備に取りかかった。ピンをしかるべき端子にそれぞれ装着し、マイクをセットした三脚を、夕方のうちに決めておいた角度で設置した。そして一時停止のボタンを押したまま録音のボタンを押し、音声を入力させてみた。テープは稼動していないが、どのような音が入力されているのか、ヘッドフォーンを通して確認することができる。

火山だからなのか鳥の声はほとんど聞こえず、小さな虫が囁《ささや》くように鳴いている音が、両側の耳元から入ってきた。マイクを通して聴く、久しぶりの自然の音の世界だった。公平は録音のレベルを少し上げてその音の世界を耳元に引き寄せ、三脚ごと微妙に角度を変えていってみた。あるポイントで、音ぜんたいのバランスがちょうどよくなる位置があった。どこに音が偏るということなく、左右ふたつに分かれるのでもなく、360度包まれたようなスイート・スポットがあるのだ。

ここしかない、というスポットを探り当てた公平は、一時停止のボタンを解除させた。普段であれば、ここでヘッドフォーンを抜き、機材を置き去りにしたまま自分の動く音が入らない場所まで行ってそこで待機するのだが、今夜はそこまでするつもりはなかった。音の種類が特に多いという場所でもないし、最初の夜は音を後からモニターするのではなく、その場でヘッドフォーンを耳にしたまま、夜空を見上げていたかった。

旅館から持ち出してきたタオルを自分のバンダナで丸めこみ、それを枕に公平はその場で仰向けになった。手足を大地にひろげているとそのまま吸いこまれそうでもあり、逆に高く夜空を見上げていると、そちらへも吸いこまれていきそうになる。そのバランスのなかを漂っていくうちに、身体の感覚が消滅して宙に浮かぶような瞬間がやって来る。ヨガでも同じようなポーズがあることを、後になって公平は本で知った。

耳元では、マイクで拾われた自然の音が、夜の虫を主としてひろがっている。目を閉じると心がしだいに落ち着いてゆき、音と自分のリズムがひとつに調和してくる。呼吸はあくまでも深く静かで、暗闇のなかにいま、自分ひとりしかいない。

長い時間をかけて車を運転してきた疲労は、どこかへ消えた。恭子の部屋をあとにしたのが今日なのだということが、どこか信じられなかった。山のなかは明かりひとつないが、時計の時間はまだ9時半だ。彼女の働く青山の界隈《かいわい》では、これからもういちど人の賑わいをみせ始めるところだろう。その限りなく人の大勢いる都会のなかのひとりとして、彼女はスタジオに入って仕事に熱中しているのに違いない。

虫たちのさざめく音は、ずっと目を閉じて聴いていると、何かの法則に支配されているような気がした。ゆったりとした一定のうねりがあり、まったく無秩序に鳴いているのではないし、唐突におかしな音が入ってくるということもない。寄せては返す波のように、山の音にも調和のとれたリズムがある。本来ならこのリズムのなかで人も生きるべきなのに、と公平は思う。

そしてふと、星空を見上げてみる。ずっと目を閉じていたからだろうか、まったくの暗闇には見えない。ほんのりと明るい夜の大空に、星屑《ほしくず》が川のような流れを描いている。銀河は夜空をほぼ斜めいっぱいに横切り、真っ暗な山の稜線《りょうせん》へ注がれている。この銀河をいちども見ることなく、人生を終える人もいるのだろうか。だとしたらその人生は、地球に生きた人生と言えるのだろうか。

地球のほんの片隅に火山があり、その中腹でいま自分は、ここでしか聞くことのないささやかな虫たちの響きを耳にしながら、永遠に行くことのできない銀河の輝きを見ている。星を見ているとなぜか、自分が地球にいることがわかる。そして懐かしくなってくる。生きるとはあまりにもはかなく、そして宝石のように貴重だ。

宿に戻った公平は、浴衣に着替えて浴場へ行った。11時近くになっており、廊下では誰ともすれ違わず、温泉にも人の姿はない。もうもうと上がる湯気の向こうに、照明がぼんやりと拡散しているだけだ。

このプールのように広い岩の浴場は、以前は混浴であったという。入り口は男女で分かれているのだが、中に入ると結局は奥でつながっていた。これだけ濃密に湯気が上がっていれば、確かに裸身を視認することはできないはずだ。男風呂のいちばん奥にあるはずの壁さえ、湯のなかからほとんど見ることはできない。

しかし何の理由があったのか、いまは男女を仕切る壁ができており、そこだけ圧迫感がある。以前からあったおおらかなものが、何かによって消されたことを、公平は残念に思った。「以前はこうではなかった」という話を、これから行く旅の先々で、地元の人からどれだけ耳にすることになるのだろう。

図書館を出た美紗子は、ＪＲの駅まで公平を伴って歩き、そこから東へ向かう電車に乗った。8つ先の駅が私の住む場所なのだ、と彼女は言った。僕はもうひとつだけ先です、と公平は答えた。その駅でふたりは降り、美紗子は山側に向かって歩き始めた。公平は、やや遅れて彼女のあとをついていった。用がなければ降りる場所ではないが、それでも隣りの町なので、道はなんとなく公平にもわかった。

街並みにはしだいにお屋敷が目立つようになり、まさかこのうちのひとつが美紗子の住む家なのだろうか、と公平は驚きを抑えきれなくなり始めた。しかし美紗子は細い路地へ曲がって入っていき、その突き当たりに向かって歩き続けた。そこにあるのは屋敷や邸宅ではなく、古びた小さな洋館のような建物だった。自分の住む町の一般的な家屋と比べても、特に大きいということはない。

その家は木造とコンクリートを組み合わせたような造りで、壁には蔦《つた》がからまっていた。窓のつくりなどは洋館にも似せてあるが、どことなく和風の感じもした。美紗子は鉄でできた格子の門扉を開け、古い石畳のアプローチを歩いた。ドアの横にある表札には、やはり「沢口」と書かれてあった。彼女はバッグから鍵を取り出し、ドアを開けた。公平もそれに続いた。

「私はここに住んでいるの」と美紗子は言った。

10畳くらいのリビングはそのまま吹き抜けになっており、陽の差す側は一面、ガラスの窓が張られていた。小さな庭がその向こうには見え、隣りの屋敷との壁を隠すかのように、背の高い植物が盛大に生えていた。高い天井を見上げると、2階にあたる壁の部分に、なぜか屋内だというのに小さな窓がいくつか並んでいた。そこに部屋があるのだろうか、と公平は思った。

「ここは以前、大学の教授が書斎として使っていた家なのよ」と、美紗子は説明した。彼女は椅子にすわることを勧めたが、公平はぼんやりと立ったままでいた。

「戦争直後に建てられた家で、最初は宝塚に住む建築家が、自分のアトリエとしてここを設計したらしいの」

「だから大きくないのに、ここだけが吹き抜けになっているんですね」と、公平は言った。

「そう。でもその建築家は高齢になって、自分では使いきれなくなったから、友人の教授にここをゆずったのね。教授は、ここなら落ち着いて本が読めると言って、しばらくは隠れ家のようにしていたらしい」

「どうしてそんなところに、美紗子さんが住むようになったのですか」

「その教授は私が大学に通っていた頃の恩人で、図書館を辞めることにしたときに、相談に伺ったのよ」

改めて建築家を目指すのなら、少なくとも4年はかかることになる。しかしそれとは違う課目を専攻していた君は経験というものがないのだから、せめて一流の人が設計した家に住みなさい、とその教授は言った。私は、息子も娘も家を出ていってしまったから、そろそろ自宅に戻ってこい、と古女房にうるさく言われている。大家は他界しているし、いまとなっては、かかるお金は維持費と不動産税だけだ。試験に受かって設計事務所に入ったとしても、しばらくは驚くほどの薄給だから、その意味でもここは君が住むのに相応《ふさわ》しいよ。

美紗子と公平は、2階に上がった。そこにはひとつだけ部屋があり、以前は寝室として使われていた。しかしいまは机と本棚があるだけで、ベッドのような寝具はない。

「下にもうひとつ小さな部屋があって、私はそこで寝ているの」と美紗子は言った。

「普段は図書館を使わせてもらっているし、ここでは居間で過ごすことが多いから、この部屋は使われていないままなのよ」

壁にあるいくつかの窓を、公平は見た。アトリエに注がれる陽光をほんのりと明るく受け止めており、そこを気まぐれに開けてみると、当然ながら眼下にはさっきまでいた居間が見えていた。

「本当に面白いつくりなんですね」と公平は言った。

「公平さんが、ここを使うといいわ」

「へ？」

「あなたがどこに住んでいるのか、聞きもしないで連れてくることになってしまったけれど、電車のなかで西宮なのだと聞いて、これは是非と確信したわ」

「僕が、こんな凄《すご》いところを使っていいんですか？」

「もちろん、半年間の限定よ」

「ええ」

はしゃぎそうになる自分を見透かされたような気がして、公平は自分の年齢を痛感した。

「わざと浪人する、なんていうことはしないでね」と言って、美紗子は笑った。

「もちろんです。僕は、何から始めればいいんですか」

「図書館はいよいよ受験生が増えてきたし、夏休みで決まった席も確保しづらくなってきたでしょう。だから、ここを使うといいと思うわ」

「美紗子さんは？」と公平は訊いた。

「私は、下を使うことにします」と彼女は言った。

「まずはどんな勉強をしてきたのか、そこを見るところから始めないと……」

彼はノートや参考書を、机のうえにひろげた。そして改めて、階下の居間に目をやってみた。

公平がひろげたノートをつぶさに見て、美紗子がまず感じたことは、「勉強のパターンができていない」ということだった。ある一点の目的に絞りこみ、そこから試験用の知識を効率的に積み上げてゆく集中力と方向性が、彼のノートには見当たらなかった。ひとことで言って場当たり的な印象があった。

頭脳はおそらく優秀なのだろう。しかし何もかも生真面目に詰めこもうとして、結局は何ひとつ身につけていないと感じさせるような、焦点の定まらない散漫さが見受けられた。「どこかしらずれたまま生きている気がする」という、彼自身の発言どおりだった。このまま勉強を続けていては効率が一向に上がらないばかりか、能力を無駄遣いして却《かえ》ってレベルを落としてゆくはずだ。

進学の動機を訊いてみると、宇宙に関する仕事に就きたいのだ、と公平は言った。しかしどのような内容の仕事があるのか、それが具体的にはわからず、夢や憧れが漠然と彼を被《おお》っているだけだった。おそらくこの青年は、自分が生きていることも勉強をしていることも、何もかもすべてをひとつの点に集約させ、そこで初めて意味や価値を実感しようとしているのではないか、と美紗子は思った。それは確かに正解だが、実のところはてしなく時間のかかる作業だ。いまそんなことをしている余裕はない。

「おそらくあなたの勉強の方法は、遠大な哲学に近いものかもしれない」と彼女は公平に言ってみた。それは生きているかぎり誰でも感じるものであって、それがなければまた生きている実感もない。何らかの不足感や不完全さを補おうとして、人はようやく人生を積み上げていっている。

しかしそれは、登ることのない山の頂きばかり見上げて議論しているようなもので、山頂についていくら詳しくなったとしても、永遠にそこへたどり着くことはできない。大人として失敗してしまう人は、多くの場合そのような穴に落ちて出て来られなくなっている。そうではなく、一歩を踏み出して登る方法を身につけなければならない。

潜在能力に恵まれた人ほど逆にそんな穴に足を取られて、身動きができなくなることを美紗子は知っていた。だからまず自分が公平に対して示す方法は、そのような場所から彼を引き剝《は》がすことだ。だとしたらどの一点に火を点《つ》ければよいのか。空回りしているだけで嚙《か》み合うことのない歯車を、いかにして元の位置に正すか。

これから公平が勉強の部屋として使うことになる場所に、椅子はひとつだった。机に向かいつつ美紗子がそこにすわり、彼女は立ったままでいる公平に振り向いて言った。

「ねえ公平くん、何ごとにも法則性というものがあると思うのよ」

彼は一瞬にして真剣な表情を見せた。

「あなたはたぶん、いちどにぜんぶのことを知ろうとしていて、そのひとつひとつが手を取り合うべきだと思ってる」

公平は静かにうなずいた。何かを探り当てられての動作ではなく、これから始まることへの覚悟のようなものだった。彼は美紗子からの言葉が聞きたくて、そのまま黙っていた。

「でもね、それだと理想が漠然と高くなるばかりで、どんどん動きが取れなくなっていくと思う。大した内容でもないのに、自分の説ばかり説いているおじさんみたいに」

公平は高校の教師をふと連想したが、笑う気にはなれなかった。頭に浮かんだような人物になってしまいかねない恐怖や嫌悪感の方が、よほど現実的だった。

「それを避けるためにも、何らかの法則性を見つけるのがいいと思う」

「法則性ですか？」

あいまいな自分にいま初めて、はっきりとした方向が指し示されたことを知って、公平は軽い興奮を覚えた。それは勇気といってもいいものだった。

「あなたのいちばん得意な科目は何？」

「いちおう、数学です」

「じゃあ今日から1週間、数学だけ勉強してみない？」

「はい」

「それから、いちばん不得意な科目は？」

「英語です」

「では、数学を1週間やったら、こんどは英語を集中的にやってみましょう」

「やります」

「夏休みが終わるまで、あと5週間あるから、1週間ずつそうやって基礎を固めてみない？」

「そうします」

彼女の提案どおり、公平はそれから数学だけに熱中した。他の教科はどうなってしまうんだろう、という不安がよぎることもあったが、その不安は美紗子を信じることで解消させた。

得意なことを続けていると、いままでの自分の方法にいくつもの無駄があったことに、公平はやがて気づいた。時間は貴重だと思うばかりに、それを小刻みに使っている自分がそこにいた。これではどこにも行き当たらないはずだ。そう感づいたところから、勉強の速度は飛躍的に上がった。自分なりに最短距離を取る方法が身についてきて、すべてを詰めこまなくても後から応用はいくらでも利くことがわかった。これと同じことを、英語でも身につければいいのではないか。

最初はぎくしゃくとした英語も、慣れてくると数学と大差はなかった。美紗子の言っていたとおり、何ごとにも共通性があるのだ。それを自分の手に入れてしまえば、解けない問題にも不安はなかった。自分には何がわかるか、ということよりも、自分は何が不得手かということが、はっきりとしてきた。不得手を自覚することは大きな収穫だった。

3教科目をこなす週のさなか、美紗子と公平はいつものように、休憩時間の雑談をしていた。この古いアトリエに来た最初の日を除いては、彼女はひと言も彼にアドバイスをしてはいなかった。彼もまた、勉強の進み具合を彼女に報告することはなかった。

「美紗子さん、夜空の星座ってあるじゃないですか」

公平は唐突に言った。短パンにTシャツを着た彼は、グラスに入ったアイスコーヒーを飲んでいた。

「いまよりもはるかに星がたくさん見えていた大昔、あれだけの数の星を、よく線でつないで星座に見立てたものだ、と思ったことはありませんか」

絨毯《じゅうたん》に横ずわりした美紗子の横には、ソファと揃いになっている木製のテーブルがあった。その上にはほとんど隙間《すきま》なく本が開かれ、ノートを退《ど》かしてつくったわずかなスペースに、彼女は公平と同じアイスコーヒーのグラスを置いていた。

「プラネタリウムに行っても、星座を投影してもらわないと、星の数が多すぎて何のことかわからないわ」

彼女もまた、Tシャツにショートパンツという服装だった。室内に冷房はなく、グラスの氷は溶け始めて小さく丸みを帯びていた。

「星と星をつなぐ、という発想が信じられないし、どうしてあれがクマとかヒツジに見えるのか、全然わからない」

「でしょう？　僕もずっと、そう思っていました。昔の人の想像力は凄いものだと思っていた」

氷をグラスのなかでカラカラと鳴らしながら、残りのコーヒーを公平は飲みきった。そしてそれを、ソファのわきに置いた。

「でも、何ごとにも法則性があるのだと美紗子さんから聞いて、ここで勉強しているうちに少し見方が変わりました」

「どういうこと？」

「星の数のあまりの多さに、昔の人は辟易《へきえき》としてしまったんじゃないか、と思うんです。じっと夜空を見上げているうちに、星の配列が何となくクマとかオオカミに見えてきたのではなくて、そこに法則性を見出したくなったのではないかなあ」

「ただ数が多いだけでは、不安になるってこと？」

「すべての星を見ていてはきりがないから、まずはひとつのパターンを持ってきて、とりあえず理解しようとした、ということです。天文学の始まりです。まずそこがわかれば、星の数が多すぎることに、不安を抱かなくてもすむようになります」

「あなたの勉強みたいに」

「そうです。僕はいままで、クマとかオオカミが星空に見えてくるのを、漠然と信じて待っていたような気がします」

「あなたって、ときどき不思議なことを言うのね」

「そうですか?」

「いい歳《とし》をして、急に10センチも背が伸びるのも、何かわかるような気がするわ」

少し怒ったような顔をした公平を見て、美紗子は明るく笑った。その笑顔に公平は胸が詰まり、彼女のTシャツのプリントに目がいった。アメリカのコミックから抜け出したキャラクターは、彼女の体のラインそのままに、まえへ向けて膨らんでいる箇所があった。彼女が笑うと、その膨らみは一瞬だけ少し揺れたように見えた。図書館で本を読み耽《ふけ》っていた女性が、いま自分の目のまえにいることを、公平は奇跡のように感じた。それ以上のことは何も考えられなかった。

9

須川温泉の朝を迎えた公平は、国道は選ばずに林道のような細い道を走った。途中で小さな湖を過ぎ、やがて急峻《きゅうしゅん》な谷間《たにあい》の村に出た。彼の持つ以前の地図だと、そこは皆瀬村と表記されているのだが、実際に訪れてみると、合併されて市となっていた。深い山と渓谷しかない風景が市であるということに、公平は強い違和感を覚えた。それで財政的には有利になるのだろうが、ここに住む人たちは、以前の村としての一体感をこれから保っていけるのだろうか。

かつては村であった集落を貫く道路は、両側に迫る山が急峻であるために、1本しかなかった。そこをしばらく走ると山を越える林道があり、彼はそこを西側へ折れた。山の作業をする車両しか走らないような、つづら折りの舗装路で、途中でいくつかの沼を通り過ぎた。羽州街道という国道との合流点に出るまで、すれ違った車は軽トラック2台とダンプカー1台だけだった。

街道の通る町は湯沢といい、少しだけ南に下ると「道の駅」があった。公平はそこに寄り、地域の情報を得ることにした。

館内に入るとまずは物産品のコーナーがあり、地域のものが何から何まで、商品となって並んでいた。漬物や味噌、稲庭うどんや饅頭《まんじゅう》など、いずれもこの地方に昔から伝わるものばかりだ。生活に密着したものが小商いの対象となっていることが、公平には信じられなかった。日常のなかに当たり前のようにあったものが、ひとつひとつ引き剝がされてビニールにパックされ、実物のカタログとしてここに陳列されているかのようだ。観光地ではないのに、なぜこのようなことをこぞってしなければならないのか、彼には理解しがたかった。

しかし直売のコーナーへ行くと、そこには地元で採れた季節の野菜が並んでいた。トマトやきゅうり、そして土のついた枝豆。JAで支給された農作業用の帽子をかぶっているお婆さんが、野菜を並べた箱の向こうにすわっていた。彼女は店番のようなことをしており、公平は話しかけてみることにした。彼女は地元の農家だった。

ところどころわからない言葉で、彼女は農作物の話をした。いまはたわわに実っている稲穂も、あと半月もすれば刈入れが始まる。そして新米の出る秋を迎えると、里は一気に冬へ突入していく。昔はあれだけ深かった雪もいまは少なくなり、クマも冬眠などしていられないだろう。NHKの紅白は、私のようなもんにはわからなくなった。ところでここへは、お仕事か何かで？

こんな素朴なお婆さんでも（あるいはだからこそ）、人の用事といえばまずは「仕事」しか思いつかないのだな、と思いつつ、公平は彼女が普段買い物をしている店を尋ねた。不思議そうな顔で聞き返してきた彼女に、そうです地元の店です、と公平は答えた。食料品を主とした大きな雑貨店を、お婆さんは教えてくれた。

何ということのない平屋のスーパーだった。自動ドアを通過して中に入り、公平は豆腐や漬物などを置いてある棚に行ってみた。するとそこには、見たこともない納豆が何種類も、商品の棚を上から下まで占拠するかのように並んでいた。これを携帯のデジカメに収め、恭子にメールで送ったら何と思うだろう。

そのうちから3種類を選び、公平はレジへ持っていった。店の人に疑問を投げかけてみると、50代くらいの店主らしき男性は、この辺は納豆発祥の地だから、と言った。源義家が征伐に来たときに納豆が持ちこまれ、横手からずっと南下して水戸あたりまでがその影響を受けている。みんな水戸が本場だと思っているけれど、自分の感覚では横手から新庄までが本当の本場だ。

その店主は公平に対して「旅行ですか?」と訊いた。そうです、と嬉《うれ》しい気持ちで答えると、俺もどこかへ行きたい、と彼は公平を励ますように羨《うらや》ましがった。さらに彼は行き先を尋ね、何も決めていないことを公平が答えると、この先にいい町がある、と薦めてきた。金山という小さな町だった。

車で30分ほどのその町へ、公平は時間をかけてゆっくりと向かった。右手には鉄道がのどかに走り、その向こうの山裾《やますそ》までは、ほぼ平坦な農地となっていた。彼はところどころで車を止め、風にゆれる黄金色の稲穂をながめた。ほんのりと夏の青さを残した稲穂は、風を受けると擦《こす》れ合う音を立てた。その音は周囲の風景と完全に一致して、まさにひとつとなっていた。

彼は車に戻り、レコーダーを用意した。そして自分のいた畦道《あぜみち》へ引きかえし、マイクを通して音を聞いてみた。水を抜いた田んぼは、はるか先まで稲穂が続いており、そこにひとたび風が吹くと、波が遠くから打ち寄せてくるようにも聞こえた。それは風の潮騒だった。

もうじき秋になる今だけの音を、公平はテープに録《と》っておくことにした。許可を得るために周囲を見回したところ人影はなく、彼は畦道にそのまま三脚を置いて、そこから距離を取った。そして草むらに仰向けになり、台風がすべてを吹き払った青空を見上げた。気持ちよさそうに弧を描いているトンビの鳴き声も、きっとテープに収められていることだろう。

ふと目が覚めると、初老の男性が不思議そうな顔で見おろしていた。公平は何が起きたのか一瞬わからず、このおじさんは明らかに農家の人だとわかった瞬間、自分が眠ってしまっていたことに気づいた。彼は咄嗟《とっさ》に身を起こし、事情を説明しようとした。

「あれは、何の音を録っているのかね?」

マイク・スタンドを指差して、おじさんが先に訊いた。「ここは私の畑だが、何か面白いもんでもあるかね」

稲穂の擦れ合う音を録音している、と公平は答えた。おじさんは要領を得ないままの顔をしていたが、マイクには関心がある様子だった。

「ああいうのはほら、うんと高いんだろ」

「そうでもないです」と公平は言った。

「いやいや、ああいうのは高いんだよ。まえにもいちどテレビ局が取材に来たが、カメラが1千万円以上すると聞いてびっくらしたもんだ」

「テレビのカメラは例外です。僕はプロじゃないですし」

「録音の機械はどんなのだ? MDとか何とか、そういうやつかね」

録音を中断することにした。時計を見ると40分以上経っており、公平はマイクを抜いてDATのレコーダーを撤収した。

小さなテープと、見たことのないレコーダーにおじさんは反応し、このデザインは本物だ見ればわかる、というようなことを言った。続いて公平は、ヘッドフォーンをおじさんに見せた。彼はそれにも目を輝かせ、つないでいないのに耳に装着した。そして指先を動かして、何かを要求するしぐさを見せた。

公平はヘッドフォーンの端をDATにつなぎ、再生のボタンを押した。そしておじさんの反応をうかがった。

最初は無表情だったおじさんは、しだいに不思議そうな顔をするようになり、やがて真剣な目つきで音に集中し始めた。彼は指先でつまみをまわす動作を見せ、公平はそれに従って再生音のレベルを上げた。

おじさんはじっと目を閉じ、ヘッドフォーンを両手で押さえたまま、ゆったりとした呼吸をしていた。かと思うと急に目を開け、少し驚いたような様子で自分の畑を眺めわたした。そして納得のいった表情でヘッドフォーンをはずし、ありがとさん、と言って公平に手渡した。どうでしたか、と公平は訊いてみた。

「どうもこうも」と、おじさんは言った。

「山の神さまが風になって降りてきて、稲穂のなかで遊んでいるような音だわ。いやあ、これはびっくりした。私は毎日、こんな音のなかで働いていたのか」

「途中で、トンビが鳴いていませんでしたか」

「ああ、聞こえた。ちゃんと空の高いところにいるのがわかった。不思議なもんだ、耳で聞いているだけなのに」

公平は礼を述べておじさんと別れた。彼はなぜか握手までしながら「頑張れ」と言い、「今日のところは手ぶらで、何もやるもんがねえ」と残念そうな顔をした。

10

スタジオのモニター画面に、漆黒の宇宙が映っている。そこには無数の星が輝き、それよりはやや大きな点がいくつか、星座を描くように並んでいる。ナレーションの説明によると、それは「太陽系の家族写真」だという。いちばん外側にあるのが海王星、中央より左へ行った箇所に太陽が白く輝き、その近くに粒のように見えているのが地球だ。宇宙船が送ってきた地球の映像ならば、いままで数え切れないくらい見てきたけれど、これほど小さな地球を見るのは初めてだった。最も遠くから見たときの地球の姿が、そこにはあった。もちろん太陽系全体の姿を写真で見ることも、私には初めてのことだった。

この写真が撮影されたのは１９９０年２月。それよりも約半年まえにボイジャー２号は海王星の探査を終えて、太陽系の外へ向かった。故郷だった地球を離れて、いまも永遠に遠ざかっている。

その永遠の旅に出たボイジャー２号に代わって、ボイジャー１号は絶好の位置へ近づきつつあった。２号と同様に太陽系の外へ出ていってしまうまえに、太陽系が並んでいる姿を見ることができる位置を通過するのだ。そのときに一瞬だけ、地球の方を振り向かせる信号を送れば、家族写真を撮影することができる。

私は公平から手渡されたそのビデオを、ＤＶＤに変換して青山のスタジオへ持ってきた。彼が旅に出てから1ヶ月以上が経ち、10月を迎えた東京は、朝晩冷えこむようになっている。夜空の高さは、完全に秋のものだ。

今夜、このスタジオにいるのは私だけだ。チーフ・エンジニアの竹川は打ち合わせがあり、外で食事をしている。他のスタッフも退社し、仕事の残りがあると言って私はようやくひとりになった。公平が入社したときに企画した制作物を、このスタジオで体験したいと私は思っていた。

自宅のモニターで見ることもできたけれど、映してみた瞬間にそれではだめだと思った。小さなテレビ画面で見てもイメージが広がらないし、まして貧弱な音のミニコンポでは、この世界を体験することにはならない。地球の様ざまな場所の自然音と、それと響きあうような宇宙の画像。スタジオでひとりになる機会を狙って、私はDVDを机の引出しに保管しておいた。

公平の言っていたように、音のない空間であるはずの宇宙に、地球の音はこのうえなく合っていた。このビデオはまず、ボイジャーの打ち上げシーンから始まる。そして木星以遠の外惑星への軌道が説明され、NASAの開発者たちのインタビューが紹介される。みな優秀な科学者なのだが、発言の内容は芸術家や詩人に近い。

故郷である地球を離れて、秒速20キロで宇宙へ進んでゆく旅と並行して、ビデオでは地球での旅も展開される。惑星の写真を送ってくるボイジャーに対して、ボイジャーから見たときの地球の音を、送り返すような趣向だ。屋久島の雨の音や沖縄の波の音、バリ島の舞踊音楽やカナダの森林の音などが、宇宙の画像を背景に星のように響く。

このような仕事に参加していた公平が24歳だったことを思うと、嫉妬《しっと》や驚きよりもむしろ不安を覚える。やるべきことを先にやってしまった人のその後は、本人が私に教えてくれたとおりだ。日常とはあまりにかけ離れた、ある意味では危険な領域に、公平はそうとは知らずに踏みこんでいるような気がする。あるいは何か確信があって、あえて彼はそうしたのだろうか。

些細《ささい》な体験だけれど、私もふとそんな領域に入りかかったことがある。大学を卒業したときに友人と行った、マウイ島でのことだ。

ビーチで寝そべっていた私は、海から戻ってきた友人と入れ替わりに、フィンとスノーケル、ゴーグルを着けてラナイ海峡に入った。こんな簡単な素潜りの道具でも、慣れれば10メートル近くは潜水することができる。

天候や海の状況にもよるけれど、数メートルの深さまで潜ると、海のなかは青一色になる。上下左右どこを見てもまったく同じ青がひろがる、いわゆるグランブルーの世界だ。ここでは方向感覚がいっさいなくなり、奥行きの深いブルーの世界で、宇宙遊泳のような感覚を楽しむことができる。

私はそのとき体が浮かないように、両手を丸く掻《か》いてできるだけその場に留まろうとした。体はまったく地球の重力を感じず、気持ちは瞑想のように広く遠くなっていった。

そしてそろそろ息が苦しくなってきた頃、どこかから不思議な音が聞こえた。はかないような懐かしいような、いやおうなく心を惹かれてしまう音だった。私は海のなかでじっと耳を澄ませ、その音に聞き入った。

それはクジラの赤ちゃんが発する声だった。水の中なので音の指向性はほとんどゼロに近く、音そのものに包まれたような感じになる。クジラの赤ちゃんはいかにも母親に甘えるような声を出し、それはインターバルを取りながら一定のパターンで繰り返される。私はその声に包まれて身動きが取れなくなり、息が苦しくなるのも忘れて、自分が母親の羊水に浮かんでいた頃のような感触に浸っていた。海面に上がるよりも、死んでもいいからずっとこのままでいたい、と一瞬だけ本気で思ったことを覚えている。

しかしそれを、私の本能は許してはくれなかった。体は勝手に海面に向けて上昇を始め、私は惜しむような気持ちで海の中から昼間の世界へ戻った。海上に顔を出すと、意外なほど近くに自分たちの滞在するホテルがあり、ビーチに開かれているパラソルがいくつか見えた。私は息を吸いこむのがやっとで、しばらく手足が思ったように動かなかった。

そんな小さな体験が、しかし私のなかにはいまでもはっきりと根づいている。あれは何だったのだろう、私は何をあのとき感じたのだろうと、いつも前触れもなく唐突に記憶が浮かび上がってくる。

本来ならば覚悟なしでは踏みこんではならないような、微妙できわどい領域は確かにあると思う。「あの世とこの世はつながっている」と、公平も言っていた。そのひとつの方策として、たとえば自然の音に関して言えば、マイクを使うこともできる。本当はそこにあるのに、人間の耳には聞こえない音をマイクで聴くことで、公平は何かの一線を超えようとしている。彼はいつも死を横に置いて、それを感じていなければ、本当に生きている気がしないのだろうか。ビデオのなかでNASAの関係者は、ボイジャーに関してこんなことを言っている。「ボイジャーの使命は、人間が行けない世界へ行き、人間に代わって星を見ることです」

公平が出ていって数日後、同僚の香里に私は言われた。あの人、本当に帰ってくるのかしら。あなたたちがもういちどふたりでいるところが、私どうしても想像できないの。

ただの思いつきから出た言葉なのか、それとも心配しての発言のつもりなのか、それは彼女のことだから私にもわからない。しかし、絶対に帰ってくると言い切る自信が私のなかにもないことを、言い当てられたような気がしたのは確かだ。そしてもし彼が本当に帰ってくるのなら、その理由はおそらく私ではなく、帰るための理由を彼が見つけられるかどうかなのではないかと感じた。10日を経てもメールはなく、彼がどこにいるのかさえわからず、待つしかない自分を私は試されているような気になっていた。

それからさらに数日後、公平から初めてのメールが届いた。私の部屋を旅立ってからほぼ2週間、僕はいま北海道にいます、と彼は書いていた。

僕はいま北海道にいます。富良野のやや南、山部というところです。ここには東大の演習林があり、そこの先生に無理をお願いして中に入れてもらいました。北海道というと自然豊かなイメージがありますが、森はほとんど切りつくされていて、そこに広大な畑をつくっているのが現実です。しかしここは研究のために、昔の原生林がそのままに残されています。クマゲラが木をつつく音を収録することもできました。いずれ聴いてみてください。

君の部屋を出てから2日目、面白いことがありました。秋田の田舎にあるスーパーに入ったところ、小さな店なのに10種類以上も納豆が並んでいるのです。店の人の話では、秋田は納豆発祥の地だということでした。僕はそこからいくつか選んで、山形の最北にある金山という町に向かいました。小京都のような、美しい杉の町です。

とても居心地がよく、ここで4泊しました。薬の行商人が使う宿が今でもあり、僕はそこに泊まったのです。そして最初の朝、買った納豆を食べたくて宿のおばさんに了解を得ようとしたところ、彼女は何を勘違いしたのかそのまま宿の食堂から駆け出して、両手に山ほどの納豆を抱えて戻ってきました。僕の食卓のまえに、その納豆がずらりと12種類も並んでいるのです。

各地の音に関しては、そろそろ編集しようと思っています。稲穂の音やブナ林、角館という町の鎮守の森や、八戸のフェリーの音なども入っています。

今はまだ旅行に出て2週間も経っていないので、音を通して日本を感じるという主題はこなせていないというか、総体としての実感を得るところまでは達していません。ただ強く感じることは、「風景のなかに何かがある」ということです。何か気配のようなものが、はっきりと潜んでいるのです。単に聞こえる音を録《と》るのではなく、僕はその気配をつかまえてみたいと思い始めています。

風にゆれる稲穂を山形で録音しているときに、田んぼの持ち主が面白いことを言いました。「山の神が風になって、稲穂のなかで遊んでいる」と言うのです。僕が探しているものは、もしかしたらそのようなものかもしれません。自然の音に宿っている何か。それを知ることができれば、僕は日本を実感できるのかもしれません。

北山公平

いまスタジオの画面には高名な科学者の顔が映し出され、宇宙に関する持論を展開している。彼の言葉によると、宇宙は心を持っており、私たちはその一部だという。だとすると、「偉大なる心」のミニチュアのようなものが、私たちのなかにもあるということだろうか。その存在を、私たちは実感などできるのだろうか。

最初のメールから2週間以上が過ぎ、公平からの連絡は来ることがなくなった。いまもまだ北海道にいるのか、それとも本州に戻ってきているのか、それもわからない。私は待つことをやめ、やはり自分の時間を生きるしかないようだと悟った。彼のいない時間をどう使うか、それを考えることを課したのはこの自分だ。公平が戻ってくるのをただ待ちわびて何も進展がないのでは、自分が恥ずかしいし彼に合わせる顔がない。

自分も何かアクションを起こさなければならない。毎日同じように仕事をこなすだけではなく、これからの主題を考えるべきだろう。そうでなければ、あのような風来坊とは関係が成立しないのだと思いつつ、私は機械からＤＶＤを取り出した。そしてスタジオのライトを落とし、夜の青山へ出た。

11

11月の午前9時。窓から見える並木は赤や黄に色づき始め、夏にはわからなかった枝のかたちが、ところどころ見えるようになっている。あと1ヶ月もしないうちに葉はすべて枯れ落ち、鳥の鳴く声も聞こえなくなるだろう。会社へ行くまえに私はコーヒーを淹れ、テレビの画面には天気予報図が映っている。日本の地図を見ると、いま公平はどこにいるのだろうか、とふと考えてしまう。

あてのない旅には似合わないと言って、彼は携帯電話を私の部屋に置いていったままだ。使う本人がいないのだから充電はされてなく、PCのメール以外に連絡の手段はない。それも北海道にいた頃にいちど、そして山形からもういちど届いただけで、私もその2通に返信をした以外には、自分からは特に連絡はしていない。何度か途中までメールを書いたことはあったけれど、代わり映えのしない自分のことを書いても仕方がないと思って、結局は出さずじまいだ。旅先から手紙が届くことはあっても、その逆はないのと同じことなのかもしれない。

香里《かおり》も公平のことは口にしなくなった。自然消滅したとでも思っているのだろう。それよりも新しくできた彼氏の話に夢中で、私まで飲み会に誘おうとする。相手が替わるたびに私のことを駆り出すのは、自慢のついでに第三者からの判断を仰ぎたいからなのかもしれない。しかしこういつも早々と相手を替えられては、私がどう判断したところで意味などないのではないかと思う。香里のような女は、服を替えるような気分で、いつも新しい物にしか目がいかないのだ。

しかし勘だけは妙に発達したところがあり、彼女が何気なく発した言葉は、いまも私の胸につかえている。

「あの人、本当に帰ってくるのかしら」と彼女は言った。

私もそんな気がしていたので、そのときは軽く笑って彼女に同意してみせた。しかしこの言葉は、よく考えてみると不穏な匂いを孕《はら》んでいる。どこかへ消えていなくなるという最期を、予感させているからだ。

おそらくこの言葉を公平に伝えたら、彼は笑って否定するだろう。そんなわけがないよ、僕は自分なりの結論を得て30歳代を迎えるために、1年を旅行に使ってみたいのだから。

しかし人は、自分のなかにある小さな萌芽には気がつかないものだ。おそらくそれは本人と一心同体となって、手遅れになるまで主《あるじ》をどこかへと導き続けるのかもしれない。しかしその闇が深く濃く進行していることを、縁の深くない人ほど簡単に嗅ぎつけたりもする。本人にもわからない運命の影が差していることを、瞬時にして第三者が見分けることがある。

山形から届いた公平のメールは、いささか常軌を逸したものだった。「向こう側に手が届く」という書き方を、彼はしていた。

昨晩は夜の森に入りました。ヘッドライトひとつで、30分以上は歩いたかな。そんなに奥まで行くつもりはなかったけれど、ヘッドフォーンを耳にしたままマイクを手に音を探っていくと、ついつい奥の方まで入ってしまうことがあるんだ。カメラマンと一緒に仕事をしたこともあったけれど、ああ似ているなと思ったよ。カメラマンもいい写真を撮ろうと思って、道のないところまで入っていってしまうんだ。

音も同じで、「もっといい音を」と思い始めるとキリがないね。まして森の中なのだから、ここがいちばんだと決められるはずがない。それがわかっているのに、何かに誘われるようにどうしてもさらに奥まで行きたくなる。もっと奥まで行けば、何かがあるような気がしてしまうんだ。

気がついたら30分以上歩いていた。けもの道があるのかどうかもわからなくなって、自分の限界はここだと思って音を録《と》ることにした。不思議なもので、森は夜の方が音の種類が多いんだ。魑魅魍魎《ちみもうりょう》って言葉があるけれど(こんな漢字、PCを使わないと自分では絶対に書けない・笑)、何か得体の知れないものが跋扈《ばっこ》しているような気配が、音のなかにはっきりとある。その音のなかに身を浸していると恐ろしくなってくるんだけど、こんな不気味な混沌《こんとん》のなかから自分たちは生まれてきたんじゃないかって、ふと身を寄せたくなったりもするんだ。さっき書いたのと同じように、もっとその奥まで行きたくなる。向こう側に手が届くところまで触れてみたくなる。

でもそれは、生と死の境目なんだ。その境目はすごく狭くて居場所などないのか、それともある程度の幅があって、生きている人間でも多少は留《とど》まることが許されるのか、それはまだいまの僕にはわからない。いずれにしても、一歩間違えでもしたら、こちら側には戻って来れなくなるね。踏みはずしたら、その向こうには死しかない。

その、死の世界って何なんだろう、と思う。宇宙よりも広いのではないかと思う。ボイジャーのように果ての果てまで行って、それでもまだ永遠に先があるような、行ったままの旅だね。その旅への準備を、僕たちは現世でさせられているんじゃないかと思うくらいだ。

話が逸《そ》れてきたから、元に戻そう。

いま僕がいる山形の天然林には、原始の音が残っている。ここだけは時間が関係ないみたいだ。30分も歩いて戻れば、そこはごく普通の現代で、車も走っていればスカートの短すぎる高校生の女の子もいるけれど、森の奥まで入ると時間差が消えてしまう。太古からの気配と営みが、そのままある。そこはまだ人類などいなかった世界、あるいは縄文人が心の底から自然を畏《おそ》れて神をありありと感じていた世界。

そんな音を、そろそろ君に送ろうと思う。もうじき約束の2ヶ月を過ぎてしまうけれど、年内には必ず帰る。雪が降るまえに戻ろうと思う。

北山公平

自然の音を自分で録音したことのない私は、「向こう側に手が届く」ということが、実感としてよくわからない。自然のなかにある気配のようなものが、音によって増幅されるのだとは思う。しかし具体的にどうやって手が届くことができるのか、そう考え始めると想像の域を出てしまう。音を録るという手段のほかに、何か方法などあるのだろうか。それとも音に導かれるようにして、彼は何かを自分の心のなかに発見しようとしているのだろうか。

何かにいちど集中し始めたら、生真面目すぎるくらいに突き進むのが公平だ。頭がいいのに、そうなると冷静な考えが持てなくなり、エネルギーを一点に集中させてしまう。

そのときの舵取りを私のような人間ができるのだろうかと思いながら、部屋を出て階段を下った。そして昨夜は覗くこともなかった集合ポストを、改めて確認した。小さな正方形の包みが入っていた。ダンボール製で、消印は長野県の地名になっている。宛名の手書き文字は明らかに公平のものだ。胸に上がった不安は一瞬だけ軽くなり、私はその包みを両手で抱きしめた。


「おい篠原、おまえ今夜空いているか?」

編集の作業は思ったよりも早めに終わり、ガラスの向こうに見えるスタジオでは、若いアルバイトがシールドを片付けているところだった。竹川の鞄《かばん》は相変わらず数冊の本で膨らんでおり、彼は力をこめてジッパーを引いていた。私は特に用事はなく、金曜日なのでゆっくりとつきあえることを、彼に伝えた。

「面白いものが手に入ったんだ」

彼はハーフコートのポケットから1枚のCD-Rを取り出してみせた。

「ボイジャー・レコードのことなら、おまえは詳しいだろ。ここにその音源が入っている。これをとある店で聴いてみようと思うんだ」

「音でしたら、うちのスタジオでいいんじゃないですか?」と、私は言った。

「こんなバカでかいスピーカーだのアンプだのは、所詮はプロの自己満足だよ」と、竹川は言った。「仕事だから最高のものを揃えているだけだ。いいかおまえ、最高級だから最高の音が再現できると思うか?」

私は、それには答えられなかった。最高級のホテルが最高級の居心地を必ずしも保証してくれるわけではない。竹川の言うとおり、スタジオのグレードを喧伝するものとして、しきたりのように高級品を揃えているだけなのだ。ブランド品を集めたブティックのように。

「三軒茶屋に面白い店があるんだよ、おれの友だちでR&Bばかり流しているんだけどな。そこでボイジャー・レコードを聴いてみないか」

一も二もなく彼の提案に賛同して、私たちは地下鉄に乗った。青山からほんの10分ほどの場所だ。店主はオーディオにうるさい人で、様ざまな機器を取り揃えているのだという。しかし豪華で高出力だけが取り柄の高級機器に飽きてしまい、知人のつてで一風変わったスピーカーを手に入れたのだそうだ。価格は自家製のアンプと込みで20万円、一般的なリスナーからすれば贅沢品だけれど、ハイエンドのユーザーにしてみれば破格的に安いセットだ。竹川もつい最近この音を体験して、目からうろこが落ちるような思いをした、と言った。

その音を聴いてみたいのはもちろん、私はボイジャー・レコードを是非耳にしてみたかった。市販されてはいないから、聴く機会など滅多にあるものではない。それを竹川がどこから入手してきたのかわからないけれど、公平の送ってくれたCD-Rといい、ボイジャー・レコードといい、何かの因縁ではないかと私は思わずにはいられなかった。

店の名前は「バイユーゲート」といい、商店街の裏手を少し歩いた地下にあった。壁はレンガ造りでテーブル席は7つほど、木のカウンターの端にレコード用のターンテーブルが2台置いてある。目には見えないけれど、その奥にアンプなどがセットされているのだろう。スピーカーはいやでも目につく代物《しろもの》で、オーディオ機器というよりは、高級な家具から音がしているような感じだ。

ドアに「準備中」の札を出してあるために客の姿はなく、まさに貸し切りの状態だった。竹川は店主に私を紹介してくれ、店主は「上田です」と名乗った。年齢は竹川と同じ50歳代の前半くらいで、日曜日に買い物に出た私服の勤め人のような人だった。

「どうだ篠原、夜に音楽の店をやっているようなタイプには見えないだろ?」と、竹川は言った。

私はよほど、上田さんのことをじろじろと見ていたのかもしれない。

「こいつはな、前途あるキャリアを捨てて、3年まえに一流企業を早期退職しちまったんだよ」

「やめてくださいよ、そんな話は。竹川さん」

「バカが付くほどの音楽ファンでな。退職金で自宅にオーディオ・ルームをつくるか、そんな金があるなら、いっそのこと店舗を借りてそこにスピーカーを置くか、本気で悩むような奴なんだ」

竹川はビールを注文し、私も同じものを頼んだ。上田さんはコーヒーを飲んでおり、私たちは乾杯のしぐさをした。

「家に置いてひとりで満足していても意味がないですからね」と、上田さんは言った。

「それよりも、多くの人にレコードを楽しんでもらいたいと思ったんです」

「ゆうに2万枚はあるだろ?」

「数えてないですが、そんなものですかね」

「篠原なあ、奥に休憩用の部屋があって、そこがライブラリーになっているんだよ。言ってみれば、男の子の夢の部屋だな」

そして竹川は、脱いだコートのポケットからCD‐Rを取り出した。上田さんはそれを受け取り、アンプのボリュームを下げた。そしてカウンターの端にある、小さな箱のスイッチを入れた。それ何ですか、と思わず私は訊《き》いた。上田さんと竹川は同時ににやっと笑い、間を置いてから上田さんが「これはアンプなんですよ」と言った。石鹸箱ほどの大きさしかなかった。

続けて上田さんは私の後方を指差し、このアンプとセットになっているスピーカーはあれです、と言った。直径10センチくらいの黒いパイプが2本、高さは1メートルほどだった。どこからどう見ても単なる筒で、そこから音が出るようには見えない。

「沖縄にある個人メーカーのものなんです」と上田さんは説明してくれた。

「仙人みたいな人が店をやっていて、ある日直感が閃《ひらめ》いて試作してみたそうです。そうしたらとんでもない音が出た。大きければいいというものでもないんですね。まあリクツは後にして、いまかけているCDの音を出してみましょうか」

上田さんは配線を切り替え、箱のようなアンプに付いているつまみを指でまわした。ダイナ・ワシントンの歌声が、店いっぱいに広がった。

音がいいというよりも、本人がそこにいて歌っているようだった。高出力で再現されているのではなく、生の肌触りがそこにはあった。彼女の声が空気を震わせ、それがじかに私を包んだ。黒人女性の震える喉と、その震えから伝わる魂と艶《なまめ》かしさ。迫力とか迫真という言葉をオーディオのメーカーは使いたがるけれど、その言葉がいまは陳腐なものに思えた。大切なのは迫力ではなく、どんな小さな震えでも、歌手や演奏家の内部に宿る魂を逃さずに伝えることなのだと思った。

「ええ、どうだ？　うちのスタジオの音なんかでかいだけで、阿呆《あほ》みたいなもんだろう？」

竹川はうっとりとした顔でグラスを口に運んだ。

「こういう素直な音を聴いているとさ、おれはハルモニウムみたいにマリンブルーに輝いちゃいそうだよ」

「竹川さん、どうしてハルモニウムのことを知っているんですか」と、私は思わず訊いた。

公平の憧れていた「セント・ギガ」が開局したとき、美しい音を食べて生きている生物ハルモニウムが、ステーションのキャラクターとなった。公平が部屋で読ませてくれた『タイタンの妖女』の一節を、私は思い出した。それは公平がライヴで歌っていたフレーズでもあった。

私はここにいます。

あなたがそこにいてよかった。

I'm here.

I'm glad you are there.

「おまえなあ……」

私の驚きを見透かしたかのように、竹川はにやにやとしていた。

「カート・ヴォネガットといえば、おれたちの世代では誰もが読んでた作家だよ。だからギガのリスナーになって、ハルモニウムの言葉を耳にしたときは、ぐっときたね」

「あの局は、本当に惜しかったですね」

上田さんは薄い水割りをつくり、竹川のまえに差し出した。そしてこちらの顔をうかがったので、私は白のグラスワインを頼んだ。彼はグラスを出すとカウンターの中に置いてある椅子にすわり、煙草を1本取り出して火を点《つ》けた。

「いままで聴いてきた音楽をこのスピーカーで聴くと、良し悪しがすぐにわかってしまうんですよ。本当は音楽にいいも悪いもないけれど、魂の在《あ》りようがはっきりと届くのは確かですね」

「いまここにハルモニウムがいたらさ、もうマリンブルーに輝きっぱなしだな。さしずめこのスピーカーは、ハルモニウム判定機みたいなもんだ、ははははは」

その後私たちは、竹川が持参したボイジャー・レコードの音を聴いた。音質そのものは特筆に値するものではなく、火山や雷、そして風や波の音などが収録されているだけだ。唇と唇を触れさせるキスの音や、赤ちゃんとお母さんの声まで入っている。ボイジャーを偶然に発見した地球外生命体がこの音を耳にしたとき、いったいどのように聞こえるのだろう。

レコードにはまた、様ざまな楽曲も収録されている。バッハやモーツアルト、ベートーベンなどの代表的なクラシックから、セネガルの打楽器やアボリジニの歌う声まで。日本の尺八も選ばれている。

チャック・ベリーの「ジョニー・B・グッド」、ルイ・アームストロングの「メランコリー・ブルース」、そして盲目のブルース・ギタリストであるブラインド・ウイリー・ジョンソンが弾く「ダーク・

ワズ・ザ・ナイト」を選曲したのは、いったいどんな人物なのだろう。当時のNASAの開発者たちの中には、ヒッピー上がりの音楽マニアがいたのに違いない。エリートの集団がこんな遊びを許される豊かな時代が、確かにあったのだ。

「バロックもモーツアルトもいいけどさあ、宇宙人にはブルースの方が伝わるんじゃないか?」

ウイリー・ジョンソンが弾くスライドを聴きながら、竹川は目をつぶって言った。

「何なんだろう、哀《かな》しさを最後の1滴まで魂から搾り出すような、この音は。目が見えないから? 黒人だから? おれは凡人だからわからないけれど、この音の魂は向こう側の世界へ半分入っているよ」

「確かに、何かに魅入られた音というのはありますね」

上田さんはビールの小瓶から栓を抜き、細長いグラスに中身を満たした。綺麗《きれい》な泡が立って、上田さんはそれを一気に半分まで飲んだ。

「向こう側へ行くって、どういうことなんですか?」と、私は彼に訊いてみた。彼はしばらく考えこみ、こちらを見ないまま言った。

「ジャズでもロックでも、即興が激しくなっていくうちに『抜ける』というのはあると思うんです。小さい子供がはしゃぎながらくるくると回って、倒れて興奮したりしているでしょう。ああいうことは世界のどの宗教でもあるし、音楽もそれと通底しています。しかし、いまかかっているブルースのように、ゆったりとしているのに、最初の一音から既に抜けてしまっているものもある。演奏しているうちに恍惚の状態にいたるのではなく、この音や声を出している本人の魂が、最初から向こう側にあるんですね」

「危険といえば危険だよ」

竹川がぽつりと言った。

「本人に余裕があればそれもいいが、未熟だと命を取られる」

「命を取られるって何ですか？」私は訊いた。

「もっと崇高なものを貪《むさぼ》ろうとしてさ、自分の魂がそこに追いつかないで、自滅するってことだ」

「焦っちゃいけないいんですよね。ゆっくりと」

最初から何かをわかっているかのように、上田さんが言った。

「そう。ゆっくりと、だ。ゆっくりと焦って生きる。それが人生の基本だ」

いつになく真剣な竹川の言葉を聞いて、私は今朝ポストに入っていた公平のＣＤ－Ｒを思い出した。いまならそれをバッグから取り出して、ここでかけてもらえるかもしれない。彼が耳にした自然の音は、不思議な形のスピーカーではどんなふうに聞こえるのだろう。

「あのう、これ」と言って、私は公平のＣＤ－Ｒを竹川に差し出した。

「北山くんが送ってきたものなんです。私もまだ聴いてないので、ここで試聴してみてもいいですか」

「おお、あの類稀なる青年か」と、竹川は沈痛な表情を崩した。

「おれは会わせてもらってないけど、北山くんというのはこいつの彼氏でな、つきあって間もないのに、彼女を置いてとっとと旅に出ていったんだよ」

竹川は嬉《うれ》しそうに、上田さんに説明していた。上田さんも興味津々の様子だった。男性というのはやはり、女性を捨てることに憧れるものなのだろうか。

「ギガに憧れて宇宙の番組を制作して、そのあとやることがなくなって、君みたいに一流の会社を辞めたんだよ。それで日本全国の自然の音を録《と》るとか言い出して、いまどきステキな奴だろう？」

「その音が、CD‐Rに入っているんですか」と、上田さんは訊いた。

ふたりの意外なほどの熱心さに気圧《けお》されながら、私は上田さんにCD‐Rを渡した。彼はそれをいかにも大切なもののように扱い、カウンターの端にある小さなアンプのつまみをまわした。竹川を見ると、目をつぶっていた。

ひゅん、ひゅん、と風の走る音が聞こえ、遠くで何かが擦れ合う音がした。それはやがてさざ波のようにひろがり、あちこちでいくつもの音の渦が生まれていた。そして小さな渦はひとつになり、まるで何かの生命のように、こちらに向けて走ってきた。目には見えない風の列車がしだいに連結され、最後には長い車両となって、猛然と走り去るかのようだった。そして一陣の風が何もなかったかのように通り過ぎると、おだやかな空の高いところで、トンビが輪を描いている音が小さく聞こえた。CD‐Rのジャケットに書かれた文字を見ると、「山形：幼き風神の戯れ」というタイトルが付いていた。

5秒ほどの間があり、こんどはヒグラシの鳴く音が聞こえてきた。最初は1〜2匹のように聞こえたのだけれど、気づかないうちにヒグラシの音は弧を大きく描くように膨らみ始め、何かの小さな生き物が一群となって襲いかかるかのように、うぁんうぁんとうねり始めた。そのうねりの中に吸いこまれ、どこか知らないところへ連れていかれそうだった。やがてうねりは勢いを徐々に弱め、遠くで子供たちの声がした。「秋田：鎮守の森、巨木が見つめる村の小学校」というタイトルだった。

ふたたび間があって、枯葉を踏みしめる音が聞こえた。公平の歩く音なのだと思った。今は亡き人の生前の様子を、音で聴いているような気がしてきた。山道だからか、かさっがさっと歩く音のリズムは一定ではなく、そこへはるか彼方《かなた》から「ピューイ、ピューイ」という、鳥の鳴き声が飛びこんできた。そしてしばらくしてから「カツーン、カツーン」と、乾いた木を叩く音が聞こえた。その音は遠くまで反響しており、森の深さと広さを思わせた。タイトルは「富良野の南：クマゲラの森をゆく」だった。

そこまで再生して、上田さんはプレイヤーを一旦停止にさせた。そして瞼《まぶた》を閉じたままの竹川に目をやった。早く目を開けて何かを言え、と催促しているような表情だった。

竹川は組んでいた腕をほどき、ゆっくりと目を開けた。

「何だ、これは……」と彼は呟いた。

「音が生きているようじゃないか。ただ単に鳥とか風の音を録っているんじゃなくて、自然の動きそのものを表現しているよ」

「条件のいい場所を選んで録っているのではなく、音のある風景のなかに、何かを見出しているような気がしますね」

上田さんはカウンターのなかで立ち上がっていた。茫然《ぼうぜん》としているふたりの顔を、私もまた茫然と見ていた。

「おれはさ、風のなかに命があるってことを、はっきりと知ったよ。たぶん稲穂の音だろうが、そんな小さな世界のなかにも激しい営みがあって、上空のトンビと連動しているんだ」

「ぼくはヒグラシの音を聴いていて、しだいに得体の知れないものに、つれていかれそうになりました」

「私もです、やはりそうですか」と、私は言った。あのとき一瞬だけ目には見えない穴のようなものが風景のなかに開き、そこへ吸いこまれそうになったのだ。怖くて官能的な一瞬だった。

「これはやばいぞ、どこまで行くんだと思ったそのときに、小学校の生徒たちが遊ぶ声が聞こえてきた。それでふと目が覚めたというか、ようやく現実の世界に引き戻されて、少し安心しました」

「おいおい。これは単なる自然音の録音じゃないぞ」

竹川は空になったグラスを指でつまみ上げ、上田さんに向けてそれを揺らした。彼は文字通り現実の世界へ戻ったような顔をして、慌ててウイスキーの水割りをつくり始めた。そして竹川のコースターにグラスを置き、彼は神妙にひと口飲んだ。

「自然の音は安らぐとか、美しいだとか、そんなものを狙っているんじゃない。たぶん公平くんは、命の動く道みたいなのを音の風景のなかに見ているんだよ」

「命の動く道、ですか?」

「ま、おれの言い方だから正確ではないかもしれないが、そんな気がする。自然のなかに別の領域があって、彼はそこに手を触れようとしているんだ」

公平が送ってきたメールと同じだ、と思った。自然のなかにある何かに手を触れて、その向こう側へ抜けると、そこは宇宙とつながっている、とも彼は横浜の部屋で言っていた。そして彼が以前に制作した自然音のCDと比べても、今回の音には格段の違いがあった。それを上田さんは「鬼気迫るような音」と表現した。

「これはぼくの感想ですが……」と、上田さんは言った。

「竹川さんの言う命の動きのなかに、彼は自分を投げこんで、ひとつになろうとしている感じがありますね。さっきのヒグラシの音、もういちど音量を上げて聴いてもいいですか」

一旦停止のまま2曲目を彼は選択し、ゼロに戻しておいたつまみを半分ほどにまで上げた。ヒグラシの一群は何かに反応するかのように、自ら鳴き声のなかへ参加し、全体でひとつになろうとしているように感じられた。この音を聴きながら星空を見上げたなら、私のなかで何か目覚めるものはあるだろうか。

店内はふたたび静寂に包まれた。私はふと人の気配を感じ、店のなかを見渡してみた。しかし誰もいるはずはなく、納得がゆかずにもういちど店内を目で追った。大きな家具のようなスピーカーが寡黙に座しているだけで、落ち着いたインテリアの店はあくまでも静かだった。

「篠原、おまえ何をきょろきょろとしているんだ?」

不審そうな表情で、うかがうように竹川は言った。

「いえ、別に……」と私は答えた。

「上田さん、このお店はひとりでやってらっしゃるんですか?」

彼は飲みかけていたビールのグラスをカウンターに戻し、不思議そうな顔で私の目を見ていた。

「ええ、ぼくひとりですよ」と、彼は言った。

「奥の部屋に、誰かいらっしゃるとか……？」

「いいえ。どうかされたんですか」

「別にいいんです、私の勘違いです」

私はそう言って笑った。上田さんもそれに付きあうように所在なく笑い、竹川はひとりで思いつめたような顔をしていた。そして私が感じたものは、いまはもう一切、どこにも残されてはいなかった。

しかしそれは、決して勘違いなどではなかった。大きな音でヒグラシを聴いたときに感じたあの、人の気配は何だったのだろうか。私は風のようなものに直に触れて、それを耳元で吐息のようにも感じたのだ。優しくて愛があって、そしてひどく切ない吐息だった。その大きな愛に触れて、私は一瞬だけ胸が熱くなるのを感じた。自分と同じ女の人を、心から抱き締めたくなるときのような、深い温かさと官能の息遣いがそこにはあった。

珍しく黙ったままの竹川が、ようやくいつもの調子を取り戻したかのように、急に声を上げた。

「おまえの公平くんは、いつ帰ってくるんだ？　まさか捨てられたんじゃないだろうな」

「このあいだのメールでは、年内には帰ると書いてました」

私が怒ったような顔をしていたのか、竹川は私の肩を手で柔らかく包んで、笑顔をよこした。その様子を見ながら、上田さんが静かな声で言った。

「もしよろしければ、北山さんをぼくに紹介していただけませんか」

私は上田さんの顔を見た。実直な勤め人のような顔のなかで、瞳だけが強く輝いていた。

「いつ帰るのかもわかりませんが……」と、私は答えるしかなかった。しかしここで約束をしておけば、私のなかの重いものが軽くなりそうだった。

「こちらこそ、是非お願いします。彼はきっとこういうお店が好きだと思います」

「お待ちしています。次回は是非、おふたりで」

「おいおい、おれは抜きなのかよ」

そう言って竹川は大きく笑った。おそらく公平は帰ってくるのだと私は思えるようになり、今日の出逢いをつくってくれた彼に対して、心のなかで感謝をした。そしてそのときにまた、ほんの少しだけ、あの温《ぬく》もりが私の頰を風のように撫《な》でた気がした。

12

夏が過ぎて学校が始まり、２学期の授業が午前で終了すると、公平は電車に乗って美紗子の住む古い家へ向かった。

１日ごとに陽射しの強さが薄らいでいくことを、彼は表通りから奥へ入る、古い家までの小道で感じた。深く傾斜した光は長い陰影を地面に描き、そのまま日没へと向かう時間が、確実に早くなっている。元はアトリエだった木造の洋館を被《おお》う樹木も、かつての勢いを静かに失いつつあるようだ。

美紗子は建築士の国家試験を受けるための専門的な学校に通い、夜に戻ってきて復習をする日々をこなしている。午後から夕方すぎまでの時間をこの家で過ごす公平とは、したがってすれ違いが多い。会うのは週にいちど、土曜日というのがいつの間にか、ふたりの間で約束事として決められた。そしてそのペースが、勉強を進めるうえでの公平の目安となっていた。

毎日のように顔を合わせていた夏に比べ、週にいちどきりという限られた機会は、公平のなかに心地よい緊張感を生んだ。６日間という時間をおいて改めて会う美紗子は、やはり大人の女性だった。彼女がただそこにいるだけで、自分にはわからない謎を、公平は強く感じた。そしてその距離感を、彼は好ましいこととして楽しんだ。６歳という年齢差は、18歳の公平にとっては未知を含んだ魅力だ。大学を経て社会へ出るまでの時間と体験を彼女は持っており、自分はそれをこれから体験する。彼女という謎のある存在に憧れることで、彼は受験を乗り越えるべきものとして受け取ることができた。

あのときなぜ図書館で声をかけてきたのか、今ではその理由も少しわかる気がしていた。受験勉強の徹底した退屈さを身を以《も》って体験した彼女は、自分をその退屈さから救おうとしたのではないか。それを押し付けとは感じさせずに美紗子は自ら先に動き、常に優しく先導してきたのだ。

その受容力の大きさに、公平はただ従えばよかった。5月の頃の自分と、秋を迎えたいまの自分とでは、別人のように大きく変わっていることを、彼ははっきりと感じた。美紗子という女性が現れて、いまここにいる自分というものがつくられた。公平はひとりで勉強する部屋のなかで、そのことに感銘すら覚えていた。

それに報いるには合格するのがいちばんの正解だということは当然として、自分が受けている感銘を何らかの手段を通して表したい、と公平は思うようになった。人に対して何かをしたい、しないではいられないという気持ちを強く抱くのは、公平にとって初めての感覚だった。そして彼は、美紗子を写真に撮りたいと考えた。自分の目に映っている彼女を、自分の気持ちや考えとして伝えたい。自分にはこう見えていると伝えることで、そこに何らかの感謝の気持ちは表せないだろうか。

ある週末ふたりは、庭の落ち葉拾いをした。2本の竹箒《たけぼうき》で赤や黄色の落ち葉を一箇所に集め、それを山のようにして新聞紙で火を点《つ》ける。湿気を含んだ落ち葉は炎となって燃えることはなく、白くくすぶった煙が細く立ち上る。葉が燻《いぶ》されていくときの土の香りは、まさに日本の秋だ。生まれたときからマンション住まいの公平でも、なぜかこの香りだけは子供の頃からずっと嗅《か》いできたような気がした。額に少しだけ汗を浮かべた美紗子の横顔を、公平は言葉もなく見ていた。

「落ち葉焚《た》きを自分でするなんて、考えてみると初めてのことだわ」

ゆるゆると立ち上る煙に目を集中させたまま、美紗子はふと呟《つぶや》いた。自分のなかにある過去と直面しているような視線だ、と公平は思った。

「落ち葉をただ集めて燃やすだけなのに、どうしてこんな気持ちになるのかしら」

「こんな気持ちって、どんな感じですか」

公平は問いの答えを美紗子の顔に探した。彼女は自分の内面に向いており、そして公平を見てわずかに笑った。そこに時間のはかなさのようなものを、公平は嗅ぎ取った。

「なぜか泣きたくなるような気持ちなの。何かとお別れしているような気持ち。秋になるとただでさえ寂しいのに、時間はただ過ぎていくのよ」

泣くのを堪《こら》えている小さな女の子の様子が、いまの美紗子に重なっているように公平には思えた。歯を食いしばって、涙はこぼすまいと闘っている小さな女の子。自分のなかにどうしてこんな悲しみがあるのだろうと、戸惑いながらもそれを受け止めるしかない感情を、その子は必死でわかろうとしている。

「公平くんと会って、3ヶ月にもなるのね。夏休みの図書館のこと、覚えてる?」

「3ヶ月ではなくて、僕にとっては半年です」

風向きが変わって、煙は美紗子のいる方向へ動いた。彼女はそれを避《よ》けようとして、公平の立つ場所に近づいてきた。公平がその気にさえなれば、手と手が触れ合えるほどの近さだった。

「僕にとっては半年です。美紗子さんがいつも同じ席にいることに気づいたのは、5月だから」

「私もその頃から気づいていたわ」

美紗子は公平を見上げた。強く優しく先導してくれた彼女だったが、いまはその芯が脆《もろ》く崩れているように感じられた。

「僕は背が高いから、普通にしていても目立ってしまうのかな」

崩れかかった美紗子の感情に触れるのが怖くて、公平は差し障りのないことを口にした。しかし美紗子から返事はなかった。彼女は何かを意志で抑えこもうとしていた。

「そのときの僕は、美紗子さんの目にどう映っていたのですか」

身長差が不自然なので、公平は焚き火のまえにしゃがみこんだ。そして少しずつ量の減ってゆく落ち葉に、ちぎった新聞紙を1枚載せた。一瞬にして炎が燃え上がり、生き物のような動きの後で新聞紙が灰になると、あたりは急に暗くなったように感じられた。

「いかにも冴《さ》えない、勉強の進まない受験生の顔をしていたんじゃないでしょうか」

「そんなことはないわ」

美紗子も公平の横にしゃがみこんだ。髪をうしろに結んだゴムの輪が、公平の眼前にあった。見れば見るほど、そのゴムの輪は公平にとって謎のひとつだった。

「公平くんはね、光り輝いて見えたのよ」

たたんで置いてある新聞紙を、美紗子は自分の下に敷いた。そして両膝を立てて揃《そろ》え、そこに両腕を組んだ。

「この人は誰だろう、っていう気持ちがあって、そう思い始めると、見ないではいられなくなるの。何とかしなければ、っていう気持ちになるのよ」

「救ってもらったのだと、僕も思っています」

美紗子は反射的に公平の腕を叩《たた》いた。しゃがんでいた公平は簡単にバランスを失い、右に倒れながら咄嗟《とっさ》に手を出して地面をとらえた。慌てて助け起こそうとする美紗子を、公平は笑いながら制した。そして新聞紙を敷かないまま、ジーンズの尻を地面におろしてすわった。

「5月の僕は、まだ何にもなっていない自分でした」

公平は、火ばさみで落ち葉をかき寄せた。小さくなった焚き火の輪の中心から、ごく細い煙が上がっていた。山の方から冷たい空気が降りてきて、その風の向きへと煙は動きを小さく変えた。

「いまでもまだ何にもなっていませんが、これから何かになるのだ、という勇気を得ました。美紗子さんが受け止めてくれるので、僕は迷うことがなくなりました」

「どうしたの、今日は。そんなに誉《ほ》めてくれなくていいのよ」

「感謝しないではいられないという気持ちは、ずっとあったのです。しかしどうすればいいのかわからなくて、いままで何もできなかった」

「まずは合格して。そのときにあなたが笑顔を見せてくれるのが、いちばんのご褒美だわ」

「合格して、それで終わりですか?」

「え?」

「合格して僕は大学生として生活することになります」

「ええ」

「美紗子さんは建築士ですね」

「ええ、試験に受かればの話だけれど」

「僕たちはまったく違った立場で、違った生活に向けて歩んでいくことになります。でも、それまでの時間をなかったことにするのは、できないと僕は思います」

美紗子はその言葉には答えなかった。合格を終点に、何事もなかったかのようにふたりは別れゆくのだろうか。美紗子は新聞紙を手に立ち上がり、火が消えたことを確認して「暗くなってきたから、なかに入りましょう」と言った。

写真を撮らせてください、と言った公平の提案に、美紗子は最初戸惑いを見せていた。ありふれたスナップを除いては被写体になったことなどないし、改めてカメラをまえにしたとき、どのようなことをすればいいのかもわからない。

いつもの美紗子さんでいてください、と公平は言った。僕がいつも美紗子さんをどのような気持ちで見ているか、それを写真の上に再現するだけです。ですから構えたりする必要もないし、ましてポーズを取ったり演技をしたりすることもありません。

美紗子から承諾を取りつけた公平は、翌週にカメラを持ってきた。バッグから取り出したそのカメラを見て、美紗子は少なからず驚いた。ニコンの重い一眼レフと、数本のリバーサル・フィルム。公平は慣れた手つきでフィルムの箱を剝《む》き、カメラのボディに無駄のない動きで装塡《そうてん》した。なぜそんな機材を持っているのかという美紗子の質問に、これは親父のおさがりなんです、と公平は答えた。

「父の影響で、小さいときから天体観測をしていたんです。中学生になると、天体の写真を撮ることも覚えるようになりました」

「どうやって、星の写真を撮るの？」

「望遠鏡そのものが、望遠レンズのようなものだと思ってください」

「どんな星を撮ったのかしら」

「月の表面とか、土星の輪とか、そんなものです」

「家で飼っている犬とか、仲のいい友だちは撮らなかったの？」

そう訊《き》かれたことじたい、公平には意外だった。確かに幼い頃、家では犬を飼っていたし、仲良く散歩をして遊んだのも覚えている。しかしそれを被写体にしようとは、いちども思った記憶が公平にはなかった。親や兄弟の写真を撮ったこともないし、星以外の写真では、風景ばかり撮っていた時期があった。

「近すぎる場所には、興味が持てなかったんです」

久しぶりにカメラを手にした公平は、その感触を確かめた。ボディが手になじんできて、ごく自然にシャッターを切りたくなった。

「それよりも天の川を見ながら、いま自分のいる場所はあの銀河の一部だと思う方が、僕のなかで空想がうまくつながるんです。そういうことって、美紗子さんにはありませんか」

そう訊かれた美紗子は、困ったような笑みをもらした。公平はその一瞬を、心のなかのレンズで捉《とら》えた。ここにいま年齢の差がある、と彼は直感した。

「授業中に黒板を見ていなくて、窓の外ばかり気にしている男子が、確かにクラスにはいたわ」

公平はファインダーを覗《のぞ》き、言葉を話すときの美紗子を、四角く切り取った視界のなかで見た。美紗子にそっくりの別の女性が、いまここにいるような錯覚があった。星や風景を撮るときとでは、勝手がまったく違っていた。彼はシャッターを切ることができず、ファインダーからいちど目を離した。

「そういう男子はいつも上の空で、たまに声をかけても、ろくに返事ができないのよ」

「たぶん僕は、いまでもそうです」

「でもなぜか女子のあいだでは、そういう男子の方が人気があるの」

「はい」

「女性は、遠くを見ることができないからかしら……。あの人の目には何が映ってるんだろうって、気になるのね」

公平はカメラを降ろしたまま、言葉を話す美紗子を見ていた。言葉とは彼女そのものだ、と彼は感じた。言葉が彼女の体をくぐり抜け、彼女のプロセスそのものとして表わされている。そんなものはすぐには撮れないと思った公平は、彼女にリクエストをした。

「美紗子さん、本を読んでもらえますか?」

「どの本がいいかしら」

「できれば勉強の本ではなく、小説のようなものがいいです」

「私はただそれを、ずっと読んでいればいいのね？」

居間のテーブルには3冊の小説があり、そこから1冊を美紗子は選び出した。公平はカメラを手に、その様子をずっと眺めていた。図書館で一心不乱に本を読んでいたときの美紗子を、公平は改めて思い出した。単に何かに集中しているのではなく、文面を目で追いながら、小説でも自分でもない世界へ入っていく様子が、彼女を見ているとわかった。

公平は、おそるおそるファインダーを覗いてみた。最初に目にしたときのような違和感はそこにはなく、温度のある彫刻のような美紗子がそこにいた。何という耳だろう、と公平はまず思った。特殊な管楽器にも見える耳は、縦のカーブが彼女の顎《あご》のラインと綺麗につながっており、耳たぶの下にある窪みに彼は目を奪われた。

鼻筋を縦のラインとした場合の、目尻との三角形もよかった。小鼻のふくらみから唇の端にいたる滑らかさは、言葉ではたとえようがなかった。公平は夢中でシャッターを切り続け、美紗子は本に没頭し続けた。

36枚を撮り終える頃には、公平のなかに感謝の念がこみ上げていた。彼女が自分に対してもたらしてくれた過去のおこないのすべてが新鮮に思い出され、そのどれもが愛《いと》おしく感動的だった。彼女とは何かという撮り方ではなく、自分を受け止めていてくれる彼女というものを、公平は自分の側にも受け止めて写真を撮った。

女性と一緒にいてここまで快適なことは、彼にはなかった。そしてその心地よさの原動力となっているのは、美紗子の持つ受け入れる力だった。その力が美しく感じさせるのだと改めて気づいた公平は、彼女の受容力を写真に撮ればいいと考えた。ときには彼女が本から目を離した瞬間を撮り、コーヒーのカップを口に運んだときの仕草を撮った。髪を結わえているゴムを取ってくれるように、公平は頼んだ。美紗子の指でひろげられたゴムは髪の束を抜け、解放された髪は左右にゆれた。美紗子は頭を振って髪をほぐし、ゴムをかけたままの指で最後に軽く整えた。

やがてふたりは会話を交わし始め、3本のロールすべてを使い切ると1時間が経過していた。

「写真はうまく撮れたのかしら」

新しく入れたコーヒーを、美紗子がトレイに載せてきた。公平はそこからカップを受け取り、次に会うときにはできているはずです、と答えた。人を撮るのは初めて？　と美紗子は訊いた。カップを口にしたまま、公平は黙ってうなずいた。

「美紗子さんがごく自然に、いつもどおりにしてくれていたので、撮れていると思います」

「本を読むように言ってくれなかったら、きっと緊張していたはずだわ」

「緊張したのは、むしろ僕の方です」

普段どおりに話しているだけの美紗子を、公平は最初捉えることができなかった。いざ意識してファインダーを覗いてみると、自分の内側に受け皿がないことがわかった。対象があれば、それを撮れば写るのがカメラだが、把握しないままシャッターを押してしまったら、自分が見ているようには写らないことを公平は瞬時に痛感した。言葉だけを取り繕った会話に交歓が生まれないのと、それは同じだ。勇んでカメラを用意したものの、心の準備と覚悟ができてはいなかった。

そこで公平は、本を読む美紗子という原点に帰ることで、準備を整えるまでの猶予をつくってみた。本を読む彼女をファインダーの内部で観察しながら、自分の内部に受け皿があるのかどうかを同時に確かめた。本に熱中してゆく美紗子、ふと無意識な仕草を見せる美紗子をその都度受け入れて、自分とつなぐことはできるだろうか。それは彼女の魅力を借りながら、自分の世界をひろげていってみる行為だった。

「どうしていままで、人を写真に撮らなかったの?」と、美紗子は訊いた。

「そこが僕の限界だった、ということでしょう」と、公平は答えた。

「人のことを頭ではわかっていても、体が理解していなかったのだと思います」

美紗子は公平の顔をまっすぐに見た。彼がどういう顔をしているかを、改めて探ろうとしているような様子だった。

「家族や友人が大切だとはわかっていても、目には見えない部分で関係しあっていることの本質を、僕は自分の体で理解していなかったと思います」

「女性はそこを、わかっているのよ」

「やっとわかりかけてきたような気がします」

「私でも貢献することができたのね」

「おかげさまです」

その言葉を聞いて美紗子は笑った。いままでにも増して美しい笑顔だと、公平は思った。自分がどうしてこんなに安心しているのかわからないまま、その感触を彼は何の遠慮もなく体ごと味わった。そしてふと美紗子を見ると、笑みの引きかけた彼女の顔が、瞼《まぶた》を閉じながら不意に近づいてきた。公平は美紗子に抱きしめられ、その力は何度も強くなった。それよりもはるかに弱い力で、ようやく公平は彼女を包んだ。

体を離した美紗子は、目を輝かせながら言った。

「次に来るときは、写真を持ってきてね」

激しく勃起《ぼっき》している部分をどうにもできず、公平はただ「わかりました」と答えた。

13

最高気温が10度を超えない日が続いている。北極の寒気が日本列島にまで降りてきて、空気を芯から凍らせているかのようだ。冷え性ではない私も、夜帰宅するときにはさすがに手袋が欠かせなくなった。公平は年内には帰るとメールに書いていたけれど、毎日があまりにも寒いと、戻ってこないのではないかという気がしてきてしまう。

彼が送ってきた自然の音を、私はその後何度も聴いた。日本海から川へサケが遡上《そじょう》する音や、冬を迎えるまえの上高地の水流なども、CD-Rには収められていた。山形の夜の森も、メールにあったとおりの音だった。日中の明るい森とは明らかに異なった気配がそこにはあり、その気配に夜の生物たちは感応しているようだった。何か目に見えないものをすべてのいのちが感じ取り、それを互いに伝え合うことで、森の世界が生まれているような感じなのだ。

猫があらぬ方向を向いたまま凝視していたり、何もいない場所に向かって犬が怯《おび》えるように吠《ほ》え立てたりしていることがある。それを野性というのなら、野性が退化した人間には感じ取れない何かを、猫や犬はありありと感じているのだろう。それと同等のものを、高性能のマイクが拾えるとまでは思わない。しかし人の耳ではわからない領域まで押しひろげていることだけは確かだ。公平の録音した音には、そのような「わからない何か」が宿っていた。人知れず自然のなかに身を置きながら、彼は音の世界の奥にある何かとつながれているようだ。

　そんな音のなかに、私ははっきりと公平を感じた。竹川が言っていたように、これは単なる自然の音ではない。そのような表面的なものではなく、音のなかに公平がいる。彼を体で感じながら、彼の見た風景や彼の聴いた音を、ありありと共有することができる。彼がまえに言ってくれたように、この現場を実際に一緒に体験してみたい気持ちもあるけれど、むしろ音だけの方がいいのではないかとさえ思う。

　それから彼の音を聴いていると、感覚が急に麻痺《まひ》することがあった。それは洗い物をしているような、何でもない日常のなかの一瞬だったり、スピーカーに対座して目をつぶって聴いているときであったりもした。忘れていたことが何の脈絡もなく突然思い出されるときのように、私の状態が何らかの理由で開放されているとき、何かが向こうの方から音を通して降りてくることがあった。

　それが何なのかはわからない。でもそんなときはいつでも決まって、私は周囲を見まわしてしまう。背後に何かがいるような気がして、はっと振り返ってしまったり、目を固くつぶったままの私の脳裏で、何かが像を結ぼうとしたりする。

　上田さんの店にあるスピーカーで聴いたときも、やはり同じように感じた。でもそれはスピーカーの性能に理由があるのだと、私は思っていた。しかし自宅にCD-Rを持ち帰って聴いてみても、時や瞬間を選ばずにふとそれが来ることがあった。背中がぞくぞくとして、誰かに見られているような気がして、それなのに怖いということはなく、心から温かい感じがした。

　公平の音を聴いていて、そのとき私がどういう状態になっていればそれが来るのか、私は確かめてみたくなっていた。突き止めたいという気持ちもあるけれど、それよりもあの艶《なまめ》かしく優しい温かさに触れたかった。どこか懐かしくて、抱きしめてほしいような、逆に抱きしめたくなるような、はかなくて不思議な温《ぬく》もり。だから私は、それからも公平の音を聴き続けた。しかしこちらから意識的に感じようとしても、それは訪れてくれることはなく、いつも向こう側からやって来た。街を歩いているときに、不意に後ろから肩を叩かれるみたいに。

その夜は帰路の電車に乗っていた。11時を過ぎた車内は満員といっていいほどに混んでおり、私はつり革に手をかけたまま窓の外を見ていた。途中までは地下鉄なので、窓といってもそこには自分と車内の様子が反射しているだけで、あちこちからお酒の臭いがしていた。

郊外の駅に着いて電車が地上へ出ると、窓の外には視界がひろがった。東京都と接する大きな川が鉄橋の下を流れ、電車の向かう対岸には小さなマンションが重なり合うように見えていた。車内が少し空いたので私はバッグからiPodを取り出し、公平の自然音を聴きながら軽く目を閉じた。疲れていたこともあって、私はあっという間に自然音の洪水のなかへ身を浸すことができた。体が芯からほぐされ、音の風景へ放り出されたかのようだった。

楽曲とは違って決まりごとのない音だけれど、これまで繰り返し聴いてきたからか、私の体は音の流れを覚えていた。ここではこんなふうに風が吹いて、森のはるか彼方《かなた》では聞いたことのない鳥が鳴き始める。樹々は風を運びながらざわざわとさざめき、晩秋の雷鳴が遠くの空でころがる。体の奥底で眠っていたものが、徐々に呼び覚まされるのがわかる。急に降り出した雨の音が、ひと粒ずつ耳元をくすぐる。

そのときだった。私の体は何かの見えない線を越えたように動かなくなり、自分がいま電車に乗っていることに実感がなくなってしまった。つり革を握る手も自分の手ではないような気がして、このまま体が浮いてしまうのではないかと思った。実感を失った私の体は硬直し、音のなかへどんどん吸いこまれていった。心と体が切り離されたように感じた。ボリュームを上げてはいないのに、音が一方的に大きくなって聞こえた。

もはや「音を聴いている」という状態ではなくなっていた。音との距離感がなくなり、私はそのなかにいた。どの音もありありと感じられ、時間の流れも消えた。永遠に続く一瞬があるだけだった。手が届きそうな感じ、とはこのような感覚をいうのだろうか。公平はいつもこの感覚をヘッドフォーンで受け止めながら、マイクを手に森の奥へ進んでいたのだろうか。怖くなってきた私は、電車に乗っていることを必死で自分に言い聞かせようとした。

自然の音は生命の躍動というよりも、死の匂いさえ湛《たた》えていた。そこは太陽の光に祝福された場所ではなく、暗闇に通じる混沌《こんとん》とした世界だった。いのちが生み出されたり、あるいは逆に死んでいったりする、紙一重の往来がなされている境目だ。私はその世界に完全に呑みこまれ、出てくることができなくなっていた。心地よさはとうに消え、獰猛《どうもう》で荒々しい暗闇に無数の音が生み出されては死んだ。

つり革を摑《つか》んでいるのさえ必死だった。いまここにいる私は暗闇に通じる世界に連れ出され、生と死の区別がない力の領域に支配されていた。そのときふと、女性の気配を感じた。はかないけれど、はっきりとしたものだった。あの温かい何かがやって来たのかと思ったが、今回はもっと哀《かな》しくて重いものだった。自分には受け取れそうもなかった。私は自分のなかでその誘いを拒みながら、目をつぶったまま深呼吸を繰り返した。そうすると、その重いものは一瞬だけ軽くなった。ああよかった、気のせいだったんだと思った瞬間、私はさらに重いものに捕まり、首筋が固まって動かなくなった。死に近い何かが、私をこじ開けようとしていた。

車内には、私の降りる駅名がアナウンスされた。私はもういちど深呼吸をして息を整え、つぶっていた目を開けた。電車がホームへ滑りこんでいくのが見えた。駅の看板も窓も、いつもと同じだ。味気ない夜の蛍光灯にそれらが照らし出され、電車は速度を最小限に弱めてやがて止まった。ドアが開き、私は耳からイヤフォーンを引きちぎるようにしてはずした。そしてiPodをバッグのなかに入れ、ホームへと歩き出した。

改札を出て家路を行く頃には、私を捕まえようとした感覚は完全に消えていた。あれは何だったのかと意識的に呼び戻そうとしても、まったく戻ってくる気配がなかった。それどころか、あれが何だったのか、私のなかから実感が急速に失われていった。駅前の風景はいつもとまったく同じで、遠くの住宅地に住む人たちが深夜のバス停で列をなしていた。

家に着いて明かりを灯し、テレビを点《つ》けてからバッグをテーブルに置いた。このなかにiPodが入っているのかと思うと、どこか恐ろしい気持ちだった。何度も感動した公平の音はいまや不穏な何かであり、おいそれと手の出せる存在ではないような気がしてきた。私はバスルームへ行って浴槽に湯を張り、部屋に戻ってベッドに横になった。

湯がたまるまでの間、しばらくテレビを見ることにした。恐怖にも似た感覚は私の体から抜け去り、寒さと疲れから眠気が襲ってきた。テレビに映るタレントの言葉が意味をなさなくなり始め、私はベッドにこもった自分の体温にまどろんだ。誰かに見下ろされているような気がしたが、気が遠くなってどうでもよかった。

このまま眠ってはいけないと思っていると、携帯のバイブレーターの音が聞こえた。横になったまま薄目で部屋の時計を見ると、もうじき深夜の12時だった。こんな時間に誰だろうと、私はテーブルにある携帯に手を伸ばした。うなり続けている携帯の窓には、「公衆電話」という文字が表示されていた。おそるおそる、私は電話に出てみた。

「もしもし……?」

「あの、夜分すみません」という声がしていた。

「どちら様ですか?」

「篠原さんのお宅でしょうか」

「はい、そうですが」

起き抜けで口が思ったようにまわらず、私はまだ半分まどろみのなかにいた。

「僕です、北山です」

「きたやま、さん?」

「北山公平です。いま帰ってきました」

私はベッドから飛び起き、次に何をすればいいのかわからなくなった。そして意味もなく部屋のなかを歩きまわり、携帯に向かって「ええ〜っ！」という言葉を繰り返していた。

「公平くん、公平くんなの？」と私は言った。

「いまどこにいるのよ？　どこから電話してるの？」

「近くのコンビニです。そこの公衆電話から」

「待ってて、いますぐにそこに行くから！」

私は開いたままの携帯を握り締め、上着もなしにドアの外へ出た。そして全速力で彼のいる場所へ駆けていった。

14

この居酒屋は朝の4時までやっている。深夜の12時をまわった週末の今は、広いフロアのほぼ半分までが仕事帰りの勤め人や、元気だけれど目的のなさそうな学生たちで埋められている。ラミネート加工された大きな写真付きのメニューを見ると、値段はどれも驚くほどに安い。

公平を出迎えた私はいったん部屋に戻り、浴槽にためていたお湯を止めて、コートを着てふたたび外へ出た。公平は階段の下で待っており、遅くからでも食事のできる店をふたりで探した。駅前にいくつかそのような店があり、営業時間の長いこの店を選んだ。真冬なのにジョッキごと冷やされた生ビールが、私たちのもとへ運ばれてきた。

「ただいま帰りました」と、公平が静かな声で言った。

「途中で電話くらいくれればいいのに」と私は言った。

「もう少し、もう少しと思って運転しているうちに、ここまで着いてしまった」

「もう帰って来ないのではないか、と思ってたわ」

「僕もだ」と言って、公平はばつが悪そうに笑った。

どこかの床屋で切り揃《そろ》えたのか、彼の髪は旅の長さを感じさせず、むしろ私の部屋を出ていったときよりも、短くさっぱりとしていた。知らない町で床屋に入ったり、たまった洗濯物をコインランドリーで洗ったりしている彼の様子を、私はいま初めて想像した。これだけの長い旅になると、その旅じたいがひとつの日常になるのだと思った。

「ひとりで充実していたんでしょう？」と私は訊《き》いた。

「うん、そのために行ったのだから」と、彼は答えた。

「きみの方は？」

「仕事の日々で、充実とは言いがたいけれど、寂しくはなかったかもしれない」

「きみがそのような女性ではないことは、僕もわかる。英語風に言うと、誇りに思うよ」

笑ってそう言うと、公平は「帰って来たばかりだから、誉めたくなってしまったんだ」と、妙に
「帰って来た早々に、変なことで誉《ほ》めないで」

生真面目な顔をして言った。

彼の言葉の感触を、私は久々に体で感じ取っていた。声の具合とか、彼の回路をめぐって表れる言い方など、まさに公平そのものだ。そして私はその感触に触れたことで、この3ヶ月というものを、振り返らざるを得なかった。私のうえをただ時間が流れ、季節が変わっていっただけなのだろうか。普段とは異なった体験をしてきた人をまえにして、私は自分をどこに置くべきかと思った。

「とにかくは無事に戻って来たのだから」と私は言った。

「お祝いの乾杯をしましょう」

「1ヶ月遅れて、すみませんでした。では乾杯」

公平はデイパックから地図を取り出し、自分の移動したルートを説明した。CD-Rを送ってき

た松本までは大まかにわかっていることなので、基本的にはそこから先の話を聞くことになった。

彼は松本から峠を越えて飛騨高山へ行き、その後郡上八幡《ぐじょうはちまん》を経《へ》て、太平洋側に向けて南下していった。テーブルにひろげた地図を、移動したとおりに公平は指でなぞり、どのような音がしていたかを、場所ごとに語った。私にとっては知らない場所が大半だけれど、地形や環境なども交えて録音の様子を聞いていると、いま自分が住んでいる日本が別の国に思えてくるようだった。そこは疲れきった人たちが通勤電車で運ばれる国ではなく、複雑で繊細な変化に富んだ美しい音の響いている国だった。

郡上八幡から先はひたすら水の音ばかり聴いていた、と公平は言った。

「とにかく、どこへ行っても水ばかりなんだよ。郡上八幡で長良川の源流を見ていたら、逆に河口まで辿《たど》りたくなってね。河口堰《かこうぜき》も見てやろうと思って」

「カヌーに乗る人たちが、反対運動をしていたのをよく覚えているわ」

「ああ。でも河口堰がどこにあるか、正確に知ってたかい?」

報道の映像は何度も見た記憶があるけれど、場所を特定することはできなかった。我ながらだらしないものだと、返事ができずに黙っていると、公平は「実は僕もわかっていなかったんだ」と言った。

「三重県だよ。三重の桑名《くわな》」

「その手は桑名の焼き蛤《はまぐり》、ね」

「そう。本当に焼き蛤を食べながら、僕は河口堰を見たんだ。オツなもんだろう?」

「それでどうだったの？」

「源流を見た目で河口を見ると、この国の仕組みが見えてくるようだった。必要のない大きなものを、いまだに建てている。あれはあれとして、逆に世界遺産に登録申請すればいい。世界中からあれを見に観光客が桑名にやって来て、焼き蛤を食べるんだ」

食べ物の注文を若い男性の店員が取りに来て、公平はメニューを手にそれに応えた。さらに飲み物の追加をして、彼は話を続けた。

桑名まで来た公平は、その後松阪を経由して紀伊半島の東内陸部を下った。紀伊半島の中央には急峻《きゅうしゅん》な山がいくつもあり、そこへ太平洋の空気があたるために、年間の降雨量が日本で最も多いのだという。

複雑な山系は無数の谷をつくり出し、そこには常に水が溢《あふ》れ、涸《か》れることなく流れていた。日本一きれいな川とされる宮川を彼は訪れ、その音を3日かけて録《と》った。源流部へ行けば行くほど渓流には巨岩が増え、その岩を縫う透明で太い水の流れは、音の表情を無限につくりだしていた。さらさらとした流れの場所もあれば、どくんどくんと動脈の鼓動を思わせるような場所もあった。地元の役所から公平は許可を得て、川原にテントを張って夜を過ごした。川の音以外には何も聞こえない夜の闇《やみ》は、自分がどこから来たのかをわからせてくれるようだった、と彼は言った。

「音でそんな気持ちになれるの？」と、私は公平に訊いた。「見えない水の音って、どんな感じなのかしら」

「音しか聞こえない世界というものが、まずあるんだ」

と、公平は答えた。

「そうすると盲人のように、その音には敏感にならざるを得ない。音のひとつひとつに表情があって、自分はそれに呼応するようになる。しかも水の音は、渓流から聞こえてくるだけじゃなくて、谷間《たにあい》にも常に響いている。目をつぶっても聞こえていて、目を開けても闇に聞こえている。宮川っていうのは、水の量が半端じゃないんだよ」

「うまく想像できないけれど、あまり居心地のよさそうな感じはしないわ」

「うん。少なくとも、人類が誕生するはるか以前から、同じように水が流れていたのだなと、思わずにはいられなくなってくるんだ。あるいは僕らがいなくなってからも、水は流れつづける」

「星を眺めていて、気が遠くなるような感じなのかしら」

「そうだね……確かに生きている実感は薄れていく。対象があまりに大きいと、自分がなくなってしまう。そうなるともう、死後の世界にいるような気になってくる」

私は公平の顔を見た。彼は私を見てはいなかった。この人の内面のどこかに、死というものがあるように思ってしまった。水の音と呼応する部分は、彼のなかにある死なのだろうか。

「ねえ公平くん」と私は声をかけた。彼はふと顔を上げた。

「何?」

「あなたは、そういう世界に惹《ひ》かれてしまうの?」

「そういう世界って?」

「向こう側とか、死とか」

彼は即座には答えず、自分のなかの死を探っているような顔をした。そして少し考えてから「惹かれているということは、ないと思う」と答えた。

「憧《あこが》れるとか、そこへ行ってみたいとか、そんな風には思わない。でも、死を忌み嫌って自分から遠ざけて、それを見ないように生きることが幸福だとは思わない。それよりもむしろ、死をすぐ横に感じながら生きることが、本当の幸福なのではないかと思ったな」

「テントのなかで？」

「ああ、テントのなかで。水の音というのは途絶えることがないから、なかなか眠りにつけないんだよ。耳についてしまうんだ」

「死を横に感じるって、どういうこと？」

「仏教というわけではないけれど……」

公平は割り箸《ばし》を手にして、サラダのレタスを1枚ずつ取り皿へ移した。そんなことを何度か繰りかえし、割り箸を元の場所に置いた。

「死を、いま生きている対極に置くんじゃなくて、いのちをいのちたらしめているものとして、自分のなかに親密に取りこんで、その死との関係性のなかで生きることが、人生を充実させるように思ったんだ」

「向こう側へ行くなんていうことは、お願いだから考えないでね」

公平は、やはり即座には答えなかった。イエスとすぐにひと言で言えない理由が、彼のなかにあるように感じた。彼は私の顔を見て、そして小さく笑ってみせた。

「お願いだから、いまここで笑ったりしないで」と、私は言ってしまった。

「大丈夫だよ」と公平は答えた。

「宮川の水は、大台ケ原という山系から流れてくるんだ。吉野とか熊野一帯の、昔からの信仰の場所だよね。山は黄泉《よみ》の世界で、その先は宇宙だとか何だとか、根本原理とつながっている。そういう場所だから、そんなことを考えたのかもしれない」

「自然の奥に何かが潜んでいて、その気配が自分に入ってくる感じ？　メールで書いていたみたいに」

「そうだなあ……。自分のなかに何かが入ってくる感じとか、逆に自分が希薄になって自然の世界の奥へ融《と》けだしていってしまう感じというのは、あるかもしれない」

公平の音を聴いていて自分がおかしくなることがあるのも、それと似ているのだろうかと思った。誰かが近くにいるような気がしたり、それが優しく女性的な温かさだったり、気配というよりは人の感触として、私はそれを感じた。そして、それはまさに私のなかに入ってくるような感じだったし、電車に乗っていたときは、死の匂いのするような闇から重いものが出てきて、私を摑《つか》んだような気がした。そんな感じって公平くんもある？　と私は訊こうとしたのだが、それはやめて旅の続きを聞くことにした。

宮川から南下していくと尾鷲《おわせ》という町があり、公平はそこで1週間ほど過ごした。海岸線まで山が迫り、その裾《すそ》にささやかな町がひろがり、入江には漁港がある。この町を拠点として、彼は熊野を何度も往復した。世界遺産となっている熊野古道の音に魅せられ、自分なりに納得がゆくまで時間がかかったのだという。この感じこそ日本の本質なのではないか、と彼は感じた。

自然の世界では死と生が渾然《こんぜん》一体となっているが、熊野の周辺はなぜかそれが浄化された感じがあり、言い方としては「間」のような空間になっていた。死の世界と生の世界にあやふやな境界線があるとするなら、ここではそれが、押しひろげられたような感じだった。熊野古道は単なる参詣への通路ではなく、ここを時間をかけて歩くことで生と死を自分のなかで実感しながら、それが浄化にもなるという一種の装置なのではないだろうか……森の澄んだ音をヘッドフォーンで聴きながら、公平はそれが自分にとっての日本なのだと感じ始めた。死を生きることの敗北としないためにも、安心した状態で死を理解してみる風土が、以前の日本にはあったのだ。

「それにしても、よく戻って来られたわね」

1時を過ぎても居酒屋から客が引く気配はなく、むしろ増えているようだった。公平はウイスキーの水割りをゆっくりと飲んでいた。いまこの店で、こんなに辛気臭い話をしているのは、おそらく私たちふたりだけだろう。そう思うと、ようやく彼が戻って来た実感が私のなかに湧き上がってきた。

「久しぶりにゆっくりと飲んだなあ」

公平は紙のコースターにグラスを置き、濡れた指先をおしぼりで拭《ふ》いた。

「なかなか、人と話しながら飲む機会はなかったからね。そういえば尾鷲に、面白い店があったよ。L字形のカウンターしかなくて、6人も入ればいっぱいになってしまう。喧嘩した夫婦がカラオケを歌いに来ていて、お互いにいちばん端にすわっているんだ」

「そのふたりに公平くんははさまれてたの？」

「僕はちょうど、カウンターが曲がる場所にすわった。たまたまだけれど、ふたりを等距離に観察することになった」

小さな店がひしめき合っている一角があり、迷路を奥へ誘われるようにして進むと、店頭に掲げた看板に、下手くそな文字で手書きしてある店があった。いかにもぞんざいに書いた様子で、仮店舗のようにしか映らなかった。なかに入ると地元の人が4人いて、公平は空いている真ん中の席にすわった。カウンターのなかにいる男性は中年をやや上まわった程の年齢で、水商売の人には見えなかった。食べ物も粗末なものしかなく、何かの理由で急に商売を始めたように見えた。

店に入ってからしばらくすると、カウンターの両端に離れてすわっている男と女は、夫婦であるということが、常連と店主の会話でわかった。ふたりは会話を持つことはなく、女が日本酒を注文すると、男は静かだけれど聞こえよがしの声で「この飲兵衛が」と、舌打ちをした。そして店主に100円玉を1枚渡してカラオケの番号を伝え、カウンターに肘《ひじ》をつけたままマイクを握った。

歌が終わって店主が小さな拍手をすると、女が100円玉を大きな財布から取り出した。女がそばにあるマイクを握ると、男は「何だよ、あてつけのつもりか」と、やや大きな声を出した。女はそれをまったく無視して、天井から下げられている小さなモニターに合わせて歌った。店主は苦笑いしながら公平に声をかけ、仕事を辞めて旅行をしていると、公平は店主に答えた。

「私も仕事を辞めてここに来たんです」

店主の訛《なま》りは地元の言葉ではなく、典型的な関西弁だった。

「神戸に住んでいたんですが、ほら、震災でやられちゃって。気がついたらここですよ」

「僕も西宮に住んでいて、家がやられてしまいました」

「そうですか。でもまあ、無事がなによりです」

「ええ」

「私は、家のほうは大丈夫だったんですけれどね。何ぶんいられなくなって、電車を乗り継いでいるうちに、ここに辿りついたってことです」

店主には活気がなかったが、ほんの少しだけ、達成感のあるような笑みを洩《も》らしてみせた。

「失礼ですが、ご家族は?」公平は訊いた。

「いますよ、無事です。子供はもう大きくて、神戸では女房がひとりです」

女が歌を歌い終えた。男は「下手くそで聴けたもんじゃねえや」と呟《つぶや》き、店主にお代わりを注文した。男に酒を出した店主は公平のところへ戻って来て、「こんな店もあるんです、不思議でしょう」と小さな声で言った。


「どうだい、面白い店があるものだろう?」

話を終えた公平は、氷の解けている水割りを口にして私に言った。ことのしだいがよくわからず、黙っている私を公平は察した。

「その店主は、何もかも捨てて逃げてきたんだ」

私は公平の目を見た。彼は少し笑っていた。

「そういうこともあるんだよ。あの地震はいろいろなものを奪い、いろいろな人生を狂わせた。彼は気がつくと仕事も奥さんも捨てていて、このまま消えてしまおうと思ったんだ。どこかまで逃げるように歩いて、そこから電車に乗って、紀伊半島の端で生きることになった」

「そんなこともあるのね、大震災のあとは」

「戻らない旅っていうのは、そういうことだよ。きみの、さっきの質問に答えるなら」

私は公平がどこかに行ったままになるのではないかと思っていたけれど、この話を聞いて質問に意味を失った。自分のことばかり考えていたのではないかと思い、公平に対して恥ずかしい気持ちがした。

「僕も、きみの部屋を出て都内を抜けた途端に、このままずっとひとりだろうか、と思い始めた」

「ええ」

「きみの生活のなかへ戻っていくことの意味が、ひとりになったら見えなくなってしまった。なぜ、お互いにひとりであり続けるということができないんだろう、って」

「なぜ男女は一緒に住むことになるのか、っていうこと?」

「うん」

「私もそのことは、ずっとどこかで疑問に思ってた。あたりまえのようにふたりで暮らすのって、考えてみると理由があまりないんだもの。喧嘩をしながら、口も利かずに同じ店でカラオケを歌っている夫婦ではないけれど」

公平はわが意を得たように笑った。私は気分が少し軽くなり、友人の夫婦の家に招かれたときのことを、ふと思い出した。そこで目にした光景は、ちょっと不思議なものだった。

ふたりは新しいマンションに転居してきて、それまで住んでいたリビングにあったのと同じものを、まったく別の新しいリビングに置いた。広くなった新居に向けて、何か新しい家具を買い足したとか、その内装にふさわしいものを新たに加えたとかいうことはなかった。

だからということでもないとは思うけれど、新しい居間に置かれているものは、ふたりの趣味がいかに合っていないかということを、誰でもひと目でわかるほどに晒《さら》していた。明らかに奥さんの趣味だと思われるものと、その趣味を何ら評価していない夫の持ち物が、ばらばらに同居していた。

夫婦なんてそんなものだ、という人もいるかもしれない。しかし、互いのセンスを持ち寄って新しい趣をつくれないものか、とそのとき私は思ってしまった。なぜこのふたりが一緒に暮らしているのか、お互いはお互いのどこを受け止めているのか、まったくわからなかった。関係が冷えているわけではないにせよ、自分のなかにあるたくさんの扉の1枚か2枚しか、ふたりとも開けていないのではないか。

臆面《おくめん》もなく何の疑問も抱かないまま、いかにも仲のよい夫婦像を実践して、それを心から幸福だと思っている人も、世間にはたくさんいる。それに比べればこのふたりはまだ理解できた。しかし、男女が一緒に住むことの謎は理解できないばかりか、私のなかでいっそう深まってしまった。

「これは私の感じ方でしかないかもしれないけれど」と、私は言った。

「公平くんがいないという状況に慣れてきてから、改めて公平くんのことを考えるようになったわ。

いないから考えるの」

「そう言ってもらえて、嬉《うれ》しいよ」

「録音をしている現場に一緒にいたい、って思ったけれど、CD-Rを聴いていると、音から公平くんを想像する方がいいのかな、って」

「それはたぶん、僕も同じだ」

感情があまり表れることのない公平の顔が、心から崩れたように見えた。真意や誠意のあり方が、このような場面で彼の場合は率直に出てくる。

「きみがいて、いつかそこへ僕は戻る。そういうことを頭に置かないで、録音の旅ができるだろうか。自分のしていることを伝える相手がいないまま、それでも何かをすることは可能だろうか。不在がもたらしてくれる何かがあるとしたらそれだ、と僕は思う。でも、いつでも目のまえにいる人というのは、現実になってしまう。だから、そこでは現実しか起こらない」

「現実を引き受けることに、意味はあるのかしら」

「現実というものに、力を持たせなければいいんだよ。現実をふたりの中心に置かなければいいんだ。ふたりでひとつの生活をつくるという発想は、やめた方がいい。ふたりでひとつ、なんて言い出すと、いかにもそんなものがありそうな気がしてくるけれど、それはさすがに疑問というか、考えてみるといい」

「では公平くんの場合、具体的にはどうするつもりなの?」

「お互いに従属するんだ」

旅先で得たかすかなヒントを手がかりに、彼は戻ることの意味を考えていたのだと思った。これもまた、ふたりが離れていなければ困難な作業だ。ふたりでいると、ふたりで一緒に何かをしようとしてしまう。そんな時間が大半になる。

「互いが従属してしまえば、同じひとつのものを共有することにはならないだろう?」

「話がまったく具体的になっていないわよ」

そう言うと公平は、虚を衝《つ》かれた顔をした。私は楽しくなってきて、飲み物を新しく注文することにした。彼にも次の注文を促すと、公平はよろこんで同意した。

「相変わらず、熱がこもると言い方が抽象的になるのね」

「ぜんぜん抽象的なんかじゃないよ」

「もっとわかりやすいように、何かに置き換えて言ってみて」

彼は黙って考え始めた。私はその顔を、久しぶりに会えた公平の顔を隅まで確認するようにしながら、考える公平の顔というものを同時に心の底から味わった。真剣に考えているからこそ、逆に彼は無防備だった。見つめあうことよりも、相手のそんな一瞬を垣間見ることが、私にはずっと魅力的に思えた。

彼のなかに譬《たと》えが閃《ひらめ》いたのか、公平は急に顔を上げた。却《かえ》って私の方が驚いてしまい、彼を見ていた目を離せなくなってしまった。

「何を見ているんだい?」

「あ、いや別に……」

「久しぶりで会って、顔が変わってたとか？」

「ううん……考えている顔って、いいなと思って」

すると公平は、しばらくそのまま私の顔を見つめていた。私を見ているのだけれど、私の何をどう見ているのかがわからなかった。やがて我慢ができなくなってきて、恥ずかしくて目をはずそうとすると、「僕が言おうとしていたのは、きみがいま言ったことと同じだよ」と、彼は言った。

「互いに従属するっていうのは、そういうことだと思うんだ。きみは僕を見ていた。でも僕は、見られていることを知らなかったし、どう思われているかもわからない。その逆に、僕はきみのいないところできみのことを考えたり、いまみたいにじっと顔を見たりする。心の底から、いいなあと思うし、それを受け入れたくなる。でもそれは、互いが一緒に共有するものじゃない。自分の心のなかで考えて、それが真実だと思って、自分のなかで受け止めている。お互いがそんな風にして受け入れあって、従属する。ふたりでそのようなことをしていれば、ふたりでひとつの生活というものを、共有することにはならないと思う」

「お互いに従属するって、お互いに求め合わないっていうこと？」

「簡単に言うと、そういうことになるのかなあ」

「ああして欲しいとか、こうであるべきとか、そういうことを相手に対してしないっていうことね」

「もしもそれが、可能ならね」

お風呂から出てくると、部屋着の公平がダッフルバッグを開けているところだった。私は頭を横にしてタオルで髪を拭き、バッグから何枚かのCD-Rが取り出されるのを見ていた。彼は私を振りかえり、「これを聴ける場所はないかなあ」と訊いてきた。

「実家に置いてある僕のオーディオを持ってきてもいいけれど、いずれにしてもここでは大きな音は出せない」

私はタオルを椅子の背にかけ、絨毯《じゅうたん》のうえで足を崩した。CD-Rにはそれぞれマーカーで番号がふられ、その下に地名が記載されていた。送ってきてくれたものを除いては、まだ編集がされていないことがわかった。

「確かにミニコンポでは、あの感じが出ないのよ」

私は手にしていたCD-Rをまとめて重ね、会社のスタジオを想像した。しかし無機質な空間では、聴きたいとは思えなかった。もっとひろがりのある、そして温《ぬく》もりを感じる場所でなければ、音は単なる信号のように聞こえてしまうだろう。

「あの感じって、どういうことかな」

公平はダッフルバッグを後ろに押しのけ、あぐらを組みなおした。戻ってきたというよりは、旅の途中にたまたま私の部屋に寄ったかのような印象があった。ついさっきまで旅をしていた人の匂いが、彼からはまだ抜けていなかった。

「単なる自然音ではない感じなのよ」

電車のなかで感じたことはまた別として、自分の感じたことを私は伝えようと思った。

「ただマイクをポンと置いて、こんなものが録れていました、という音じゃないの」

「へえ。そういうのは、自分ではわからないなあ」

「その環境とか風景の奥にある生命のようなものが、音を通して気配で伝わってくる感じかしら」

「それは最高の誉め言葉だな。居酒屋での話じゃないけれど、僕が本当に求めているのは、そういうことだから」

「私の上司も驚いていたわ」

「へえ、一緒に聴いてくれたんだ」

「うん、彼は命の動く道を風景のなかに見ている、って言ってたわ」

「さすがはプロだ。スタジオで聴いたのかい？」

私はそのとき、いちど行ったきりの、上田さんのお店を咄嗟《とっさ》に思い出した。不思議な形をしたスピーカーから流れ出る公平の音は、お店の空気のなかで、ふたたび生命を得たかのようだった。

「これを聴くのに、いちばんふさわしい場所がある。上司もそこで聴いたのよ」

私は立ち上がってベッドの横にあるテーブルへ歩き、バッグから名刺入れを取り出した。フォルダーに整理していない名刺のなかに、「バイユーゲート」のカードが入っていた。私は公平のところへ戻り、カードを差し出してみせた。彼はそれを手に、ソファに背をあずけて床に足を投げ出した。裏と表を何度もひっくり返して、いつまでも熱心に見ていた。

「ジャズやR&Bをかけるお店で、すごく品のいい音が出るの。店主は上司の知り合いで、勤め人を辞めてここを開いたそうよ。公平くんに是非会いたいって言ってた」

「僕に？」

「そう」

「この店の人がかい？」

「村の学校とヒグラシの音を聴いて、すごく感動していたわ」

公平は手にしたままのカードを、もういちど確認するように見つめた。投げ出していた足を曲げて膝を立て、背中をソファから離してカードに見入っていた。

「きみの、明日の予定は？」

「土曜日だし、何も入ってない」

「よし、明日の夜にでも行こう。僕はこの音を、スピーカーで聴いたことがないんだ」

そして公平はカードを絨毯のうえに置き、私の手を取って両手で包んだ。しばらくじっと包んでいた。彼は何かを確かめるかのように力の入れ具合を変え、やがて指の先からその力が消えた。手を離して公平を覗《のぞ》きこむと、目を閉じて小さな寝息を立てていた。

15

公平と私は私鉄に乗り、上り列車で都内へ向かった。上田さんのお店がある渋谷のふたつ手前の駅まで、およそ20分だ。私は店の様子を公平に伝え、彼はまだ見ていない店のオーディオを想像して目を輝かせた。家具のような大型スピーカーよりも、なぜか公平の音は筒型の不思議なスピーカーで聴くほうが相性がいいのだと言うと、彼の瞳はいっそう大きくなった。自然の音は交響曲のように大きなレンジではないし、野外の開けた場所で録音をしているから、空気感を伝えることに向いている機種が合うのかもしれない、というのが公平の推測だった。

夕方の5時に店に着いた。6時の開店なのでまだ客はひとりも入っておらず、カウンターの奥の部屋へ声をかけると、上田さんの返事が戻ってきた。公平は目を丸くして店内の機種をひとつずつ観察し、羨望《せんぼう》とも感動とも取れないため息を洩《も》らした。壁には煉瓦《れんが》が張ってあり、彼は古いR&Bのポスターに指を這《は》わせていた。

「夢の世界だよ、これは」

公平は私に向き直って言った。

「こんなところで音を聴かせてもらえるなんて、きみを3ヶ月も待たせた甲斐《かい》があった」

「でも、公平くんのおかげでもあるのよ」と、私は答えた。それが正直な気持ちだった。

「私が上司にあなたの話をしたから、ここを紹介してもらえることになったんだもの」

「ふうん……何かの縁なのかもしれないな」

「あなたの音は、最初からここで聴かれるべきだったんだと思うわ」

奥の部屋から上田さんが現れ、私は公平を紹介した。上田さんは期待をこめた目で公平を捉《とら》え、手を差し出してきた。その手に公平は応えた。

「北山さんの音を、ここで聴かせていただいたのです」と、上田さんは言った。

「はい」

「それで篠原さんに、本人にお会いしたいと無理をお願いして、今日それが叶《かな》いました」

「僕も光栄です」晴れやかな態度で、公平は答えた。

「自分ではまだ音を聴いていないんです。それをこんな場所で体験できると聞いて、彼女にすぐにでもと、お願いしました」

公平はバッグをカウンターのうえに置き、CD-Rを取り出した。上田さんを見ると、秘密の宝物がもうひと山、追加されたような顔をしていた。まだ編集はしていないのですが、という公平の言葉を上田さんはうなずきながら聞き、断りを入れてから1枚ずつ手に取って見ていった。

「楽しいなあ、ここにある地名を見ているだけで、旅の様子が何となくわかりますよ」

上田さんは顔を上げずに、心から嬉《うれ》しそうな様子でCD-Rをカウンターに並べた。

「こういう旅をする若い人がいてくれて、こちらとしても元気になります。忘れかかったものを、思い出させてくれる。ぼくが言うのも何ですが、このルートの取り方はおそらく正解だと思いますね」

「半ば偶然といいますか、音に導かれるようにして行き先を決めていったのです」

それを聞いて、上田さんはにこにことうなずいていた。「音を通さないとできない発見があったのではありませんか？」

公平の顔が一瞬こわばった。店のなかは音もなく静かで、私は空調の音を聞いた。公平はCD-Rに目を落とし、上田さんがゆっくりと顔を上げた。

「その発見を、ぜひうちの店で確認してみてください。まさに最適のスピーカーがあるんです」

上田さんはカウンターに入って、ビールの小瓶を私たちに用意した。そしてあの小さなアンプのスイッチを入れ、手元でジャズのCDをかけた。クリアだけれど温かみのある音が店内に流れ、リズムと共にシンバルが華やかに輝いた。この音はどう？　と私は少し自慢をしたい気持ちになって、横目で公平を見た。

彼は小瓶を手にしたまま呆然《ぼうぜん》と立ち尽くし、そして目を閉じて音に集中した。音の世界に体ごと自分を参加させている公平を、私はずっと見つめた。彼のなかで、この音はどんな反応を起こしているのだろうか。

やがて彼はゆっくりと目を開け、どこか眠そうに蕩《とろ》けた目で、音の出ている2本の黒いパイプを改めて確認していた。音楽は3曲目を迎えていた。公平の瞳にはようやく普段の光が少しずつ戻り、さらにじわじわと大きく輝いて、そして私を捉えた。どう？　という気持ちをこめて私は彼をまっすぐに見返した。

「これは凄いよ」

公平は私の左肩を摑《つか》んだ。それ以上に力をこめられると、痛く感じる強さだった。

「まったく無駄がないというか、こういう音を出したいっていう製作者の理念みたいなものが、何ひとつ欠けることなく完結している。ここには完全にひとつの世界があるよ」

公平は向きを変え、カウンターにいる上田さんを振り返った。

「僕の録音したものを、これで聴かせていただけるのですか」

上田さんは大きくうなずきながら、アンプの上に手を置いた。そのあまりの小ささを見て、公平は改めて驚いていた。

「北山さんの音を聴くには、最適だと思いますよ。今日は開店を少し遅らせますから、ぜひぼくにも聴かせてください」


最初に宮川の水の音を聴き、そして熊野古道のある森の音を聴いた。川の流れは、いわゆるオンで録《と》った音ではなく、逆にオフでの録音だった。流れにマイクを近づけすぎると、水流の多さに音が獰猛《どうもう》になってしまうからだ。そうではなく、川からやや離れて環境そのものに響く音を録ることで、音像にはむしろ空間性が与えられていた。

目を閉じて聴いていると、夜の谷間《たにあい》が感じられた。何もない闇《やみ》の底を、誰に見られることなく流れつづける水。確かに公平の言うように、それは現実の世界を流れるものではなく、向こう側の世界からこちら側に注がれているかのようだった。その音をずっと聴いていると、死というものにつながれてしまう気がした。

ふとしたはずみで向こう側の世界に誘われてしまうとか、自らが死に近づく、ということではない。むしろその逆で、死がこちら側に近づいてくるようなのだ。あるいは死というものは私たちの目に見えないだけで、かたちのないままどこにでも遍在しているのかもしれない。その感触を昔の日本人は、ありありと感じていたのだろうか。

上田さんの提案で、水の音に熊野古道の音を重ねて聴いた。CDのプレイヤーは2台あるし、数種類のアンプはセレクターによって組み合わせが可能なので、そんな遊び方もできる。公平もこのアイデアには喜び、ふたつの世界が重なることを楽しんだ。

そこには生と死が等しく同居しているように、私には感じられた。水の音はそれひとつで聴くよりも暗く重くはなく、森の空気のなかを精霊のように流れ漂っていた。現実の世界のなかに、死の居場所が与えられている印象があった。ふたつの場所の音を重ねても、違和感はまったくなかった。

同じ地域の音だから重ねても無理はないのかなあ、と公平は言い、そのことでむしろ場所の特性が増幅されるのかもしれない、と上田さんは答えた。

「当然のことですけれど、人は複数の場所に同時には存在できないわけです」

席を立った上田さんはカウンターに行き、音量を少し落として、3本の小瓶を手に戻ってきた。そして一人掛けのソファに深く腰を下ろし、公平は話の続きを聞こうとした。

「存在することはできないけれど、でもいつもそこには、音はあるわけですよね」と公平は言った。

「ええ、私たちが耳にできないというだけで」

上田さんはソファのアームに肘《ひじ》を立て、両手を上に組んだ。

「しかし仮に上空にいるとして、そこで聴覚の精度を上げていけば、いまここで聴いているような音が耳にできるはずです。水の音もしているし、森の音もしている。その地域ぜんたいの音です。あくまでもこれは、たとえ話でしかありませんけどね」

「でもその考え方は、僕にはよくわかるような気がします」

公平は深く腰をかけたまま上体を大きく乗り出し、背の低いテーブルに組んだ手を置いた。

「大気圏外から地球を見たとき、青い星はどんな音がするか。空気がないから実際には音はしませんが、イメージを描くことはできるはずです。僕は以前、そのようなことを仕事にしていたんです。いまはもうない放送局が、そのヒントだったのですが」

「多少、現実離れはしていたけれど、セント・ギガの考え方は面白かったと思いますよ」と、上田さんは言った。

「しかしぼくは、北山さんの音はもっと進化していると思いますね。失礼な言い方になるかもしれないけれど、おそらくそれは、北山さんが音のプロではないからでしょう」

上田さんはカーディガンのポケットから細くて短いシガーを取り出し、テーブルに置いたマッチで火を点《つ》けた。そして腕時計にふと視線を落とした。それにつられて私が声をかけようとすると、上田さんは逆に質問を私に向けた。

「どうですか、篠原さんはプロですが、プロだともっと加工するのではないですか。きっと、綺麗《きれい》にバランスよく録りたくなるはずです」

確かにそうです、と私は答えた。仕事のうえで精度を上げるとは、そういうことだからだ。しかしそのことばかりに気を取られていると、表面だけのものになることも少なくない。ありのままに音を受け入れるということが、できなくなってくるのが現実だった。

「プロだと、どうしても音を選んでしまうとぼくは思います」

店のなかに電話の音が響き、上田さんはそれを無視した。何回か鳴ったあとに、電話は諦《あきら》めたように切れた。

「でも北山さんの場合は、音は媒介でしかなくて、その先に何かを発見しようとしている。少なくともぼくにはそう聞こえるんです」

公平は黙って上田さんの言葉を聞いていた。誉《ほ》められているはずなのに、決して嬉しそうな顔をしていなかった。

「だから、このスピーカーと相性がいいんだと思います。まえに篠原さんにも言ったことですが、さして大きくもない細長いパイプなのに、音の本質を表現してしまう。原音を忠実に再現するというよりも、かたちにならない本質を取り出してみせるようなところが、こいつにはあるんです」

私と公平は、目のまえにあるその黒いパイプを改めて見つめた。音量はかなり絞ってあるはずなのに、森の音と水の音がくっきりと聞こえ、ひとつの音の世界をつくりだしていた。店にもうひとつある大型のスピーカーでこの音を聴いたら、迫力はあるけれど大味なものになってしまうだろうと私は思った。音を大きくしても歪《ひず》まないからといって、それで何かを表現したり伝えたりしたことにはならないのだ。

「ご自分で音を聴いてみて、どう感じられましたか」

途中まで吸ったシガーに、上田さんはもういちど火を点けた。硫黄《いおう》の匂いに甘い植物の香りが濃厚に重なった。

「何か発見はありましたか?」

公平は唇に手を添え、その指で顎先《あごさき》をもてあそんでいた。目が何ヶ所かへ動き、しばらくしてひとつの点に定まった。

「自然のなかに身を置いていると、ある種の感覚が鋭くなってくるんです」

いったんはソファにあずけていた背中を、公平はまえかがみになって起こした。上田さんはシガーに指をやり、唇からゆっくりとはずした。

「ここは不吉な場所だとか、逆に平穏でまろやかな場所だとか、空気の質のようなものを肌で感じ取れるようになります」

「眠っていたものが覚めるような感じですか」

そのときふと、私の首筋に風があたった気がした。黒いスピーカーからは、森に重ねられた水の音が聞こえていた。私に触れた風は、その音からわずかに吹いてきたように思えた。私は声を洩らしてしまい、上田さんと公平がこちらを同時に振り向いた。

「どうしたの?」と、公平が訊いた。

「ううん……別に何でもないの」

「水の音を聴いていて、気分でも悪くなりましたか?」と、上田さんが言った。

そうかもしれませんとは言えず、咳《せき》を抑えようとしただけです、と私は答えた。ふたりは腑《ふ》に落ちない表情を顔に残し、思い直したように話を続けた。上田さんの質問に対して、いきなり覚醒するわけではない、と公平は答えた。

「自然のなかで時間を過ごしていると、眠っていたものが徐々に起きてくるのが、自分の体の実感としてわかるんです」

「体を使わないでいると鈍るのと一緒で、感覚も放っておくと閉じてしまう」

「ええ。しかし感覚が起きて少しずつ体が開くと、目に見えている風景と感覚的に接点を持てるようになります。そのときにいちばん大切な感覚は、やはり耳なんです。風景を目で見て理解しようとしても、どうしても限界があります。しかし目をつぶって耳を澄ませていると、すっと回路が開くんです。これは僕の言い方ですが、目よりも耳のほうが、人間の古い層に直結しているのではないでしょうか」

首筋に触れた風は、気配ごと消えてなくなっていた。音のなかにある何かが私に伝えようとしていることがあるのか、それとも私が自然の音に触れて過敏に反応してしまうのか、自分でもよくわからなくなっていた。人の気配のような気がするのだけれど、まったく確信は持てなかった。

公平の言葉を聞いて、私はふと胎児のことを連想した。最初は魚のようなかたちをしている胎児は、母親の胎内で生物の進化の歴史を体験する。その間ずっと母親の羊水の満ち引きや鼓動、血流の音を耳にしている。母親に精神的な負荷がかかったとき、それを胎児は耳や振動で感知することさえできるのだ。そして目が世界を捉えるようになるのは、ようやく生まれてから以降のことだ。

「太古のときと比べて、だいぶ人工的な音が増えてしまったはずですが、うまく場所を選べば、そこにある音は昔と変わりがありません」と、公平は言った。

「僕はその空気を、音を通して実感したいんです。昔と変わらない環境のなかで耳を澄まして、自分の古層にあるものと風景をつなげたい。その接点のようなものを、このスピーカーは実現してくれるような気がします。答えになっているでしょうか……」

上田さんは笑みをこらえるような顔をしていた。そして一人掛けのソファからゆっくりと立ち上がり、そろそろ店を開けますがおふたりのお時間は、と尋ねてきた。こちらを見た公平に私はうなずいて返し、彼は「もうしばらく、居させてください」と言った。私は立ち上がってスピーカーへ歩き、黒いパイプを撫《な》でてみた。なぜかいつまでもそうしていたい気持ちだった。


そのあと3時間くらい、私たちはバイユーゲートにいた。上田さんは奥にあるレコード・ライブラリの部屋を公平に紹介し、公平はそこから何枚かを引き抜いて、店でかけてもらった。7時を過ぎるとお客さんが入ってくるようになり、テーブル席のほぼ大半が、気がつくと埋まっていた。土曜日ということもあるだろうけれど、ここをひとりで切り盛りしてゆくのはたいへんなことに違いなかった。

店の様子をしばらく見ていた公平は、思い立ったように洗い物の手伝いを申し出た。上田さんはそれには躊躇《ちゅうちょ》したのだが、公平が強く押すと快く受け入れ、彼をカウンターのなかに入れた。公平は奥の部屋でエプロンを身に着け、たまっていたグラスを洗い始めた。その手つきを見て、私も上田さんも驚いた。

バーテンダーの見習いをしていたことを、公平は明かした。それを聞いた上田さんは何種類かの飲み物を試しにつくらせ、味を確かめた。それからは注文のものも公平がつくることになり、上田さんはカウンターにいる常連客たちの相手をゆっくりとすることになった。

私はカウンターの端から、ふたりの男が動くところを見ていた。初対面だというのに、細かいところまで息が合っていた。上田さんは公平を全面的に支持しており、公平は上田さんを完全に信頼していた。女性のつけいる隙《すき》がない男たちを眺めるのが、どうして自分はこんなに好きなのだろう、と私は思った。そしてその結論は、考えるまでもなく簡単に出た。女性を意識していない男性は、独立してひとりなのだ。そして独立したひとり同士が無言のうちに信頼を結んでいるのだから、それは端から見たときに充分に快適だった。その快適さは、自分を押しひろげてくれるような気さえするくらいに、何ごとからも自由だった。

自由ではない人は、こういうときに関係をつくってしまうのだと思った。上下の関係とか、主従の関係とか、年功の序列とか、自由でいられない人は、そのような関係性を拵《こしら》えて自分を楽にしないではいられない。立場をつくらないと自分を支えることすらできない。関係が自由であることに不安やあやふやさを覚えてしまって、枠を用意しないではいられなくなる。

男女の関係も自由にできるだろうか、と私はふたりを見ながら考えた。私が公平を支持し、公平が私を信頼するということ。それと同時に公平も私を支持し、私も彼を信頼するということ。それはつまり、ふたりとも何もしないのと同じことで、公平が言っていたように、互いが従属するということにもなる。男だからこうだとか、女だからああだとか、というつまらない現実からはできるだけ遠く離れて、どうしても解消できない性差を除いては、心の態度としてふたりは互いに従属することで、むしろ逆に精神的に独立して自由になれるはずだ。このように考えなければ、男女の関係というのは一向に気分がよくならないと思った。

まえに私は、とあるドラグクィーンの講演を聞いたことがあった。知り合いの建築家が自分の事務所に小さなイベント・スペースのようなものを設けており、そこで月にいちど、ささやかなトークショウやスライド鑑賞会などが開かれるのだ。

私が知人に誘われて行ったときのテーマは、結婚は是か非かというものだった。もちろん是であろうが非であろうがそれは本人が決めることで、むしろよけいなお世話なのだが、あえてそのような陳腐なテーマを設けることによって、結婚という契約関係の中身のなさを裏付ける方向で、司会者とゲストの会話は進んだ。

ゲストはそのときボーイフレンドと別れたあとで、その原因について司会者は尋ねた。このときのゲストの回答が面白かった。愛する男ふたりは仲良く住んでいたのだが、あるときゲストは相手のなかに気に入らない部分を見つけてしまった。ゲストが買ってきた何色かの洗濯ばさみを、ボーイフレンドは色の揃《そろ》いなど関係もなしに、ばらばらに使って洗濯物を干していたのだという。

赤なら赤、橙なら橙で揃える美学を前提に洗濯ばさみを買ったはずのゲストは、ボーイフレンドのふるまいが、杜撰《ずさん》で無神経なものにしか見えなかった。まさに色がばらばらなのと同じように、彼は自分もまたばらばらに扱われているようにさえ感じた、と語った。

それでも最初のうちは黙っていたのだが、彼は我慢しきれなくなって、自分が耐えていたことを若干の憤りを交えて伝えた。小さなことで怒っていると感じたボーイフレンドは、そのとき急にゲイではなく普通の男に戻ってしまい、よくあるような横柄な男の態度で反発した。その豹変《ひょうへん》ぶりを見て彼のなかで重要なものが切れてしまい、関係はそれで終わりになった。男性という性から互いに自由であったからこそ、一般的な他人とは共有できないものを支えとしていたのに、相手がその自由度をうっかりと崩してしまったのだ。

問題は色がどうとかこうとかという、それこそ取るに足らない些細《ささい》なことではない。性から自由であったはずの関係の片方が、日常のふとした小さな場面で、自由ではなくなってしまったのだ。ゲストの目には、それは暗黙のうちに高く築いたはずのルールを、いとも容易《たやす》く弛緩《しかん》させてしまったように映った。

自分が女であるということ、あるいは自分が男であるということ。そのことに何の疑問も抱かず、無自覚に居直ったままでいるのは、もはやひとつの罪ではないか。結婚という陳腐な制度をあえて持ち出した講演の主題は、むしろそこにこそあったはずだ。なぜならその制度や生活は、何もかも決めつけて居直ったふたりの関係を大前提にしているからだ。そこから自由にならないでいて何が生まれてくるのか、生まれようなどないというのが最初からの結論だ。

私はいちど、アダルトビデオを見たことがある。しかも無修正の作品だ。そのとき私は性行為のあまりの激しさを見て、清々しささえ感じた。出演している人はもちろんプロだし、仕事でやっているのだから、行為の激しさや性欲の顕《あらわ》れが尋常ではないことは当然だ。それよりも私がそこに感じたことは、激しく求め合うふたりは男女の関係ではなく、一対ですらなく、プライバシーをまったく介入させない関係なのだという事実だった。その意味でふたりは現実ではなく、それだけに性欲をむさぼる激しさの純度は高かった。行為のうえでの要求はあれもこれもとしているけれど、相手に対して精神的に依拠したり、何かを当然のように黙って押しつけるというような要素は、まったくと言っていいほどになかった。私がビデオを見て清々しくさえ思ったのは、それが原因だ。

相手を自分の犠牲にしないという関係を、たとえばこの自分は公平とつくれるだろうか。そんなこと、どう考えても自分しだいじゃないのと、私のなかの自分が言った。

16

店は10時を過ぎたところで、ようやく忙しさが落ち着いた。上田さんは公平の活躍ぶりを改めて讃《たた》え、公平は満足そうな顔をしていた。久しぶりに勘が戻って、体が自然に動いたことが心地よさそうだった。

公平がエプロンを取って私の横に戻ると、上田さんの携帯が鳴った。彼は、これから面白い人物が来ますよと私たちに伝え、10分もしないうちにその本人が店に現れた。見るからに沖縄の人の顔で、比嘉《ひが》といいます、と彼は言った。40代後半くらいの人だった。上田さんは比嘉さんに公平のことをおおまかに伝え、そして自然の音とスピーカーの話をした。

ああこれはわたしの弟の作品なんですよ、と彼は言った。

兄のわたしが言うのも何だけれどとにかく子供のときから一風変わった男で、樹に抱きついて話をしたり、水の湧《わ》く場所があると必ず手を合わせたり、ひとりで何時間でもがじゅまるの大樹に登って遊んだりしていまして、いまでもオーディオの設計をするときは音楽を耳にするのではなくて、沖縄本島の北にあるやんばるという森の深い場所まで行って、そこで自然の音をヒントにしているようなんですよ、まあ沖縄にはそんな感じの変わり者がけっこう多くて、目に見えない先祖の霊と普通に言葉を交わしているような人物が珍しくないですけど、それにしてもうちの弟は、地元でもどうかと思われているくらいでして、まるで仙人のような風貌をしております。ところで北山さんでしたっけ、あなたのように日本中を旅している若者というのは実に羨《うらや》ましく、沖縄なんかにも何度も行かれたんでしょうねえ。

いや、それがまだ、と公平は答えた。南は屋久島までしか行ったことがなく、沖縄に対してはどうしても躊躇《ちゅうちょ》してしまうのだ、と理由を説明した。戦前から現在にいたるまで、日本が沖縄に対してしていることを考えると、どうにも足が向かないのです。

ああ、それならむしろ自分で行って、自分の目で見られたらいいですよ、と比嘉さんは言った。そう思っているだけで既にあなたは普通の馬鹿な観光客ではないから、自分の体で受け止めて自分なりの考えを持たれるのが上等でしょう。

そのときだった。上田さんがカウンターから腕を伸ばして、公平の肩を摑《つか》んだ。

「北山さん、沖縄に行くといいですよ」

肩を摑まれたまま、公平は唖然《あぜん》としていた。何も考えていないか、もう既に何かを自分のなかで瞬間的に決めてしまっていて、その決定事項をもういちど確認しているのか、何かに打たれたような顔を彼はしていた。

「篠原さんがいるまえで、ぼくが一方的に勧めるのもどうかと思いますが、ここは沖縄に行って比嘉くんの弟さんに会ってみるのはどうでしょう」

比嘉さんも毛むくじゃらの両手で公平の手を取り、大きな目をぐりぐりとさせて言った。

「わたしと上田さんの名前を出していただければ、話は実に早いです。あなたのような人とは、ああいう変わり者ですが絶対に気が合う。沖縄にはね、いのちの音がいっぱいありますよ。海の音ね、それから風の音。太陽だってその気になれば音を聴けます。北山さん、わたしは沖縄の自然にはいたるところ生命の輝きがあって、それはすべて生きた音を発していると思っていますよ。それをぜひ音に録《と》って、ここにまた帰ってきて、わたしの弟の作品で聴かせてください。沖縄の自然の音のエネルギーを、ここに運んできてください。何だかわたしばかり喋《しゃべ》っていて、実は弟もわたしそっくりのこんな話し方をするんですよ。ちょっとまあ、そういう点では鬱陶《うっとう》しいかもしれないが、別に悪い気はせんでください。どうですか、沖縄に行ってみませんか」

公平は笑い出しそうになるのを堪《こら》えていた。彼がまた私のいるところからいなくなってしまうのは寂しいけれど、私も笑い出しそうになってしまった。絶対に哀《かな》しいはずなのに妙に可笑《おか》しくて、行くしかないのだろうという結論が私のなかにも出てしまって、それでまたよけいに可笑しくなってしまった。公平は私を振り返り、私と同じ考えであることを確認するように苦笑いをした。

さて、いつに行きますかね、と比嘉さんは急《せ》かした。

「ちょっと比嘉くん、きみはもう少し黙っていてくれないか」

上田さんの顔も笑っていた。

「どうでしょう、北山さん。明日というわけにはいかないのだから、しばらくのあいだ、ぼくの店を今日のように手伝ってくれませんか」

「北山さんではなく、北山とかあるいは君づけにしてください」

「わかった、ではこれから北山くんと呼ぶことにしよう」

これで既に、働くことは決まったのと同じだった。急にいなくなるのではないことがわかって私は少し嬉《うれ》しくなり、このお店で彼が働くことを好ましく思った。これからクリスマス・シーズンに向けて少し忙しくなります、と上田さんは付け加えた。

「3ヶ月くらい手伝ってもらうとして、それで滞在費にでも何にでもしてください。ぼくからの一方的な提案ばかりで申し訳ないけれど」

「わかりました。では3月くらいに沖縄に行きます」

公平は比嘉さんに体を向けて、手を差し出した。冬だというのに革のコートを脱いだら半袖だった比嘉さんは、びっしりと毛の生えた太く丸い腕を、公平の出した手に力強く突き出した。そして片手で握った手に、もう一方の手を添えた。

「いやあ、今日は素晴らしい出逢いだ。記念に一杯わたしからご馳走《ちそう》させてください。何がいいですか、いま飲んでいるのは何ですか」

「いや、そこまで甘えてしまっては……。お気持ちだけで充分に嬉しいです」

「若い人が、何を年寄りじみたこと言ってるんですか。いいですか、沖縄ではですね、遠慮など必要ないのです。心をこう、どーんと開いてですね、どこにでも飛びこんでしまいなさい。さあ、何を飲みましょうか。わたしはウイスキーを飲みますが、同じものでいいですか。そちらのお嬢さんもご一緒にいかがですか」

「私まで甘えてしまっては……」

「何ですかもう何ですか。このおふたりはどういう上流階級なんですか、上田さん」

「北山さん、いや北山くんは何にする？」

「では比嘉さんのウイスキーを水割りにしてください」

「私もそれで」

私たち4人は改めて乾杯をした。食品を主とした沖縄の物品を取り扱う会社を比嘉さんは経営しており、その夜は彼の独壇場だった。

17

フィルムのラボで現像されたポジを受け取った公平は、その場でライティング・テーブルを借りた。椅子にすわってライトを点《つ》け、そのうえにスリーヴをひろげた。そして箱形のルーペで、最初の1枚から覗《のぞ》いていった。一列につき1枚か2枚、自分でも納得のゆく写真があった。

レンズを通して自分が見た美紗子という存在を、やや時間をおいて目にしてみると、彼女はなかば知らない女性のようにも見えた。自分の知っている美紗子と、ここに写っている美紗子とのあいだには距離があることを、彼は発見した。彼女とはこのように見える人なのだと公平は改めて気づいた。ルーペのなかで拡大された彼女は、驚くほどに美しかった。

その美しさの半分までは自分の側から捉えたものだとしても、あとの半分は偶然に写っているものだった。どのカットにも撮影のときには見落としていたものがあり、それをいま発見することで、美しさはより強調された。動きのなかで彼女を捉え、そして理解することの限界を、写真は物語っていた。

撮るときはほんの一瞬だが、いちど現像された写真のなかでは、時間が止められていた。それだけに写真の美紗子を観察することはいくらでも可能であり、発見がひとつ増えるたびに、彼女の持つ魅力は公平にとって謎へと高まっていった。謎を発見しているという展開に、彼は軽い興奮を覚えた。おそらく彼女自身は、そんな自分をまったく意識も自覚もしてはいないだろう。

3枚のスリーヴを見終えた公平は、ライティング・テーブルの端にあるダーマトグラフを手にし、プリントしてもらうカットのうえに赤い丸印を描いていった。いまの時間なら夕方にはお渡しできますと店の人は言い、彼は店を出てそれから約1時間後に美紗子の家に行くことを、電話で彼女に伝えた。

古い木造の洋館に到着したころ、周囲は完全に夜になっていた。暖房を入れないと寒く感じる日が増え、その夜は冬が近づいていることを知らせていた。公平はドアを叩《たた》いて自分の名を告げ、鍵を開けて家のなかに入った。部屋には温《ぬく》もりがあり、夏には感じられなかった古い木材の香りがした。そしてその香りのなかに、ほんの少しだけ美紗子のものが混ざっていることに、公平は気づいた。それは美紗子の服の匂いであり、服の下にある美紗子の体の匂いだった。居間とは違う場所にいた美紗子が、公平のまえに現れた。

「こんな時間だけれど、お夕食はどうすればいいのかしら」

青いジーンズのうえに、フリースのプルオーバーを彼女は身に着けていた。緑色の薄い生地は、軽くて着心地がよさそうだった。公平は薄手のハーフコートを玄関の横にあるハンガーにかけ、マットの上で靴を脱いだ。

「今日は、家では食べないつもりです」と彼は言った。

「それぞれに用事があって、受験生の僕は逆に自由です」

どうしたものかと、美紗子はしばらく考えていた。その様子を、公平は反射的に観察した。写真に表れていた彼女の謎を見落とすまいと、いま目のまえにいる美紗子に重ね合わせた。観察や洞察をする能力を、このように女性を対象にして高めてゆく生き方を自分はすることになるのだろうか、と彼はふと思った。美紗子は身を翻してキッチンへ向かい、開けた冷蔵庫を見おろしていた。

「サラダとかパスタとか、そんな簡単なものをつくる材料もないわ」

公平に振り向いた彼女が言った。冷蔵庫の扉に手をかけたまま、ふいに顔を動かした彼女の仕草に、公平は気が遠くなった。彼女を観察して自分の感覚を高める能力が、急上昇の曲線を描き始めているのことがわかった。

「僕が悪いんです。急に電話をしたから」

「いいのよ。買い物に行くことにしましょう。坂を下りたところに、デリカテッセンのような店があるわ」

「そこなら、僕も知っています」と公平は答えた。

「あそこのフランクフルトは美味《おい》しいです」

「なぜ知っているの?」

「学校を午前中で終えてここに来るとき、途中であの店に寄って、フランクフルトを1本齧《かじ》りながら坂を上がるんです。地元の人たちには、フランクフルトの少年だと思われているかもしれません」

美紗子が小さく笑った。人は笑いをこぼすまえにまず、目が輝くのだと公平は気づいた。それは、思いがけないプレゼントを贈られたときの表情にも似ていた。感情が先に目に表れ、その直後に表情が崩れるという動きが伴うのだ。

美紗子は居間へ歩き、テーブルのうえにあるものを片づけ始めた。その間公平は2階の勉強部屋へ行き、机のうえにある参考書を見つめた。いまはもう11月だ。あと3ヶ月でこの部屋に来ることはなくなるのだろうか、と彼は思った。

3ヶ月なら大丈夫だ、と公平は自分に言い聞かせた。当初の目的が最後に遂げられたなら、彼女は以前の状態に戻らなくてはいけない。自分というひとりの中途半端な子供を救ったあと、彼女は本来の時間に戻るのだ。彼女と出逢った5月から、受験までの9ヶ月間は決して短い期間ではないが、そのあとに重ねられてゆく時間が長くなればなるほど、9ヶ月間は短くなるはずだ。遠い将来、それは彼女の思い出の片隅に追いやられた、断片でしかなくなってしまうだろう。そのための心の準備を、勉強と並行してこれからしていかなければいけない。写真を彼女に渡すことで、それを自分の決断にしようと、公平は心のなかで誓った。

公平は机に近寄って片手をつき、もう一方の手で窓を開いた。アトリエの床に置いた絵を上から見るための、家のなかの窓だ。音に気がついた美紗子が顔を上げ、彼に微笑みを送った。公平の決意は、早くも崩れそうになった。

公平が背をかがめて店に入ると、コックの服を着た店主は意外そうな顔をした。そして美紗子が続いて入ってきたのを見て、その顔は小さな驚きに変わった。彼女は店主に会釈をして陳列ケースのまえに立ち、10種類を超えるハムを見ていった。

「野菜は少しだけあるから、ここでパンも買ってサンドイッチにしましょう」と彼女は言った。自分を見上げる角度はいつものとおりだ、と公平は思った。

「簡単そうに見えて、サンドイッチづくりにはその人が出るのよ。性格とか思い切りのよさとか」

公平は窮屈そうに背をかがめて、彼女と一緒に何種類ものハムを見た。豆などの野菜を入れたものもあれば、挽き肉のように生に近いペースト状のソーセージもあった。これらをどう組み合わせればいいのか、公平にはほとんど見当がつかなかった。

「半分は私が選ぶから、あとの半分は公平くんが選んで。ふたりで別々のものをつくって、半分に切ったものを分けて食べましょう」

彼女のなかには既に設計図のようなものが組みあがりつつあるように見え、公平の頭には何もなかった。決めようもなく顔を上げると、そこに店主の視線があった。ほんのりと親しみをこめた気持ちを、店主は視線に加えた。「いつもありがとうございます」と、彼は言った。

「沢口さんとお知り合いだったのですか。一緒に入ってこられたので、おやと思いました」

美紗子は既に選ぶものを決めたようで、背中をまっすぐにして店主と話を始めた。

「彼が大学を受験するので、勉強を教えているんです」

美紗子は確認をするような視線を、公平に送った。公平はそれをうなずいて受け止め、「図書館で泣きそうな顔をしているところを、拾ってもらいました」と言った。店主は腕を組んで公平に笑顔を見せ、そのまま美紗子に視線を向けた。

「彼はいつも、フランクフルトを1本買っていくんですよ」

「ええ、それを彼から聞いて、なぜか私が恥ずかしくなりました」

公平は美紗子の話すところをじっと見ていた。自分以外の人物と会話をしているところを見るのは、考えてみればほぼ初めてのことに近かった。40歳くらいの店主と話す彼女は、いつもより少し遠い場所にいた。その距離が公平には心地よかった。

「紙に包んでお渡ししようとするのですが、歩いているうちに食べてしまうからいいです、と言うんですよ」

「そんなお客さん、彼以外にいませんよね」

店主はやや間を置いてから、いませんねえ、と言って笑った。「しかし彼は、味がわかる人なのかもしれません。家でナイフとフォークを使うのではなくて、指でつまんで外で食べた方が確かに美味しいはずです」

「サンドイッチには、どうしてその人の性格が出るのですか」と、公平は店主に訊《き》いてみた。真っ直ぐなものの訊き方に、店主は笑顔を絶やさなかった。

「味見ができないからです」と、彼は言った。

「パンと具材が口のなかで合わさったときに初めて、サンドイッチの味は完成するんです。これを口内調味というのですが、すべてのバランスが整ったうえで、唾液とどのように反応するか。それには、その人の勘とか食の体験に頼るしか、方法がないんですよ」

公平は陳列ケースのまえにしゃがみこみ、いずれも口にしたことのないハムをもういちど見ていった。先に美紗子が注文を伝え、それとは重ならない2種類を、公平は当てずっぽうで選んだ。

店を出たふたりは、夜の坂道を上がった。ほんの10日まえまでは盛んに聞こえていた虫のすだきもなくなり、山から吹き降りてくる風は、昼の服装のままでは寒さを防ぐことができなかった。公平は受験までの最終的な勉強の計画を美紗子に伝え、やることはやったから、あとは気持ちの問題だ、と彼女は答えた。サンドイッチを食べ終えたら、ぜひ写真を見てください、と公平は口にした。彼のなかでそれはひとつの決意でもあったが、美紗子がどう受け取っているかはわからなかった。

ふたりはキッチンに並んで立ち、サンドイッチづくりにとりかかった。まな板に4種類のハムがひろげられ、調理用のワゴンのうえには、マスタードとマヨネーズ、そしてバターが載せられていた。シンクに置かれたボウルに、使い残しのレタスときゅうり、トマトが入っていた。これをどう組み合わせるか、公平は考えてみた。美紗子は既に作業に入っており、その手際をまずは観察することにした。店主が言っていたことを思い浮かべながら、サンドイッチとは層なのだ、と公平は思った。いくつかの薄い層からそれはできており、歯にあたる順番というものがある。そして美紗子の手の動きは、その事実を実践していた。パンではさんだときに、中央がやや厚くふくらんだかたちになるように、彼女は具材を重ねていた。端の部分ではパンと調味料の味が強調され、中央の部分では2種類のハムがやわらかい歯応えと共にメインになる、ということだ。

自分なりの味を出すにはそこにコツがあるはずだと発見した彼は、美紗子に代わってキッチンに立ち、きゅうりとマスタードの味をやや強く出すようにして、層を重ねた。そして美紗子のやり方を真似て、手のひらでサンドイッチを押さえこんでふたつの台形にカットした。カレーやパスタならともかく、まともに頭を使って料理をするのは初めてだ、と彼は思った。

居間にコーヒーを用意して、ふたりはまず相手のつくったものを口にした。美紗子のサンドイッチは最初のひと口から主張とバランスのよさがあり、どうしても次のひと口に進みたくなる工夫がされているように思えた。進めば進むほどハムの味と食感が高まり、それが誘い水のようになっているのだ。

「真ん中の厚みがたまりません」

サンドイッチに齧りつきながら、公平は言った。

「口のなかに残っているマスタードと絡まって、いくらでも食べられそうな感じです」

公平のつくったサンドイッチを手に、美紗子は笑顔を返した。僕のはどうですか、と公平は訊いてみた。彼女は笑みを残したまま、「まだまだねえ」と言った。

「やはり、そうですか」

「この場合、きゅうりはもう少し薄くていいのよ」

「ふうむ」

「きゅうりが少し厚いぶんだけ、ここで味が浮くの」

「こんなに頭を使うとは、思ってもいませんでした」

「これからどんどん勉強してください」

故意に厳しい顔つきを、美紗子はしてみせた。目にやさしさを残したまま、表情だけ怒っている彼女がそこにいた。公平はその段差に術《すべ》もなく取りこまれ、彼女の胸に顔をうずめたくなった。薄手のフリースの上で、そこだけ異質にやわらかそうなふくらみをもった箇所に目を奪われ、手を触れてみたくて仕方がなかった。触れるだけではなく、そこに何かを確かめるような動きを加えてみたかった。想像をするだけで息が荒くなってくるのがわかった。彼は視線をはずして深呼吸をし、手にしたままのサンドイッチに目を落としたあとで、改めて顔を上げた。

「どうしたの、公平くん」と、美紗子は訊いた。

「いや、別に何でもないんです」

「私の言葉に傷ついたのかしら?」

「まさか、そんな」

言葉を続けない公平に美紗子も言葉を失い、彼に向けていた視線をはずした。そしてしばらく何かを考えるような顔を見せ、ふいに公平に目を戻した。その目はいつになく真剣に輝いており、それでいて、怒っているのではまったくなさそうだった。写真のなかには、このような美紗子は写ってはいなかった、と公平は感じた。

食事を終えたふたりは共同でテーブルのうえを片付け、公平はバッグからプリントされたばかりの写真を取り出した。3本撮ったフィルムのうち、彼が選んだのは15枚だった。

本を読んでいる自分や、本から目をはずして別のところを見ている自分を、美紗子は見た。カメラに視線が向いていない自分を見るのは、彼女にとって初めての体験といってよかった。それは完全に他者の視線で捉えられており、その視線は公平のものに他ならなかった。

「公平くんのまえで、私はこんなふうにしているのね」と、彼女は言った。

「まるで自分ではないみたい。実際よりも年齢が少し上に見える」

「おそらく僕が、そう感じて撮ったからでしょう」と、公平は言った。

「しかし実際の美紗子さんは、ここに写っているような人なのだと思います。自分でそう思っていないだけで」

公平はテーブルのうえに並べてある写真に写っている本人を、目のまえで改めて確認した。そしてふいに、自分の知っている彼女はいまここにいる彼女だけなのだ、と気づいた。自分にしか見せない顔や側面もあるかもしれない一方で、彼女がどこで誰とどのように接しているのか、そのときの様子は完全に想像の外側だった。

デリカテッセンの店主と会話をしているときに彼女から発せられている雰囲気は、自分に対するものとは明らかに違っていた。それは彼女と店主の関係のあいだで発生する、固有の質のものだった。店主と対応する際に必要だと思われた要素を、彼女は自分のなかから咄嗟《とっさ》に直感で選び出し、相手に差し出したのだろう。

相手を瞬時にして感じ取り、その感触を手がかりに自分なりの感触を相手に返すという連鎖は、公平にとっては離れ業のようなものだった。そのようなことがどうしてできるのか、頭で考えてもわからなかった。ひとつだけはっきりとしていることは、こういう能力の精度を上げていかないかぎり、人として失格なのではないかという、確信にも近い思いだった。それをわからせてくれるのは、男性の自分にとっては女性をおいて他にはいないのだろう、と彼は感じた。

「ねえ、面白いことに気がついたわ」

15枚の写真を一列に置いた彼女は、視線をそこに落としたまま、公平を手招きした。公平は美紗子に近寄り、もっと近くへという意味の手招きを、彼女は続けて繰り返した。体が触れてもかまわないという許諾が、彼女の側からの要請と紙一重のところにあった。美紗子に寄り添った公平は、既に体の自由を失いかけていた。

「写真を、撮った順番に並べてみたの。なぜ自分はこんなふうに写っているのか、時間を追えばわかるかもしれないと思って」

公平は写真を見た。左端に本を読んでいる美紗子がいて、集中が一瞬だけ途切れている彼女がいた。そこまでは完全に彼女ひとりの世界だった。しかし7枚目あたりになると、本を読むことの心地よさをそこにいる相手に伝えるかのように、自らを開いている美紗子がいた。もちろんその相手は自分だ、と公平は思った。

「この写真から、自分が変わってきている。目がカメラを向くようになってきているし、体に動きが出ている」

7枚目の美紗子は明らかに本から視線を上げており、それは公平の存在を捉えていた。8枚目の美紗子は本の世界から完全に切り離され、自分のなかで持続している感触を外へひろげようとしていた。その後に続く3枚は、8枚目のほぼ延長線上にあった。

「これを見ていて思い出したわ。このあたりから、なぜかじっとしていられなくなったのよ。写真を撮られていることが楽しいということではなくて、気持ちがよくて体が動いてしまうの」

美紗子は自分の体を、すぐ横にいる公平に押しつけた。そして頭を彼の腕にあずけ、写真の話を続けた。

「ほら、この12枚目の写真。柱の陰に隠れていて、まるで鬼ごっこみたいだわ」

ジーンズの一部がきつくなるのを、公平は完全に制御不能のこととして感じた。どうして彼女の体はどんどん自由になり、自分の体は自由ではなくなってゆくのだろう。

「残りの3枚は、まるでおふざけね。口を横にひろげて歯を剝《む》いたり、はしゃいだポーズを取ったり。私、こんなことしたかしら」

公平の腕に頭をあずけきっていることを忘れているかのように、美紗子の体からは硬さが抜けていた。重みは載っていたが、感触はあくまでもやわらかだった。彼女は横ずわりの膝を崩し、公平に体をあずけきることで安定を得ていた。

「こんなふうに撮ってくれて嬉《うれ》しいわ」と、彼女は言った。

「喜んでもらえて、僕も嬉しいです」

彼女を抱きかかえるしか、他に方法がなかった。自分の体に力を入れ、彼女の体重を支えることに公平は集中した。

「ねえ。この写真を見て、はっきりとわかったことがあるの」

「何でしょうか」

「こういうこと」

自分の頭を載せている公平の右腕があたかも邪魔であるかのように、彼女は公平の胸に自分を滑りこませた。自由になった右腕を、公平は彼女の腰にまわすしかなかった。美紗子は頭の角度を変えて公平の胸に顔を押しつけ、そして右の耳を胸にあてるように、間近で公平を見上げた。彼女の左腕は公平の腰を固く捉えるように巻きついており、右手は公平の胸に置かれていた。これ以上待たせてはいけないのだ、と公平は思った。

公平は自分の左手が空いていることに気づき、絨毯《じゅうたん》から離して美紗子の後頭部を下から包んだ。彼女は目を閉じ、心地よさそうにしていた。自分から顔を近づけていくと、彼女は唇を軽く差し出した。そして公平の唇が彼女の唇に乗せられた瞬間、美紗子は鼻から小さな息を洩《も》らし、一瞬だけ体が脈打ってすべての体重が消えた。彼女を支えきれなくなった公平は、左手で後頭部を支えつつ右手でそっと美紗子を横に寝かしつけた。すべてを受け入れようとしている彼女の体に、公平は自分の体を上から重ねた。

幾度となく美紗子は声を洩らし、その要請に応えるように、公平は彼女の様ざまな部分に手を触れた。フリースの裾へ手を滑りこませると、そこには美紗子の肌があり、動きの止まった手を彼女はなかへ導いた。公平はもう一方の手を動員させて彼女の背中へもぐりこませ、軽く胸がのけぞった瞬間を利用してフックをはずした。

自分の両手に対して、生まれて初めての感触を覚えこませるかのように、公平は動きに熱中した。一点だけ硬いところがあり、そこに触れると彼女の洩らす声は高くなった。公平は美紗子からフリースを取り去ろうとし、首を抜くときに協力をした彼女の両手は、そのまま公平の背中にまわされて彼の薄いセーターの裾を捉えた。公平は上体を起こし、自分でセーターを脱ぎ去った。

ふたりは改めて上半身を重ね、唇を合わせて流れに没頭した。やがて美紗子の手が公平のジーンズに伸びてきて、ボタンをはずしてジッパーを引き下げた。その指は下着のうえから、公平をやさしく包んだ。

共にジーンズを取るとふたりの位置は自然と上下が逆になり、公平に重なった美紗子は自ら最後の下着を取った。そして公平の体に残されている下着のなかへ、手を滑りこませた。公平からできることは、もうなかった。

すべてを取り払われた公平は、美紗子の指で愛撫《あいぶ》を受け、そのあとに手を導かれて彼女に触れた。そのまま美紗子は公平の自由にさせ、顔を赤らめて彼に囁《ささや》いた。

「私のことを覚えていて。これが私だということを、体で覚えていて」

次に公平が上になり、開かれた部分へ彼女の手で導かれた。公平は彼女のなかへゆっくりと入っていき、彼女はやさしく腰を使って彼をリードした。これ以上は進まないところまでいくと、彼女のなかは熱く動いていた。美紗子は本能的に胸をのけぞらせて両脚を公平の腰に巻きつけ、そこへ熱意をこめた。公平はその脚の力に引き寄せられ、美紗子の上に体を重ねた。

下り坂を駅までは歩かず、公平は途中で左に折れて、斜面の中腹を横切る道をそのまま東へ向かった。電車に乗る気にはなれなかった。自宅までのやや遠い夜の道のりを、決して忘れることはないだろうと彼は思った。

相手を瞬時にして感じ取り、その感触を手がかりに自分なりの感触を相手に返すことが、いま始まったのだと彼は強く感じていた。ほとんど人の通らない道をひとりで歩き、やがて遠方に見慣れた住宅地の夜景が見えてくると、胸が震えて涙がこぼれてきた。なぜ自分が泣いているのかよくわからないまま、公平は感情が毛羽立つのを感じながら、夜の道を歩き続けた。

18

公平は上田さんの店に毎晩通い、私は都合のつくかぎり、仕事を終えたあとに途中の駅で降りて顔を出した。同じ部屋で暮らしているとはいえ、定休日の日曜を除いては、ふたりの時間が重なることはなかったからだ。

最初の頃、彼は閉店後に店で仮眠を取り、始発に乗って私の部屋に戻っていた。しかし物音に気づいて私が起きたことがあったのをさかいに、彼は時間を完全にずらすことを提案してきた。僕は店の奥にある部屋でゆっくりと眠る、そしてきみが目を覚まして部屋を出ていったあとに帰る。週にいちどしか会えないことになるけれど、ひとつの部屋をふたりで使うには、いい方法かもしれない。

私もそれには賛成だった。その方がスッキリとしているし、日曜日が楽しみになるからだ。その日のために私は彼に何を語るべきかを考え、どこで何を食べようかと思案した。それを励みに、私は夜の時間をひとりで過ごした。

上司の竹川を伴って店に行くこともあった。彼は公平をひと目で気に入り、それからは足繁く店に通った。公平を弟のように可愛がる竹川に対して、上田さんは冗談半分で嫉妬《しっと》してみせることもあった。何もかもが円滑で和やかに進み、公平がまたしばらくのあいだいなくなることが、うまく想像できなかった。竹川は調子に乗って「来年にはおふたりさんは結婚するんだろう」と言い出し、公平はそれに苦笑するしかなかった。

篠原も沖縄へ行かないのか、と竹川は訊《き》いた。上司がそう口にすることは、しばらくの休暇を容認しているのと同じだった。公平もそれには積極的だったが、私のなかで決意が固まらなかった。おまえは最後の最後で慎重になるんだよなあ、と竹川は言い、そういうことではないんです、と私は答えた。

では何が理由なのか、自分でも判然としなかった。公平がひとりでいて、最も生き生きとしていられる時間とか空間に、私が参加してしまっていいのだろうか、という想いは確かにあった。それよりも彼の報告を心待ちにしていた方がいいのではないか。彼の行動を私が制限してしまうことにはならないか。

彼と暮らすようになれば、そのあとはいつだって一緒にいられるのだ。それなのに彼の旅先にのこのこと出かけてゆくのは、やはり抵抗があった。ふたりでやっていくためにこそ、いま彼はひとりであることを試している。

私がもうひとつ気にかかることは、公平が自分の録《と》った音に対してそれほどの反応を示さないのに対して、むしろ私が過敏に反応してしまうことだった。彼の音に何かの気配を感じる度合いは増す一方で、私がそのつど見せてしまう反応に対して、公平もさすがに懸念を示すようになっていた。咳《せき》だとか風邪気味だとかでは、ごまかしきれなくなっていた。

公平の音を介さなくても、気配を感じることがあった。それはもはや私の一部のようになり始めていた。自分のなかに何かがあって、ふとしたときに私はその何かと、独り言のように会話を交わしているのだった。その多くは公平のことについてであり、私が自分のなかで彼をありありと感じているときに、それは起こるのかもしれない、とも思った。

公平が旅先から戻ってきたあの夜、電車に乗っていたときに感じたほどの重さや辛さは、まったく感じなくなっていた。部屋で公平のことを考えていると何かが私に触れ、その感触に自分の身をまかせていると、体の内側から温かくなってくるような気さえした。そして私はその温かさに守られながら、自分が公平に何をしてあげられるかを考えた。彼と一緒に沖縄で過ごすよりも、私はその感触の方が好きなのかもしれなかった。

クリスマスの時季を忙しく過ごした公平は、その次の週に解放された。私は近所にオープンしたばかりの沖縄料理屋に公平を誘い、彼はそれに喜んで同意した。食べ物だけでも慣れておく必要があると彼は言い、那覇と石垣島に友人のいる私は、料理を通して自分の知るかぎりの沖縄を伝えようと思った。

夜遅くまで頑張ってやっているこの店に、私はひとりで何度か夕食を食べに来た。店主には既に顔を覚えられており、公平とふたりで訪れると、店主は好奇心を隠さなかった。公平が3月に初めて沖縄へ行くことを伝えると、店主は「ぼくはこの2年ほど帰っていないんですよ」と、苦笑いをしてみせた。

テーブルに並べられた料理を、公平はすべて平らげた。美味《おい》しいものに夢中になると、ほとんど口を利かなくなる癖があることを、私は久しぶりに思い出した。

「こうやって外でゆっくりと食事をするのって、考えてみると久しぶりね」

猛烈な勢いで最後の皿を片付けた公平は、ナプキンで口を拭《ふ》いたあと、ようやく顔を上げた。そしてウコン割りの泡盛をひと口飲んで、「僕の失敗だった」と言った。

「こんなに食事が自分の体に合うのなら、もっと早く沖縄へ行っておけばよかった」

「日本の約半分を体験した3ヶ月が、きっと沖縄に行くと活きると思うわ」

「いまからもう、沖縄にはまってしまいそうだ。予感じゃなくて、確信している」

やさしい気持ちで公平を見ていることが、私は自分でもわかった。いってらっしゃい、という気持ちが体の芯《しん》からこみあげてきて、その気持ちを目で伝えたかった。

「ねえ、恭子さん」と、彼は言った。

「なに?」

意外そうな目で、彼は私をじっと覗《のぞ》きこんでいた。私のなかに謎を探るような目だった。

公平は不思議そうな目で、私をじっと見続けた。探し物をしているような、何かをうかがう目の動きをしていた。しかしそれが何かは自分でもわからないらしく、彼は疑問を残したままの表情で私に言った。

「少し大人っぽくなったような気がするんだけど……」

公平はまだこちらをまっすぐに見ていた。自分のなかにふと思い浮かんだものに、徐々に自信を失っているようだった。

「誰が？」と私は訊いた。

「恭子さんだよ、もちろん」

「気のせいじゃない？」

「そうかなあ……」

「なぜ、そう思ったの」

公平はテーブルに目を落とし、顔を小さく横へ向けた。その視線の先に目をやってみると、泡盛のグラスがあった。ウコンの粉が底に沈殿していた。店には三線《さんしん》の音が流れ、店員の話す沖縄の言葉が飛び交っていた。

「一瞬なんだけど、あれ？　と思ったんだ」

こちらへ視線を戻して公平は言った。

「恭子さんの目の表情とか仕草のなかに、いままでにはなかったようなものを感じたんだよ。それをひとことで言うと、大人という感触だった」

そう言われても、私は自分ではわからなかった。沖縄へ公平を送り出す気持ちが体のなかに溢《あふ》れ、またひとりの生活が始まるというのに、私は幸福な気持ちに充たされた。そしてその気持ちを、目にこめただけのつもりだった。それをなぜ、彼は大人びていると受け取ったのだろう。

私は返答のしようがなく、「あなたがアテにならないから、その分私が成長したのかしら」と、軽い冗談を言った。しかし公平はそれを受け取ることもなく、人の話など聞いていないかのように「やっぱり違うなあ」と呟《つぶや》いた。

「見た目がどうこうじゃなくて、恭子さんから伝わってくるものが、いままでとは何か違うんだ。もちろんそれは違和感じゃなくて、むしろ僕には心地好いことなんだけど……。きみに包まれてしまう感じというか、馬鹿な自分は委ねてしまえばいいという空気を、いまの恭子さんから感じる」

公平は店に流れる三線の音色に耳を澄ませ、「これは○○が弾いている音だ」と断定した。沖縄へ行くことには躊躇《ちゅうちょ》していたけれど、音楽は好きでかなり聴きこんできたのだと彼は言った。

沖縄へどれくらい行っているのか、私は公平に訊いた。いまはまだ何もわからないと前置きしながら、少なくとも1、2ヶ月はいたい、という言葉が返ってきた。まずすべては、比嘉《ひが》さんの弟さんに会ってからだ。泊まる場所も含めて、何もかもがそこから始まる。

今回は日本国内のように動きまわるのではなく、居場所を決めて定点観測をしたいと彼は言った。初めての場所を知らないまま動くよりも、ひとつ箇所に絞って音の変化を聴くことで、その土地の本質を探ってみるという考え方だった。日本の音と、そこには違いはあるのだろうか。あるとしたら、その違いから何が見えてくるのか。公平は早くもそのようなテーマを置いていた。

私はそこで、彼に質問をひとつした。自分が録音したり編集したりした音に対して、公平はさほど大きな関心は示さない。その一方で私はその音に気配を感じ、まるでそこに人がいるように思うこともある。それを公平は感じないのか、そして自分の音をどうにも思わないのだろうか。

僕は現場を体験しているからかな、と彼は言った。それよりも自然に対して体や感覚を開いていって、眠っている自分の古層を開きたい。アタマとかリセイで考えるのではなく、五感と呼ばれるものさえ超えて、自然とひとつになった領域から、ものごとの真贋《しんがん》を見る力を身につけていきたい。

30歳を迎えたときの自分がそれでも日本で生きていくというのは、そういうことなんだ。

いまの社会の表面に見えていることなんて、束の間の夢とか悪い冗談にしかすぎない。ものを過剰に生産したり消費したりしないと気の済まない人たちや、そうでもしていないと不安な人たちはいまでもたくさんいるけれど、僕はそういう競争のなかで勝ちたいとは思っていない。人から後ろ指を指されて、あいつは馬鹿だとか夢想家だとか批判されても挫《くじ》けないものを、自分で身につけていきたい。だって、何もかも幻だったということは、95年にはっきりとしたじゃないか。いつまでもあると信じているものは、何かがあると呆気《あっけ》なく消え去ってしまうんだ。自分の土台となっていくものを、僕はそんなあやふやなもののうえに築きたくはないと思う。

1995年が何を意味しているのかは、私もわかった。公平が自分でも体験したとても大きな地震と、それと連鎖するかのように起こった、都心の地下鉄に毒物が撒《ま》かれた事件だ。都市は崩壊してそこに住む人たちの人生を狂わせたし、普段から安心して利用していた公共機関は、一瞬にしておぞましい暗渠《あんきょ》になった。

一見したところ関連のないように思えるこのふたつの出来事に共通しているのは、当たり前だと思っていたものさえ、信じられなくなったということだった。地震の恐ろしさや事件の陰湿さよりもっと大きな穴を、このふたつは人の心のなかに開けた。明るい虚無のようなものをそれは私たちに押しつけ、あとはどうぞ勝手にしてくださいとでも言わんばかりに、つぎの方向性など何ひとつ与えられることはなかった。

そして社会人として年齢的な頂点に向かう団塊の世代の大人たちは、まるで何事もなかったかのように悪夢を置き去りにして、余裕ある定年後の生活の準備に熱中し始めた。意志ある40代はそれぞれに孤軍奮闘をして、意志を忘れた多くの40代は、どことなく割に合わないと思いながら自分と家族を守るので精一杯のようだった。

それから私たち。

気がつくと何もかもがもう終わっていて、祭りの後片付けをさせられているような気分だった。せっかくだけれど、もう終わったんだよ。どうしてもっと早く来なかったんだい、あんなに素晴らしかったのに。実にもったいないことをしたなあ、それじゃお先に……。

10代のなかばになって、自分の世界が学年と一緒にひとつずつひろがって、新しい知識が増えることを喜ぶたびに、冷や水を浴びせられるようなことが続けて起こった。あるいは少なくとも私は、そう感じてきたような気がする。これからというときに、あらかじめいろいろなことが失われていたような感じだ。

自分の熱を内部に抱えながら、同時にそれをクールに冷ますしかなかった。人生の盛りを味わい終えようとしている人たちと、さあこれからと思っていた私たちのあいだにある、この得体の知れないほどの距離と隔たりは何なのだろう。これでも同じ国に住む者どうしなのだろうか。

しかし私たちは、置き去りにされたという被害者意識だけは持たないようにしてきたつもりだ。同じ国のなかに、もうひとつ違う人種がいるのだと思えばいい。あるいは年齢を超えて、価値を共有できる民族のようなものを意識すればいい。高校を卒業して大学生活を体験し、そして社会に出てからの数年間、私はそんな風に思い続けてきた。そんな自分を、いまではさすがに少しは幼稚だったなあとは思うけれど、そのときの想いが消えることなく心の谷間を流れているのは確かだった。

沖縄料理の店を出てから家に帰って、公平と私はお互いの体を求めた。そんな流れにたどり着く少しまえ、公平は私に「僕の音の気配っていうのは何なんだい？」と、改めて思い出したように訊いてきた。

「まるで人がそこにいるかのようだって言うけれど、僕には全然わからないんだ」

彼は私のCDラックをあさっていた。R&Bが中心のなかにあって、日本人のミュージシャンはごく限られていた。そこから彼は山崎まさよしとスガシカオを見つけて、やっぱり趣味の方向がよく似ているなあ、と笑顔で呟いた。そしてまた、真剣な表情に戻った。

「人の気配って、たとえばどんな感じの人なの？」

「私がただ、そう感じているだけなのよ」

「上田さんは『向こう側へ穴が開いて、そこへ連れていかれそうになる』というような言い方をしていたけれど」

「あなたもメールで、同じようなことを書いていたはずよ」

「うん」

音楽を聴くような気分ではないらしく、公平は手にした2枚のCDをプレイヤーのうえにそのまま重ねた。エアコンのルーバーの音がして、下向きになった温風が私と公平に向かってきた。

「現場でヘッドフォーンを耳にしていると、確かにそんな気にはなるんだ。でもどうしてもその先に届かなくて、あやふやに留まったままになる」

私はチューナーのスイッチを押して、AMのラジオ局を選択した。英語と楽曲だけの放送だから、会話の邪魔をしたり耳に障ったりすることはなかった。

「演奏家が自分の音楽を音楽とは受け取れないのと、似たようなことなのかしら」と、私は言った。自分のなかで感じる人の気配というものを、どこまで公平に伝えればいいものかと確信が持てないままだった。

「でも、私にも上田さんにも、そして竹川にも何かは届いているのよ。みんな感じ方が違うだけで」

「僕にはわからない」

公平の顔は、真剣に悔しがっているように見えた。

「私たちは現場を知らないから、音だけで判断したり想像したりすることができるの」

私は公平の体を触りたくなり、コットンの室内着の膝へ、自分の手を置いた。

「公平くんの録った音って、時間の作用を受けていないでしょ」

彼は私の手を、弄《もてあそ》ぶままにさせていた。

「うん。大昔から現在にいたるまで、ずっと変わることなく、そこにある音だから」

「目を見開くと、そこはいまの現実だけれど、あなたの選んだ音は昔でもいまでもなく、そこを結んでいるんだと思う。だからそこに回路ができて、聴く人にとって行き来する自由が得られるんじゃないかしら」

「昔と現在を行ったり来たりできる、っていうことかい？」

「だから、あなたの狙ったとおりだと思うけれど」

ラジオでは私たちふたりの好きな往年の曲がかかり、話題はその音楽へ横滑りをして、しばらくそのままラジオを聴いた。いまはもうこの世にはいない歌手の曲ばかりだった。何曲かがメドレーのように続いて、そこからＣＭに流れは変わった。公平はアンプの音量を少し下げた。

「昔と現在を行ったり来たりか……」

まえかがみにした上半身を、そのまま反動をつけるように彼はソファの座面にあずけた。そして絨毯《じゅうたん》のうえに足を投げ出した。

「あなたの音を聴いていてわかったのは、自然の音が美しいとか何とか、そんなことじゃないわ」

私は公平の足に手を滑らせ、そのまま横になって膝に頭を載せた。撫《な》でるでもなく、私の髪を公平の手が触った。

「鳥が鳴いていて爽やかだとか、そんなことはどうでもいいの」

「それは同感だよ、僕もどうでもいい」

膝から伝わってくる動きで、一瞬だけ公平が笑ったのが感じられた。

「確かに自然のいちばん奥にある世界っていうのは、死とつながっているような、怖い闇《やみ》なのかもしれない。でもそれは同時に、神々しいところでもあると思うの。それに触れると生き変わるというか、新しい生命を力として体で受け取れる感じがする。音はその回路を開いて、私たちが何だったのかを気づかせてくれるのかもね」

公平は髪から手を離した。ふと顔を見上げてみると、やや驚いたような表情を彼は見せていた。そして料理屋にいたときと同じように、しげしげと私の顔に見入っていた。

「どうしたの？」と、私は訊いた。

「やっぱり今日の恭子さんは、違う感じだ。すごく大人っぽいというか、まさか『神々しい』なんていう言葉が出てくるなんて」

「大げさすぎたかしら」

「いや、そんなことは全然ない」

近づいてきた公平を私は受け止め、ふたりで室内着を脱がせ合った。ラジオからはいまも音楽が低く流れていて、昔の曲がたくさんかかった。いったいいまはいつなのかしら、と私は公平を受け入れながら、一瞬だけ思った。


いつもならそのまま眠るはずなのに、目が冴《さ》えて横になっていることが無為に思えてきた私は、公平を横に置いたままベッドから抜け出した。部屋にはスタンドの明かりがそこだけ薄く灯り、私はショーツを脱いだ場所を探した。

ショーツのうえに長袖のTシャツを重ねて、冷蔵庫から水を取り出して飲んだ。冷えた感触が体をまっすぐに落ちていくのがわかった。ラジオはいまも点《つ》いたままで、オールディーズが流れていた。真夜中の2時すぎに聴く50年代の音は、部屋の空気まで変えてしまいそうだった。

私はソファにゆったりとすわり、おへその下あたりに片手を添えた。体のなかを熱が流れているようで、それを冷まして落ち着きたかった。心地好い疲労が全身を包み、料理屋から部屋に戻ってきたときよりも、体が軽くなっているように感じられた。ほんのりと気だるい充実感が全身にひろがり、自分に輪郭を与えているような気がした。私は公平が部屋に置いているウイスキーのボトルを手にして、氷を入れてさっきの冷水を注いだ。

公平の質問には、結局答えることはなかった。何をどこまで伝えるべきなのか自分でもわからなかったけれど、私のなかにいるもうひとりの人の感触は、イメージの要素を持ち始めていた。

年齢は20代のなかばくらいで、本当なら年下のはずなのだけれど、それよりもずっと大人に感じる。5歳くらいは年上の感じで、強く温かくやさしい。私なんかよりはるかに利発で、怜悧《れいり》なのに感情が豊かだ。それは身勝手な感情なのではなくて繊細さと紙一重で、自分のことよりも人を案じて優先するところがある。他者の感覚を自分のように受け入れて同調する大きさは、単に母性というよりはある種の能力なのだと思う。

見た目は、もちろんわからない。しかし私は自分のなかで勝手に、公平の部屋で見たあの美しい女性と結びつけていた。さらさらとした黒い髪が首元のあたりまであって、どこかの家の柱に隠れてこちらに顔を見せている。

どうしてそんな連想をしてしまうのか自分でもわからないけれど、忘れていたあの写真がふと頭に浮かんだとき、私が感じる気配はあの女性以外には考えられなくなった。むしろ写真とイメージが結びついたことで、感触は私のなかで具体的な人格を帯び始めた。そしてそれは決して不愉快なことではなく、私に不思議な活力を与えてくれた。

あの写真の女性であってくれたら、と私は思う。気のせいでも何でもいい。これは私が勝手に、自分のなかで感じて思い描いているイメージだ。だからまったく現実的なことではないし、それをどこまで公平に伝えればいいのかもわからない。写真のことに関しては、彼が自分から何かを言い出さない限り、こちらからは何も口にすることはできない。

もういちどあの写真を見てみたい。公平が許してさえくれたら、あの写真をまえに彼女と話がしてみたい。そのとき彼女は私を受け入れてくれるだろうか。私はあの女性とどんな関係を持つことができるだろう。そう思うと私は嬉《うれ》しくなってきて、自分ひとりとは思えない温かさの泉に身を浸したくなってしまう。

ねえ、私たち仲良くなれるかしら。

ラジオからはオールディーズが流れていて、ウッドベースの音とサキソフォンが絡み合っていた。

　私もあなたとお話がしたいの

ラジオからそんな囁《ささや》き声が聞こえてきたような気がした。公平は死んだように眠っており、私は女性の声を聞いてソファで半身になりながら、ひとりどきどきしていた。

男はひとりで寝かせておいて、私たちふたりでお話をしましょう、と私は言ってみた。

　あなたがそこにいてくれてよかったわ　と女性の声は囁いた。

19

那覇空港の手荷物受取りカウンターを出た公平は、ターミナルビルの上階からモノレールの駅へ歩いた。3月だというのに空気は生暖かく、陽射しも日本のものとは違った。花の赤といい、葉の緑といい、色がはっきりと鮮やかに見えるのだ。青空の雲もすぐそこにあるようで、横風と共に雲は形を崩すことなく水平に動いた。雲が一団となって移動する様子など、公平は見たことがなかった。

昼下がりのモノレールは、始発駅ということもあってほとんど客がいなく、公平はザックを椅子に置いてその横にすわった。

今回の荷物は、必要最小限のものにとどめた。録音機材はDATウォークマン1台とマイクが3本、スタンドは比嘉《ひが》さんの弟が貸してくれるとのことだった。彼は那覇市内でオーディオ機器の店を営んでおり、公平はその近くに宿を取った。チェックインを済ませたら彼に連絡をして、店に行く時間を決めることになっている。

モノレールは静かに動き始め、ほどなくして那覇の中心部へ滑りこんでいった。大きなビルと、狭い敷地に強引に建てた雑居ビルがひしめき林立する様子は、東京とさほど変わらない。地方の一都市というよりは、別の国の首都であるかのような印象を、公平は受けた。ここには、東京の方向を向くその他の地方ではなく、日本そのものを向いているような空気があった。

　モノレールを降りた公平は、できたばかりのように見えるビジネスホテルに、シングルルームを取った。アロハシャツに似た「かりゆしウエア」と呼ばれる半袖の服を着た若い女性がていねいな対応をして、公平にカードのキーを渡した。ウィーク・プランというものを利用して、とりあえずは1週間だけ部屋を確保してある。ひと目見て、初めての那覇も魅力的だとは思ったが、自然の音を録《と》るためには北部の山中へ行かなければならない。

　荷物をほどいて、持ち物をすべて効率よく収納のスペースに片づけた公平は、いつも野外録音のときに使うアウトドア用のショルダーバッグを用意した。機材一式とノート、その他細々としたものや予備のテープやバッテリーを入れるには、ちょうどいいサイズだ。雨が降ってきたときのために、ごく薄いレインウエアを入れておく仕切りもある。

　シャワーで長旅の疲れを落とし、気分もさっぱりとさせて比嘉に電話をした。いまは午後の3時だ。羽田空港に直行するバスの乗り場まで送りに来てくれた恭子は、そのまま駅から私鉄に乗って仕事場へ向かった。到着したことを電話で伝えたいとも思ったが、それは比嘉と会って今後の動向が決まってからの方がいいだろう。

　公平が電話で名前を言うと、比嘉は一瞬だけ「ん～?」という声を漏らし、それからすぐに「あぁ、はいはいはい」と大きな声で答えた。店は7時まで開いているから、いつでも好きな時間に来ればいいということだった。ではとりあえず4時で、と公平が提案をすると、比嘉はやはり「いつでもいいですよお」と言うだけだった。

何もすることがなくなり、国際通りを歩いてみることにした。普通の観光客がまず最初に歩くことになる、県庁前からの一本道だ。

どれもこれも似たような土産物屋ばかりで、見るべきものはなかった。しかし公平には、それでも充分にエキゾチックだった。あちこちから沖縄の音階が聞こえてきて、下校中と思われる高校生の女の子たちは、日本と同じようにぎりぎりのミニスカートをはいていた。しかし顔は明らかに沖縄の人であり、その取り合わせが何とも面白かった。

角を曲がって裏道へ折れた公平は、くたびれた様子の定食屋を一軒見つけた。朝に簡単なものを口にしただけで、それから何も食べていなかった。このような店に入ってみるのが、その土地を最初に知るにはいちばんだ、と公平は思った。見たところ地元の人だけで、観光客の姿はなさそうだ。彼は布ののれんをくぐり、なかへ入った。

おしゃべりをしに来たと思われる高齢の女性以外には、客は男性がふたりいるだけだった。壁じゅうに手書きのメニューが貼られ、おしゃべりを中断したおばさんがさんぴん茶を持ってきた。公平はメニューをひととおり見渡し、「ゴーヤーチャンプルーをください」と言った。

「ええとそれから、ライスと味噌汁も」

おばさんは不思議そうな顔を一瞬見せ、はいわかりました、と言って厨房へ向かった。公平はレジの横から地元の新聞紙を引き抜き、一面から頁《ページ》を繰っていってみた。東京から配信された記事はほとんどなく、大半が地元の記者による取材だった。なかでも目を引いたのは、米軍基地に関する記事が圧倒的に多いことだった。内地と呼ばれる日本の新聞では、このような記事が掲載されることは週にいちどだってない。基地のことなど、どこか遠い島の出来事であるかのような印象だ。地元紙に触れただけで、那覇に着いたばかりの公平の位相は、早くも逆転しそうだった。いま自分がいる沖縄が中心で、その沖縄は基地を最大の問題とし続けながら、基地の先に日本を見ている。

注文した定食が届いた。お盆のうえに、ゴーヤーチャンプルーとご飯、そして味噌汁と漬物が載せられていた。箸《はし》を割って手を付けようとすると、おばさんがお盆をもう一膳テーブルに持ってきた。何かと思って見てみると、そこには定食と同じご飯と味噌汁があった。公平は何が起きたのかわからず、驚いた様子でおばさんを見上げた。おばさんはにこにことしたまま、ただうなずいておしゃべりに戻ってしまった。

呆然《ぼうぜん》としている公平に、高齢の女性が声をかけた。

「おにいさんは、沖縄は初めてですか」

ご飯がふたつと味噌汁がふたつ並べられたテーブルから目を上げ、公平は「はい……」と答えた。

「沖縄のこういう店ではね、最初からおかずにご飯とお味噌汁が付いているんですよ」

「はあ」

「お味噌汁の量も多いし、驚いたでしょう」

我に返って味噌汁をよく見てみると、何種類もの具が島のように汁からせり出していた。卵を煮たものまで入っているのを見て、公平はわけがわからなくなった。自分の地元にある沖縄の料理屋では、このようなことはなかった。

「戦後からずっと貧しかったから、食べるものだけは若い人に安く出していた習慣ですよ」

店のおばさんが言った。それを聞いて老齢の女性は黙ってうなずいていた。

「おにいさんがいかにも緊張している様子だったから、ちょっとからかってみただけよ」

おばさんがそう言うと、老女は小さな声で笑い、それに誘われるように他の客からもわずかに笑いが漏れた。

「おなかが減っているでしょう？　お客さんのような若くて大きい人は、思う存分食べなさい。ご飯とお味噌汁はうちからのサービスだから」

公平が礼を言って猛烈な勢いで食べ始めると、うちわをあおいでいた老女が「ちょっと、おにいさん」と、声をかけた。

「もっとよく噛《か》みなさい。よく噛まないと体に悪いからさ」

比嘉の店には、誰もいなかった。いや、店という感じではまったくなく、ショウルームですらなかった。自作したと思われるアンプやスピーカーが所狭しと並べられ、そこは工作室の延長のようにも思えた。店の中央には鉄製のらせん階段があり、公平は途中までのぼって上階へ目をやってみた。かすかに物音がしたので、彼は声をかけた。

「はい〜、誰ですかあ」という声が戻ってきた。公平は自分の名を名乗った。

するとしばらくしてから、「はいはいはいはい」という声と共に、仙人のような男が鉄の階段を駆け下りてきた。上下とも藍染めの作務衣《さむえ》で、白髪の交じった髪は肩まで伸びていた。目はぐりぐりと大きく光っており、蔦《つた》のように盛大に生えた髭《ひげ》のなかで、丈夫そうな歯が真っ白に見えた。あなたが北山さんですか、と彼は尋ねた。公平はそれに答えた。

「兄から話は聞いていますよ」と、比嘉は言った。まあそこにすわってください、と言いながら彼は横に置いてあるさんぴん茶のペットボトルに手をかけ、用意したふたつのコップに注いだ。比嘉はコップを摑《つか》んでひと息で飲み干し、続けてもう1杯注いだ。お兄さんのように恰幅《かっぷく》のいい体つきではないが、顔と動作はよく似ていた。

「何でも、日本中の自然音を録ってまわられているのだとか」

彼は落ち着くことなくあたりを見渡し、ようやく見つけた自分の名刺を公平に差し出した。

「比嘉の弟で、常吉《つねよし》といいます。まあ、ごらんの通り趣味だか実益だか何かよくわからないような店をやっていますが、那覇へは何時ごろ着かれたんですか。ああ、そういえば電話をいただきましたね。向こうから来ると沖縄は暑いでしょう、もう私なんかも上の工房でハンダ付けなんかをしてると暑くてですね、汗が止まらんですよ。それにしても日本中の自然音を採集するっていうのも、これまた上等なことですなあ。私はあなたが羨《うらや》ましい」

「日本中というよりは、まだ東半分を気ままにまわっただけです」と、公平は答えた。それを聞いて、比嘉はしきりにうなずいていた。

「どうです、さっそく音を聴かせていただけませんか。兄は電話ですごいぞすごいぞと言うばかりで、あれは音のことなんかちっともわかってないですから、何がすごいのかわからんわけですよ、電話だけでは。おまえのスピーカーがいのちを得ているとか、言うことだけは立派でしてね、こっちには何も伝わってこないわけです。どうですか、今日はその音を持ってこられましたか」

公平はショルダーバッグを開け、CD-Rを2枚取り出した。ジャケットの裏面を比嘉は眼鏡をはずしてじっくりと観察し、ではこれを聴かせていただきましょうか、と1枚を選んだ。彼のうしろにあるCDプレイヤーにディスクを収めると、熊野の森の音がひろがった。比嘉はその音を、目を閉じてしばらくじっと聴いていた。

20分を経ても、比嘉はまだそうしていた。公平はまったく声をかけることができなかった。筒型の細長いスピーカーがいくつも並んでいる様子を、公平はゆっくりと見ていった。しばらくして音がいちど切れたところで、比嘉はようやく目を見開いてアンプのボリュームを落とした。

「お待たせしてすみませんでしたが、こういう音は10分や20分聴いただけではわからんのです」と言って、比嘉はさんぴん茶を飲み干した。

「音楽とは違いますからね、音の空間のなかにどっぷりと入ってみないことには、自分の感覚がどうなるかもわからない。というのも、ここにある森の音には、森の空気や生命感がそのまま置き換えられているからです。海や森のような場所に行って、やはり少なくとも30分くらいはそこで静かに寝そべってみなければ、体も感覚も付いていかんわけですよ。で、私がいまこの音から感じたのは、北山さんが死の領域に触れようとしている、ということです」

「死の領域ですか?」

「私の言う死っていうのはですね、いのちの濃度が濃密な、まさに野性ともいえる領域です。現代の人間はですね、本当なら自分にも古来備わっているはずのそういう野性の感覚や能力を、最初からなきが如きものとして注目もしていませんね。しかしあらゆる芸術や音楽は、まさにこの領域から生み出されているものなのです。作者がその領域に入って真実だと感知したことを、そういう手段でこちらに届けるわけです。だからそれに触れた私たちは、理由など関係なく感動するわけですし、私はそれをできるだけ引き出すようなオーディオを目指しているわけなんです」

20

自作のオーディオ製品についてひとしきり説明した比嘉《ひが》は、公平を自分たちの隠れ家に誘った。古い民家を改造した家があり、1階は現代風の居酒屋として営業し、2階部分が仲間たちの集まる場所になっているのだという。

公平は夜の那覇を、比嘉と一緒に歩いた。表通りは夜でも賑やかな観光街だが、一歩でも裏に入るとコンクリート造りの家屋にはさまれるように、木造の古い家がいくつか残されていた。ちょっとした植えこみに虫がいるらしく、人が歯軋《はぎし》りをするような鋭い音を闇《やみ》のなかに響かせていた。何となく風情をもって聞こえてくる、というのではなく、オスが求愛しているのがはっきりとわかる、生々しくて激しい音だった。

まだ3月だというのに、沖縄では生き物の音がこんなに凄《すご》いんですかと、公平は感想とも質問ともとれる言葉を比嘉に向けた。彼は草履の音をすたすたと立てながら、これから夏に向けてもっと凄くなりますよ、と答えた。5月になると、いったいどんなに大きな体なんだというくらいの声で蛙が鳴くし、北のやんばるに行くと森ぜんたいが交響楽団のように共鳴していて、昼でも空恐ろしくなるほどです。どうにも沖縄という島は自然の気配が濃くて、人もそのなかに呑《の》みこまれているような感じですな。

ふたりは隠れ家と呼ばれる民家に着いた。1階の入り口は特に沖縄風というのでもなく、石と木材とガラスを組み合わせた、落ち着いたモダンな造りになっていた。それとは合わないような、昔からある古い赤提灯《あかちょうちん》が下げられており、そこから延びる石畳の道の奥に、引き戸の入り口があった。戸を開けて声をかけると、男性の若い店員がやって来た。彼は比嘉の顔をひと目見るなり会釈をし、それから公平のことを興味深そうに見た。玄関では靴を脱ぐようになっており、若い店員がそれを靴箱に収めた。奥へ続く廊下を比嘉は歩き始め、小さな声で「もう来てるかい?」と店員に声をかけた。彼は黙ったまま、こくっとうなずいた。

廊下を奥まで歩いた比嘉は、壁と同じ木材でつくられたドアを手まえに開けた。取っ手がなく、掌《てのひら》を隙間《すきま》に差しこんで引くようにできているので、ひと目見ただけではそこに扉があるとはわからないようになっていた。しかも扉の奥には、2階へ上がるための急勾配の階段がついていた。階段の板を踏みしめる比嘉の藍染の足袋を目のまえに見ながら、公平はその後に続いた。

上がりきると短い廊下があり、正面が洗面所、左側が障子を貼った部屋だった。比嘉は簡単に声をかけて障子を開け、なかにいるらしい人たちに沖縄の言葉で何かを喋《しゃべ》った。声を聞くかぎりでは、男性がひとりと女性がひとりいるようだった。

公平は2階の部屋に入った。さして広くはない8畳ほどの和室で、中国製に見える骨董品の低いテーブルが、中央に置かれていた。壁には紅色をほどこした土が塗ってあり、明るさを適度に落とした灯《あか》りのなかで、色が心地よく沈んで見えた。奥のチェストに置かれているのは、間違いなく比嘉のアンプとスピーカーだった。最もサイズの小さいもので、音楽は流れていなかった。先に来ていたふたりは既に小皿料理を肴《さかな》にビールを飲んでおり、公平に対して好意的な興味を抱いている目を向けていた。

「沖縄の人はこんな隠れ家をつくって、こっそりと楽しんだりしているんですよ」

比嘉はそう言って公平にもすわるように促し、若い店員が持ってきたおしぼりで汗の浮かんだ顔を拭《ふ》いた。公平が正座をしているのを見た女性は、苦笑するように「どうぞ膝を崩してください」と言った。公平は座布団のうえにあぐらをかき、両手を足首のうえに所在なく置いた。

「まるで秘密結社か何かみたいですが、気の置けない仲間たちが集まって、話したり飲んだりしているだけです」

店員にビールとその他おおまかなものを注文した比嘉は言った。

「この店は知り合いがやっていましてね、2階に半端なサイズの部屋があるんで、ちょっと遊び場にしてみたんですよ。私たちはここを『会議室』と呼んでましてね、店というよりは人の家に飲みに来たみたいで、気が楽でいいでしょう」

緊張の取れない公平は、ただ曖昧《あいまい》にうなずいた。比嘉は、今日は夏みたいだったなと言って、男性に声をかけた。

「朝雄、那覇へは今日出てきたのか?」

「昼すぎまでやんばるにいたよ」と、男性は答えた。

「昨日、近くの農家がヤギをつぶしてな。おまえにも持ってきてやった。店に預けてあるが、いま出してもらうか」

「おお、上等だね。公平くん、君はヤギを食べたことはあるかい？」

公平は苦笑いと共に首を振った。あとで刺身にして出してもらうから、それで疲れを取るといい、と比嘉は楽しそうに言った。注文したビールが届いて4人は乾杯をし、比嘉は公平にふたりを紹介した。

「ここにいるのは私の中学からの同級生でね、こっちが大城朝雄といって、県庁に勤めていたんだが嫌気がさして、やんばるの方で村役場の役人をやっている。山のなかに隠れ家みたいな小屋を自分で建ててね、私も向こうに行くときはいつもそこに寝泊りしているんだ」

大城は挨拶《あいさつ》の代わりに、ひと口分だけ減った公平のビールグラスに追加を注《つ》いだ。礼を言って一気に飲み干した公平に、笑顔を向けながら大城は言った。

「常吉《つねよし》からだいたいのことは聞いています。やんばるに来たら、遠慮なくぼくのところを使ってください。寝具も台所もシャワーも、いちおうは揃《そろ》っていますから」

「えぇっとそれから、こっちの女性が桜田恵子」と、ビールをさらにもう1杯注がれている公平に比嘉はまくし立てた。公平はグラスに手を添えながら、慌てて桜田恵子へ顔を向けた。主人が大和人《やまとんちゅ》なので苗字が桜田なんです、と彼女は言った。

「こう見えても彼女はね、那覇で新聞記者をしていたんだ」

比嘉は空になったグラスに自分でビールを注ぎ、泡だらけになったのを見て「あらまたこれはあ」と呟《つぶや》いた。

「こう見えても昔は学校一の美女だったのだが、新聞社に入るなり鬼のようになって県庁やら土建業者やらと喧嘩を始めて、紙面であまりにも環境問題のことを取り上げるものだから、くび同然でこのあいだ追い出されたわけさ。恵子、退職金はちゃんともらったのかい?」

「もらったわよ、手切れ金としては安いもんでしょ」

さきほどはにこやかに見えていた恵子の口調が、にわかに毒気を帯びてきた。彼女の説明によると、沖縄県庁は必要もない公共事業を日本から誘致して、地元の土建業者に仕事を下ろして山を破壊させているのだという。それでも末端の業者ともなると歩留まりは3割にしかすぎず、失業率の高さは改善されないまま山が荒れる一方だということだった。

そのような体質と悪循環を指摘し、自分だけ利益を上げている関係者を糾弾する記事の連載を、彼女は10年まえから始めた。その連載は大きな反響と共に評判を呼び、新聞社は彼女の存在を前面に押し出すキャンペーンを張った。しかししだいに圧力がかかるようになり、「ケンカ恵子」と呼ばれた彼女を社も庇《かば》いきれなくなってきた。血縁関係を重視する土地柄を利用して、関係者たちは彼女を周囲からじわじわと締め上げた。その圧力は社の上層部にまでじかに及ぶことになり、糾弾の記事を軟化させるか、社を自主的に辞めるかしか、彼女には選択がなくなった。手を緩めるのでは今までやってきたことが無意味になるということで、彼女は自分から手を引いた。現在は沖縄の環境問題を考えるNPOの代表となっている。

「沖縄に来たばかりで何もわからないだろうから、いろんな場所を彼女に紹介してもらうといいよ」

恵子は公平にビールを勧めた。立て続けに飲まされているので早くも酔いがまわり始め、公平はその勧めをひとまずは断ろうとした。しかし恵子は醱剌《はつらつ》とした顔と口調で「じゃあビールはもうやめて、こっちにしよっか?」と、泡盛の瓶に手をかけた。

それからあとの記憶が、公平にはところどころなかった。綺麗《きれい》な小皿に盛られた料理を何種類か食べ、真っ赤な色のヤギの刺身を口にしているうちに体が燃え始め、いくら飲んでも減ることのない泡盛のグラスを何杯なのか数え切れないくらいに喉《のど》へ送りこみ、疲れているはずなのに一向にけだるくなることのない自分の活力を不思議に思いながら、気がつくと大城は店に置いてある三線《さんしん》を手に民謡を披露して、明日は土曜だから次の店に行こうと言い始めた比嘉と恵子が、気がついたらどこなのか知らないバーで口論をしていた。

ふと時計を見ると2時をすぎており、ぼんやりとしてきた頭の彼方で、公平は恭子に電話できなかったことを想った。今日初めて来たというのに、もう何日もいるような気がした。昼すぎに那覇空港に着いた自分が、信じられなかった。

3時にはさらにまた別の店にいて、そこには大城の姿はなく、誰なのか知らない人がふたり増えていた。比嘉と恵子の口論は、公平をどこへ案内するかを話しているうちに意見が割れたようで、おまえはいつも自分の意見ばかり押し通そうとするから会社をくびになるんだと言われた恵子が、県庁の役人と土建業者の実名を挙げて毒づき始め、それを比嘉が止めようとしたのが原因らしかった。気がつくと公平はベッドの白い枕に顔を埋《うず》めており、着ているシャツから汗と煙草の匂いがしていた。


翌々日の日曜日に、公平は比嘉の店へ行った。営業はしていないのだがドアは開いており、彼は

2階の工房で作業をしているところだった。比嘉は公平に目で合図を送ると作業の手を止め、店の鍵を閉めて車で20分ほどの自宅へ公平を連れていった。庭には季節の植物が盛大に生い茂り、裏庭のような場所にまわると、ホンダのバンが屋根つきの駐車場に眠っていた。年式は古いのだが手入れが行き届いて状態はよく、公平がハンドルを握り、試運転を兼ねてふたりはやんばるへ向かった。

名護市に入る手まえにファミリー・レストランのような店があり、先に自分の車で来ていた恵子が手招きをした。公平たちは彼女が運転する車に先導されるように、そのあとをついていった。小さな集落を過ぎると道は山道となり、渓流を間近に見ながら、つづら折りの道を2台の車は向かった。天気はよく、新緑を息吹かせ始めた樹々の葉が、陽射しを受けて鋭く輝いて見えた。

もう少し先で道はなくなるのではないか、と公平が思い始めたころ、山道の脇に、照葉樹林に被《おお》われた林道の引込み線が見えた。恵子の車はウインカーを出してそこへ入っていき、窓から出した彼女の手招きに促されるままに、公平もあとに続いた。しばらく先で恵子は既に車から外へ降りており、公平がエンジンを止めると、せせらぎの音が聞こえた。耳に飛びこんでくるウグイスの鳴き声は、光る粒のように輝いていた。沖縄では、生命の音がひとつひとつ大きくはっきりとしているのだ、と公平は改めて思った。

林道の引込み線はそのまま渓流に向けて傾斜しており、そこを恵子は歩いていった。ほどなくすると小広い砂地があり、その砂洲《さす》をゆっくりとなめるように弧を描く渓流が、目に飛びこんできた。

私の秘密の場所よ、と恵子は渓流に見入っている公平に言った。

「まえに、この源流を護《まも》る活動をしたことがあったの。平らだし、木洩《こも》れ陽もいい具合で、バーベキューやキャンプをするには最高でしょう？」

テントを張るにはうってつけの環境だった。源流地帯なので急な増水の心配はなく、渓流の水はそのまま飲むことができそうだった。共同売店のある集落へは車で15分ほどで、地元の人がわざわざここを訪れる気配も感じられなかった。この、森のなかの小さなスポットを拠点に何日間かテント生活をして、音を採集する自分を公平は思い描いた。機材のバッテリーは集落の店で充電させてもらえそうだし、いざとなれば大城の小屋へ車で移動するという手もある。

続けて訪ねた大城の小屋は、ネクマチヂ岳という不思議な名前の山の中腹にあたる、どこまでも深い森のなかにあった。海沿いを走る国道を折れて、そこから細い道を15分近く奥まで入った場所だった。途中にはさきほどの集落よりもさらに小さな集落があり、そこを過ぎると大城の自宅以外に家は数軒しかなかった。

駐車場に車を停《と》めた3人を、大城は小屋まで案内した。比嘉はふた月にいちどはここに来るそうだが、恵子は初めてのようだった。小さな谷間《たにあい》が下へひろがっており、斜面には土が見えないくらいに原生林が育っていた。斜面につけられた小径《こみち》を降りてゆくとき、「恵子、あなたもきっとびっくりするよ」と、比嘉が小さく呟いた。

小径の先にひろがった光景を目にして、公平と恵子はふたりとも驚嘆の声を洩らした。小さくV字形にひろがる谷間の中腹に手づくりの小屋があり、その小屋から続いている木製のデッキが、何かの舞台であるかのように大きく広いのだ。深い森のなかに包まれながら、しかもその景観をひとり占めにできるような場所となっていた。

「朝雄が全部ひとりでやったんだよ」

自分ではあまり主張することのない大城の代わりに、比嘉が誉《ほ》め称《たた》えるように言った。

「小屋のなかもいいが、寝袋を出してあのデッキで夜を明かすのもいいもんさ。いのちの音というのはこんなに溢《あふ》れているのかと、その音にずっと包まれていると、ちょっと気がおかしくなるよ」

斜面を下った大城は小屋の扉を開けた。鍵は最初からかけられていなかった。窓も開けられており、谷間から吹き上がってくる風が、雨戸越しに部屋のなかを流れていた。

「比嘉さん、狭い谷間のなかなので、ちょうどこの場所に音が集まってきていますね」

公平は両手を耳にかざしながら、顔の角度をあちこちに変えて言った。

「谷間をまっすぐに上がってくる音と、上から降りてくる音と、それから谷間の斜面に反響する音が、ここですべて混ざってエコーが軽くかかっているんです」

しきりにうなずいている比嘉に目をやりながら、大城はデッキへと続くサッシュを押し開けた。蛇腹《じゃばら》のような構造で左右いっぱいに畳んで開けるようになっており、野外と屋内との境がなくなったようだった。

「田舎に越してきて、こんな道楽までして、女房はかんかんですよ」

小屋のキッチンにある冷蔵庫から、大城は人数分の缶ビールを手に持ってきた。デッキの中央にはささやかなテーブルがあり、彼は木製の天板に缶ビールを置いた。

「こっちの小屋に、女房は滅多に来ません。虫やら何やらが多いもんだから、気持ち悪がって近寄ろうとしないですね」

「朝雄のかみさんは生まれも育ちも那覇だからな」

比嘉は缶ビールを開け、まだ開けていない3人に乾杯の仕草をした。それにつられるように、大城と恵子が缶を開けた。

「確かに夜になると、虫の数が凄いでしょう」と、恵子が言った。大城は小屋の庇《ひさし》の下を指差し、「あの誘導灯を点《つ》ければ大丈夫さ」と言った。キャンプで使う大型のガス・ランタンが、庇の下に置いてあった。

「もう少しすると、ここでは蛍が出てくるよ。これが尋常な数じゃない。最初にここをつくったときには、ぼくもびっくりした。出来上がったばかりのデッキで、夕暮れに煙草を吸っていたらね、あっちにひとつ、こっちにひとつ、煙草の火みたいなのがふわふわと浮かんで動いているんだ」

「このちょっと下の方に、水の湧く場所があるね」

「ああ。常吉に『水の匂いがする』と言われてね、ぼくは気づかなかったけれど、あの蛍の大群を見てなるほど、と思った。ぼくの吸う煙草の火を仲間だと勘違いして、次から次へと寄ってくるわけさ」

「朝雄くんに向かって?」

「3分もしないうちに、ここの谷間が銀河のようになってね、それが全部ぼくに向かってくるんだ。自宅は逆の方向に窓が向いているから、ここをつくってみるまではぼくも見たことがなかった。ということで公平くん、ここはきみの好きなように使ってください。ぼくの自宅から近くて申し訳ないけれど、音はちゃんと録《と》れるのかな?」

地形を考えると、あえて大城の自宅がある方向へマイクを向けなければ、問題はないと公平は思った。谷間が音を遮るようになっており、これだけの奥地ならば車が通ることもほとんどなさそうだ。公平はそのことを大城に伝え、次の木曜日に録音とキャンプの道具一式をここに運びこむ約束をした。小屋にはテレビがなく、ラジオの電波が届くこともなかった。那覇のホテルとはまったく違う生活が始まることを、西陽が真っ赤に突き刺さる原生林を目にしながら、公平は心のなかで何度も自分に言い聞かせた。ここに恭子が来ることはあるのだろうか、あるとしたらそれはいつだろう、という気持ちが、彼のなかを一瞬よぎった。

宿泊するホテル宛に送っておいたキャンプ道具をバンに積み、公平はやんばるへ向かった。まっすぐに大城の小屋へ行くのではなく、彼が勤める村役場で夕方の待ち合わせとなっていた。公平に見せたいものと聞かせたいものがあるから、と彼は言っていた。

比嘉からはマイク・スタンドを3本借り、これはモニターにいいよということで、パソコンにつなぐ小型のアンプ内蔵スピーカーを持たされた。20センチほどの長さの筒が2本、高級なオーディオに引けをとらないほどの音を再生するのを聴いて、公平は胸が高鳴った。自分の録った音を、たとえば大城の小屋のような場所で聴いたなら、その音と現場の自然音が重なることになる。あるいはパソコンのモニターから流れ出る音に、森の生命たちが反応するということも考えられる。

普段なら意識して回路を開かないことには、自然とつながれた感触を得られないが、沖縄にいるとその意識もあまり必要ではない、と公平は感じ始めていた。那覇の繁華街のようなところでさえ、闇のなかにぬっと現れるがじゅまるの樹を目にしたりすると、子供の頃に自然に対して感じていたような恐怖感が、ありありと蘇《よみがえ》ってくるのだ。四方八方へ向けて自在に枝を伸ばしたがじゅまるは、夜の闇のなかでは、何かの生き物や化け物のように見えた。それは公平に何かを語りかけ、枝のあちこちには精霊が棲《す》んでいるかのようだった。

子供の頃は闇がとても怖かった。それは、昼間は見えていたものが、夜になると目に見えなくなるからなのではなかった。それとはまったく逆で、昼には感じることのなかった気配を闇には感じられるようになるから、その存在に怯《おび》えているのだった。

おそらくそれは、夜の星とも同じことだった。昼には青く空が見え、夜になると太陽が隠れて空が見えなくなると人は受け止める。しかし実のところ、それは逆だ。昼間は太陽光が拡散して宇宙が見えなくなり、夜になるとようやく、空の向こうにいつもあるものが見えてくる。

沖縄の闇に漂う気配は、子供のときの感触を公平に連想させた。自分のなかにある幼いものが目を覚まして、その子にしかわからない気配を、闇のなかにありありと目に留《と》めている。そんな時期が確かに自分にもあったことを公平は思い出し、都会に住む者ほど野性を意識して取り戻さなければならないのではないか、と感じた。闇の世界を光で覆い隠してはいけないのだ。

高速道路を終点で降りた公平は、名護の市街地を抜けて大宜味村《おおぎみそん》へと向かった。時刻は4時を過ぎており、役場の仕事が終わる時間にちょうど間に合いそうだった。北へ一直線に向かう国道は海沿いを走り、ずっと左に見えているその海の色は、透明ともエメラルドとも言い難かった。どことなくかすんだような色に見えるのだ。

大城の小屋でその印象を恵子に伝えたとき、彼女は明らかに曇った顔をして「子供のときの色とは違う」と言った。意味もなく山が崩されて大雨や台風のたびに土砂が流れ、そのせいでサンゴが死滅したり透明度が落ちたりしているのだということだった。この海のすぐ北には与論島があるけれど、島を囲むリーフの色は飛行機から見るとまったく違う、と彼女は教えてくれた。与論島の海は輝くようなエメラルドだけれど、そのほんの先にある沖縄本島の海は、かすみがかかったようになっている。なのに大和人《やまとんちゅ》は何を好き好んで観光に来るのかしら、と恵子は彼女らしい毒舌を半ば冗談として口にした。

村役場の駐車場に車を入れ、10分もしないうちに大城が役場の建物から出てきた。45歳の彼はまだ白髪も生えてなく、やや細身の体つきは30代なかばのようだった。公平に歩み寄った大城は改めて握手を求め、今日から長いあいだお世話になります、と公平は言った。

「何も急ぐことはないんだが、きみに見てほしいというか、耳にしてもらいたいものがあってね」

彼はバッグからキーホールダーを取り出し、自分の車に乗るように公平に勧めた。公平はごく簡単な荷物だけを手に、自分の乗ってきたバンの鍵をかけて、大城の自家用車に同乗した。車は海沿いの国道に出て、大城の自宅とは逆方向の北へさらに向かった。

10分もしないうちに喜如嘉《きじょか》という集落に着き、公民館のまえにある駐車スペースに大城は車を停めた。車でこの奥まで行くこともできるんだけれど、と彼は言った。それよりもゆっくりと歩いて行った方が、この場所のことがよくわかるのだという。

集落をゆく道はどれとして真っ直ぐではなく、微妙に曲がっていたりくねっていたりした。そのせいで小さな集落なのに先を見通すことができず、ゆっくりと散歩をするように歩いていると、迷路の村へ来たような気になってきた。歩くことが楽しく、体が開かれていくようだった。

最初の大きなカーブに、小さな共同売店があった。左から右へ向けてまわりこむ道の内側に空間が生まれ、その奥にプレハブの小屋がちょこんと建っていた。店のまえは小広くなっており、2つあるベンチでは地元の老人たちが早くも酒盛りをしていた。

「面白いだろ、公平くん。ああやって店のなかから泡盛や天ぷらを持ち出してきて、その場で宴会を始めているんだ。氷も他のつまみも店にあるから、便利といえば便利だよね」

老人のひとりが大城に声をかけ、大城はそれに応えた。公平の耳には何と言ったのかまるでわからなかったが、「じゃあ、のちほど」と言ってそこを立ち去った大城は、「夜になるまえのいちばんいい時間だから、あなたたちもここに来て、一緒に飲みなさいと言ってくれたんだよ」と、公平に耳打ちした。

S字を不規則に連続させたような道をふたりは歩き、やがて集落は途切れて民家もなくなった。このいちばん奥に滝があるんだ、と大城は言った。民家の裏手でとどまっていた森は、道路の脇にまでその姿を見せ始め、それに伴って自然の気配が濃厚になっていた。さきほどの共同売店が、自然と人間の密度がちょうど1対1でバランスが取れていた場所だとするなら、ここではもう4対1くらいになっている。

「公平くん、『きじむなあ』というのを知っているかい?」と、大城が訊いた。まったくわかりません、と公平は答えた。大城はゆっくりとまえに進みながら、静かに話を続けた。

「沖縄にひろく伝わる伝説でね、がじゅまるの樹に棲む妖精だとされているんだ。小さな男の子の姿をしていて、髪から足まで全身真っ赤。昔の沖縄の人は、そんな風に自然の気配をありありと感じながら、擬人化して遊んでいたんだね」

「僕も那覇の裏道でがじゅまるを見ましたが、大人でも夜だと怖いくらいですよ」と、公平は言った。

「その、きじむなあというのは、そもそもこの集落が起源でね、ここでは『ぶながや』と呼ばれているんだ。ぶながやは何もがじゅまるだけに棲むのではなくて、普段は森のなかにいて、ときどき里に出てきては遊んで帰っていくのだとされている」

「たとえばこの森のなかとか、そういうことですか」

公平はさらに色濃くなってきた自然の気配を、全身で感じた。さっきまでは鳴いていなかった虫が、あちこちで小さく響くように聞こえていた。

「いまでもこの集落のご老人はね、ぶながやを見たと本気で言うんだよ」

公平は思わず森のなかへ目を凝らした。強い気配は感じるが、それを何かひとつのものに固定することはできなかった。

「役場にふらっと現れては、今日の昼下がりにどこそこで見た、と報告してくれるんだ。さっき共同売店で話した老人もそうだった。これから滝へ行くのだと言ったら、途中の農地でまた遊んでいるかもしれない、ということだった。いま歩いている、ちょうどこの辺かな」

民家はないけれど、すぐそこに山と森が迫っているのではなかった。樹木は獰猛《どうもう》なくらいに道にまで枝を伸ばしているが、周囲にはところどころ農地があったり、使われずに草地となっているところがあった。ここから先は人里、ここから奥は山、というのではなさそうだった。

「これは沖縄の昔の知恵だと思うんだけれど、人の住む場所と、手を触れてはならない場所のあいだに、曖昧なままの領域があるんですよ」

山肌から道へ溢れ出ている湧《わ》き水を、大城はまたいだ。虫の鳴き声はさらに強くなっており、風景は始まったばかりの薄い闇へ融《と》けこみ始めていた。

「ぶながやを護るだけなら、山や森そのものを護ればいいわけです」と、大城は続けた。

「しかしここの集落の人はそうはせずに、山と里の中間に、どちらでもない場所を設けているんです。その理由を、公平くんならどう推測しますか?」

先の方から水の音が聞こえてきた。日が暮れて光の射さない森は既に夜の領域に入っており、人里にはまだ残照があり、薄暗いここはその中間のような場所だった。このようにグラデーションをつけることで、自然との交信を身近に図ったのではないか、と公平は直感した。それを大城に伝えると、彼は真剣に感心した様子を見せた。

「きみの言うとおりだ、いやあこれは驚いた」と、大城は言った。しかし直感が当たってしまったことに、公平は少し緊張を覚えた。

「山と人をまったく分けたのでは自然との交流もないし、気配に抱かれている実感もないんです。お互いが別の領域にとどまったまま、何かを伝え合う機会というものが失われてしまう。しかしこの集落の人は、面白いことを考えついたんですよ。ぶながやは人間が好きで、特に子供と老人が好きだから、いつでも機会があれば里まで出てきたいと思っている、ということにしたんです。しかしいきなり出てはこられないし、恥ずかしいような気持ちもあるから、人に触れるまえに農地とか草地とか、そういうところで場慣らしをするのが肝心、ということにした。自然は怖いものだけれど、そこから何かを感じ取って、ときには戯れてもみたいという気持ちの表れです」

ふたりは滝のある場所に着いた。特に大きいということはないが、森のなかから水が落ちてくる光景は、生命の誕生や永劫《えいごう》を感じさせた。そしてある瞬間を境に、ところどころかすかに響くようであった虫の音色は、すだきというよりも既に音が一塊となったうねりに変わっていた。こんな音を聞くのは、公平は初めてだった。風が激しく上空で舞うように、あるいは荒海の波が互いに獰猛にぶつかりあってひとつになるように、強烈な生命の動きがそのまま音となって、滝のあるささやかな空間に充満していた。公平は呆気《あっけ》に取られて森のあちこちに目を向けるしかなく、大城は上空を一点、じっと見上げていた。

21

小屋のなかは、公平ひとりだ。大城は既に母屋へ戻り、夜のいまは音も色もない奥行きが森のなかへひろがっている。

喜如嘉《きじょか》の森と同じように、山腹にあるこの森でもまた、日没をさかいに虫の鳴き響く音の洪水となった。森ぜんたいが揺れているのではないかと思わせるほど、虫たちは最後のいのちを惜しむように叫びを轟《とどろ》かせていた。しかし陽が沈んで30分もしないうちに、狂わんばかりの音はいっせいに引いた。光の時間が消えた瞬間を、生命たちは伝えていた。

それからの2時間は、ほとんど何の音もしなかった。森のなかで生命の入れ替えがおこなわれているのだ、と公平は思った。10時くらいを過ぎるとまた、闇《やみ》は別の音に包まれますよ、と大城は言っていた。

喜如嘉の集落から村役場に戻った大城は、公平の車を自宅まで先導した。そして公平を小屋に導き入れ、電気や水道の箇所などを説明した。海に陽が隠れると森には音がなくなり、夕立に濡《ぬ》れた樹木のように、ごくささやかな音をときたま滴らせるだけとなった。しかし音の余韻は公平の体のなかに残っており、静けさの対比は自然の濃さを予感させた。現在は人工的な雑音にまみれているけれど、ほんの100年くらいまえまで、人は自然の音の変化に敏感に耳を澄ませていたはずなのだ。

寝具も簡素なものがあらかた揃《そろ》っており、ひと通りの説明を終えた大城は、テーブルの椅子にすわって煙草に火を点《つ》けた。天井にある裸電球が、室内の木の肌をほんのりと赤く照らし出していた。食事はどうする、と大城は公平に尋ねた。

「甘えているときりがないですから、最初の日から自炊にさせてください」

「ではそうしよう」

「ところでまだ、奥さんにご挨拶《あいさつ》していません」と公平は言った。「このままで構わないのでしょうか」

しかし大城はそれには答えず、しばらく煙草を吸っていた。そして立ち上がって冷蔵庫へ向かい、缶ビールを取り出して公平に手渡した。好きなだけ飲んで、あとは適当に補充しておいてくれればいい、と彼は言った。

「実はいま、あの家に女房はいないんだ」

缶ビールを開けた大城は、ひと口飲んでそう言った。「那覇の実家へ戻っている。ここには馴染《なじ》めないみたいでね」

「このあいだ、比嘉さんもそう言ってましたね」

「騙《だま》したようなものだからな……」

大城はシャツの胸ポケットに、煙草を探した。しかし煙草はテーブルの上に置かれたままになっており、それに気づいた大城の動きが止まった。余計な質問をしたような気がして、公平はそのまま黙っていた。

「ぼくは県庁にいて、彼女は那覇の銀行勤めだった」

改めて煙草に火を点けた大城は、自分から口を開いた。

「子供はつくらない方針で、その代わりにふたりで定年になるまで働くつもりでいた。なのに40を過ぎてから、ぼくが彼女の人生を曲げてしまった。こんな田舎では、彼女には居場所がないからね」

「大城さんは、もともとどこのご出身なんですか」

公平は缶ビールのリングを開けた。何かを威嚇する鳥の鋭い声が、一瞬だけ静寂《しじま》を切り裂いた。たぬきか何かが鳥の卵を狙《ねら》ったんだろう、と大城は言った。そして彼は公平の質問に答えた。

「ぼくはこの近くで生まれ育った。しかし10歳のときに祖父が亡くなり、一家で北谷《ちゃたん》に出ていくことになった。高校卒業までそこで過ごして、大学は琉大ですね」

大城の世代から既に、高校での学業が優秀な者は、琉球大学へ行くことが当然とされていた。日本に復帰するまえまでは、アメリカに留学する選択肢もあったが、復帰してからの進学先には、琉大のほかに本土の一流大なども加わった。

琉大に進んだ彼は、そこで建築を学んだ。地元のゼネコンに入社するのではなく、建築家として中規模の建築物に携わるのが夢だった。しかし沖縄の自然が失われてゆくのを、大学生として過ごした80年代に目の当たりにして、彼は志望先を変えた。県庁に入って開発の指導・管理をする側にまわり、おかしな方向に導かれていこうとする沖縄を、何とか食い止めたいと願った。

沖縄の誇りを取り戻そうと思ったんだよ、と大城は小さく笑いながら公平に言った。アメリカから戻された沖縄は結局、大和の食い物にされるがままだった。本土の大きな資本が入りこんできて、地元の土建業者と手を組んで利権をつくり、その政治的な利益を役人にも還元していた。定期的に頭を挿《す》げ替えられる政治家はむしろ無力に近く、県庁は県民よりも霞が関の方ばかり向いていた。

「アメリカ出ていけとか、日本が憎いとか言っていたって、内部から誇りを取り戻して変えていかなければ意味がないじゃないか」と、大城は公平に言った。

入庁して10年少しが経《た》ち、そのときに大城は、中学で同級生だった桜田恵子と再会することになった。彼女は新聞で新しく始める連載について大城に語り、できるかぎりの協力をすることを、彼は恵子に約束した。彼女の手柄は彼女自身の取材力によるものだが、その情報源の多くは大城が伝えたものだった。

そのうちに恵子の連載記事が大きな注目を集めるようになり、誰か県庁を売っている奴がいる、という声が庁内で囁《ささや》かれ始めた。表立って犯人探しをすることはなかったが、建築審査の厳しいことで知られる大城には、疑念の目が向けられた。県を売っているのはいったいどっちなんだ、と彼は内心で冷笑していたが、その頃から立場が危うくなりだしたのは確かだった。

「負け犬になるよりも先に辞めようと思ってね」

空になった缶を手にしたまま、大城は言った。

「3年まえに思い切って、生まれ故郷に戻ってきたわけさ。でもぼくは、自分のことしか考えていなかったな。ケチな信念を通そうとすると、身近にいる大切な人を犠牲にしてしまう」

公平は思わず、大城の顔を見上げた。この人は自分に近いのではないかと直感が走り、そのとき同時に彼は、恭子のことを思い浮かべた。1年間の猶予は自分にとっては有益だと信じているけれど、彼女にとってはただ無駄なだけの時間かもしれない。

「ぼくがなぜ故郷に戻って、こんな小屋までこしらえたのか。その理由をまだ公平くんに話していなかったね」

小屋のなかに、音はまったくなかった。森を獣が歩いているのか、下草の擦《こす》れるガサッという音がときおり聞こえてくるだけで、夜のリズムは完全に途絶えているかのようだった。しかし濃い闇のなかでは気配が膨らんでおり、やがてまたそれが音になるのだ、と公平は思った。

「ぼくはね、子供のときに、ぶながやを見たんだよ」

大城は公平に笑顔を見せていた。それは曇りのない、安心できる笑顔だった。話を先に続けてください、という意思をこめた表情を、公平は大城へ返してみせた。

「小さいときだったから、もう40年はまえになるかな……。その頃の沖縄は昔の風習が残っていてね、しかもこんな田舎では、戦前そのままのような状態だった。いまでは考えられないことだけれど、夏になると大人は、森のなかにぶながやを観察する小屋をつくったんだ」

「ぶながやの観察小屋、ですか？」

「ああ、太い幹が枝分かれしているところに木でつくった簡単な小屋を置いてね、父親と子供とで、ひと晩じゅう森を見続けるんですよ」

「そんなことで出てくるんですか、ぶながやは？」

「まあそれは、気の持ちようというか……」

大城は、さっきよりもさらに屈託のない笑いを顔に浮かべた。

「父親と子供が家のなかでじっくりと話す時間なんて、普段はあまりないでしょう。だからぶながやを理由にして、暗闇のなかで身を寄せ合うような時間を、年にいちどつくるんです。それで『いまの見たか？』『あっちで音がした』というような会話をしながら、普段は話せないような親密な話をするわけです」

「それで大城さんは、そのときに本当にぶながやを見たんですか」

「うん、見たのだとぼくは信じている」

真夜中の森を経験するのは、子供の大城には初めてのことだった。目が慣れてもほとんど何も見通すことができず、濃密で生温かい闇に呑《の》みこまれそうな気がした。しかし巨木のうえで父親は肌に触れるほど近くにおり、暗くて顔はよく見えないけれど、低く響く声と嗅《か》ぎなれた匂いは、小さかった彼の恐怖心をやわらげてくれた。

どんな話をしたのかは、覚えていない。気がつくと父親の声が遠くなっていて、さっきからずっと自分を見ている気配を、彼は感じた。体が熱くなってきて、それなのに汗が出てこなく、森のあらゆる闇が渦を巻いて大城にのしかかってきた。彼はまったく身動きが取れなくなり、意識だけは開いたような状態で、遠くに消えていこうとする父親の声にだけは何とかすがろうとしていた。

そのときだった。何かぬめっとした温かいものが、大城の頬《ほお》をぺろんと触った。舐《な》められたのではなく、触られた気がした。しかしその感触はぺろんとしたもので、ああぼくはぶながやに抱きしめられていると思うと、そこから先の意識は消えた。気がつくと自宅の部屋に寝かされており、遠かった父親の声は、どこか別の部屋で母親を相手にしていた。

話を終えて大城は母屋へ戻り、公平は適当に夕食を済ませた。皿を洗い終えるとすることは何もなく、無音の小屋で彼はひとりだった。恭子への連絡は週末の明日に決め、公平は、小屋の灯りを消して外のデッキへ出た。キャンプで使う誘導灯を床板の端に置き、そこだけが闇のなかで色を持っていた。

子供のときにぶながやを見た、だからここをつくった、と大城は言っていた。それは自分のなかで真実なのだと。あるいは彼は、自分の体験したものが、世間では金縛りと呼ばれている現象だということに、大人になる途中で気づいたかもしれない。しかし彼はそれをぶながやの仕業だと言い張り、木に棲む妖精を沖縄から1匹でも減らさないようにと、大学の途中で進路を変えた。

役人として彼が取った行動は機密の漏洩《ろうえい》だったのか、自分の美学を実現するために立場を利用しただけなのか、公平にはわからなかった。自然を護《まも》るといって、自分の女房ひとりを護れないようでは何の意味もない、とも彼は言っていた。

おそらくここに、大城の妻が戻ってくることはないのだろう。彼の口ぶりから公平はそう感じた。20年を共にした妻は那覇のどこかにいて、彼はここにひとりでいる。それまでふたりで積み上げてきたものは、崩落してなくなったも同然だ。

ある種の正しさが人生を壊し始めるとき、その亀裂する音に気づくことは不可能なのだろうか、と公平は思った。沖縄の自然を護りたいと心に決めたときの大城は、いまのような状況にいたるとは思ってもいなかったはずだ。彼のなかで視界は良好であり、日常はあくまでも前に向かって進んでいた。他の何かが途中から同時に進行し始めていたことなど、誰がわかるというのだろう。

人は何かに囚《とら》われていると、そのぶん他のサインを見落としてしまうのだろうか。そして自分もそのような道を歩んでいるのではないかと、公平は思わずにいられなかった。

自分を投げ出してしまわないことには、そばにいる人を不幸にしてしまうのではないか……そんな漠然とした不安が、公平の胸の隅からいつも離れなかった。人よりも自分はエゴが強いとか、相手の言い分を何も聞かないとか、そういうことではない。ここに自分がいて、その自分が誰かと関係してしまうということだけで、それは相手を蝕《むしば》んでしまうのではないか。自分などいなくなればいい、と公平が思ってしまうのは、決まってこのような想いに囚われるときだった。

自然の音の向こうに何かがあると思って、それで半年を経過した自分は何を得たというのだろう。それよりも尊いことは、そばにいる人物を温かくすることではないのか。自分と年齢の変わらない知人や友人たちをひとりずつ思い返しながら、そのなかで早くも家庭や家族を持っている者たちに、公平は考えを集中させた。彼らの多くが、平凡きわまりない価値観を常識のように振りかざすことには共感できないにしても、この自分のひとりよがりに比べれば、彼らの方がよほど立派なのではないか。

ぼくはもう半分は死んだようなものだけれど、公平くんはこれから何かを見つけてください、と言い残していった大城の言葉を、公平は自分のなかで何度も繰り返した。自分の情けなさと、それでも応援をしてくれる人が与えてくれる勇気に、泣けてきそうだった。

恭子の上司である竹川や、上田の顔が思い浮かんだ。彼らもまた自分のできなかったことや、あるいはどこか途中で思わず失ってしまったものを、自分に仮託することで期待をかけてくれていた。

そして、そのなかで最もやさしく見守ってくれているのは、恭子に他ならなかった。そんな甘えのなかに浸《つ》かっている自分に公平はぞっとし、もっと真剣に生きるのだと自分を叱責《しっせき》した。

ひとつの小さなものでもいい。30歳になってからの自分を支えるものを、自分は見つけて持ち帰らなければならない。同じ大学を出た同級生たちと比べて見劣りのする人生であったとしても、自分の石をひとつずつ積み上げる生き方に勝敗はない。計画的に生きるのではなく、行き当たりばったりに過ごすのでもなく、こつこつと積み上げた何かがいずれ大きな果実をもたらすような、最初の1個を自分は発見しなければならない。生きるということは、自分を発明することなのだ。

音も空気も鎮まっていた森に、やわらかく風が吹き始めた。この小さな谷を、吹き降りてゆく風だ。森に淀《よど》んでいた昼間の熱は、その風が吹くたびにどこかへと運ばれ、温度の下降と共に森には新しい音が生まれてきた。温度の変化に反応した生命たちが、自らの存在を闇のなかに響かせ始めた。

機械のように律儀な音を立てる虫が聞こえ、森のどこかではフクロウが鳴いていた。野生の豚らしき動物がガサゴソと谷を横切り、一瞬だけ目が丸く小さく光った。谷の下にある水場に行くところなのかもしれない、と公平は思った。枝に覆いつくされた空を見上げると、わずかな隙間《すきま》に天の川が見えた。旅に出た最初の夜、岩手県の高原でやはり同じように天の川を見たことを、公平は思い出した。

ぼくはもう半分死んだようなものだ、という大城の言葉が、遠くへ投げられたブーメランのように、もういちど公平の胸に戻ってきた。おそらく彼はこの世に自分が存在することに耐えられるほど、自分を信じたり赦《ゆる》したりする理由がないのだろう。あるいは彼の生命を生命たらしめている活力を、受容する気分ではなくなっているのかもしれない。

生と死は対立するものではなく、死のなかに生が混在していると、公平はずっと思ってきた。死の国というものがもともと無限にあって、そこから垂らされた一滴のしずくのように、自分たちはごく短い一瞬を生きている。あるいは生かされている。生きることの果てに死があるのではなく、生はそもそも死の一部として呑みこまれているのだ。

ボイジャーの番組を制作しているときも公平はずっとそれを信じてきたし、高性能のマイクで耳にする自然の音の彼方にも、生と死が渾然《こんぜん》と手を取り合っているような感触をやはり覚えた。そのとき死というものは、魂とか霊性と呼び換えてもよかった。人は死んだら魂だけになるのだとか、霊性だけの存在となってあの世に組みこまれるのだとか、つまりはそういうことだ。

体は文字通り肉体にしか過ぎず、寿命が尽きたらそこでまったく動かなくなる。腐ってやがては有機物質へと還元されてゆくだけだ。しかしこの肉体にいのちを吹きこみ、永久電池のように動かしているものがある。それは目には見えない抽象的な力で、その力を自分の肉体を通して感受したときに、野性となって表面に現れる。アフリカ民族によるドラムの音、ブルースをうたう黒人の魂、ソウルシンガーが絞り上げる一瞬の叫び声……そんなもののなかに野性は発露して、わずかな生は死という永遠の存在と触れて結ばれる。

だからこそ、生きる活力というものは、生きることそのものからもたらされるのではなく、死の領域にどれだけ近づけるかということなのだ。死を受容する活力が自分の側にあって初めて生命は輝き、その力が何かの理由で弱まると、死そのものに捕らわれて引っ張りこまれる。

人はあの世と結ばれていなければならない。そうでなければ、いきいきと生きることはできない。生きることを自分で頑張ってはいけない。それよりも自分の古い層に眠るものを引っ張りあげて、それを活力の源とするのが従来の生き方のはずだ。あらゆる地面をコンクリートで塞《ふさ》いでしまったり、自然を片っ端から宅地にしてしまったり、昔から変わることのない音にさえ耳を貸さないようになると、人間の力は絶対に弱くなる。そして本来の力が弱まった人間は、必ずや誤った方向を選ぶ。

自分にも魂はあり、それがあの世とつながっている。魂は死の国から発せられたものの受容体だ。その受容体の力を涸《か》らさないような生き方はないのだろうか……。闇の気配に身をさらし、何かが自分のなかに注がれては通過していくのを、公平は感じていた。自分という存在は一瞬のものだが、その自分を流れていくものは変わることなく永劫《えいごう》のものだ、という実感があった。まずはそれに身を委ねることが自分を落ち着かせ、自分を救う道なのだと思った。

公平はデッキに仰向けになり、谷間《たにあい》の上空に天の川を見上げた。さきほどとは角度が変わっており、点のように光る物体が夜空に線を描きながら移動していた。人工衛星が通過してゆくさまを、公平はしばらく目で追った。

ボイジャーはいまどこへ向かって突き進んでいるのだろうか……。故郷の地球を放たれて、宇宙の果てへひたすら遠ざかってゆくボイジャーの長い旅は、死んでからもなお永遠の時間を旅する小さな魂のようにも思えた。務めを終えた後に地球の引力圏に引き戻され、そのまま海へ落下して回収されるのではなく、懐かしかった場所から永遠に離れてゆく、終わることのない旅。

美紗子も単に死んだのではなく、自分よりも先に旅立っていったのだと公平は思った。これまでも何度もそう思い、彼女の旅を思い描くたびに、そのイメージは宇宙の闇を音もなく突き進むボイジャーの姿と重なった。自分がいま地球のどこで何をしているか、遠ざかるだけの彼女の目に映ることはあるのだろうか。

22

公平が沖縄に行ってから20日間が過ぎ、私はいつものように仕事をする日々を送っていた。週に2度は上田さんの店に顔を出して、そのたびに彼から「北山くんから連絡はあるかい?」と尋ねられた。

人から借りた小屋を拠点としていることと、どこかの源流地帯でキャンプをしている様子を伝えてきたことを、私は上田さんに伝えた。話ばかりじゃなくて、自分でも沖縄に行きたいでしょう、と上田さんは言ってくれた。竹川も「行け行け」とうるさいから4月には行くつもりです、と私は答えた。

2度の電話に加えて、ときおり書いてくるメールにも、公平の様子にはある種の確信のようなものが感じられた。日本で音を探っているうちは、そのままどこかへ消えていなくなるのでは、という危うさが漂っていたけれど、場所をひとつに固定しているからか、何かを摑《つか》むうえでの展開があったような定まった方向性が、声にも文面にも表れていた。

私は私で、公平のいないうちにこれだけはしておこうと、心に決めていることがあった。私のなかに響いてくる写真の女性の声と、会話を交わすのだ。もちろんそれはパソコンのように通信できるものではないし、アクセスする場所はここ、と決まっているものでもない。それは私のなかで気配がはっきりと形を取るようなもので、耳に聞こえる音ですらない。

しかし彼女は、私に何かを伝えようとしていた。それは、壊れかけたラジオがたまたま遠くの放送を受信してしまうようなもので、そのかすかな音を私は何とかして聴き取りたいと思った。いつどんな方法で同調できるのかはまったくわからないけれど、こんなことがいつまでも続くはずがなかった。電波は微弱で、私もまた微力なのだ。この限られた期間を失ったら、メッセージは永遠に闇《やみ》へ葬られてしまう。

しかし3週間のあいだに、それらしき気配が訪れることはなかった。私から求めてはいけない、自分は受信のできる状態であればそれでいいとは思うのだけれど、意識しすぎると何も聞こえなかった。部屋にひとりでいても、公平の自然音をスタジオでかけてみても、予感すら感じられなかった。

その夜は金曜日で、私は徹夜明けだった。ギタリストと竹川のあいだでひと悶着《もんちゃく》があり、木曜日の夜に終わるはずの録音は、翌朝まで持ち越された。

おまえの音は綺麗《きれい》なだけで、向こう側へ抜けてねえんだよ、と竹川はギタリストに言った。何度も演奏を要求する竹川は、ヘッドフォーンを耳に目を閉じており、テイクが重ねられるごとに彼の表情が厳しく苛立《いらだ》ったものへ変わっていくのが、横にいる私には手に取るようにわかった。彼はマイクのスイッチ盤を押して、スタジオにいるギタリストに「はい、もう一回」と、ほとんど突き放すように素っ気なく伝えた。

ギタリストはアンプからコードを引き抜き、いったい何が気に食わないんだと、重いドアを押して調整室へ怒鳴りこんできた。自分でわからないんなら、このスピーカーを通してもういちど聴いてみろ、と竹川は言い返した。そして最新のテイクを本人のまえで再生してみせ、どうだわかったろ、と言い捨てた。「ようするに根性がねえんだよ」と、竹川は言った。

「早く終わらせて、どこかの姉ちゃんとイッパツくらいと思ってんだろ。自分に負けてるばかりか、時間にさえ負けてやがる。こっちも人のセックスまでは邪魔したくねえから、早く済ませたいんなら根性を入れてもっと深く掘ってみろ」

ギタリストは重いドアを思い切り蹴り上げ、傍《そば》にあったスタンド型の灰皿を叩《たた》くように倒した。竹川はその様子を冷静に見続け、「そうだそうだ。プライドがあるんなら、そのエネルギーを演奏に注いでみろ」と言った。

「カッカしてられるのも、今のうちだぞ。もうワン・テイク録《と》ってやるから、とっととスタジオへ戻れ！」

ギタリストはアンプにもういちどコードを差しこみ、椅子にすわったままうなだれて荒い呼吸を整えていた。その様子をガラス窓越しに見ながら、竹川は私に囁《ささや》くように言った。

「あいつはさ、ちょっと名前が売れてきてから、手を抜くようになったんだよ。これでいいと思うと、人間は自分でも知らないうちに楽なことをしてしまうんだ。いつも困ってるくらいじゃないと、進歩はないのさ。おれなんかもう困ってばかりだからな、ガキの学費は払ってるし、女房は知らないうちに買い物してるしで、ほとんど聖人の域だ」

「奥さん、何を買われたんですか？」

「家に帰ったら、居間にシャンデリアが付いてんだよ。狭いマンションなのに外国製のがビラビラと光っててさ、どこのラブホテルかと思ったよ、おれは」

そのときスタジオから、調整室のモニターに声が入った。準備OKです、とギタリストが伝えてきた。竹川はスイッチ盤に手をかけ、「それじゃもう一回行きます、テイク23」と言って録音のボタンを押した。

見違えるように演奏が変わった。一時的に爆発した感情を失わないまま、それでもうまく制御するように、ギタリストはエネルギーを音に注いでいた。荒々しいところはより荒々しくなり、平板だった演奏に、うねりが生み出されていた。楽曲を半分過ぎた頃になると、ギタリストは完全に自分の世界に入っていた。怒りは単にきっかけであって、その感情を利用した彼は、当初の怒りなど何の関係もない領域へ、自分で入っていった。

「ようし、抜けたな」と、竹川は呟《つぶや》いた。


始発で戻った家では仮眠しか取ることができず、朝のラッシュが引けた時間帯に、私は青山へ戻った。仕事は8時すぎまで入っており、私と竹川は9時に編集を終えた。彼を上田さんの店に誘ってみたのだが、いま飲んだら倒れそうだと言って、乗ってはこなかった。私は頭が酸欠ぎみになっているのを感じながら、帰宅途中の三軒茶屋で降りた。

週末の店は賑わっていた。上田さんは公平が沖縄から戻ってきたときのことを考えているのか、新しいバイトは雇わずに店をひとりで切り盛りしていた。カウンターにすわった私と言葉を交わす暇さえなく、注文が途切れたのを見計らって、たまったグラスを洗い始めた。そのときにようやく、上田さんは声をかけてきた。

「沖縄から、音は送ってきましたか?」

「森の小屋に板張りのデッキがあって、そこで録音したものをパソコンで送ってきました」

ウオッカにジンジャーエールを注いだものを、私は飲んでいた。ジンジャーの刺激が喉《のど》に突き刺さり、ウオッカの強さを引き立てていた。

「毎晩のようにそのデッキに出ては、闇《やみ》の森を眺めてお酒を飲んでいるそうです」

「恭子さんは、もうその音は聴いたのかな?」

「パソコンで開いてみただけなんですよ、ここのところ忙しくて」

「そうかあ、もしもCD-Rに焼いているんだったら、ここで聴かせてもらいたかったな……とはいっても、こんなにお客さんがいたのでは、それも無理だ」

忙しさのためにレコードはかけられず、上田さんが自分で編集したCDが、店内には流れていた。手が回らないときの窮余の策だが、私がここに来てから、それも既に1回転していた。上田さんはようやく洗い物を終え、息つく暇もなくCDを換えようとした。恭子さんはどんなのがいいですか、と彼は訊《き》いてきた。古いブルースかジャズで女性の声がいいです、と私は答えた。生きることを憐《あわ》れむような、黒人女性の声を聴いてみたかった。

私が思い描いた通りの曲が、スピーカーからしっとりと流れてきた。疲れた体にその音は温かく浸《し》みこみ、ゆったりとしたテンポに私は身を委ねた。管楽器の細い音色を聴いていると、そのまま眠れそうな気がした。

店にはグラスの触れ合う音が響き、話し声や笑い声が渦のようにめぐっていた。黒人女性は心情を切々と声に表していた。上田さんは声をかけられて注文を聞きに行き、私はぼんやりとした頭でグラスに口をつけた。

ここにいます

そう聞こえたような気がした。あるいは黒人女性のうたう歌詞が、空耳で入ったのかもしれなかった。私はカウンターに両肘《りょうひじ》を乗せ、家へ帰ったら公平の音を聴こうと思った。

ここにいます　ごめんなさい

今度は、はっきりとそう聞こえた。私は思わず背後を振り返り、そしてそのまま店内を見渡した。上田さんは別のテーブルで注文を取っており、スピーカーからは管楽器の音色と黒人女性の声がしていた。

他の人にはわかりません　と声は私に囁《ささや》いた。

大丈夫です　わかりませんから

遠い場所から届く電波のように、かすれて消え入りそうな声だった。私はそれを聴き取ろうと身構えた。

準備が整いました　もう長くありませんから　とその声は私に言った。

23

いままでいろいろとごめんなさい　とその声は私に言った。耳に入ってくるのではなく、水のなかで小さな音を聞いているみたいだった。

夏のプールでもいいし、子供のときにお風呂に潜って、そのときに感じた音でもいい。本当は耳がふさがれているはずなのに、水のなかでじっとしていると、何かの音が遠くから聞こえてくる。小さな耳鳴りの彼方《かなた》に聞こえるその音は、胎児のときにも耳にしていたのかもしれない。

マウイ島で海深く潜ったとき、クジラの赤ちゃんが甘える声も、そんなふうに聞こえた。ブルー一色のなかで上も下もわからないまま、私は透明な宙に浮くような気分でふわふわとその音を聞いた。ふたつの島にはさまれた海峡にその音はわずかに反響しており、私はそれを耳にしているというよりも、キャッチしているかのようだった。声が遠くから届けられ、それをかすかに受け取っている感覚があった。

上田さんの店にはやや大きな音で女性のブルースが流れ、その音量に負けないように、テーブルを埋めつくす客たちが会話を楽しんでいた。氷がグラスを内側から叩《たた》く音、きらきらと響くシンバル、ゆったりとしたうねりをつくるベース、男性と女性のさざめく声、笑いと歓喜、細く絞り出される金管の音色、店にときたまかかってくる電話の呼び出し音。

背の高いグラスを握りしめたまま、私は少し朦朧《もうろう》とした意識のなかで、声が入ってくるのを待った。落ち着いていて深みがあるけれど、低く響いたりすることはない上品な女性の声。ようやく彼女の言葉が聞けるはずなのに、疲れているからか緊張はなかった。私はカウンターに肘《ひじ》をつき、どこを見るでもなく姿勢を楽にした。そして軽く目をつぶった。ではそろそろ始めますね　とその声は言ったように聞こえた。

　まさかこうなるとは　思いませんでした

返事をすればいいのかどうか、私は迷った。だいいち、どうやって返事をすればいいのかわからない。どうぞ先を続けてください、と私は心のなかで思った。聞こえていますから、どうぞこのまま……。店内はいまでもざわめいており、ブルースはテンポの速いブギー調の曲に変わっていた。

あなたがわたしのなかに入ってきたとき　と彼女は言った。

わたしは　どうすればいいのかわかりませんでした
だってそんなことは　いままでなかったからです
わたしはずっとしずかな場所にいて
もうじきその先へ行くところでした

どこへ行こうとしていたのですか　と私は訊《き》いた。
あなたはいまどこにいてもうじきどこへ行くのですか

自分で行くのではありません　と彼女は言った。

グラスが空になっていることに気づいた上田さんが、追加の意志を私に目で確認した。私は指を立てて、同じ飲み物をもう一杯お願いすることにした。

わたしがいるのは　どこでもない場所です
あなたがいる場所をくるりとむいたような次元があって
そこは目に見えないスープのようなところなのです

目に見えないスープ？

ええ　そこでは何もかもが混ざり合って
ゆったりとした大きなうねりがあるのです
小さな宇宙のような場所です

外の渦巻きはゆったりとして大きく
流れにのまれて中心へ向かってゆくと
途中から急に渦の回転が速くなります
中心には巨大な光があって
何もかもそこへ　のまれていきます

上田さんがカウンター越しに新しいカクテルを置いてくれた。私は普通に声を出してお礼を言ってみたが、それで彼女の声が私のなかから消えることはなかった。どうして今日はこんなに混んでいるのかなあ、と上田さんは苦笑した。公平くんに沖縄行きなんか勧めなければよかったよ。私はそれに笑顔で応え、彼は相手もできずに申し訳ないと言って、またもや別のテーブルへ消えていった。

あなたももうじき呑《の》みこまれるのですか　と私は訊いてみた。

呑まれたら、そこからはどこへ行くのかしら

それはよくわかりません
戻ってこられない気がします

いまでも雑音がひどくて
速度もはやくなるいっぽうです
でもそこへ　あなたが入ってきました

私のほうから？　あなたではなく

そうです
わたしは自分が誰なのかわからなくなるところでした
でもそのてまえでひきとめられるように　あなたが入ってきました

いつのことですか

ここでは　時間はわかりません
流れはありますが　その渦のなかに
いるだけなので　わからないのです
でもあなたは　わたしのことを
見ていました　なつかしい音がして
そこへは戻れないと思いながら

　わたしのことを　とめようとするのです

懐かしい音ってどんな音？　と私は訊いた。

しかしその返事には、少し時間がかかった。哀《かな》しそうにすすり泣いているような声が聞こえた。

　もうそこへは戻れないのです　と彼女は言った。

　ここにはそんな音はありません
　あるとき急に何もかもなくなって
　ゆったりと渦に浮いていました
　最初は　かなしくありませんでした
　どこかへ向かいながら
　遠くはなれているのだと思いました
　公平くんのかなしんでいる姿が見えました
　あまりにかなしそうなので
　わたしもかなしくなりました
　どうかそんなに泣かないで

あなたのせいでも何でもない
あなたがかなしむと　わたしもかなしい
でも彼の叫ぶ声は　しばらく聞こえていました
もしかして戻れるかもと　そのときは
わたしも思ったりしました
でもその声も
そのうちにわからなくなりました
それから　くるしいひとときがありました

苦しいひととき?
よかったら　聞かせてもらえますか

気がつくと私は、手のひらにびっしょりと汗を掻《か》いていた。手元にあるおしぼりでそれを拭《ぬぐ》い取り、きれいにたたみ直して額にあてた。ウオッカの入ったジンジャーエールを口にすると、炭酸の冷たい刺激が喉《のど》をこするように走った。ずいぶんと時間が経《た》ったように感じたけれど、時計を見るとさほどではなかった。気持ちを整えた私は、いままでの状態へともういちど戻ろうとした。彼女との会話は、ようやく始まったばかりだった。

私からお話をしていいかしら　と私は訊いてみた。

やさしい声で　どうぞ　と言われた。人がこんなにやさしい声を出すのか、と私は思った。

私は確かにあなたのことを見たかもしれません、と私は言った。公平くんの部屋です。写真が置いてあって、そこには女性が写っていました。

誰なのかしらと思いました。不思議と悪い気はしませんでした。彼は写真のことについては、何も言いませんでした。急に部屋へ行くことになったから、そのままにしてあるのが自然でしょう。そこで私は、彼と地球の音を聴きました。宇宙のことを想いながら、彼は地球の音をそこへ重ねたのです。人が宇宙を想う気持ちと、自分の内面を奥深く探っていく作業は、実は同じひとつのことなんだ、と彼は言いました。宇宙のはても内面のはても、どこまでも遠くまで行ったなら、向こう側へ抜けるところがあって、そこではひとつに結ばれているというのです。そういう回路のようなものを、彼はすごく求めていました。この人はいったいどこへ行きたいのだろう、と思いました。生きていることに復讐をしているというか、たぶんあなたのいるような場所へ、自分をつなごうとしていました。そこへ一歩でも近づくことが、彼の生きる目的のようでした。でもそこには、触れてはならない領域もあるはずです。踏み越えたら戻ってこられなくなる境界があるはずです。何にそんなに魅せられているのか、私も不安に思うことがありました。あの人がひとりで旅行に行ったらどこかで死ぬのではないか、とも思いました。でもその不安を口にすると、彼は笑うだけでした。そのころから、私のなかにあなたが入ってきました。正確に言うと、私があなたの声に気がつくようになったのかもしれません。

私はグラスを手にして、彼女の言葉を待ってみた。自分の番だとばかりに一方的に喋《しゃべ》りすぎたような気もしたし、実際のところ私の声が届いているのかどうかもわからなかった。あるいは雑音にまぎれて、ところどころしか届いていないのかもしれなかった。

自分がいま伝えたことが、彼女にとって必要なことなのかどうかもわからなかった。仮にいままでのことを伝えたとして、彼女に何ができるというのだろう。でも私と公平のことを伝えるしか、私は言うべきことを思いつかなかった。

しばらくしても、彼女からの返答はなかった。やはり何も届いていないのかもしれなかった。交信もこれまでかと思い、私はグラスをゆっくりと口にした。ふた組のお客さんが店を出てゆき、テーブルを片付けた上田さんが私のまえでグラスを洗い始めた。その作業が一段落したら、私は彼と少しお喋りをして、それから家へ帰ろうかと思った。終電にはまだしばらくの時間があるし、このままお店にいたとしても、ゆっくりと話ができそうな気配はない。

私は彼女のことを頭からいったん消し去り、上田さんと目を合わせようとした。そのときだった。何かが私のなかにこつんと響き、それはひとつの閃《ひらめ》きのようなものを導いた。私の言っていることが、彼女にはわからないのではないだろうか。公平の声がしばらく聞こえていたのに、それがわからなくなったと彼女は言っていた。実のところ彼女にはほとんどもう何も聞こえてないし、何も見えてはいないのかもしれない。

あなたがそこにいてよかった　と私は心のなかで囁《ささや》いた。

しかし何も応答はなかった。

つぎに私は、私はここにいます　と囁いた。すると　あなたがそこにいてよかった　という声が、意外なほどにすんなりと届いた。交信は終わったのではなく、何らかの方法でつないでおくことができそうだった。

私はここにいます　と私はもういちど言った。あなたがそこにいてくれてうれしいわ　という声が、やはり戻ってきた。

これは公平くんに教わった言葉です　と私は彼女に言った。彼を初めて見たとき、彼はバンドで演奏をしていました。そのとき彼はいまのような言葉を口にしていて、その意味をあとで教えてくれました。

彼女からの返答はなかった。現在の彼のことを伝えても、彼女からの反応は何もなかった。

これは公平くんの言葉なんです　と私はもういちど言ってみた。

彼は演奏を通して、何かのメッセージをどこかへ送っているようでした。それはあなたに対してではなかったのでしょうか

わたしにはわかりません　という言葉が戻ってきた。

聞いたような気もしますが
くるしくてわかりませんでした
さいごに彼の声を聞いたのは
わたしがここに来て
ゆっくりとしていたときです
あとはわかりません
あなたを感じるまで
くるしいひとときがありました
そしてくるしくなくなってから
あなたがわたしに入ってきました
なつかしい音がして
もうこれでほんとのさいごだと　感じたときに

あなたが公平くんをつれて　入ってきました
これでわたしは　すくわれました
とてもやすらかで　ようやく楽になれました
もう少しでわたしは　自分が誰なのか
わからなくなるところでした
それももうわずかな時間ですが
さいごにわたしは
もういちどやさしくなることができました
ありがとう

そのあと少し沈黙があった。彼女が疲れてしまったのか、それとも何かを伝えようとして、切り出すことができずに躊躇《ちゅうちょ》しているのか、それはどこかしら忍耐強くて重苦しい沈黙だった。その重苦しさはそのまま、私を鉛のように硬くさせた。息が苦しくなり、頭が鈍く痛んだ。希望のない闇《やみ》が大きく私にのしかかり、身動きが取れなかった。

額と鼻に脂汗がにじみ出てくるのがわかった。私は呪縛《じゅばく》を振り払うように息を大きく吸い、カウンターにため息を吹き返してグラスに手を付けた。わずかしか喉に通らず、カウンターにグラスを戻すと、心配そうに上田さんがこちらを見ていた。具合でも悪いのかな、と彼は真剣な顔で訊いてきた。

「ひどく疲れている様子だよ。悪い汗がたくさん出ている」

そう言って彼は、新しいおしぼりを渡してくれた。私はそれで目頭を押さえ、そのまま鼻と額を拭った。そしてひろげたおしぼりに顔をうずめ、しばらくじっとしたまま肩で息をして呼吸を整えた。軽い吐き気が治まり、体の感覚が自分に戻ってきたような気がした。

「きのう徹夜をして、ほとんど寝ていないからかもしれません」と、私は上田さんに言った。

「今日はもうお酒はやめて、帰ったほうがいいかもしれないね」と、上田さんは言った。

まったくその通りだ、と私は思った。私はひどく疲れているのだ。2日間で3時間くらいしか寝ていなくて、普通に夜まで仕事をして、おまけにお酒まで飲んで息さえ苦しくなっている。そう思うといままでの会話のことにも確信が持てなくなってきて、今日はもうやめたほうがいいのだ、と思った。こんなに調子が悪いようでは、聴き取れるものまで聴き取れなくなってしまう。自分の状態が悪いと影響を受けるのではないかと思い、私は会話を打ち切ることにした。疲労のあまりにおかしな声を聞いたのかもしれないし、そうでなければ会話のチャンスはまだあるだろう。

「今日はもう、帰ることにします」

私は席を立ち、カウンターに置いたバッグから財布を取り出した。体調が悪いことに気遣っているのか、上田さんはごく安い料金を書いた紙片を差し出し、私は支払いをすませて店を出た。

週末の電車は深夜を迎えていよいよ混んでおり、私は自分の体を支えるので精一杯だった。こんなにふらふらの状態で、またあの声が聞こえたらどうしようと思ったけれど、それが私のなかに降りてくる気配はまったくなかった。

あの女性から私のほうへ入ってきたのではなく、それとは逆のことを彼女は言っていた。彼女が何も知らないでいるところに、私が先に入っていったのだと。これはいったい、何を意味しているのだろう。私が求めたときは、彼女の声はいっさい聞こえてこなかったのに、そうではないときに限って、ふいに彼女の声が飛びこんでくる。向こうのほうが好きなタイミングでやって来るようにしか、私には思えなかった。

でもそうではない、と彼女は言っていた。私が公平の部屋で地球の音を聴いて、そしてふと写真を見たときに、私のほうから向こうへ飛びこんでいったのだと。その言葉通りなら、私が動いて向こうへ渡ったことになる。彼女がこちら側に降りてくるのではなく、私が向こうへつながれているのだ。

だとしたらそれは、いつどうやってつながれるのだろう。彼女はただ向こうにいて最期を待っているだけで、自分から自在に動くことはない。私が向こうに行ったときだけ、声で迎え入れてくれる。それは向こう側の問題ではなく、あくまでもこちら側の問題のようだった。

こちらから声を求めてはいけないのだ、と私は思った。ただ動かずにいる相手に対してこちらへ来てくれと言っても、それは不可能だし無駄というものだ。それに何かをひとつでも間違えたら、大きな負担をかけることにもなるかもしれない。彼女が自在に動けるのであれば、何もかもすべてはもっと単純なはずではないか。

おそらくそれは、心と心を通いあわせることに似ているのかもしれなかった。彼女が安らかになり、そして最後に何かを伝えたいと願うなら、こちらがその回路をつくってあげなければならない。

何かを聞き出そうとしてこちらからメッセージを送るのではなくて、何か閃きのようなものでもいいから、自分が心から確信できたことを相手に送るのでなければ、何も届きはしない。

でも、それって何なんだろう。

何かを言いたくて彼女が私に入ってきたのだとばかり思いこんでいたけれど、いまの私の想像が正しいのなら、届けたい何かは私にあることになる。彼女はさっきそれを待っていて、耳を澄ましていたのかもしれないのに、私は何かを引き出そうとして、自分から質問ばかりしてしまった。あるいは彼女がわかるような方法で何かを伝えるということを、ほとんど何もしなかった。自分をはっきりとさせないまま、求めるだけになってしまった。

私のなかでいまはまだ形を取らずに、それでも解決をしようとして気にかかったままになっているものは、いったい何なのだろう。公平がどこかへ行ってしまいそうだから、それを防ごうとしているのか。写真の女性が誰なのか気にかかっていて、それを公平には訊かずに済ませようとしているのか。そんなに平明なことなのだろうか。それならいつだって、自分で解決ができるはずだ。

彼女にはあって自分にないものを、私は求めているのだろうか。それよりもむしろ、私は彼女とひとつになりたいくらいなのだ。何かわからないことがあったら彼女に訊いてみたいし、それで自分が成長できるなら、いつでも一緒にいたいくらいだ。求めることばかりしていないで、どうやったら私のほうから彼女へ何かを捧げることができるのだろう。

それを自分で探り当てないことには、彼女とのコミュニケーションはうまくいきそうにもなかった。彼女の言葉を信じるなら、時間はあと少し。目には見えない何かの力によって私は形のないものに光をあて、流れを大きく変えなければならないように感じた。そのように仕向けられているのだと私は思った。それは彼女の願いではなく、私や公平の想いでもなく、もっと大きな存在の意志によって。

翌日、私は公平にメールを書くことにした。いままで先延ばしにしてきたことも、これ以上放っておいてはいけないと思った。それは私自身の問題というよりも、何らかの事態が不吉な方向へ大きく変わることを阻止することに関連していた。いまここで何かをしなければ、事態は音もたてずに後戻りのできないところへ向かうかもしれない。

もちろん、彼女の声を聞いたなどということは、メールでは書けない。それはおそらくあの写真の女性ですなどと書いたら、意味さえ通らなくなるだろう。私はできるだけ正直に、しかし自分の主観はあまりこめないようにして、パソコンに向かってキーを叩き始めた。何行か書いてはカーソルを戻してすべて消し、そしてまた書いては消すということを繰り返しているうちに、これならそのまますんなりと先へ進めそうな文章が浮かんできた。あとはもう迷うことなく、私はメールを書き続けた。

北山公平さま

沖縄では桜が咲いたとニュースで聞きましたが、そちらはさぞかし暖かいのでしょうね。東京もようやく陽射しがやわらかくなってきて、春がすぐそこにあることを感じます。

昨夜上田さんのお店に行ったのですが、ものすごい繁盛ぶりでした。ひとりで忙しくしているのが何だか気の毒なくらいで、彼も公平くんに早く戻ってきてほしいような口ぶりでしたよ(笑)。

ところで、唐突にメールなどしてしまってごめんなさい。以前からどうしても気にかかっていることがあって、それを訊きたくてこんなことを書いています。本当なら公平くんがこっちにいるときに訊けばよかったのに、私にはその勇気がありませんでした。それは嫉妬《しっと》していると思われたくない私の小さな虚栄心かもしれないし、あなたが傷つくかもしれないという、私の恐怖心かもしれません。これから書くことについて、気分を害するようなことがあったら、ほんとうにごめんなさい。

公平くんが住んでいた横浜の部屋に初めて行ったとき、私は写真を見てしまいました。スタンドの横に置いてあった、女性の写っている写真です。あなたがシャワーを浴びているときに、ふと目にしてしまったのです。少し複雑な気持ちにもなりましたが、それ以降は写真もなくなっていたので、私もいろいろと思うことはしないようにしました。誰にだって、触れられたくないことはあると思います。

あの人は誰なんだろうと思ってしまう気持ちもありますが、たぶん私はそれを知りたいのではありません。もしかして公平くんは、あの人のことを無理にでも自分のなかから消し去ろうとしてはいませんか。それがあなたのなかで責任感のようなものになって、却《かえ》って重くのしかかっているのだとしたら、お願いだから無理はしないでください。公平くんはひとつの方向へ走ろうとするところがあるので（ごめん）、むしろ私にはそれが怖いのです。

何かを捨てようとするとき、私は別の何かが代償となるような気がしてなりません。消し去ったり葬ったりすることを強く思いすぎると、それと引き換えに、別の何かを拾ってしまうような気がして仕方がないのです。もってまわったような言い方ですが、私にはこんなふうにしか書けません。それとも、逆の言い方なら通じるでしょうか。何かを救おうとすると、仮にそれが救われたとしても、他の誰かが犠牲になるかもしれない、ということです。私のいう「引き換え」というのは、そういうことです。

公平くんはあの女性に、何かを謝っているのでしょうか。ライヴであなたの歌詞を最初に耳にしたとき、私はあなたが何かを届けようとしているのかと思いました。宇宙とか、そこにいる何かの存在に向けて、音を発信しているのかと思いました。そしてそのことを口にしたら、あなたはとても喜んでくれました。

でも本当にそうなんだろうか、といまになって思うのです。それはあなたがいまここにあることのメッセージではなく、ある種の懺悔《ざんげ》のように思えてきたからです（ワープロって、書けない漢字でも簡単に変換してくれますねぇ）。あなたがボイジャーの番組に没頭したことも、音の彼方に何かを探ろうとしていることも、最終的にそれは解放へ向かうのではなく、闇に懺悔を押しこめることになるのでは、と私には思えてなりません。

質問をしようとしたのに、何だか私の考えを押しつけるようになってごめんなさい。納得がいかないことには、あなたはたぶん何でも最後までやろうとするのでしょう。でもどこかに手の届かないところがあって、そこへ行くと引き戻せないような気がします。そこまで行ったら、何かが引き換えになったり犠牲になったりするかもしれません。いつどんなかたちでそれがやって来るのかと思うと、私は本当に心配でたまらないのです。

力になってあげられなくて、本当にごめんなさい。私の書いたことが間違っていたら、正直に言ってください。気を悪くしたかもしれませんが、元気でいてくれることを祈っています。

恭子

PS：もし公平くんさえよければ、4月に沖縄を案内してください。竹川には「早く行け」と急《せ》かされています。それではお体を大切に。

24

おだやかな風の吹く、静かな夜だった。森の生命たちもそのおだやかさに安心しきっているのか、先を争うように音を立てて自分の存在を主張することはなかった。調和が保たれたますべては静かであり、奇跡のような均衡は夜になったいまもまだ続いていた。

小屋で夕食を済ませた公平は床にバッグをひろげ、明日からのキャンプのために装具を揃《そろ》えていた。まえにテントを張った源流地帯よりもさらに先へ行った場所に高原のようなところがあり、試しにいくつかの箇所で録音をしてみると、空間性の高い音が録《と》れていた。目を閉じてヘッドフォーンを耳にするだけで、自分のまわりに現地そのままの自然環境がひろがるように聞こえた。

この小屋を拠点に通うこともできなくはないが、やはり夜の音もカバーするなら、2泊はしてみたいと公平は思っていた。沖縄に来て約3週間、その後は那覇へいちど出たきりずっと自然のなかにいるだけだが、体を通して沖縄の感触が公平の隅々にまで行き渡っていた。日本で録音をしていたことが遠い昔のことのように思え、すべての感覚があるべき場所へ収まってゆくような実感を、公平は覚えていた。

2～3泊ていどのキャンプなら、準備とはいっても簡単に済んでしまう。何本かのバッテリーが充電されていることを確認した公平は、泡盛を口にしながらこのまま眠ってしまおうかと思った。

あるいは電源を抜くまえにもういちどパソコンを開いて、天候やメールの確認をするのでもいい。

そこへ母屋から大城が現れた。彼は小屋のなかにいる公平に遠慮がちに声をかけ、公平はすぐさま立ち上がって主人を招き入れた。

「いやあ、すまん。邪魔しちゃ悪いと思ったんだけど」と、大城は言った。

「間借り人はこっちですよ。実は明日から大湿帯《おおしったい》へ行こうと思いまして」

大城はその地名を聞いて、満足そうな笑顔を見せた。あの辺はやんばるでも最後まで電気の通っていなかった場所なんだ、と彼は言った。

公平は冷蔵庫に向かって歩きかけ、大城に「ビールでもどうですか」と、声をかけた。大城はそれにただ礼を述べるだけで、手を出すことはしなかった。そして床に並べられたキャンプ道具を黙ったまま熱心に眺め、小さなため息をひとつついた。公平は何か話しかけようとしたが、最初のひと言がどうしても口から出てこなかった。頭にはいくつも言葉が浮かんでいるのだが、どのひとつもふさわしくないように思えた。

森は静かで、ときおり舞いこんでくる夜風が、部屋の空気に流れを与えた。葉がわずかに擦《す》れあう音は、浜辺の潮騒にも似ていた。大城はテラスへ向かい、外に出て夜空を仰ぎ見たあと、ふたたび部屋へ戻ってきた。そしてもういちどキャンプ道具に目をやりながら、小さな声で「今日は満月なんだ」と言った。

「気づいていたかい？　しかも夜になってもまだ雲ひとつない。星がわずかしか見えないくらいに明るい夜だ」

公平は大城の言葉に従うように、テラスへ出て夜空を見上げた。部屋と野外にまったく温度差はなく、がじゅまるの森を青白く浮き立たせるくらいの透明な月が、音もなく鮮やかに夜空に輝いていた。自ら輝く光ではなく、太陽の光を反射させる間接的で神秘的な青い光だった。

「沖縄では満月も違いますね」

小屋に戻った公平は、大城に言った。

「こんなに白く透き通った満月をこのまえ見たのがいつだったのか、考えても思い出せません」

「まわりが暗いからね、影ができるくらいに明るく見えるんだ」

大城は手にしていたままの鍵の束をテーブルに置き、椅子にはすわらずにその背に両手をもたせかけた。公平も椅子にはすわらず、大城とやや距離を取って壁に背中をあずけていた。そこから見る大城の横顔は、ほんの少しだけいつもの彼とは違う人のようだった。影が差しているというよりは、いつもの穏やかさが表面から消え、その下にあったものが露わになっているように見えた。

大城は下を向いていた顔を上げ、公平の方を向いて「すまないね、明日の準備だったところを」と言った。それならもう済んだところです、と公平は答えた。それを聞いて大城の顔は一瞬だけやわらかくほぐれ、「そうか、ならよかった」と言った。

「実はね、こんな夜にはスルルが見られるのではないかと思って、それで思いついて公平くんを誘いに来たんだよ。しかし朝が早いようなら、またということにしよう」

公平はあずけていた背中を壁から離し、「そのスルルっていうのは何ですか」と訊《き》いた。きびなごのことだよ、と大城は答えた。

「そうか、沖縄に来て3週間だけれど、君は外であまり食事をしていないからね。沖縄ではきびなごのことをスルルといって、春が近づくと入り江に大群が入ってくるんだ。小さな銀色の魚で、月が今夜のように明るいと、海のなかにきらきらと光って見えるんだ」

「それはいつでも見られるんですか」と、公平は訊いた。産卵中なら見ることはできるが、いつもというわけでもない、と大城は答えた。

「でもぼくの体験上の勘で言うなら、今日はきっと見ることができる。近くに海の見えるちょっとした高台があって、そこから双眼鏡で見るんだ」

公平はその様子を思い描こうとしたが、まったく想像がつかなかった。高台から光る魚を見るという行為じたいが、彼の生きてきた時間のなかにはなかった。大群というのはどれくらいで、夜の暗い海のなかでそれはどんなふうに光っているのだろうか。

「浅瀬があって、下が白い砂だから見えるんだよ」

想像がつかない様子でいる公平を見透かしたかのように、大城は説明を加えた。さきほどの陰影は、彼の顔から薄れていた。

「雲のようにひと塊になって、背中に月を受けながらすすーっと動くんだ。浅瀬にその影が映るから、それを見た方が見つけやすい場合もある。もしよければこれから行かないか。ビールはそこで、ということにしよう」

大城は林道のような未舗装の道を、ライトをハイビームにしたまま突き進んだ。周囲は森で外灯はひとつもなく、ライトの照らす範囲だけがふたりの視界だった。深い窪みや急なカーブをものともせず、大城は慣れた手つきでハンドルを巧みに切り返した。そしていつもなら国道方面へ曲がる角をそのまま進み、家屋が数軒だけの集落を過ぎて勾配《こうばい》を下った。海へ出る裏道なのだろうと、公平は思った。

ほどなくすると視界が開け、その先にはわずかに海が見えていた。穏やかな波は月の光を受けて銀色に浮き立ち、水の色はあくまでも黒かった。しかし海が見えていたのも束の間、大城は左へ大きくハンドルを切って、脇にある急な坂道を上がった。目的地が間近であることを確信した公平は、想像のつかない光景をそれでももういちど思い描こうとした。

高台に車は到着した。エンジンを切ると一瞬だけ何も見えなくなり、外へ出てドアを閉めると、室内灯が徐々にその色を失った。歩き出した大城を公平は後から追い、ふと足元に目をやると、自分の影が地面にはっきりと映っているのが見えた。空を見上げると満月は眩《まぶ》しいほどで、高台の先には海が大きくひろがっていた。

大城は崖の手まえで足をとめ、何も言わずに公平の目を見たまま、入り江の波打ち際に指を向けた。三日月のような形をした白い砂浜があり、そこに水があるのかどうかわからないほどの透明な浅瀬に、黒い影が動いているような気がした。公平は肩を叩《たた》かれ、大城から双眼鏡を手渡された。ストラップを首に通した公平は目に双眼鏡をあて、狙いを定めてから焦点を徐々に合わせた。

数え切れない小魚がまるでひとつの生き物のように一群となって、月の光を受けて動いていた。白い浅瀬にはごく薄い影が映し出され、それは光る一群をやや遅れて追うように後をついていった。

横でライターを擦《こす》る音が聞こえ、公平は双眼鏡からゆっくりと目を離した。

「思ったとおりだ。どうだい、感想は」

大城は煙草を口にしたまま、まあすわらないかという仕草をした。公平はそれに促されて地面にあぐらをかき、大城は両膝を立てて煙をゆっくりと吐き出していた。

いま双眼鏡で見たものを肉眼でやや遠くに見ながら、まるで地球を抱きしめているようだ、と公平は思った。自分の見たものは小さな営みにすぎないが、ここにいるひとりの自分というスケールを超えている。いのちが形となって動いている。ここではいのちが身の回りに溢《あふ》れ、人間ではなく自分たちが主役なのだということを、ありありと示している。公平はそのことに素直に心打たれ、自分が自分であることの小ささを爽《さわ》やかに感じた。

「自分が生きているだけで人を傷つけることにもなる。そんな話を、このあいだきみにしたね」

黙っている公平の感想を待たずに、大城は自分から話を始めた。この人はあの大きな母屋にひとりでいるべきではないのではないかと、公平はふと思った。そして大城の問いかけに、ただ「はい」とだけ言った。

「自分がいるということだけで、人を失う……」

彼は手提げ袋に入れてきた缶ビールを取り出し、プルリングを指1本で開けながらそのまま公平に差し出した。既に開けられているビールを公平は受け取り、それを確認した大城は自分の缶を開けた。

「そう思うといたたまれなくなってきて、今日みたいに綺麗《きれい》なものを見に来るんだ。ところであのスルルは、昼のあいだは船の下とか岩陰とか、そういうところでじっとしている。やつらは小さいからかひどく敏感でね、大きな魚影とか人が動く影を見ただけで、夜まで出てこなくなってしまうんだ」

「いまの時間は、産卵場所を探しているんですか」

「ああ。でもぼくらがこうしているみたいに、海人《うみんちゅ》が高台から狙《ねら》っているからね。いるとわかればサバニを出して、あっという間に獲られてしまう。まあ、あれの素揚げは確かに旨いんだけれど」

「海人というのは、漁師のことですよね?」

「ああ、そうだ。サバニというのは小さな漁船で、木造の細長いつくりになってる。音もなくすーっと漕《こ》ぎ出すんだよ。町のことよりも海の方が詳しいような男たちだ。海とは何かということを熟知している。ぼくも大学で建築なんかやるよりも、そっちの方が憧《あこが》れだったな……」

湖のように満月がそのまま水面《みなも》に映るということはないが、ほとんど波のない海には丸い光がゆらいでいた。たまに風が吹くだけでやはり今夜は動きがなく、ごくたまに訪れる自然の安息日のなかで、生命たちは緊張を解いているようだった。

「何だか怖いくらいに穏やかで静かな夜ですね」と、公平は大城に言った。

「言い方が変かもしれませんが、日曜日の深夜みたいな感じです。どうしてこんなに静かなのだろうと、安らかというよりは不気味さを感じてしまう。人の時間ではなくなっているというか……。むしろ台風が来ているときくらいの方が、僕は安心できます」

「ほう、それはまた面白い言い方だね」

大城は缶ビールをもう1本開け、そのままの状態で公平に手渡そうとした。中身が残っていることを公平は缶をゆらして伝え、うなずいた大城はそれを自分の口に運んだ。

「台風の方が安心できるというのは、どういうことだい？」

「つまりそれは……」

公平は飲みかけの缶ビールを地面に置いた。そして大城と同じように両膝を立て、手元にある小石を取り払った。

「台風が来たら、それに備えるしかありません。来るとわかっていれば備えができるし、本当に来たとしても、家のなかでじっとやり過ごすことができます。そういうとき、自分は人間なんだなあと思うんです。むしろ怖いのは、何がやって来るのか予想がつかないときです。今夜もそうですけど、こんなに穏やかで何ごともないと、特にすることがなくて、つい他のことを考えてしまうんです」

「他のことというのは？」

「この夜空の向こうには何があるのだろうとか、そんなことです」

それを聞いた大城は、決して小さくはない声で笑った。そしてなぜ笑ったのか自分でもわからないような素顔に戻り、おかしさを改めて確認したかのようにもういちど笑い出した。

「何かおかしなこと言いましたか？」

「いや、何でもないんだ。気にしないでくれ」

大城は笑い終えて大きな息をつき、そしてもういちど力なく小さく笑った。

「ふと思い当たることがあってね。そうか、そうだったかと思って、それを考えたら笑えてしまったんだ。ぼくと君とでは、いささか似たところがあるのかもしれないな……」

公平は足元に置いた缶ビールをふたたび手に取り、残りをひと口で飲み干した。そして自分からもう1本を要求した。大城は平穏な顔に戻っており、いつもの笑顔を浮かべて公平にビールを渡した。

「公平くんは、いつまで沖縄にいるんだ」

大城は煙草に火を点《つ》け、両膝を肘《ひじ》で抱えた。公平はほとんど反射的に「あと1ヶ月くらいですかねえ」と答えた。

「横浜に帰ったら何をする？」

「彼女に謝るつもりです」

「え？」

「土下座してでも彼女に謝り、ふたりの生活に責任を持ちたいと思います」

「そこまでして謝るようなことを、君は何かしたのかい？」

「勝手な言い分で仕事を辞めて、部屋を引き払って彼女のところにころがりこみました」

「仕事は君個人の問題だろう」

「それから自分だけの理屈をつけて長い旅行に出て、彼女との生活は本当に可能だろうかなどと、不埒《ふらち》なことを考えました」

「しかしそれも、最初からの予定だったんじゃないのかい？」

「確かにそうです。そしてそれを彼女は受け止めてくれましたが、僕は自分の好きなことをしているだけで、彼女のことを受け止めていない」

「それは帰ってからの問題なんだろう」

「そうです」

公平は地面から立ち上がり、もういちど双眼鏡を手に光る小魚たちを見た。敵に襲われないように大きな魚のような形を取って、新しい生命をつなぐための場所を必死で求めていた。

「自分の何が問題だったのか、ここに来てよくわかりました」

双眼鏡をはずした公平は大城に向き直り、月光を浴びている彼の姿を見た。大城は黙ったまま、公平を見上げているところだった。そして公平がすわり直そうとして近づいていくと、公平のビールを手に取った大城が、逆に近づいてきた。公平はそのビールを受け取った。

「公平くん、海人たちのあいだでは、こんな夜についての言い伝えがある」

大城はビールをひと口飲み、それにつられるように公平もひと口飲んだ。軽い味のビールが喉《のど》を通り過ぎた。

「月があまりにも美しい夜は、漁をしに海へ出てはいけない、というんだ。出るなら出るで、陸《おか》とつながりのあるものを持っていかなければならない」

「陸とつながりのあるもの、ですか……？」

「そうだ。女房の写真でもいいし、子供がくれたお守りでもいいかもしれない。あるいは1個の石でもいいのかもしれない。月があまりに美しい夜の海は、そのなかにひとりでいると、どこか遠くへ行ってしまいたくなるものなんだ……」

公平は下を向いたまま、じっとその言葉に耳を傾けていた。腹の底から巨大な反省と感動がこみあげてきて、息が激しくなるのをこらえるので精一杯だった。

「海の向こうには異界がある」

空き缶を袋に入れた大城は、帰るしぐさを見せながら公平に言った。

「あまりの美しさに、そっちの方が本当なのだと思ってしまう。沖までサバニを出したくなるし、月の光が届いている海底に思わず潜りたくなる」

「でも、それをしてはいけないんですね……」

「そうだ。さっき君が言っていたように、こんなに安らかなときにこそ、異界は口を開けて待っている」

25

高校での時間をセンター試験に向けて費やした公平は、午後になると美紗子の家で2次試験の受験科目に集中した。秋になる頃には美紗子が何かアドバイスをすることはなくなり、埋めていくべき弱点を公平は自分の力で克服した。

11月が過ぎ、そしてクリスマスが近くなってきたある夕方、勉強の手を休めていた公平に美紗子は訊《き》いた。

「ねえ、クリスマス・パーティみたいなものは、いちおうした方がいいのかしら」

手にしていた雑誌から公平は目を離し、しばらく空《くう》を見つめた。美紗子は黙ったまま返答を待っていた。

「予備校に通っているやつらなら、それは完全にご法度でしょう」と、公平は言った。それを聞いた美紗子は小さくうつむいた。

「クリスマスの日にあえて集中勉強会をするとか、そんな感じだから。一日でも世間に合わせた者は負けていく。だから大晦日も正月もないはずです。僕自身は何もそこまで、と思うけれど……」

美紗子は改めて笑顔をつくり、自分の問いかけが野暮だったことを認めた。考えてみれば自分が受験生のときも、そんなことにかまけてはいなかったはずだ。世間の人たちが楽しそうにしているのを横目に、来年の自分はクリスマスを2倍も3倍も楽しむんだと、子供のようなことを考えたのを覚えている。

「わかったわ、じゃあこうしましょう」

公平は雑誌を床に置き、彼女が言い出すのを待った。彼女の言うことならば基本的には何でも従うことに決めたのは、この自分だ。勉強へのアドバイスがなくなって以来、美紗子に対して全面的に従属するのは、このあいだの件を除けば久しぶりのことだった。

「私たちふたりは、クリスマスを特別に延期することにします」

「ええ?」

「センター試験の翌日まで、クリスマス・パーティを延期します」

「美紗子さん、クリスマスっていうのは世間が浮かれているからクリスマスなんだよ。年が明けてからなんてぜんぜん気分が出ないよ」

「そこは私が保証します」

公平はひとまず異論を収めることにした。彼女の提案する展開に巻きこまれることで、自分はここまで来たのだと思った。現に彼女は自分のアイデアが気に入っているらしく、口に出すよりもまえに顔が嬉《うれ》しさを隠し切れないでいた。

「いくら受験生でも、2日続いたセンター試験の翌日くらいは、勉強の手を休めるはずです」

「うん、新聞発表の解答で自己採点もしなければならないしね」

「ですから私は、公平くんがセンター試験を受けているときに、クリスマスの準備をしておくことにします。そして次の日に、ふたりで採点をしながら焼きたてのケーキを食べましょう」

そしてそれが最後の合図にもなるのだ、と公平は思った。自分は試験がうまく行けば東京へ出ていき、彼女は神戸に残って建築士の試験の準備をする。彼女は晴れて公平を東京へ送り出すことでこれまでの役割を終え、そのときバトンを受け取るかのように、自分は新しい生活を彼女のためにこそつくり出していく。

再会の機会があるのかどうかもわからないし、仮にあったとしても、それがいつのことなのかはわからない。しかしそのときに、彼女に本当に見合うような男性になっていなければいけないし、またそうでなければ会う資格もないのではないか……いままで何度となく思ってきたことを、美紗子の提案を受けることで公平は改めて思い返した。これは単なるクリスマスの代替ではなく、つぎの新しい展開のための合図なのだ。

「はい、僕から質問があります」

美紗子から投げられたものを、ようやく少しだけ投げ返すことのできるようになった自分を、公平は少し残念に思いながら感じた。

「はいどうぞ、公平くん」

「そのときはどんなパーティになるのでしょうか。ケーキを食べるだけなのでしょうか」

「いい質問です」

美紗子もまた、出してはいけない感情を奥へ抑えながら、公平の差し出す姿勢に合わせようと努めた。

「見てのとおり、この館はまるでクリスマス・パーティのためにあるようなつくりです」

すっかり体になじんだこの家のたたずまいを、公平は改めて眺め渡した。夏に初めてここにやって来て、表の通りから館にいたる小径《こみち》にある緑の濃さと、そこにあたる夏の陽射しの強さと、そして館内に入ったときの涼しくて薄暗い対比に目を見張ったことを、つい先日のように思い出した。面白いつくりだと思ったら、まえはアトリエだったのだと美紗子から知らされ、そして2階から絵を見るための不思議な部屋にある机に参考書を置いたときから、すべてが始まったのだということを改めて思い返した。ここにあるものをすべて、できるだけ忘れないようにしなければいけない、と公平は思った。

「せっかくこのようなつくりなのだから」

間を置いて美紗子は話を続けた。

「その日は豪勢にクリスマスの飾りつけをします。もみの木を買ってきてそこに飾りをつけて、クリスマスソングのCDをかけて、紙でできた三角の帽子もかぶります。公平くんが試験を受けているときに、私が責任をもって準備をしておきます。プレゼントは私が用意します。あなたからのプレゼントは試験の結果です。以上、質問はありますか」

「ありません」

手を挙げて公平は言った。彼女の潔い決意が伝わってきて、哀《かな》しい以上に襟を正せられるような気持ちだった。これが、彼女に従属するときの爽快感だ。人に何かを押しつけるのではなく、結果として相手の能力や気分を向上させる魅力が、やはり彼女の包みこみ方にはあった。このような女性をひとつの基準としてこれから生きていくことが、はたして本当に可能なのかどうか、そのためには自分はどうしたらよいのかということを、公平はふと考えた。

彼女のような女性を基準にするということは、彼女が自分に与えてくれたものを、つぎは自分が相手に与えられるようになるということだ。それしかないのではないか、と公平は瞬時に確信した。彼女を基準にして、それよりも相手が上だとか下だとかを判断するということでは、決してない。自分が何を学び取ったか、それが問題なのだ。そうであれば自分は、できるだけ彼女の基準に近づき、そしていつかは越えなければならないはずだ。そのような生き方をすることが可能かどうか、問われているのはそのことなのだと公平は思うほかなかった。

「公平くんが東京に出ていったら、いったいどんな生活が始まるのかしら」

恋人が男性に期待をするときのような瞳と、母親が息子を案じるときのような表情が、美紗子の顔に交錯していた。怜悧《れいり》で感情を抑えることのできる彼女でも、愛情はこのようにして自然と表に出てしまう。やはりここまでの基準には達せないのではないかと思いながら、公平は自分の方向性を思い描いた。

「何を職業とするのか、そのことはできるだけ早く見極めたいです」

「あら、ずいぶんと普通のことを言うのね」

「職種を決めてそこへまっしぐら、というのではなく、だらだらと流される生活をしないために、基準とか方向性をできるだけ早く決めておきたいんです」

「私が教えてあげた受験勉強の方法みたいに？」

公平は一瞬、虚を衝《つ》かれたような顔をした。

「あれ、ほんとだ。同じことを言ってる」

「私が教えこんだことを、公平くんはそうやってずっと抱えていくことになるのね」

「教師の面目をつぶさないように頑張ります」

ふたりは心から楽しく笑いあい、そしてそのあとにお互いの目を見た。長くはないが短くもないあいだ、目を離すことができなくなった。冬の風がガラス窓に叩きつけ、部屋のなかは温かく静かだった。

26

公平に送ったメールへの返信は、その後私のもとに届くことはなかった。どこかで録音をしているのかもしれないし、あるいはパソコンそのものを開けていないのかもしれなかった。いずれにせよ、すぐに返信のできるような内容でないことは確かで、もとより私は気長に待つつもりでいた。それに私は私で、沖縄へ行くまえにやらなければならないことがあった。

あの女性と心を通わせることは、特に急ごうとは思っていなかった。私のなかで何かが閃《ひらめ》いて、それに確信が持てない限り、通路は向こう側へは開けないからだ。彼女の方からこちらへ来ることはなく、私自身が自分でタイミングを見計らわなければならない。しかし沖縄へ行くまでに済ませておきたいという気持ちだけははっきりとあり、それには公平から届くメールの内容が大きく関わってくるはずだった。彼女は私に何か伝えたいことがあり、私はあまりにも多くのことを知らないのだ。

4月に休みを取って沖縄へ行くことを、竹川は快諾してくれた。帰ってくるときはふたり一緒で、そうしたらあとはもう結婚しかないよなと言って、彼は私をからかった。しかしその口調とは裏腹に竹川はいたって真剣で、しばらくは上田の店を手伝って資金を貯めて、何をするつもりなのかわからないけど同時に仕事探しもして、まずはおまえが食わせてやるような生活になる覚悟だけは必要だなと、何もかも自分で決めていくかのように、一気に早口でまくし立てた。

とにかく普通の幸福を求めようなんて思っちゃいけない、と竹川は一転して静かに断定するように言った。それは私に対する要請にも取れたし、ある種の願いのようにも思えた。あるいは自分のできなかったことを私たちに託しているようにも聞こえた。普通の幸福なんてのは実はありやしないんだ、と彼は続けた。

何かこう、幸福というものみたいなのがどこかに最初からあって、それを摑《つか》みに行くのが普通だと思っている。誰がとはいわないが、世間一般的に言ってそうだ。おれが若いとき、世間はそうだった。抵抗しようとしたけれど、結局は女房のいいなりでマンション暮らしさ。ま、そんなことはどうでもいいんだが、幸福はそこにあって当然だと思っていると、何もかもが不満の対象になる。自分の頭で考えもせずに、定型とか予定調和とかがあたかも最初から用意されていて、それを踏襲しないといきなり批判的になる。自分の幸福を追求していくにあたって、実はいちばんの障害や敵となるのが、この世間というやつだ。世間の常識という暴力を、みな気づきもせずに振りかざすんだ。それは恐ろしくステレオタイプで、人の意見なんて最初からまったく聞こうとしていない。こういうやつが田舎者なんだと、おれは思っている。

こんなことを言うのも何だが、公平くんはいまもそれと闘っていると思うんだよ。だからある人の目から見れば、彼はひどく勝手に映るかもしれない。おまえがそうだとは言わないが、選ぶ相手を間違えると、彼はその相手を傷つけることにもなりかねない。どうかそれだけは理解してやって欲しいんだ。そうでないと彼みたいなのは自分が誤っていたのだと思って、自分をひどく責め始めることにもなりかねないからな。問題は、それをおまえが受け止められるかどうかだ。いざとなると普通の結婚がしたいなんて、言い出しやしないだろうな？

最後のひと言だけはあたかも冗談のように、竹川は意地の悪そうな目で私をうかがった。自分にはできないことをして欲しいと香里に言われてますから、と私はその言葉に応えた。すると竹川は安心したように、あれはあれで分をわきまえているよな、と言って小さく笑った。自分の頭や想像力では届かない世界があることを、あいつは自分でわかっている。だから絶対に無理な冒険はしない。それはそれで見識のある人生というもんだ。

確かに香里には見識というものだけは人一倍あって、秋の結婚に向けて着々と準備を進めていた。相手は昨年の夏にライヴをした広告代理店の男性で、彼は職業的な人脈の広さを活かして、人気のある式場やレストランなどを早くも押さえていた。男らしいといえば確かにそうなのかもしれないけれど、私には俗物以外の何物でもないようにしか思えなかった。香里はそういう男性を引き受ける覚悟を既に決めており、現実以外のものは追わない決意をしているように見えた。私は彼女にも4月に沖縄へ行くことを伝え、香里はそれに対して展開の予兆を感じ取っていた。

「あの人は、自分を諦《あきら》めない人だよ」

好意を抱いている相手にならば誰にでもそうするように、彼女は私の手を軽く取った。私は幼稚ともいえる率直な鋭さに、苦笑いを返すしかなかった。こんな女を奥さんにしたら、夫は絶対に頭が上がらないだろう。

「頑固とかそういうんじゃなくて、基準を別のところに置いているから。だからその基準を上まわるくらいじゃないと、公平さんの相手は務まらないかもしれないね」

「上まわったら、じゃあどうなるのかしら?」

何の自信も確信もないまま、私は香里にあえて訊《き》いてみた。勘だけで真っ直ぐに喋《しゃべ》る彼女の言葉を聞いてみたかったからだ。彼女はくりくりとさせた髪を耳の横でいじりながら、「恭子が上まわったら、逆にすごく素直なんだと思う」と、答えた。

「彼は彼で、真剣だから。わからない人じゃないから。それが沖縄で確認できるといいね」

「沖縄のおみやげ、何が欲しい?」

「そんなの、いらないよ」

添えた手に力を入れて、泣き出しそうな顔で香里は言った。

「何もいらない、元気で帰ってきて。ふたりには期待してるんだから」

「何を期待してくれているの?」

「まえにも言ったわ。私には歩めない人生がたくさんあるの。でもそれだけの力が、恭子にはあるの。私は勤め人の奥さんになるから、恭子は自分の人生を歩んでね」

どこまで真剣なのかわからないけれど、この女の言っていることに間違いはないのだと、私は感じた。彼女と一緒にいてなぜかほっとできることがあるのは、自分と社会との距離が、彼女を通してわかるからなのかもしれなかった。頼りなさそうに見えるところがすべて、彼女の場合はそのまま力だった。

メールを出してから1週間後、公平から返信が届いていた。それを開けようかどうしようかと一瞬だけ迷ったけれど、意を決してクリックした。思いのほか長い文面が、パソコンの画面に現れた。何がどう書かれていても、すべては自分から始めたことなのだと私は思った。開けてはいけない蓋《ふた》を開けてしまったような気分に、今になって自分を咎《とが》めながら、私は画面の文字をゆっくりと読んでいった。

篠原恭子さま

返信が遅れてごめん。届いていたのに気づかなくて、その後しばらく山に入っていました。川の上流に湿原のような場所があって、そこで音を録《と》っていたのです。

上田さんは忙しいようですね。2ヶ月とはいえ店を空けてしまって、帰ったらその分恩返しをしなければなりません。こうして沖縄に来ることができたのも、上田さんのおかげだからね。いったいどれだけの人たちに支えられているんだろうと、自分でも恐ろしくなるほどです。そんな資格はないはずなのに、結局はこうなっていることに、僕はいつも自覚が足りないかもしれません。そして何よりも君に感謝しなくてはならないでしょう。

写真のことについては、申し訳なく思います。いつかは話さなければいけないと思っていたのですが、どのように伝えればいいのか覚悟がつかず、君を苦しませることになってしまいました。君に訊かれるまえに僕が言わなければいけなかった。この旅が終わって整理がついてから、とも思っていたのですが、それもただの逃避《とうひ》だったのかもしれません。

何かを隠しているのではなく、どう伝えればいいのか、それがわからずに過ごしてしまいました。端的に言ってしまうと彼女は僕にとっての最初の女性で、沢口美紗子さんといいます。彼女は故人で、既にこの世にはいません。予測不能のことが原因で、亡くなってしまったのです。それについては是非、君が沖縄に来たときにじかにお話ししたいと思います。メールよりもおそらく、その方がいいでしょう。

僕が懺悔《ざんげ》をしているのではという指摘には、正直はっとしました。そして何かを無理矢理に自分から消し去ろうとしてはいないかという指摘も、その通りだと思いました。謝る一方で忘れようとすることは、大きく矛盾しています。両立するはずがないのに、しかし僕はそれをずっとやってきたのです。こだわっているくせに、消そうともしている。そこが大きく引き裂かれているのだと気づいたのは、君と出逢ったときでした。自分が何も解決していないことがわかったのは、君と出逢ったからでした。次へ進むべき段階で、いよいよそれが明らかになったのです。

あるいは僕は君に対して、ひどく失礼なことを書いているかもしれません。個人的な問題を押しつけてしまっているかもしれません。しかしそのことも含めてすべて、沖縄でお話ししたいと思います。僕には君に謝らなければいけないことが、たくさんあるのです。

沖縄へはいつ来られますか。いったい何日間くらい、いられますか。僕は予定などあってないようなものだから、いつでもＯＫです。決まりしだい教えてください。比嘉《ひが》さんの弟さんから古いバンを借りているので、それで空港まで迎えに行きます。そして夜は那覇でゆっくりと過ごしましょう。比嘉さんたちも、君に会いたがっています。彼らが隠れ家にしているとても面白い店があるので、是非そこへ行きましょう。ホテルは僕の方でツインを取っておきます。ただし、あまりいいホテルではないかもしれないけれど。

ちゃんとした返事になっているかどうか、甚だ自信がありません。そして君を苦しめてしまって、本当にごめんなさい。メールをしてくれてありがとう。感謝しています。

北山公平

私は急いでダイアリーを鞄《かばん》から取り出し、そして竹川の携帯に電話をかけた。しかし留守電になってしまうだけで竹川は電話に出ることがなく、私は立て続けに送信を続けた。4度目でようやく回線のつながる音がして、間を置いてから竹川が半分眠っているような声で電話に出た。

「……ああ……もしもし、しのはらか？　すまんすまん、土曜の午前なんでまだ寝てた。どうしたんだ、何か急用かあ？」

「早い時間にすみません。4月の休暇、いつ取れるかと思って、それで電話しちゃいました」

「何だよ何だよ、明日からっていうんじゃないだろうな」

本当はいますぐにでもという気持ちだったけれど、まずは確認だけでも早く取りたかった。週明けに竹川にスタジオで会うまで、待っていることができなかった。

「……ええと、いま手帳を見ているところだけどな……。ちょっと何とかしてみよう。月曜日まで待てないんだろう、何があったんだ?」

「公平くんからメールが来たんです」

「ふんふん」

「重大な話があるんです」

「おおっ、プロポーズか?　いきなり」

顔が自分でも熱くなるのがわかった。公平はそんな意味合いも含めて、メールにあのようなことを書いてきたのだろうか。まさかそんなことはと思いつつ、私は竹川が日程を出してくれるのを待った。彼は電話の向こうで、何かぼそぼそと独り言を呟《つぶや》いていた。

「ああ、もしもし。それはそれとして今夜、おまえの予定は空いているか?」

「はい、何もないですけど」

「どうせ今日沖縄へ行くわけにはいかないんだから、おまえ上田の店に来ないか?　おれはもともと行くつもりで、彼にはそう伝えてあるんだ」

「そこで休める日がわかるんですか?」

「だからよ~」

もういちど眠らせてくれ、というような声で竹川は言った。

「来ればわかるということだよ。月曜日まで待てないんだろう?　行くとなれば、上田にも伝えておいた方がいいだろうし」

「そうですね、その通りです」

「じゃあ8時に店でな。おれはこれから二度寝することにする」

私は携帯を閉じ、それを両手で握り締めた。竹川に感謝しないではいられなかった。


言われた通りの時間に上田さんの店へ行くと、竹川は既にカウンターでビールを飲んでいた。土曜日なので近所の常連しかいないようで、テーブルの半分ほどが空席になっていた。竹川は自分の横にすわるようにと、私に手招きをした。上田さんが注文を訊いてきたので、私は竹川と同じものを頼んだ。

「変な時間に起こされちゃったからよ、二度寝をしたら今度は寝すぎだよ」

竹川は生あくびをしながら、水のようにビールを飲んだ。目の焦点が定まらず、どことなくふやけたような顔だった。

「起きたら何時だと思う？　午後の3時だぜ、まったく。おかげで変な夢をたくさん見たよ。沖縄へ行って居酒屋に入ったら、その店の女将《おかみ》がうちの女房だとかさ。知り合った客に誘われてキャバクラへ行ったらおれの娘が横にすわっていて、『お父さんもこんなとこ、来るんだー』とか言われたりさ。お父さんもじゃねえよ、それはこっちの台詞《せりふ》だ」

ゆっくりと注《つ》いだビールを、上田さんが出してくれた。私はそれを手に取って竹川に向けて軽く上げ、上田さんには目で会釈をした。

「夢のなかで、その女将さんとは話をしたんですか」

空になっている竹川のグラスを引き戻した上田さんは、ビールを注ぎながら言った。

「それがよ、おれのことなんか知らないみたいな顔で『お客さん沖縄は初めてですか、ご出張で？』なんて訊くんだよ」

「それで竹川さんは、何て答えたんですか」

グラスの3分の1まで一気にビールを飲んだ私は、そのグラスをカウンターに置いて訊いた。眠気が取れずにけだるいのか、それとも軽く酔い始めているのか、竹川は普段よりも姿勢を崩していた。

「何て嫌味な女なんだと思いながら、はい初めてですって答えたよ。あんな店があったら、本当に最悪だ」

そう言うと竹川は小さな鞄を膝の上に載せ、そこから封筒を取り出した。そして何も言わずに、私のまえに差し出した。私はそれを受け取り、竹川の仕草に促されるがままに、中に入っている紙を取り出してみた。

「竹川さんこれ、航空券じゃないですか！」

竹川はぶっきらぼうな顔をしており、上田さんへ顔を向けてみると、彼は黙ってにこにこしていた。そして航空券の搭乗日を見てみると、そこには月曜日の正午便であることが記載されていた。私の氏名と年齢まで券に印字されている。

「比嘉さんに電話してさ、無理言って取ってもらったんだよ」と、竹川は言った。

「まったくの利益なしで譲ってくれてな、残りの額はおれと上田からの餞別《せんべつ》だ」

上田さんはさっきと同じようににこにこしており、竹川は大きな生あくびを噛みころしていた。

「いつ帰るのか知らないから片道だけどな。おまえみたいな安月給じゃ、沖縄便はたいへんだろう。黙って取っとけ」

私はふたりに礼を言い、あとは何を言っていいのかわからずにビールを飲んだ。急に明後日《あさって》といわれても、心の準備がまったくできていなかった。あとふた晩眠ったら、私は沖縄で公平と一緒にいられるのだ。

「ところで篠原、こんなところでぼーっとビールを飲んでいる場合じゃないだろう？」

「はい？」

「公平くんに連絡しなくていいのか？　ビールはそれを済ませてからだ」

私は席を立って店を出て、そして階段を駆け足で上がって地上へ向かった。夜の通りは騒音が激しく、私の声が公平にはなかなか聞き取れないようだった。大声を張り上げるようにして私は到着の日時を彼に伝え、同じことを3回繰り返したところで、ようやく公平は驚いた声を上げた。いったい誰にうつされたのか、彼は沖縄の言葉で「あきさみよー！」と言って驚いていた。

27

機内にアナウンスがあり、那覇行きの便は最終的な着陸体勢に入った。補助翼が何度も上下に傾きを変え、そのたびに高度が下がってゆく。眼下には手に取るように那覇の街並みが見えたかと思うと、つぎには逆に旋回して空しか見えなくなる。座席の下からは、ギアが回転するような音が聞こえてくる。

沖縄に来るのは2年ぶりだ。なのに初めて沖縄に来た公平に迎えられるのは、何か不思議な気分だった。そして本当に彼の旅先へ向かうことになろうとは、私自身思ってもみなかった。これはやはり、美紗子さんという女性がしかけたことなのだろうか。それとも自分のなかにある何かが、私にそれを急《せ》かしているのだろうか。

彼女の声が聞こえることは、結局のところ今日までなかった。何よりも急な展開がそうさせてくれなかったし、それならば逆に無理をすることもない、と私も考えを改めた。それに公平からじかに話を聞けば、別の展開があるかもしれないとも思った。私が彼女の写真を見たときに向こう側へ届いていたように、何らかの回線は必然的な偶然を伴って開かれるのだろう。

機体は旋回をやめ、滑走路へ向けてまっすぐに進路を取った。ややくすんだエメラルド色の海が窓のすぐそこに見え、やがて堤防のようなところを通過して、灰白色の滑走路へ沈んでいった。あの長いターミナルを歩いた最後の場所に公平が待っているのかと思うと、どんな顔をしてみせればいいのか、わからなくなってしまった。彼もきっと、同じような気分でいることだろう。どうして私たちは遠く離れていると近くにいるような気がして、近くにいると遠く離れているような気がしてしまうのだろうか。

荷物を受け取るのに時間がかかるのはわかっていることなのに、それでも私は早足でターミナルを歩いた。動く歩道のうえでも私は右側を急いで歩き、気がつくと同じ便に乗っていた人をほとんどすべて追い抜いて、受け取り場所に着くとそこにはまだ誰もいなかった。

荷物の札を照合するカウンターが右手にあり、透明な自動ドアを隔てた向こうが、到着のロビーとなっていた。レンタカー会社やツアーの名前を書いたカードを手にした人でそこは溢《あふ》れており、その人たちに紛れるように、出迎えの人々がドアから出てくる相手を待っていた。私はそこに公平の姿を探したが、ひと目見ただけではわからなかったので、それ以上はロビーを見たりはしなかった。そわそわとしている自分を柱の陰から見られていたりしたら、身の置き所がないからだ。

やがてベルトコンベアーに載った鞄《かばん》が出てきて、私は自分のものを取り上げてロビーへ向かった。高く掲げられたレンタカーのカードの向こう側、そこだけ頭ひとつ抜けた公平が、あらぬ方向を向いているのが見えた。私は気づかれないように彼の向いている方向とは逆へまわりこみ、すぐ横にまで近寄って軽く肩を叩いた。それに振り向いた公平の頬《ほお》に、私の人差し指が当たった。彼は顔を元に戻すことなく、いくぶんむっとしたような表情で、頬の肉を自分から私の指に押しつけた。

「やーい、引っかかった」

「このまま指をへし折ってやる」

「本当に久しぶりでした」

「荷物は持つよ。2階に上がって駐車場へ渡ろう」

駐車場へ向かうデッキには、生暖かい空気が抜けていた。私は東京から羽織ってきた上着を脱いで腕にかけ、背の高い公平のあとを追った。どこへ行くにも、先にひとりで歩いていってしまう癖は相変わらずだった。いくぶん痩《や》せたのかもと思ったけれど、肩のまわりの筋肉は以前よりも厚くなっているように見えた。

古いステーション・ワゴンに公平は向かい、荷室のドアを開けて私の鞄を入れた。空いているスペースはあまりなく、キャンプ用品を入れた箱と袋が占拠していた。いつもこれでキャンプに行くんだ、と私は訊《き》いた。雨が降るとうしろの座席をフラットに倒して、そこで寝ることもある、と公平は答えた。

駐車場の出口で料金を払い、車は一般道へ走り出した。公平は手回しのレバーでドアを開け、私も面白がってそれを真似た。空は青く澄みあがっているけれど、窓から吹きこんでくる風はしっとりとしているように感じた。

「今朝方まで、雨が降っていたんだよ」

ハンドルを手にまえを向いたまま、公平は言った。いつものように少し聞き取りにくいくらいの、静かで小さな話し方だった。

「それがこんなに晴れるとは。さすがに恭子さんだ」

「台風の進路を曲げるくらいの女ですから」と、私は答えた。

「まえに沖縄に来たときは台風が近づいていたのに、私がこっちに着くと急に沖縄をまわりこむようにして、奄美大島へ向かったの」

しかしそれには公平は生返事をするだけで、しばらく黙っていたかと思うと「写真のことはすまなかった」と、唐突に話題を変えた。私はただ「はい」とだけ言って、「こっちこそ、ごめんなさい」と付け加えた。

「ホテルは泉崎という場所に取ったんだ」

巧みに車線を変更させながら、公平は普通の会話へ戻した。

「このまま道をまっすぐに行ったところね。いちばんの繁華街だわ」

「うん。最初に那覇に来たときに泊まったホテルで、ツインを見せてもらったら意外と快適そうだったから」

「沖縄にはもう慣れた?」

「慣れたというより、ほとんど森のなかだからね。大城さんの小屋はとてもいい場所にあるから、君も明後日くらいには僕と一緒に泊まるといいさあ」

「公平くん」

私はそう言って彼の左肩を叩いて、人差し指を伸ばした。すると彼は、またしても引っかかった。

「何するんだ、運転中に」

「そうじゃなくて公平くん、こっちの言葉がうつってるわよ」

「僕が?」

「このあいだも電話で『あきさみよー!』って言ってたでしょ」

「そんなこと、言ったかなあ……」

ほどなくして、車はホテルに到着した。公平は駐車場に車を入れ、私たちはロビーへ向かった。そしてふたりそれぞれに宿泊者名簿に記入をして、1枚ずつキーを預かった。そちらのエレベーターで5階へ上がったところでございます、と若い女性が言った。

部屋は質素なつくりだけれど、確かに居心地はよさそうだった。私は鞄を棚に置き、まずはベッドで大の字になった。同じ部屋で、すぐ横のベッドに、公平がすわっているのが信じられなかった。

「とうとう来ちゃったなあ、公平くんの旅先に」

「そういえば、旅行は初めてだよね」

「ホテルも初めてだし」

「初めてだらけだ」

「じゃあ、こんなのも初めてでしょ」

私はそう言って公平のうえに重なり、彼の唇にキスをした。驚いたような顔をしているので、首に手をまわしてもういちどキスをしてみせた。すると私のほうが急に恥ずかしくなり、咄嗟《とっさ》に体を離して自分のベッドにすわり直した。公平もベッドから起き上がり、「今晩は7時に、比嘉さんの隠れ家に行くことになっているんだ」と言った。

「彼の仲間の桜田恵子さんという人も来るよ」

「メールに書いていた人ね。元気が良すぎて新聞社を辞めた人」

「平日だから、大城さんはやんばるから出て来るわけにはいかないけれど、さっき言ったように明後日には会えると思う」

「大城さんにも早く会いたいなあ」

しかしそれには公平は「そうだね……」と小さく答えるだけで、「さて」と言ってベッドから立ち上がった。

「2時間少し時間が空いているけれど、これからどうしようか」

私は簡単にシャワーを浴びて、まずは化粧を整えたいと彼に言った。初めて会う人がふたりもいるのだから、さすがの私でもそれくらいはしなければならない。じゃあ僕はロビーへ降りてコーヒーでも飲んでいるよ、と公平は答えた。真剣に考えた結果が結局はマイペースなところは、少しも変わっていなかった。人に気を遣わせまいとしているのが、しかし私には嬉《うれ》しく感じられた。

那覇の繁華街を歩くのは久しぶりだった。お土産屋が軒を連ねる国際通りですら、その独特で猥《わい》雑《ざつ》な熱気に私は心躍り、公設市場の鮮魚店や精肉店をひとつずつ覗《のぞ》いて歩いているときは、公平の顔ばかり見ていた。本当にいま沖縄で一緒にいるんだと思うと、その都度信じられないような思いがしたからだ。

私たちはその後裏手へ歩き、小さなバラックのような店でさとうきびのジュースを飲んだ。そして若者がやっているブティックやカフェを見て歩き、最後にタワーレコードでCDを見ていると、時間はあっという間に7時近くになった。こんな時間で間に合うのかと公平に訊いたら、ここから歩いて5分もかからない、と彼は答えた。

彼の言うように、国際通りを裏へまわってすぐの場所に、一戸建ての家がひっそりとあった。赤《あか》提灯《ちょうちん》が出ていなかったら、確かに店舗だとは思わないだろう。奥へ延びる石畳の通路を私たちは歩き、引き戸を開けると店の人は2階へ案内してくれた。隠し扉を開けて急な階段を上がると、ひと間だけの個室に男性と女性が先に来ていた。私は公平を通してふたりに紹介され、ふたりはそれぞれに名を名乗った。比嘉《ひが》さんはお兄さんの顔をそのままに仙人にしたような人で、桜田さんはいかにも豪快で芯の強そうな女性だった。

「いやあ、これはこれは待っていましたよ」と、比嘉さんは私が座布団にすわるよりも早く、テーブルにあるグラスにビールを注《つ》ごうとした。僕のときもまったく一緒だったんだよと、公平は私に耳打ちした。

「公平くんがまたこういう男だから、恭子さんがどんな女性なのかぜんぜん教えてくれないわけですよ。ちょっとくらいいいじゃないか、横取りするわけじゃないし、せめてどんな顔をしているのかくらい、恵子はともかく私には教えてくれてもいいじゃないかと言いましてもね、またこの男はいい歳《とし》をして何がそんなに恥ずかしいのやら、頭を掻《か》いたり閉じた膝に両手を挟んだりで、一向にはっきりとせんわけですよ。しかしまあ、ようやくお出でいただいて、これもまあ何かの縁と思ってまずは1杯やってください」

比嘉さんの喋《しゃべ》り方がお兄さんとあまりによく似ているので、私は思わず公平の顔を見た。彼も笑いをこらえているようで、いまにも噴き出しそうな顔で目を丸くさせていた。

私は比嘉さんからビールを注いでもらい、４人で乾杯をした。いちばん大きな声を上げたのは桜田さんで、彼女はビールをひと口だけ飲むと「ねえねえ恭子さん、あなたにひとつ訊いてもいいかしら」と言った。

「あなたは公平くんのどこが好きになったの？」

公平は口にしていたビールを思わず飲みこみ、苦しそうに咳《せ》きこみ始めた。私も急にそんなことを言われて何と答えればいいのかわからず、何とかその場はごまかそうとした。しかしふとこのとき、香里がスタジオで言っていたことを私は思い出した。あなたが公平さんを上まわっちゃえばいいのよ。

「わかりました」

私はふたりのまえで、堂々と手を挙げた。

「これから発表します。公平くんのどこが好きになったのか、質問に答えさせていただきます」

公平が制止しようとするのを私は手で抑え、そして身構えているふたりに「私が公平くんを好きになったのは、真剣に脱線しようとしているところです」と宣言した。ふたりはグラスを置いて盛大に手を叩き、公平は土下座をするかのように座布団に突っ伏していた。沖縄の磁場がそうさせるのか何なのか、私は不思議な力に持ち上げられているようだった。

「ところで朝雄はどうしている？」

比嘉さんは思いついたように、公平に訊いた。するとその途端に、あらゆる方向へ向けて飛び火していた会話の重なりは、すべてが遮断されてしまった。大音量で鳴っているオーディオのコードが、電源から突然引き抜かれたかのようだった。

　桜田さんは私との話を中断して比嘉さんの方に振り向き、私もただ黙るしかなかった。そして比嘉さんに注がれていた私と桜田さんの視線は、公平へ移った。公平は下を向いたまま素焼きのぐい呑《の》みを手にしているだけで、唐突に空気が止まった部屋のなかで、その口火を切った比嘉さんが誰よりも困惑しているように見えた。彼は身の置き所がなくなった仕草で3人の顔へ目を移してゆき、

「いや、特に意味はなかったわけだけれど……」と、小さな声で言った。

　誰からも言葉が出ることはなく、桜田さんも気まずそうな顔をしていた。公平はうつむいたままぐい呑みを口へ運び、それをもういちどテーブルに戻した。

「おふたりにお聞きしたいと、まえから思っていたんです」

　顔を上げて公平は言った。目は下を向いたままだった。比嘉さんと桜田さんは、公平の口から出てくるものを半ば察しているような硬い表情で、しかしそれをじっと待っていた。

「あの人は……」と、公平は言った。

　それを聞いたふたりは、互いに別々の方向へ顔をそらした。

「あの人はあそこにひとりでいて、本当に大丈夫なんでしょうか」

　比嘉さんは小さなため息を長く引くように洩《も》らし、「朝雄が何か言ったか……」と、質問とも納得とも取れる言い方をした。

「朝雄は最近どうしている？　ここのところ何の連絡もないんだ。いまに始まったことではないわ

けだけれど」

「やんばるでは元気にしているの?」

桜田さんが口を開いた。公平は彼女の顔を見て、「このあいだの夜、スルルを一緒に見に行きました」と答えた。

「キャンプの支度を小屋でしていたところに、大城さんが訪ねてきたんです。ひどく沈んだ様子で、お酒が入っているのでもないのに、自分を扱いかねているような感じでした」

比嘉さんは斜め上を見つめ、「やっぱり、まだそうなのか」と呟《つぶや》いた。それを聞いた桜田さんは目を丸くさせ、その顔のまま私に気まずそうに振り向いた。

「スルルが波打ち際で輝くのは、綺麗《きれい》だっただろうね」

比嘉さんは言った。硬く張り詰めた空気に、わずかに風の抜け道ができたようだった。

「小さい生き物が大きな営みをしているのを見て、僕は自分が恥ずかしくなりました」

公平は静かな笑顔をつくり、そして真剣なまなざしで私を見た。東京をあとにしたときの彼とは、どこかが違っている気がした。

「心が洗われるとか、感動が静かにこみ上げるとか、そんな自分中心のものではないんです」

比嘉さんは大きな目を輝かせ、公平の言葉に聞き入ろうとした。公平は私にも何かを伝えようとしているのだと思った。

「自分にとってそれが美しいとか素晴らしいとか、そういう都合のいい、勝手な感動ではありません。大きな営みのなかに自分も抱かれているのだと感じて、壁がなくなったように思ったんです」

「公平くんの言う壁っていうのは、実際にはどんなこと?」

桜田さんは真っ直ぐな好奇心を公平に向けた。人によっては責められているとも思いかねない、強くて明快な訊き方だったけれど、その曇りのない愛情を公平はそのままに受け止めた。

「ある種の頑迷さというか、自分を小さくしてしまう何かです」と、彼は答えた。

「自分はああすべきだとか、これはこうしなければならないとか、そんな決まりごとの壁に大した意味はないな、と思いました。自分は自分でしかないし、それでいいじゃないかと。それよりも、自分であることをもっと続ければいいじゃないかと。自分なりの理由づけなんかしないで、このまま堂々と脱線しようと思ったら、急に楽になりました」

沖縄に何度か来ている私はスルルのことは知っていたけれど、それはあくまでも食べ物でしかなかった。きびなごが満月の光に輝く様子を、比嘉さんが説明してくれた。どれほど月が明るかったかを公平が補足して、私はくっきりとした月影のかたちを思い描いた。

「私たちがあくせくとしているそのあいだにも、いろいろな営みが繰りひろげられているのよね」

と、桜田さんが言った。

「でもいつの間にか、あれこれと理由をつけて、何も見ないようになってしまうのよ。時間がないっていうのは、自分のせい。時間をつくるのが面倒だったり、そのことさえ思いつかなくなったり」

「それにしてもどうして朝雄は、急に公平くんをスルル見物に誘ったのかな」

疑問というよりも、比嘉さんは既にその理由を知っているような顔をしていた。それを公平に語らせることで、再確認したいのかもしれなかった。理由は僕にはわかりません、と公平は答えた。

「最初はためらいがちで、僕を誘うのもかなり遠慮しているようでした」

「本当はひとりで行こうとしていたのかしら」と、桜田さんが言った。家にひとりでいられなくなったのは確かだなと、比嘉さんが呟くように言った。

「あの人はひとりであそこにいて、本当に大丈夫なのでしょうか」

比嘉さんと桜田さんに最初にした質問を、公平はもういちど繰り返した。そのときだけ、なぜ大城さんのことを「あの人」というのか、私にはわからなかった。

「自分がいるだけで人が傷ついていなくなる、と大城さんは言うんです。そういうときはいたたまれなくなって、美しいものが見たくなる……と」

「それでスルルを見に行ったわけか」

比嘉さんは小さなぐい呑みにひと口ぶんの泡盛を自分で注ぎ、それを軽やかにあおった。

「あいつはまだ、自分のせいだと思っているんだな……」

そのとき桜田さんが、比嘉さんの膝に手を伸ばして軽く叩《たた》いた。そして小さいけれど聞こえる声で「ちょっと、恭子さんがいるのよ。今日沖縄に見えたばかりなのに」と言った。比嘉さんは承知したような顔でうなずき、その顔を上げて私を見た。私は対応のしようがなかった。

「まあ、公平くんから始まった話だし、ここで口を閉ざすのもおかしなものだろう」と、比嘉さんは言った。桜田さんは諦《あきら》めと納得の入り混じったような表情を見せていた。

「公平くん。朝雄はひとつ勘違いをしているというか、自分ひとりで責任を負ってしまっているんだよ」

そうだ」
「本人がいないところでこういう話をするのもどうかと思うが、きみの質問には答えたほうがよさ
「はい」と公平は言った。

それは大城さんが桜田さんの取材に協力をするようになった頃の話だった。そのあたりの経緯は私も公平からのメールで知らされていて、すんなりと入っていくことができた。悪質な土建業者と元から折り合いの悪かった大城さんが、役所のなかで徐々に微妙な立場に追いこまれていったことも、公平はメールで書いていた。

大城さんに手をこまねいていた人物たち（おそらくそれは、業者と裏取引のあった一部の人だろう）は、彼を露骨に異動させるわけにもいかず、その代わりに建築申請を審査する担当者の数を、それまでより2名増やした。表向きの理由は「沖縄の経済が上向きになったために建築申請の数が増え、それに対応する」とのことだったらしい。

これを機に大城さんが担当する審査物件は大幅に減り、それを埋め合わせるかのように、小規模の建築申請ばかりが彼にまわされるようになった。住宅や公民館など、基準法の違反といっても面積の虚偽申請のものが大半だった。それは大城さんほどの人が担当するような仕事とはいえず、彼はそのことへの腹いせのように、重要な情報をさらに桜田さんへ流すようになった。

「実はいま、〇〇組が隠れて山を崩している」と、彼は桜田さんに情報提供をした。

「まえに赤土が大量に海へ流れたところがあっただろう？　きみがその現場を報道してちょっとし

た話題になったから鳴りを潜めていたけれど、ここのところまた、山を開いている様子なんだ」

おかしな動きがあるのを察した大城さんは、まえに問題となった現場へ、ある夜ひとりで行ってみた。小さな山の頂上へ続く細い道を彼は車で走り、頂上付近の林のわきにその車を止め、林のなかへ歩いて入った。すると30秒も歩かないうちにその林は突然のように途切れ、先には重機で荒らされた赤土の荒野がひろがっていた。あったはずの木が1本残らずなぎ倒され、雨に何度も打たれた赤土はもはや泥のようになって川をつくっていた。

そこは私有地で、伐《か》った木を売ることは確かに自由だった。しかし土砂となって流れた赤土は海の珊瑚《さんご》を酸欠死させ、宅地として開発をしたところで、土壌が軟弱であるために台風の際の危険も予想された。

「その後の調べで、そこが老人ホームの建設予定地になっていたことがわかったのよ」

隠れ家のような店の2階の個室で、桜田さんは静かに言った。比嘉さんは「あんなところに大きな建物だなんて、どうかしている」と言い、土建業者の名を出して罵《ののし》った。

桜田さんの勤める新聞社の取材によって明らかとなった情報を、彼女は大城さんに内密に伝えた。そしてその情報源を隠匿したまま彼は役所内部の人間にかけ合い、建築の許可を取り下げるように働いた。その人物は「土壌に関してはコンクリートなどの施工で安全性を確保する」と、情報を認めるような発言をしたうえで、しかし担当外なのだからこれ以上首を突っ込まない方がいいぞと、脅迫とも優しい忠告ともいえる言葉を耳打ちした。

桜田さんたちのさらなる取材で、建設工事への融資が決定している銀行も明らかになった。大城さんの奥さんが勤める銀行だった。しかも匿名の男から大城さんに電話がかかってくるようになり、その男は暗に奥さんのことにも言及した。それ以来、大城さんは身動きが取れないようになり、勤め先で何を囁《ささや》かれたのか、奥さんとの関係もぎくしゃくとし始めた。そして、それまでの信念が音を立ててひとつずつ崩され続けていたある日、沖縄本島に歴史的な大型台風が到来した。

死者12名。家屋の倒壊による犠牲者が大半だったが、うち2名はあの乱開発をした現場の間近に住む老人と幼女だった。放置されていた倒木が土砂によって流され、ふたりの住む家を直撃したのだ。これを機に工事は急遽《きゅうきょ》取り止《や》めとなり、ふたりの死は台風の被害者としてしか扱われなかった。桜田さんにも圧力がかかっており、これをニュースとして個別に取り上げることにも待ったがかかった。台風の規模を考えると乱開発そのものが原因とは特定できない、というのが表向きの理由だった。

「自分の信念を貫こうとしたことで、朝雄はふたりの人間を犠牲に追いやった、と思ったんだよ」

比嘉さんは自分のぐい呑みに泡盛を注ぎ、容器を振ってまだ残っていることを確認してから、桜田さんと公平のぐい呑みにも中身を注いだ。私にも向けられたけれど、それは丁重に断った。比嘉さんは力なく笑って、容器を自分の手元に戻した。

「自分が担当していればあの土地には許可を出さなかったし、その逆に自分が動き過ぎたことで、本来なら開発しなくてもいい場所を業者が狙ったとも、朝雄は悔やんでいたわけさ」

「奥さんも脅迫まがいの目に遇《あ》ったし、私が会社を辞めることになったのも自分のせいだと言っていたわ。おれはよけいなことをした……役所を辞める決意をするまで、朝雄の酔い方はそれはひどくて見ていられなかったわね……」

私は公平を見た。彼は比嘉さんの注いだ泡盛を少しずつ飲んでいた。そしてふと思いついたように顔を上げて「だったら、大城さんとふたりでスルルを見に行ったのは、それでよかったんですね」と、小さな声で言った。

「故郷のやんばるへ戻れば、多少は気分も変わると思っていたんだがなあ」と、比嘉さんが言った。「どうも様子を見ていると、いいときと悪いときを繰り返しているわけさ。こういう言い方は悪いかもしれないが、奥さんが逃げ出すくらいだから、悪いときは手もつけられんのかもしれん」

「心ここにあらずといった感じで、信念を通すだけで人が犠牲になる、ぼくは死んだも同然だと言ってました」

それを公平から聞いた桜田さんは茫然《ぼうぜん》とした目をして、そこから音もなく涙が流れ落ちた。私がそれをおしぼりで拭《ぬぐ》うのを、彼女はまったく拒否しなかった。

「いずれにせよ、このままではまずい」

比嘉さんは決然と立ち上がった。しかし自分の座布団のまわりをうろうろとするだけで、「何かしなければならない。みんなで朝雄のとこへ行かなければならない」と繰り返した。そして最後に「おかしなことを頼んで申し訳ないが」と、座布団にすわり直して公平に向かった。

「四六時中とはいわないが、できるだけ朝雄から目を離さないようにしてくれ」

「それは何とかしてみます」と、公平は答えた。

「実は明後日《あさって》の昼から、恭子さんを大城さんのところへ連れて行こうと思っているんです」

「おお、それは上等だ」

「これで空気も変わるでしょうし、比嘉さんたちも合流してください」

もとより時間が自由になる比嘉さんは、早速皆で集まる日を選び始めた。NPOの代表をしている桜田さんも、雑事を調整すれば2日ほど空けられることがわかった。本当に急なことでごめんなさいね、と彼女は私に声をかけた。

「せっかく大好きな恋人に会いに来られたのに、おかしなことになってしまって」

しかし私はなぜか、残念な気持ちにはならなかった。友人を真剣に案じる人たちがここにいて、しかもそのなかで公平が大切な役割を担っているからだった。どこへ消えてゆくのかわからなかった公平はいま、ひとりの男性のために変わろうとしていた。


ホテルに戻った私たちは、互いにシャワーを浴びてから、何となくテレビを見ていた。私は会ったことのない大城さんのことを考え、公平はほとんど口を利かなかった。それでも長い沈黙に気が引けるのか、思いついたように口を開いては見ているテレビ番組の話をしたり、東京での私の様子を尋ねたりした。しかしいずれも長い会話になることはなく、公平はリモコンでときたまチャンネルを替えた。

明日はどこへ行く？　と私は訊いた。僕は沖縄のことはなにも知らないも同然だからと公平は答え、バッグのなかからロードマップを取り出した。公平が開いた最初のページには沖縄本島を俯瞰《ふかん》する地図が載っており、行ったことのある箇所にボールペンで印がつけてあった。ほとんどが北部に集中していて、中部と南部はまっさらの状態だった。

「中部だと、コザとか普天間ね」と、私は言った。公平の体に触れそうになるくらいに身を寄せて地図を覗《のぞ》きこんでも、彼は嫌そうな素振りは見せなかった。

「コザにも行ってみたいけれど、平日の昼間じゃなあ……」と、彼は言った。「週末の夜じゃないとロックの演奏もやってないし」

「南部だと、どこかしら」

「ひめゆりの塔とか、平和記念公園とかになるのかなあ」

地図に記載されている場所を公平は口にした。ひめゆりの塔には行ったことがあるからと言って、私は暗にそこへ行くことを避けようとした。犠牲になった女学生たちを商売道具にしているかのような献花の店とか、大型バスで訪れる修学旅行生をあてにした食堂が、軒を連ねているからだ。被害の様子を伝える資料館だけは必見の価値があるけれど、国道を走る車を片っ端からつかまえては自分の店の駐車場に誘おうとする客引きの姿を、私はあまり目にしたくなかった。

公平は地図に記されている地名を指でなぞり、「この『さいじょうおんたけ』というのは何?」と、私に訊いた。私は思わず公平の指をつまみ、それを地図からどけるようにして地名に目をやった。まえに沖縄へ来たときに寄ろうと思っていたけれど、夕方の暗い時間になったのでしかたなく通り過ぎた場所だった。

「これは『斎場御嶽《せーふぁうたき》』というのよ」

「御嶽って、あのウタキのこと？」

「ウタキのことは知っているわけ？」

「うん。祖霊の降りる神聖な場所だというのを地元の老人から聞いて、そこで音を録《と》ったこともあるよ。ヘッドフォーンで聴くと、本当にその場所へ音が集まって降りてくるみたいなんだ」

「へえ、そんなことってあるんだ」

「気配とか音とか、昔の人の感覚が鋭いのには本当に驚くね……。で、ここは他の御獄とは違うのかな」

私は斎場御嶽のことを公平に話した。実際には行っていないのだから、本を読んで知ったことを伝えただけだけれど、それでも彼は大きな関心を示した。斎場御嶽は沖縄に遍在するウタキのなかでも最も神聖な場所で、昔は宗教を取りしきる位の高い女性だけが、入場を認められていた。琉球の国づくり伝説は、この場所から始まっている。

「地図で見るように海に面した斜面で、大きな岩盤が滑り落ちて直角三角形の洞窟《どうくつ》をつくっているの」

「う〜ん……うまくイメージが浮かばないな」

「森のなかを歩いたいちばん奥に三角形に空いた岩窟があって、そこがそのまま信仰の対象になっているんですって」

私は写真で見たことのあるその様子を、部屋に備え付けのボールペンで描いてみせた。切り取ったメモ用紙を受け取った公平は、いかにも不思議そうに見つめていた。

「実際に行ってみなければ何とも言えないけれど、本当にあの世とこの世の通路みたいだね」

確かに、直角三角形のかたちのまま岩が向こう側へトンネルのように抜けている空洞は、何かの通路のようだった。昔の宗教を司っていた女性の巫女《みこ》たちは、この場所の力を感じながら通路を擬似的に体験していたのだろう。ここは生と死が交わりあう場所なのだ。

「ところで写真のことだけれど……」

タイミングを摑《つか》めずにいたのか、公平は申し訳ないような様子で例の話を持ち出した。沢口美紗子さんのこと？　と私が名前を出して訊くと、彼は一瞬脅えたような顔をしてうなずいた。それなら明日の夜にしようよ、と私は言った。今日は大城さんのこともあったし、眠気と疲労のせいで体が火照《ほて》ってくるのがわかった。

それぞれに別のベッドに入り、公平が枕元にあるスイッチで部屋の明かりを消した。彼のベッドに滑りこもうと思ったけれど、その頃にはもう公平は静かな寝息を立てていた。

28

そこへいたる駐車場に、車は1台しか停《と》まっていなかった。名所ではあるものの観光客が普通に訪れるようなところではなく、ひっそりと静まり返った空気には、独特のものが感じられた。人を無言で撥《は》ねつけているようでいて、同時に誘いこむような魅力もあるのだ。

車を降りて荷台にまわった公平は、ごく簡単な録音機材をバッグに詰め、後ろのドアを閉めた。私たちは掲示板に描かれている順路を確認して、森へいたる参道のような小径《こみち》をのぼった。

道は険しくはなく、自然公園の探索路のようにも思えた。私は鬱蒼《うっそう》とした亜熱帯性の森を想像していたのだけれど、植生はまばらで、見通しの利く明るい森だった。途中に拝所があり、沖縄の黒い線香の束には火が残っていた。誰か先にここへ来た人が、垂直にそそり立つ巨大な岩壁のまえで祈りをあげていったのだろう。霊場にありがちなおどろおどろしさはなく、むしろ清々とした印象を私は感じた。いろいろな所へ行ったけれど、こんなところは初めてだなあ、と公平は感想を洩《も》らした。鋭さと柔らかさが同居しているような感じがするんだという彼の言葉は、私がここに着いたときに最初に感じた印象と一致していた。

途中で小径はふたてに分かれ、私たちはあの巨岩がある方を選んで右へ曲がった。少し歩くと小さな森は行き止まりとなり、ふと右側に目をやると、そこには写真で見たのと同じ直角三角形の岩《がん》窟《くつ》があった。そのあまりの大きさとかたちに、私は声を失った。

「何なんだ、これは……」

数メーターはあると思われる岩の空洞を、公平は見上げていた。垂直に切り立っていたはずの岩盤の上部がそのまま斜めに滑り落ち、下の斜面に突き刺さるような状態で止まっていた。定規のかたちとまったく同じ、見事な直角三角形だった。ふたつの巨岩をこのように組み合わせた自然の造形があるとは、にわかには信じられなかった。

上にかぶさった岩がよほど大きいのか、空洞は直角三角形の形のまま、向こう側へ数メートル突き抜けていた。三角に縁取られた空洞の先には岩のテラスのような場所があり、そこにはまさに天から降るかのように、太陽の光が垂直に射しこんでいた。私たちがいる場所がこの世だとするなら、向こう側はまさにあの世のように見えた。

「向こうまで歩いていって、いいんだよね?」

自信のなさそうな顔で公平が訊《き》いた。私は彼の手を取ってまえへ進み、岩の空洞の途中まで歩いた。そして改めてうえを見上げた。頭上には斜めに傾いた巨大な岩盤が、それ自体何かの力を宿しているかのように、堂々と覆いかぶさっていた。

「こんなことって、あるのかしら……」

私の呟《つぶや》いた声が、空洞のなかでわずかに木霊した。岩盤はしっとりと濡れており、そのなかにいるだけで神聖な気持ちになってきた。

「とにかく、向こうまで行ってみよう」

公平は私の手を引いて先へ進んだ。少し歩くと視界が突然開け、あくまでもなだらかな海の向こうに、小さな島が見えていた。琉球をつくったカミが最初に降りたといわれる久高島《くだかじま》だ。陽が垂直に射しこんでいる岩のテラスには、その久高島に向けて拝むための石が置かれていた。石の台のうえにも、火の残る線香が横たえてあった。

「偶然とはいえ、これはいったい何ていう装置なんだろう」

完璧な三角形をした、圧倒的な存在感のある巨岩と、そこを抜けると海の彼方に小さな島が見えるという偶然。それは何かの力が人を拝ませるために用意した、超常的な装置としか思えなかった。

「ピラミッドだとかナスカの地上絵とか、そんなものよりずっと凄《すご》いよ……」

岩盤を背に遠くの島を見やったまま、公平はやや興奮気味に呟いた。

「人の手を借りずに、なんでこんなものができるんだ。これを見たら、誰だって自然を畏《おそ》れると思う」

公平の言うとおりだと思った。これを間近に見て何も感じない人がいたら、その人はよほど何かが曇っているか、鈍ってしまっている人だろう。あるいは自分の古層にあるものを封じこめていることに、何も気づかないまま感性が眠ってしまっている人だ。

私たちはもういちど空洞をくぐって元の場所に戻り、巨岩のつくる三角形を改めて見上げた。見れば見るほど飽きることがなく、清々しい空気が頭に突き刺さってくるのがはっきりとわかった。公平は草むらにバッグを置いて機材を取り出し、マイクをつないでヘッドフォーンを耳にした。そして驚いたような顔をして、それを私に手渡そうとした。

私もヘッドフォーンをつけ、密閉部を両手で支えた。モニターの音量を、公平はゆっくりと上げていった。

さわさわとした森の風が聞こえ、遠くの方で潮騒がわずかに響いていた。まるで音がまわっているようだった。透明な音の渦が幾重にもあって、しゅわしゅわとまわりながら上から降りてくるのだ。

「この場所はかなり強力なはずなのに、それをそう思わせない不思議な透明感があるんだ」

水平になっている岩盤に、私たちは並んですわった。その岩盤の隅にも石の香炉のようなものがあり、そこから線香の煙が漂っていた。

「この透明感は何だろう……垂直の岩がそうさせるのかな。岩にあたった音がわずかに反響して、まわりながら降りてくるんだよ」

「でも爽《さわ》やかなだけじゃなくて、その先にまだ何かがあるような感じもする」

私はじっと目を閉じて、その何かを体で感じ取ってみようとした。大昔の巫女《みこ》なら、その何かとひとつになることができたのだろうか。

「ところで、写真のことは申し訳なかった」

いつどこで用意したのか、公平はバッグからお茶のペットボトルを2本取り出した。私はそれを受け取って栓を開け、「こっちこそごめんなさい」と言った。人が来る気配はしなかった。

「いつか話そうと思っていたけれど、まさかこんな場所でそうなるとは……」

公平の静かな笑顔を見て、私はいまなら大丈夫だと思った。彼は彼女について語り、私はその意味を受け止める。

「ほんの短い期間だった。僕はそのとき高校3年生で、夏に知り合って冬まで続いたんだ」

森のなかでは、わずかに鳥の声がしていた。ここにはあらゆるものが集まって、そしてすべてが浄化されているように感じた。何かの強い力が降りかかってくるのではなく、ここではあらゆるものが浄化の洗礼を受けるのだ。

「彼女……沢口美紗子さんは、大学を出てから就いた仕事を辞めたところで、僕は単なる馬鹿な受験生だった。夏の日に図書館で偶然に知り合って、僕は受験勉強を手伝ってもらうことになった。夏になってもまだ、僕は何も勉強に手を付けていなかったんだ」

そこまで言って、公平はペットボトルのお茶を口にした。私は彼が一方的に告白をする展開に申し訳ないような気持ちになり、厭《いや》だったらもうそれでいいのよ、と言おうとした。しかし公平はボトルの栓を元に戻して、話の先を続けた。

「どのみち、いつまでも続く間柄ではなかったんだ。お互いにそのことはわかっていたし、起きたことは、それはそれで思い出になるんだと思っていた。洋画によくあるような話だよ。その辺の少年がある夏の日に大人の女性と知り合って、その関係はもちろん続かないんだ」

そこまで言うと、公平はまた間を置いた。川に灯籠《とうろう》を流す夏の夜の光景が、そのとき私の脳裏に浮かんだ。灯籠のなかにはひとつずつ何かを書いた紙が納められていて、それを流しては見送ってゆくのだった。

「でも……」

私は話を聞くのが辛くなってきて、自分は何ていうことをしたんだろう、と思った。そして公平の腕を両手で摑《つか》み、そこに思い切り力をこめた。しかしそこへ手を乗せられると、力は自然に抜けていった。下を向いて歯を食いしばっていると、涙がぼとぼとと落ちていった。

「でも……」と、もういちど公平は言った。

「短いあいだのことを、僕は子供なりに自分で治めようと思っていた。彼女は大人だから、それを受け止めてくれるはずだった。でも、センター試験の終わった次の日に、思いも寄らないことが起きてしまったんだ……」

私は下を向いたまま両手で顔を覆い、それ以上どうすることもできなかった。公平に対して申し訳ないと思う以上に、あの人に対しての想いが自分を激しく揺さぶった。ありとあらゆるものが私の背中にのしかかり、それが何とか浄化してくれるように、私は祈るしかなかった。

公平は岩盤に置いてあるバッグを手元に引き寄せ、レコーダーに差したままのヘッドフォーンを、もういちど頭に装着した。目を静かに閉じている様子は、うっとりとしているようにさえ見えた。音はこの場所のものだけれど、彼の頭のなかは過去の記憶に戻っているのだと私は思った。人に何かを語るということは、自分だけの過去のなかへ降りてゆくことから始まるのだ。

「音だけを聴いて、景色を消してみるんだ」

目を静かに閉じたまま、公平は囁《ささや》くように言った。私も目を閉じて耳を澄まそうとしたけれど、やはりそのまま公平を見ていることにした。目を閉じながら話す人の言葉には、なぜか真実味があったからだ。相手を見て話すのではなく、それは心の振動をそのまま声に変えたかのようだった。

「音だけを聴いて景色を消す。これは鳥だとかあれは潮騒だとか、できるだけ考えないようにする。いま風が吹いたのだと思っても、それはそれで流れるがままにしておく。そうすると、目には見えない何かが見えてくる。感覚が起きてきて、かたちのあるものに囚《とら》われないようになるんだ。あるいは自分もまた、音の一部になってしまう」

彼はこのまましばらく黙っているのだと思って、私も同じように目を閉じてみた。音だけの暗い世界に最初は違和感があったけれど、その音に意識を集中させると呼吸が自然と穏やかになり、いつまでもずっとそうしていたい気持ちになってきた。私たちはそのまま、何も喋《しゃべ》らずに穏やかな呼吸をした。たったの5分でも、静かに目を閉じるということが普段の生活のなかにないことがわかった。

岩盤の上で仰向けになっていた公平は身を起こし、ヘッドフォーンをはずしてバッグへ戻した。短い時間だったけれど、目を開けてみると自分のいる場所が新鮮に思えた。それは5分間のようでもあったし、1時間のようにも感じられた。

「僕は最初、こんな風にして音を聴くのが怖かったんだ」

並んですわっている公平は、真っすぐまえを向いて話を続けた。人に大切なことを語るために、彼のなかで時系列が慎重に組み立てられているのがわかった。

「ちょっとした音でも怖かった。目を開けて、何の音なのかがわかっていれば、別にそれほどでもない。でも、ふいに耳に入ってくる音に関しては、身がすくんでしまうんだ」

「ちょっとした音でも……」

「そう、木の葉が1枚、かさっと落ちただけの音でもね」

それは公平から初めて聞かされる話だった。音楽にしても、そして自然の音に対する関心と敏感さにしても、もはやマニアの域を越えているはずの彼からそんな言葉が出てくるとは、私は考えてもみなかった。

「恭子さんは、地震の音というのを聞いたことがあるかい？」

彼を振り向くと、公平はまだ森の先を見ていた。私は質問に答えることができず、自分の体験した地震を音で思い出そうとしても、これといった実感は得られなかった。

「そのときはただ恐ろしいだけで、むしろ何も感じない。感じている余裕なんてないんだ。でもあのことを体験した後、僕はすべての音が怖くなった。人が後ろから歩いてくるだけでも咄嗟《とっさ》に振り返ったり、電車がホームに入ってくる音が恐ろしくて、その電車に乗れないことも何度もあった。僕は音に囚われてしまったのだと思った。音楽はずっと好きだったけれど、何でもないはずの音が人を根底から揺さぶるなんて、考えたことがなかった。だから僕はそれを打ち消したくなって、自然の音に関心を向けるようになったんだ」

しかしその安らかなはずの自然の音にも、彼は安息を得られることはなかった。そこにも同じような気配があるんだ、と公平は言った。

「戦争映画の派手な破裂音とか、マシンガンの炸裂《さくれつ》する音とか、そんなのは逆に何でもないんだよ。でも、自然の音の奥にある何かに気づいてからは、それこそ自分の求めているものではないかと思い始めたんだ」

斎場御嶽《せーふぁうたき》に人が訪れる気配はまったくなかった。すべてが浄化される清らかな場所には音がさざ波のように流れ、それは遠い昔といまを結んでいるかのようだった。私たちの深い層のなかでは、時間に関係なくつながれているものがあるのだ、と私は思った。

29

冬休みが来てクリスマスが過ぎると、公平は自宅での勉強に集中した。センター試験を目前に控えてみるともはや焦りはなく、むしろ待たされているような気分だった。ひとつだけ気がかりなのは、美紗子の住む洋館へ通わなくなったことで、それまでとは環境もペースも変わってしまったことだった。上の空というのでもないのだが、いつもいた彼女が不在であるということが、彼のなかでそのまま空白となっていた。美紗子をどれだけ頼っていたかが、大きな驚きと共に公平を戸惑わせた。人をこれほどに慕うことは、それまでの彼にはなかった。

ぽっかりと空いた穴はどうにもできないのだと観念した公平は、夕方の散歩を装って公衆電話から美紗子に連絡を取り、そのたびに彼女は明るく彼を励ました。こんなことなら大晦日ぎりぎりまで一緒にいればよかったのにとも思ったが、3週間もすればまた会えるのだと、自分に言い聞かせた。2日間にわたる試験が終わり、自己採点を済ませれば、その次の日には延期したクリスマス・パーティが待っているはずだった。

テレビは世間のせわしない様子を殊更に強調して伝え、自分たちを年末の最後の夜へ追いこんでいるかのようだった。その様子を画面で見ながら、なぜ何もかも年内のうちに済ませようとしているのだろうか、と公平はふと奇異に思った。黙っていても時間は流れてゆくのに、世間はなぜか最後の夜を頂点に置こうとしている。

そのうねりのようなものは、「ゆく年くる年」という番組で、文字通り頂点に達した。大きな神社への参拝に長蛇の列をなす人びとの様子が映し出され、あと15秒で新年であることを示す時計が画面に現れ、そして年が明けたその瞬間に、にぎやかだった神社の映像はしんと静まり返るどこかの田舎の山寺に切り替えられた。狂乱の夜は一瞬にしてどこかへ消え去り、袈裟《けさ》を身に着けた僧侶が大きな鐘を厳かな様子で突いていた。

三が日が過ぎ、ふたたび美紗子と連絡が取れるようになると、底が抜けたようだった公平の足元にも、確かな感触が落ち着きとして戻ってきた。試験を受けるのは自分であり、助けも出せずに結果を待っているのは美紗子の方だった。試験の日が近づけば近づくほど、それは再会までの日が迫っているのを意味していることでもあって、公平はそのカウントダウンを落ち着きとやる気に変えようとした。美紗子は自分のはやる気持ちを抑えながら、初めて大学受験をする公平を巧みにリードした。

「特にもう、何もすることはないのよ」

実家から古い洋館に戻った彼女は、彼にそう伝えた。耳元でしている彼女の声は、そのまま彼のなかで温《ぬく》もりとなった。切ない恋しさと、勇気を与えられる励みがないまぜとなって、公平の胸を掻《か》きむしった。

「2次試験に向けての見直しでもすればいいわ。1次のラインはもう越えたものだと思って」

「そう思って、頭から消すことにします」

公平は努めて冷静に答えた。試験への焦りではなく、彼女の声に反応してしまう自分を何とか落ち着かせようとした。

「クリスマスの準備は、進んでいますか」

公平は自分から質問をした。

「あと1週間先だからまだだけれど、何をどうするかは全部決めてあるの」と、美紗子は答えた。

「どうかそれをいま、僕に教えてください」

「本番がまず先にあるのに、待てないというの？」

「せめて少し教えてください。それを励みにこなせそうな気がするから」

少し沈黙があって、公平は不安にかられた。勉強はおろか、試験さえ手につかなくなりそうなほど、急に血が上ってきていた。電話線の向こうでは機械的な沈黙が続いていたが、やがてそれはくすくす笑いとなって公平の耳に入ってきた。それだけで彼は救われた気がした。

「公平くんは、そんなだったかしら？」と、彼女は笑いを鎮めながら言った。

「そんなって、僕がどうかしました？」

もういちど、少しだけ笑い声が聞こえた。

「そんなに甘えん坊だったかしら。初めて会ったときよりも、もっとまえに戻ったみたいよ」

それでもできるだけ彼女と対等に応じようとしながら、その術《すべ》をすべて公平は忘れてしまっていた。

「何だかもう、よくわからなくなってきました」

「ではひとつだけ、教えてあげます」

「お願いします」

「ケーキを焼くことはもう、言ってあるわよね？」

「早く食べたいです」

「実はこのケーキは、特別のケーキです」

彼女にすべてをあずけきることの快感が、久々に公平の胸に蘇《よみがえ》った。急に自分の輪郭が取り戻せたような気がして、ようやく彼はいままでの自分を少しずつ思い出した。

「女が特別のケーキを焼くと言ったら、それは本当に特別です。以上」

その後少しだけふたりは他愛ない会話をして、公平から先に電話を切った。家までの暗くなった道を、彼は歩いた。おおいぬ座のシリウスがはっきりと夜空に浮かび、冬の冷気をひときわ引き締めていた。


1月14日、公平は大学の大きな教室で初日の試験に臨んだ。数学が2教科に理科が1教科、そして配点の高い英語をこなした。試験を終えて外へ出ると冬の夕方は早くも夜のようになっており、最寄りの駅からまずは美紗子に電話をした。得意の科目から入ることができたので落ち着いたと彼は伝え、彼女の指導法が間違っていなかったことを素直に感謝した。美紗子はパーティの準備が進んでいることを彼に聞かせ、あと1日頑張れば会えるのだという彼女の声に、公平は改めて信じられないような思いを抱いた。今日1日で半分は済んでしまい、残されているのは後の半分だけなのだ。そう思うと明日への活力が生まれ、長時間に及んだ試験の疲れもどこかへと自然に消えた。明日もういちど電話をすると公平は言い、今晩はゆっくりと寝るようにと美紗子は労《ねぎら》いの言葉をかけた。

翌日は社会と理科から1教科ずつを選択し、国語が必須となっていた。歴史と古文には少々の不安が残ったが、喫茶店に寄って前日の採点をしてみると、基準のラインは何とか越えられそうだった。後は明日1日、すべてを忘れて遅いクリスマス・パーティを楽しめばいいだけだった。

1日目の科目を自己採点してみたことを、公平は前日と同じ駅の公衆電話で伝えた。それを聞いた美紗子は公平よりも確信を得た様子で、自分のことのように喜びを表現した。ちょっと待っててと言って彼女は受話器から離れ、少しすると黙って待っている公平の耳に、クリスマス・ソングが飛びこんできた。「ねえ、聞こえる?」と、彼女は言った。

「聞こえるよ、ステレオのボリュームを上げたのかな?」

「そう。CDをかけながら準備をしていたところなの。後はもう、明日になったら火を入れるだけ」

美紗子の声がときどき聞こえづらくなるくらいに、クリスマス・ソングははっきりと聞こえた。1月のなかばにこんなに大きな音でクリスマスの音楽をかけているのは美紗子さんだけだよ、と公平は言った。しかし彼の声は彼女にも聞こえづらいらしく、「え、何て言ったの?」と、美紗子は明るい声で訊《き》いてきた。

「いや、明日になったらゆっくりと話すよ」と、公平は答えた。

「だめよ、明日までなんて待てないわ」と、彼女は言った。

1週間まえと逆になっている、と公平は思った。明日の時間を伝えられた公平は浮き立つような気持ちで電話を切り、ひとつの壁をまずは越えたことへの充足感が、ようやく胸の内に膨らんできた。明日の新聞を見ながら彼女と一緒に採点をすれば、それが彼からのクリスマス・プレゼントだった。

午後の3時に、公平は洋館に到着した。そしてドアを押し開けようとしたら、そこには鍵がかかっていた。自分の来ることがわかっているときは、それに合わせて鍵などかけない美紗子なのに、いったいどうしたのだろうと公平は思った。まさか時間を間違えたはずはないと思いつつ、ドアの脇にある呼び鈴を押してみると、少ししてから美紗子が現れた。表情には精気が感じられず、瞼《まぶた》がいくぶん腫《は》れぼったいように見えた。そして瞳にも、いつものような怜悧《れいり》さがなかった。

「どうかしたんですか、美紗子さん」

なかに入った公平は訊いた。部屋は暖かだったけれど、バターの焼けるような匂いはしておらず、クリスマス・ソングのCDもかかってはいなかった。そしてふと2人掛けのソファに目をやってみると、そこには形の崩れたブランケットがあった。

「風邪でも引いたんですか」と、彼は訊いた。すると美紗子は泣き出しそうな目をして、口が徐々にへの字へ曲がっていった。こんな表情をする美紗子を目にするのは、彼には初めてのことだった。公平は思わず彼女の肩を片手で抱いて、額に手のひらをあてた。思ったよりも火照《ほて》っており、彼は抱いている肩をさらに抱き寄せるようにして、自分の額を彼女の額に重ねた。そのまま美紗子は公平の胸に崩れ、震えるような声で「ごめんなさい」と言った。

「せっかく何週間も心待ちにしていてくれたのに……油断した私がいけなかったの」

目に浮かんだ涙をそれでもこぼさないようにして、彼女は毅然とエプロンを着けてキッチンへ向かおうとした。公平はその肩を後ろから摑《つか》み、寝ていなければだめだよ、とやや強い声で囁《ささや》いた。

彼女は肩をまわして公平の手を振り解《ほど》こうとしたが、力がほとんど入らなかった。

「ほら、やっぱり寝ていなければだめだ。熱は測ったの？」

美紗子は観念したようにソファへすわり、それでも熱のことに触れようとはしなかった。公平もあえてそれ以上を尋ねるのはやめ、彼女にブランケットをかけてから向かいのソファに腰を下ろした。

「準備はもう出来ているから、私の言う通りに手伝ってくれる？」と、美紗子は言った。

「私の言う通りにオーヴンの温度を設定して、焼き時間を入力すればいいだけだから。まずは先にケーキを焼いてもらって、それからジンジャーのクッキーもあるから」

泣くことだけはすまいと意地を張っている彼女の様子を、公平はしばらく見ていた。熱が何度あるのかはわからないけれど、段取りだけは指示しようとする彼女の顔を、公平は何も言わずに見ていた。そして活力が奪われていくところを見届けたところで、できるだけやわらかい声で公平は言った。

「明日にしようよ、美紗子さん」

するとと彼女はもういちど口をへの字に曲げ、赤い目にふたたび涙がにじんできた。ブランケットをはがそうとする彼女をテーブル越しに押さえつけた公平は、ソファにすわり直して改めて言った。

「明日でもいいじゃない。1日延びるだけなんだから、何てことないよ」

「でも公平くんは、今日のためにずっと頑張ってきたのよ」

彼女の声が震えているのは自分への怒りなのか、それともただ申し訳なさに対する哀《かな》しみなのか、それは公平にもわからなかった。もしかしたらこの自分以上に、美紗子さんは今日という日を待っていてくれたのかもしれない、と一瞬だけ思った。

「気持ちはとても嬉《うれ》しいよ」

彼女の横に席を移した公平は、手を取って静かに言った。

「でも、風邪を治すことがやっぱり先決だよ。今日は採点だけして帰るから。それでいいですね？」

彼女がそれ以上抵抗することはなかった。公平はバッグに入れてきた朝刊を取り出し、美紗子と一緒に採点を始めた。理科と国語はほぼ満点に近く、社会の減点も思ったよりは少なかった。1日目の採点と合計してみると、基準のラインは少しの余裕をもって越えていることがわかった。

美紗子はようやく笑顔を見せた。そして満面の笑みをひろげた途端、彼女の目から同時にたくさんの涙が溢《あふ》れ出てきた。彼女は嬉しそうに笑いながら大泣きしていた。そして公平の腕を強く取って「よかったね、ほんとによかったね」と、何度も言った。

隣りの駅まで電車に乗った公平は、家へ向かうまえに美紗子に電話を入れた。そうする約束だったからか彼女はすぐに電話に出て、ふたりは10分ほど話をした。このあと僕たちは本当に別々の人生を歩むことになるのだろうかと、自分でも不思議に思うほどにそれは親密さに充ちた温かい会話だった。彼女との立場が普段とは逆転しているからか、その親密さはいつも以上に深いものだった。ここまで来られたのも本当に美紗子さんのおかげだと改めて思いながら、公平は明日に延期されたパーティの様子を思い描いて家に戻った。夜空ではオリオン座が直立し、その下には今晩もシリウスの青く冷たい光が見えていた。

30

聞いたこともない音と共に公平の目が覚めた。普通のことではないという巨大な不安が胸を黒く襲い、はっきりとした恐怖を感じたその瞬間に、まったく訳がわからなくなった。割れるはずのないサッシュが割れる音がして、机にある物がすべてふっ飛んだかと思うと、棚に置いてある小型のテレビはコンセントからコードを引きちぎるようにして、公平の部屋の壁に平行に激突した。ブラウン管はばっくりと割れ、公平は枕を抱きこんで布団のなかで丸くなった。部屋全体が激しくシェイクされて立ち上がるどころではなく、寝返りすら打つことができず、家じゅうの物があちこちに激しくぶつかって割れたり壊れたりする音を耳にしながら、彼は死の恐怖に直面した。それは死というよりも絶望に近く、揺れは激しさの強弱を永遠に繰り返していた。恐ろしさのあまり声すら出すことができず、同じマンションにいる両親の寝室からは、母親の泣き叫ぶ声と怒号にも似た父親の悲痛な声が聞こえていた。いつになったらこれは終わってくれるのだろう、と公平は布団のなかで思った。いつまでも終わらないような気がした。

しかしそれはやがて終わった。

どれくらいの時間だったのかわからない。

ベッドの横に倒れているスタンドをオンにしても電気は点《つ》かず、飛び出して中の物がばらばらになった引き出しから、公平はようやく小型のマグライトを探りあてた。それをねじっておそるおそる部屋のなかを照らしてみると、元の位置にあるものはひとつとしてなかった。彼は開きづらくなったドアを何度も押し引きしてようやく押し開け、足の踏み場のなくなったリビングへスリッパを履いて歩いていった。泣き叫ぶ母親の肩を抱くようにして、呆然《ぼうぜん》としている父親がこちらへ向かってくるところだった。

「公平、怪我はないか?」と、父親は訊いた。

そう尋ねられて初めて、公平は自分の体を確認してみた。痛むところはどこにもなかったし、血が流れてもいなかった。両親もまた、体だけは大丈夫のようだった。

リビングとひとつながりになっているキッチンに目をやると、食器の大半が粉々に割れ、シンクのなかや床のうえで瓦礫《がれき》のように重なっていた。冷蔵庫はそのまま前倒しになっており、砕けたガラスを慎重にまたいでガス台に行ってみると、火はまったく点かなかった。

「やはり停電している。テレビも点かない」という父親の声に、公平は振り向いた。

低いボードに置いてあるリビングのテレビは幸いにして形を留めていたが、それに押しつぶされた花瓶や飾り物の陶器は、すべて砕けて床に散らばっていた。夜はまだ明けていなかったが、それでも少しは明るくなるのではないかと、公平は南向きの窓のカーテンを開けてみた。そして眼下にひろがる住宅地の様子を見て、息を呑《の》んだ。

「父さん、ひどいことになっている」と、彼は言った。「うちなんてまだ、いい方かもしれない」

公平に手招きを受けた父親は彼の横に並んで立ち、ふたりは地震の惨禍を初めて目にした。大半の家は見たところ被害が少ないように見えたが、古い一軒家はあちこちで崩れていた。割れた瓦屋根の下敷きになっているような家屋もあった。暗くて付近の様子しか見えないものの、遠くの方では何ヶ所かで火の手が上がっていた。火力コンビナートが静かな住宅地に移転してきたかのような光景だった。

やや落ち着きを取り戻したのか、母親が背後から歩いてくる気配を感じた父親は、「きみはまだ見ない方がいい」と言って母親を押し戻し、ソファのまわりだけ応急に整理をしてそこにすわらせた。彼女はやや震えた声で「神戸にこんな大きな地震が来るなんて」と、静かに繰り返していた。

「テレビはだめだ。公平、おまえラジカセを持っているだろう」と、父親は気丈な目に戻って公平に促した。あまりにも現実味がなく、半分は夢のなかにいるような気分でいた公平は、そう訊《き》かれてようやくラジオの存在を思い出した。

部屋へ戻ると、本の山のうえに本棚が覆いかぶさっており、まずはそれだけを壁に戻して本を大《おお》雑把《ざっぱ》に掻き分けると、そのなかにラジカセが埋もれていた。プラスチックの部分は割れたり凹んだりしていたが、本体そのものに問題はなさそうだった。公平は机から飛び出したままの引き出しから乾電池を取り出し、それを装塡《そうてん》してスイッチを入れてみた。ラジカセから、ニュースの音声が流れてきた。

「父さん、ラジオでは放送をやっているよ」

ラジカセを手にリビングに戻った彼は、それをテレビの横に置いてボリュームを上げた。震源地は淡路島北部、最大の震度は6でマグニチュードは7・2であると発表されていた。被害状況まではまだ摑《つか》めていないらしく、死者および負傷者はかなりの人数にのぼる模様であるとのことだった。他の情報も詳細には伝えられず、アナウンサーは地震の規模と震源地、そして運転が停止されている鉄道網の情報を繰り返しているだけだった。

会社から携帯電話を持たされている父親は、それで数ヶ所に連絡を取り始めた。無線なので呼び出すことはできるらしいのだが、回線は既にパンクしている様子だった。試しに東京の親戚へかけてみると、それだけはつながった。父親が地震の様子を伝えているのを聞いて、公平はふと美紗子のことを思い出した。

母親は呆然としてうなだれ、父親は落ち着いた様子で事態を伝えていた。それを目にしながら公平は、電話回線の様子を確認するふりをして美紗子に電話をかけようとした。しかし受話器を耳にあてただけで、それが無意味であることがわかった。受話器からは何の音もしていなかった。

電話をかけている父親に「外の様子を見てくる」と言って断って、彼は玄関へ向かった。頑丈なドアは難なく開けることができ、彼は5階から階段を降りた。途中の階で寝巻きにコートを羽織っただけの住人と一緒になり、公平はふたりでマンションの外へ出てみた。

エントランスが車道から奥まったつくりになっているため、そこを支えている柱に大きな亀裂が生じていた。コンクリートが大きく裂け、なかにあるはずの鉄筋の束はひしゃげたまま亀裂から露出していた。隣りにいる住人は「構造的にここだけ弱いから、力が集中してしまったんやろ」と、弱々しく呟《つぶや》いた。

「このままではあかんかもしれへん。修復ができへんと解体やな……」

高校生の公平にはその言葉に実感があまり持てず、住人をそこに置いたまま車道に出て周囲を見渡した。アスファルトがところどころ陥没し、あるいは何かが切り裂いていったかのようにジグザグに亀裂が走り、路面が完全にめくれ上がっているところもあった。根元から折れた電柱は電線によってようやく斜めに支えられ、木造の家は屋根ごとV字形に崩れていた。建材が道路の中央まで吐き出されたようになっており、倒壊した家の隙間《すきま》から這《は》い出てきたそこの住人は、我が家を見るなりその場でしゃがみこんでしまった。

美紗子さんは大丈夫だろうかと、そのときになってようやく公平のなかに重い不安が沈んだ。自分たち家族が何ともなかったので、それまではただ心配をしていただけだった。しかし近所の木造家屋がほとんど跡形もなくなっているのを目にして、まさか同じことが起きていはしないかと、想像したくない映像が彼の脳裏に浮かんだ。彼女の家はかなり古く、洋館とはいえつくりは木造だ。アトリエを吹き抜けにしているために、普通の家よりも柱の数も少ないだろう。考えたくはない不安材料ばかりが想像のなかに募り、まずは普通の服に着替えて確認しに行かなければならない、と彼は思い始めた。まして彼女は風邪を引いている。たとえ無事であったとしても、電気やガスが復旧しないことには暖を取ることもできない。

頭のなかではいますぐにでも彼女の元へと思いつつ、両親、特に母親を置いたまま自分だけ家から消えることが許されるのかという葛藤に、公平は襲われた。夜はようやく明け始めたところで、ふとその空を見上げると、それまで見たこともない数のヘリコプターが、大きなプロペラ音を立てて飛び交っていた。まるで戦場じゃないか、と公平は思った。記録映画で見たベトナム戦争のようだ。

何機ものヘリコプターはそれこそ戦場をゆく軍用機のように、不気味で激しい音を被災地一帯に轟《とどろ》かせていた。公平はその音が恐ろしくてたまらなかった。外に出て集まってきた住人たちの会話さえ、その爆音にも近い音は掻き消していた。

部屋に戻ると、父親が公平に振り向いた。彼はラジオのまえですわっていた。

「ここで漠然と復旧を待っていてもだめだ」と、彼は言った。

「大阪の被害は、ここよりも少ないようだ。電気さえ復旧すれば西宮から大阪へは出られるかもしれないとも、ニュースでは言っている。まずはそれを待って、大阪から東京へ避難しよう」

さきほどの電話でそこまで決めた父親の機敏さに、公平はただ驚いた。あるいは彼は実家が東京にあるために、そのような判断を下すうえで有利だったのかもしれない。

それならばなお一層のこと、美紗子の元へいち早く駆けつけなければ、と公平は思った。父親がそう決断している以上は時間に限りがあるし、この先の動きが決まっているのであれば、母親は父親に任せて自分は外出しやすくなる。

外が充分に明るくなり、母親が落ち着きを取り戻したのを待って、公平は外出を願い出た。芦屋に住む友人が気がかりで、その安否を確認しないといられない、と彼は言った。確かにそれは嘘ではないし、この状況では父親も相手が誰なのかまでは深く詮索《せんさく》しなかった。

母親が思いついたように鍋用のコンロを探し出し、それでペットボトルの水を沸かして買い置きのカップラーメンをつくった。家事を任せきっている父親は「あんなに消沈していたのに、やはりいざとなると女は強いな」と冗談を言い、母親はそれで明るさを取り戻した。温かい匂いに公平は自分が空腹だったことを思い出し、それを猛烈な勢いで食べてから外出着に着替えた。

亀裂の入った道は真っすぐに歩くことさえできず、ところどころでガスの臭いがしていた。倒壊した家をまえに泣き叫ぶ人がいて、家人が生き埋めになっていることを必死で訴えていた。公平のなかにふたたび想像したくない映像が浮かび上がり、手を貸すこともなく先を急ぐ自分を薄情に思いながら、彼は芦屋へ向かった。あの夜、美紗子の家から自宅まで歩いたのと同じ道を、このように逆に向かうことになろうとは、公平は思ってもいなかった。

見慣れたはずの風景は、どこもかしこも豹変《ひょうへん》していた。ところどころ断片として以前のままに留《とど》まってはいるのだが、潰《つぶ》れたり崩れたりしている箇所があまりにも多く、記憶のなかの風景とうまくつながらなかった。惨状だけが目のまえにあって、公平はそこに現実味を感じることができなかった。壊れるはずのない道路や建物が原形を失っており、その光景が行けども行けども連続していることが不思議だった。

確かだと思っていたものが呆気《あっけ》ないくらいに足元から崩れ落ち、公平はしだいに感情や感覚を失っていった。温度や情感が自分から奪い取られてゆくような感じがした。それは恐怖や哀《かな》しみさえ彼の感情からむしり取り、芦屋へ向けて歩くので精一杯だった。どこかへ向かって歩いているという実感もやがて消え失せ、半ば気絶したも同然のような状態で、彼はめくれたアスファルトを避《よ》けながら歩いた。記憶さえ失いそうだった。うとうとと眠っていた自分にふと気づくかのように、公平は自分がいま何をしているのかという自覚を、ところどころで失っていた。

怪我はしていないのに体が痛かった。胸の奥とか体の節々とか、いろいろなところが痛んだ。芦屋へ急ぐのだという想い以外には何も考えることができず、そのなかで疼《うず》きのような強くて重い痛みが、彼の内部を激しく突き上げた。電話口で耳にしたあのクリスマスの音楽を、彼は急に思い出した。鐘の音を伴った古いジャズ調のボーカルが、永遠に繰り返される曲のように彼の脳裏を駆けめぐった。「ねえ、聞こえる?」という美紗子の明るい声が、その音に重なった。

彼女の体の温もりが、彼の心に浮かんだ。髪の匂いや肌触りの具合が、甘い囁《ささや》き声に包まれていた。柱の陰に隠れて、それまで見たこともないような笑顔をしている彼女が見えた。髪がさらさらと揺れていた。その次には口をへの字にして、涙を食いしばっている美紗子の顔が出てきた。自分よりも年上なのに、小さな子供のように震えていた。図書館で缶コーヒーを買っている自分が浮かび、背後から声をかけられて振り向くと、あのいつもの席にいた女性が立っていた。生まれて初めての感情が自分に走るのを公平はそのときに感じ、それもいまでは懐かしい光景となっていた。

あそこから始まったのだと思うと、公平は堪《こら》えきれずに嗚咽《おえつ》を洩《も》らし始めた。歯を固く食いしばっていても胸から喉《のど》が激しく震え、溢《あふ》れてくる涙をまったく止めることができなかった。なぜこんなにいろんな光景を思い出すんだろうと自分でも不思議に思いながら、その一枚一枚の懐かしい写真のような記憶を、彼はあえて打ち捨てていった。そうしないとどの楽しい記憶も、哀しみに呑《の》みこまれていってしまいそうだからだ。

夙川《しゅくがわ》駅の付近を過ぎて、公平は傾斜地を斜めに横切る道を歩き続けた。普段なら20分で済むところを、既にその倍近くもかかっていた。だとしたら美紗子の住む洋館がある場所までは、あと30分くらいかかることになる。公平はその時間に耐えることができず、走れるところだけは必死になって走り始めた。しかし心が掻《か》き乱されるばかりで息は続かず、これだけ歩いているのに体は一向に温まらなかった。試しに道沿いにある公衆電話を手にしてみると、やはり受話器の向こうは無音だった。どれかひとつくらい回線が通じて、いますぐにでも美紗子に電話がかかるのはないものかと、不可能であることを承知で公平は思い続けた。あと1キロの道のりが本当に遠かった。

そして彼女の家まで10分を切ったところで、彼の心は真っ二つに引き裂かれた。両極に大きく引き裂かれた溝のなかに公平は落ちこみ、もはや自分の頭でものを考えることができなかった。自分の両側に溝の巨大な壁があり、そのどちらも自分では選択ができなかった。覚悟はした方がいいという冷静な囁きと、最悪でもそれだけはあり得ないというまったく力のない弱々しい声が、両方とも聞こえていた。どこかから一方的に伝えられるその声に公平は耐えられず、このままだと自分は半狂乱になってしまうのではないかと思った。そしてどちらの声も選択できないまま、彼は最後の道を全力で走った。坂の途中で崩壊しているデリカテッセンが目に入り、その200メートルほど先に、いつも曲がる場所が見えてきた。小径《こみち》への角に建つ屋敷は健在のようで、公平はそれを一縷《いちる》の望みとした。上空からは戦場のヘリコプターのような爆音がしており、ただでさえ殺伐とした光景から、さらに感情を奪い去っているように聞こえた。

小さな角にさしかかると、ふたりの中年男性が小径から駆け出してきた。公平には見覚えがなく、先を走る男性は目を大きく見開いて何かを叫びながら、公平の横を通り過ぎていった。しかしそれは半ば言葉になっていないような声で、空をゆくヘリコプターの音に吸い取られていた。後から駆けてきた男性は公平とぶつかりそうになり、身をかわしながら彼の肩を摑《つか》むと「きみ、協力してくれないか」と、必死の形相で声を上げた。何かを争うように高度を下げてくる数機のヘリコプターの音で、その男性の声すら聞き取りづらく、彼に促されるようにして公平は美紗子の住む洋館へ向かった。

鉄製の門扉は開けられたままとなっており、その奥にある光景が公平の目に入った。ふたりの男性が崩れた木材を引き上げ、その下にできた隙間《すきま》に、もうひとりの男性が大声で呼びかけているところだった。石と木材でつくられた洋館は完全に原型を失っており、割れたコンクリートの屋根《やね》瓦《がわら》が、倒壊した家屋のうえで瓦礫《がれき》の山となっていた。

「なかに女性がいるようなんだ！」

公平を連れてきた男性が、大声で公平に告げた。「全部ではないけれど、古い家があちこちでやられた。ここは以前、大学の先生が住んでいたんだ」

柱を抱え上げているひとりの男性が、怒るように叫んでいるのが聞こえた。

「やはり無理だ。素人が無理をしたら却《かえ》って崩れる！　救助が来るのを待とう」

「しかしさっき、声がしたんだぞ！」

隙間に向かって声をかけていた男が、喧嘩腰《けんかごし》で叫び返した。

「まだ生きているんだ！　隙間だけでもつくれば、引き出せるかもしれないじゃないか！　この惨状で、救助なんかここに来ると思っているのか！」

そして彼は地面に腹ばいになり、わずかな隙間に向かって「そこにいるのか！」と叫び続けた。しかしその叫び声さえ、さらに高度を下げたヘリコプターの爆音と風のせいで、途切れたようにしか聞こえなかった。

「なかにいるのは、僕の知り合いです！」

公平は隙間の手まえに駆け寄り、瓦礫をひとつでも取り除《の》けようとし始めた。しかし小さな破片ならはずせても、大きなものになると手に負えなかった。無理をして引き抜いたら、さらに何もかもがいっせいに崩れそうだった。

隙間は20センチほどの直径だった。その奥にある空間に美紗子が閉じこめられているのか、それともずっと奥のどこかからようやく声が聞こえただけなのか、まったく見当がつかなかった。いつもの場所で寝ていたのだとしたら、この隙間ではなくキッチンの裏手あたりにいるはずだった。

公平はその付近へまわりこみ、わずかでも隙間はないものかと這《は》いずりまわった。木材を抱え上げていたふたりの男はそれをいったん地面に戻し、公平の動きを見守っていた。そしてほんの10センチほどの隙間があるのを、彼は見つけた。公平はそのなかへ咄嗟《とっさ》に手を突っこみ、わずかな空洞があるのを確認して激しく叫んだ。

「美紗子さん！　美紗子さん！　ぼくだよ、公平だよ！」

様子を見守っていた男たちは公平の近くへまわりこみ、大きな木材を選んで隙間を大きくしようとした。しかしどの木材もある程度まで持ち上げると、予想のつかない箇所が不気味な音を立てて、埃《ほこり》と共に小さく崩れた。とてもなかへ入っていける状態ではなかった。

公平は美紗子の名前を叫び続けた。やがて声が嗄《か》れてきて、ヘリコプターの爆音だけがさらにはっきりと聞こえていた。公平が到着するまえに声をかけていた男は急に立ち上がり、上空をゆくいくつものヘリコプターに罵声《ばせい》を浴びせた。

声も出なくなった公平は、狂ったかのように瓦礫を取り除き始めた。ガラガラと音を立てて崩れていくことなど構いもせず、ここにある何もかもを引き剝《は》がそうと、何も言わずに美紗子を求めた。自らが瓦礫の山に入ってそこに立ち、手当たりしだいに破片を摑んでは四方へ放り投げた。しかしそれもやがて力尽き、倒れこんだところをひとりの男に抱え上げられた。彼はそのまま公平の腕を自分の肩に取り、瓦礫の山から引き離そうとした。

公平は男の肩に腕を取られたまま、空いている手でその男の胸ぐらを摑んだ。咄嗟のことに男はむっとした表情を見せたが、それを無表情に戻して公平を庭に導こうとした。すると公平は男を突き飛ばすかのように腕を肩から振り払い、無表情でいる男を睨《にら》んだ。ふたりはしばらくそのまま睨みあい、そして男は目を閉じて顔を左右に振った。木材を抱え上げていたもうひとりの男は見て見ぬ振りをして、残りのふたりは怒りの視線を上空に向けていた。怒りと悔いを、その無遠慮な爆音へ転嫁させるしかなかった。

それからしばらくのあいだ、公平には記憶がなかった。気がつくと夙川への道を逆に歩いており、コートのポケットにふと手を入れてみると、拳《こぶし》ほどの大きさの瓦礫がひとつ入っていた。彼はそれを取り出して、歩くのをやめてつくづくと見つめた。

もはや感情さえ湧《わ》いてはこなかった。心のなかはこの瓦礫と同じように、ただ荒涼としていた。体のどの箇所にも力を入れることができず、泣くだけの気力もなかった。哀しいということがどういうことなのか、それもよくわからなくなっていた。ものを感じ取ることができなくなっていた。

公平は瓦礫の破片を握りしめながら、何のためにでもなく自宅へ向かった。美紗子の顔を思い出そうとしても、まったく浮かんでこなかった。どんな顔をしていたのか、どんな声で喋《しゃべ》っていたのか、何ひとつ思い出すことができなかった。ただひとつだけそのときになって思い出せたのは、本来なら今日はふたりでクリスマス・パーティをする予定だったということだ。

何がクリスマスだ、と公平は思った。しかしそう思うだけで、心のなかで後に続くものや響くものは何もなかった。こんなに巨大な暴力に遭うのは、初めてのことだった。なぜ自分がこんなところをとぼとぼと歩いていて、どうして美紗子が急にいなくなったのか、まるで理解できなかった。ふと気づくといまここに自分がいる、ということだけがわずかな実感で、その実感は公平に何ももたらさなかった。

どうか僕だけを置いていかないでくれ、と彼は思った。ひとりになるのは厭《いや》だ、もう二度と会えないなんて厭だ、それだけは何とかしてくれ、そのためなら何でもすると思った。彼女を写真に撮ることも、一緒に食事をすることも、他愛《たわい》のないことで笑い合ったりすることも、そして気づかれないように彼女の顔をじっと見ることも、何もかもがなくなってしまった。何ひとつ二度と戻っては来なかった。そんなことなら最初から何もなければよかったのに、と公平は思った。そして図書館の光景がはっきりと頭に浮かんだ。5月のある日、彼はいつも同じ席にひとりの女性がすわっていることを、そのときに初めて意識した。

気がつくと涙が溢れ出ていた。哀しいとは思わなかった。自宅への道を戻りながら、あの夜にここを歩いたときと同じように、訳もなく溢れ出る涙をそのままに、彼はただ道を先に進んだ。自分の涙がどこから溢れ出てくるのか、公平にはまったくわからなかった。人はなぜ自分で死ぬことがあるのかと、彼はそのとき一瞬だけ理解できたような気がした。

31

正午が近くなり、斎場御嶽《せーふぁうたき》の森は高い位置にある太陽に明るく照らされていた。戦争のときにいちど焼き払われた森は植生がいまでも豊かではなかったけれど、それもいつしか照葉樹林に覆いつくされるのだと思った。沖縄でもいちばんの聖地だというのに、それを示すような社殿や偶像は何ひとつなく、ただ清らかな自然だけがそのままに残されていた。沖縄の人がこの場所に願うものは権威や象徴ではなく、自然のなかにひそむ気配そのものだった。彼らはその気配を決して目に見えるものに置き換えようとはせず、それを感じ取る自分の心を清め高めた。目には見えないものに何も手を付けなかったからこそ、ここは米軍の空爆に遭ってもなお、聖地のまま残り続けていた。

「うまく伝えられただろうか……」と、公平は言った。私は彼の顔を直視することができず、ひとつも言葉を出せなかった。彼女の声が自分に聞こえたような気がして、それだけで自分は何かを知る権利があるのだと思ってしまっていた。

「いつかは話さなければならなかったんだ」と、公平は言った。

「恭子さんが彼女の写真を目にしたからとか、そういうことじゃなくて、自分自身の問題としてきみに伝えなければならなかった。胸にしまっておくこともできたかもしれないけれど、自分の原点として整理したかったし、きみにも知っておいてほしかったんだ」

「美紗子さんが原点にあるということ?」

私は公平の顔を見た。いつも通りの顔だったけれど、どこかが違っているようにも思えた。もちろん一方的にそう思っているだけで、彼のなかにある深さにまだ手が届いていないことを私は感じるしかなかった。

「たぶんそれは、少し違うと思うな……」

諭すように公平は言った。彼もまた言葉を口にすることで、最後の何かを乗り越えようとしているのかもしれなかった。

「彼女が原点にあるというのも事実だけれど、本当の原点は彼女の死ということだと自分では思う」

もういちどだけでも美紗子さんの声を聞くことはあるのだろうか、と私は思った。あるいはこの話を聞く以前は、そうあってほしいと願っていた。彼女が求めているもの、本当に消えていってしまうまえに伝えようとしているもの、それが私でも応えることができるのなら、もういちど彼女と接してみたかった。しかし本当にもういちどそれが叶《かな》ったとき、私は何をどう受け止めればいいのか、まったくわからなくなっていた。

「彼女がもし健在であるのなら、彼女の存在はたぶん過去の原点にしかすぎない」と、公平は冷静に話を続けた。

「しかしその存在が断ち切られたことで、原点はむしろ永遠になってしまった。彼女の年齢を僕が超えたとき、ぞっとしたものだよ。彼女の生きることのなかった時間を、僕はその先も生きることになる。もうじき30になって、彼女はずっと24歳のままで、僕はそのあと40や50になる。そのことに実感が持てないというか、どこか申し訳ないような気持ちを消せずに来てしまったんだ」

一方はその年齢のままで、もう一方だけが年齢を重ねてゆくのは残酷だと私は思った。生きているかぎりどこへも引き返せないということが、はっきりとするだけだからだ。そしてその現実に耐えがたくなったとき、残された者は歳《とし》をそれ以上重ねるのを自分でやめてしまうことにもなりかねない。

「受験は見事に失敗したよ」

苦笑いをしてみせた公平はふと腕時計に目をやり、ここから帰ることを目で合図した。それに気づいた反応を私が示すと、彼は傍らに置いた機材をバッグのなかに入れた。そしてふたりで立ち上がり、もういちど直角三角形の岩窟《がんくつ》を見上げた。太陽の位置が高くなった分だけ、岩のつくる影はさっきよりも濃く暗くなっていた。

「向こう側にはさようならだ」

空洞の先にある清らかな空間へと、公平は静かに目を向けていた。私に話をしたことで、改めてそう感じているのかもしれないし、口にした以上はどこへも引き返さないことを、自分に言い聞かせているようでもあった。

「僕はもう、向こう側へは行かない。たまに近づいて感じるだけでいい。むやみにその領域に行こうとは思わない。それが自分勝手で傲慢《ごうまん》だということが、沖縄に来てわかった。いままでのことを、恭子さんにも謝らなければいけない」

「忘れないであげてね」

私は公平の手を取ろうとした。しかしなぜかそうすることができず、言葉だけで気持ちを伝えた。

「ああ、忘れないよ」と、公平は答えた。「でも恭子さんは、それでもいいのかな?」

私はいまになってこみ上げてきた涙を抑えながら、「忘れることほど、ひどいことはないと思う」と言った。「私も忘れないようにするから、公平くんも絶対に忘れないでね……」


斎場御嶽の森を駐車場へ戻る途中、線香の置かれた巨岩のまえをもういちど通った。線香の束はまだ燃え尽きておらず、私はその香炉に向かって腰を下ろした。そして両膝をついて、線香と岩に向かって手を合わせた。公平も私の横で両膝をつき、手を合わせて静かに目を閉じた。そして私は、この場所にまで導いたのはもしかしたら美紗子さんかもしれない、とふと感じた。公平とふたりでここに来て、自分を思い出してほしいというのが、彼女の最後の願いなのかもしれなかった。


次の日私たちは、那覇のインターチェンジから高速道路に乗り、北の終点に向かった。米軍基地の施設がない場所に後からつくった道路なのだから、ここを走るだけでは基地の存在がわからないのは当然だけれど、観光客の大半がリゾート地帯へ向けてこの道を走るのだと思うと、不自然な感じは否めなかった。この島に来て基地をひと目も見ずに帰るなんていうことが、あっていいのだろうか。

空いている高速道路はあっという間に終点を迎え、私たちは海沿いの道を走った。そして名護の町でアメリカン・レストランのようなつくりの食堂に入り、カレーライスと沖縄そばを注文した。

そばはかつお出汁《だし》の濃厚な香りがして、公平が食べているカレーライスの色は往年の真っ黄色だった。

「僕はここのカレーの大ファンなんだ」、と彼は言った。「子供のときに食べていたのとおんなじだろ？　じゃがいもが溶けていて、にんじんと玉ねぎがどっさりと入っていて、はっきりと小麦粉の味がする」

「私にもひと口食べさせて」

「じゃあ、その三枚肉と交換だ」

基本的には沖縄そばの店だというのに、メニューにはカレーのほかにトーストもあった。たぶん復帰まえはアメリカ風が売り物の料理を出していて、そば屋になってからも人気があって残してあるというのが、公平の推測だった。しかし彼に食べさせてもらったカレーの味はアメリカでも何でもなく、小学校の給食の味がした。

名護を過ぎると防波堤沿いを走ることになり、一見するとエメラルド色に見える海原は、目が慣れてくるとどこかくすんでいるようにも見えた。それを公平に伝えると、恵子さんも同じことを言っていた、と教えてくれた。

「一昨日《おととい》の夜に彼女と比嘉《ひが》さんに会ったとき、赤土の土砂のことを話していただろう？　ここはその現場じゃないけれど、彼女が子供のときに比べると、まったく透明ではなくなっているということだった」

やがて車は右手にある山側へ折れ、少し行くと狭い道がつづら折りになっていた。カーブの先端はところどころ崩れ落ちて完全になくなっており、車1台通るのがやっとだった。公平の話によると、大城さんは真夜中でもこの道を平気で60キロ以上出して飛ばすのだという。

「スルルを見に行った夜なんか、口には出さなかったけれどこのまま死ぬんじゃないかと思ったよ。陥没した場所にタイヤが半分落ちかけても、大城さんはそのまま速度を上げて突っ切ってしまうんだ」

知的でナイーヴな男性を私は皆の話から想像していたのだが、それだけではなくどこか捨て鉢というか、荒々しいものを心の隅に宿している人物なのかもしれないと私は思った。攻撃的ではないけれど、やや極端な行動や選択に走るところがあるような気がした。

小さな集落をいくつか抜け、急坂を右に入ると、アメリカの家によくあるような車寄せが現れた。スロープをそのまま円を描くように上がったところに大城さんの自宅が見え、公平はその手まえのスペースに車を止めた。

「小屋は、この先の谷へ下ったところにあるんだ。本当に素晴らしい場所だよ。やっと恭子さんを連れてくることができた」

公平は車を降りて荷台へまわり、そこから自分の荷物と私のバッグを取り出した。そして後方のドアを閉め、ふと母屋の方へ目を向けて言った。

「あれ、あんなものいつ持ってきたんだろう?」

彼はふたつのバッグを手にしたまま、スロープを少しだけ上がった。丸太を組んだ枠のうえに、船のような形をした細長いものがふたつ置かれていた。

「上下が逆になってるからわかりづらいだろうけれど、これはサバニといって、沖縄の漁師が使う船なんだ」

その名前と形なら、私も観光ガイドを見て知っていた。しかし本物を目にするのは初めてで、思ったよりも細長いその形は、どこかカヤックにも似ていた。

「どうしてこんなのがあるのかなあ?」と、公平はもういちど不思議そうに呟《つぶや》いた。

「見たところ真新しいし、しかもふたつあるし……僕が那覇に行っているあいだに、どこかから届いたのかな」

公平は上を向いているサバニの船底をコツコツと拳で叩《たた》き、やがて興味を失ったように谷への道を歩き始めた。私はサバニに目をやりながら、早くも数メートル離れた公平のあとを慌てて追った。

谷に入ってまもなく、小屋の全貌が見えてきた。素朴ではあるけれど、思っていたよりもずっと瀟洒《しょうしゃ》でいかにも居心地がよさそうだった。なかに入ってテラスへ出てみると環境も素晴らしく、真昼のためか音はまったく聞こえなかった。

「この場所でいつもお酒を飲みながら、自然の音を聴いていたのね」と、私は言った。

「ああ。このあいだここで仰向けになっていたら、人工衛星が夜空を横切っていくのが見えたよ。一見したところ星に見えるのだけれど、スーッと一直線に音もなく動いていくんだ」

「私も子供の頃、父と一緒に天体観測をしながら、人工衛星って不思議だなあって思ったものだわ」

「人工衛星を見上げている少女っていうのも、かなり不思議な存在だね」

意地悪そうな笑顔を、公平は私に見せていた。それなのに私はなぜか得意な気分になり、「いつも父に変な質問をして、困らせていたの」と言った。

「星空の向こうには何があるの？……そう訊《き》くと父は困ったような顔をして、宇宙は膨張はしているけれど外側には何もないって、答えてくれたわ」

「それもまた、変わったお父さんだなあ……。子供を相手に、しかも女の子に向かって、そんなに真面目に答えなくてもいいだろうに」

そう言うと公平の顔からは、すっと笑みが引いた。美紗子さんのことを想っているのだろうと感じた。星とか、宇宙の向こう側とか、そんな言葉が私たちの会話に出るたびに、彼は繰り返し今のような顔をして、失った原点を振り返るのかもしれなかった。そして、それを共有することが私の役目なのかもしれない、とも思った。彼女は公平の心に置いておくだけのものではなく、これからはふたりで共有していくものなのだ。そのことに私は、不思議なくらいに嫉妬《しっと》を感じなかった。むしろ私が何かに困ったときに、見えない彼女に囁《ささや》きかけて励ましてほしかった。しかしその接触も近いうちになくなるのだと、私はどこかではっきりと感じていた。


夕暮れ時になり、テラスから見る谷間の森はオレンジ色に染め上げられた。緑色の葉はもはや元の緑ではなく、赤にも近い光線を受け止めて深い金色のように輝いていた。寸暇を惜しむかのように姿の見えない虫がいっせいに鳴き始め、公平がメールで伝えていた通りにその音は谷間にこだまして渦を巻いていた。音そのものが脈動のようだと私は感じた。

「これをマイクで録《と》ったら、いったいどんな音になるのかしら」と、私は声に出して呟いた。質問のつもりではなかったけれど、それを聞いた公平は「録音のレベルを少しでも間違えると、金属音がひしめくような感じになる」と言った。

「ここではマイクの向け方をオンにしないで、漠然と空間全体を録るように、オフにしないといけない。それにしても面白いと思ったのは、この音を毎日のように聞いていると、音のリズムが自分の体のなかに入ってきてしまうんだ」

「それってどういうこと？」

「音に支配されてしまう。あ、虫が鳴き始めたな、と思うまではまだいいけれど、そのうちに増えてきた音が集まり始めて、いまみたいに渦になる。そうなるとうねりが体のなかに入ってきて、別に耳なんか澄まさなくても音と一緒になってしまうんだ。そしてその音が静まる頃には、今日も一日が終わったなという気持ちになる」

「シャワーを浴びた後みたいに？」

「そうだね……。それが本来の、時間の流れというものだろう」

やがて潮が引くように音の規模は小さく遠ざかり、夜へ時間を引き渡す森はほぼ無音に近い状態になった。自分の奥底で眠っている古代の時計がそれに呼応して、安らぎと軽い興奮を私は覚えた。時間の流れと共にある自然の音に呼応するということは、私たちもそもそもはその流れを体内に持っているからなのかもしれない、と私は感じた。

テラスに出した椅子にすわりながら、音が引いてゆく余韻に身をあずけていると、背後でコツコツと木を叩くような音がした。公平と私は同時にその音で振り返り、まず公平が先に椅子から立ち上がった。

「やあ」と声をかけてきた男性を前にして、私も咄嗟《とっさ》に椅子から身を起こした。

「いま、役場から帰ったんだ」と、その男性は言った。公平に向けた言葉だけれど、目は私を捉えていた。穏やかで深い目つきだった。

「ぼくは大城といいます」

最初から私に心を開いているような淀《よど》みのない目つきのまま、彼は言った。「大城朝雄です。恭子さんですね？」

私は自分の名を名乗り、彼が差し出してきた手を両手で取った。彼は何も言わずただうなずいていた。

「ここは公平くんの住み家みたいなものだから、どうぞ遠慮なくゆっくりしていってください。ところで今日の夕飯はぼくの家でどうですか」

自分がその誘いに答えを出すわけにはいかないと思って、私は確認するように公平の顔をうかがった。公平はほんの少しだけ意外そうな顔をしていた。

「いいんですか、お邪魔して」と、彼は訊いた。「びっくりしましたよ。大城さん、料理もされるんですか」

「されるも何も、これでも料理は得意な方さ。常吉《つねよし》から何も聞いてないかい？」

那覇に大城さん夫婦が住んでいた頃、比嘉さんや恵子さんたちの集まる場所は、自宅だったのだと大城さんは言った。沖縄では外食も盛んだけれど、誰かの家に集まって飲むのも習慣になっているそうだ。

　大城さんもテラスに椅子を持ち出し、わずかに見えている海に夕陽が沈んでいくのを見届けながら、私たちはしばらくお喋《しゃべ》りをした。顔立ちが端整でいかにも繊細そうな大城さんは、私がふと想像したような闇《やみ》を宿しているようには見えなかった。どこか寂しそうな影があるのは確かだけれど、この人がなぜ奥さんと別れることになってしまったのか、想像ができなかった。

32

夜の7時をまわった頃に、大城さんに呼び出された。公平が念のために持って出たキャンプ用のヘッドランプは、点《つ》ける必要がなかった。晴天の夜空には満月に近い月が明るく輝いていて、車寄せを上がる道には影さえできていた。自分の月影を見るのは、私には初めてのことだった。

「那覇だとこうはいかないけれど、やっぱりここはやんばるだからね」と、公平は言った。静かな声だったけれど、はっきりと聞き取ることができた。「台風のあとだと、もっと明るくなるらしい。月がこんなに明るいと、人間は少しおかしくなるよ」

「どういうこと?」と、私は訊《き》いてみた。しかしいまのこの月を見ているだけでも、公平の言っていることがわかる気がした。

「大城さんから聞いた話なんだ」と、公平は答えた。「月があまりにも綺麗《きれい》で明るい夜、サバニで海へ出る漁師は、陸《おか》とつながりのあるものを持っていかなければならないらしい」

「陸とつながりのあるもの?」

「うん」

公平はスロープの途中で立ち止まったまま、満月に近い月を見上げていた。

「水底に映る月があまりに美しくて、そこへ入ってみたくなったり、どこか引き返せないくらい彼方まで行ってみたくなるらしい」

「そうならないように何かを持っていくのね」

「そう。子供の持ち物とか、奥さんの写真とか……いや、奥さんのは逆効果かもしれないな」

結婚もしていないのに、私は公平を睨《にら》んでみせた。すると彼は「やはり逆効果だ」と言って笑った。

芝を張った広い庭はアメリカの住宅のようで、周囲にある南国の樹木や果物の木が、思い思いの方向へ伸びていた。やや傾斜のある庭を上がりきったところに大きながじゅまるの木があり、その根元にはキャンプ用のテーブルとランタンが置いてあった。食後をここで過ごすために大城さんが準備をしたことがわかった。

コンクリート造りの母屋は、部屋がいくつあるのかと思うくらいに大きかった。周囲にはほとんど何もないから大きさは目立たないものの、これが街のなかにあったら豪邸に見えるはずだ。こんな山深い場所にある大きな家と庭に、大城さんはひとりで住んでいるのだ。

母屋に入るとAFNのラジオがかすかにかかっており、美味《おい》しそうな香りが漂っていた。3人でいるぶんには、そこには擬似的な家庭の温《ぬく》もりがあった。私が来たらふたりをここへ招くことを、大城さんは以前から考えていたのだろう。

広いテーブルを占領するほどの数の料理が並べられ、ビールと泡盛も用意されていた。炒め物をする音がキッチンから聞こえ、それから少しすると、料理を盛った皿を手に大城さんが現れた。芭《ば》蕉布《しょうふ》の柄のエプロンをしていた。

「さあ、これで全部だ。立ってないですわってください」

エプロンをはずしながら大城さんは言った。かつおぶしをかけたゴーヤーの酢の物にゴーヤー・チャンプルー、塩をまぶした島らっきょう、醤油《しょうゆ》ではなく白味噌《みそ》で仕立てたらふてぃ（豚の角煮）、薬草と海ぶどうを和《あ》えたサラダ。スルルの唐揚げもそこにはあったし、イカ墨の汁やなかみ（豚の臓物）とニラの炒め物まであった。

「恭子さんに食べてほしくてね、思いつくままにつくってしまった」

席に着いた大城さんは、ビール瓶に手を伸ばしながら言った。私はその手を慌てて遮り、「こんなによくしていただいて、本当にすみません」と言った。そして大城さんの持つグラスにビールを注いだ。

「でも、全部食べられるのかしら」と、私は言った。

「呑《の》みながらゆっくりやると、これがまた入ってしまうものなんですよ」と、大城さんは言った。

「余ったら余ったで、ぼくの明日の弁当にします。では改めて、ようこそ」

人がいて寛《くつろ》いでいることもあるかもしれないけれど、やはり大城さんはとても穏やかで紳士的な男性だった。お酒が入っても笑い声が大きくなるようなことはなく、自分の話ばかり聞かせたがるようなところは少しもなかった。目は澄んでいて聡明そうで、子供のときからさぞかし勉強ができたのだろうと思った。私がこう言うのもおかしなものだけれど、女性の気持ちをよく理解してくれる人だと感じた。

しかしその優しさこそが、大城さんのことを却《かえ》って苦しめることにもなるのかもしれなかった。

こういう性質《たち》の人は相談ごとなど他人になかなか持ち出さないだろうし、ひとりで処理をしようとして、触れてはならない領域にまで自分で入っていってしまうこともあるのだろう。それは公平にしても共通したことで、何かの支えがはずれると人の手の届かないところまで行ってしまうのだった。やはりこの自分が安全弁にならなければ、と私は思った。そして大城さんには、そういった人がもはやいなかった。

「そういえば大城さん、下にサバニが2艘《そう》あるのを見ましたよ」

小休止をしないと先が食べられないほど私たちは満腹になり、公平は箸《はし》を置いて姿勢を少し崩した。

「那覇から戻ってきたら目に入って、あれと思いました。新品ですよね」

公平に合わせて箸を置いた大城さんは、泡盛の水割りをゆっくりと口にしながら言った。

「ああ、あれかい。公平くんに満月の話をしていたら、自分でも急に欲しくなってしまってね、知り合いの大工に頼んでつくってもらおうとしたんだ。そうしたら、趣味でつくったのがあるというから、それを譲ってもらった」

「いま外を歩いてきたら、すごく綺麗な月が出ていましたよ」と、公平は言った。「それで大城さんから聞いた満月の話を思い出して、恭子さんにも同じ話をしました」

大城さんは一瞬だけ公平から視線をはずし、そして私のことをちらっと見た。しかしその目からは表情が読み取れなかった。

「実はぼくも、今日帰ってきてびっくりしたんだ」と、大城さんは言った。「明後日《あさって》の金曜日が満月だから明日の夕方にでも取りに行こうと思っていたのだけれど、気がついたら届いていた。気を利かせて、満月に間に合うように持ってきてくれたんだね」

1艘ではなく2艘あるのは、驚くほど安い値段しか言わないのでそれならばふたつ丸ごとと大城さんが気を利かせたのと、もう1艘あれば公平と一緒に海へ行けるからとのことだった。そして大城さんは「公平くんだけじゃなくて、恭子さんも一緒にどうですか」と私に言ってきた。男性ふたりの邪魔をしていいものかと、私は少し躊躇《ため》った。

「ぼくならまったく構いませんよ」と、大城さんは穏やかな目で言った。「最初はまず、ぼくと公平くんで海に出ます。そうだなあ……往復で1時間くらいかな。その間恭子さんには浜にいてもらって、戻ってきたら今度は公平くんが彼女を案内してあげるといい。どうですか、月の夜にサバニでデートなんて、そうなかなかあることじゃないですよ」

夜とはいえ浜にはほとんど人は来ないし、来たとしても皆ぼくの知り合いだから、名前を出してもらえばまったく危険ではない、とも大城さんは言った。

あの細長い舟に乗って珊瑚礁《さんご》の海へ出ることを、私はふと想像した。さっき歩いてきた道のように水面には明るい月と影があって、それは夜空を見上げても高くそこにあって、波の音しか聞こえない海を、私たちふたりは特に会話の必要もなく進んでいくのだ。竹川に背中を押されて本当によかった、と私は思った。職場や上田さんのお店に戻ったとき、私には報告しなければならないことがたくさんある。比嘉《ひが》さんの弟さんや恵子さんのこと、斎場御嶽《せーふぁうたき》で手を合わせたこと、大城さんの森とそこにある小屋、月夜の海のサバニ……そして何よりも嬉《うれ》しいのは、公平が心を固めてくれたことだった。それは私に対する心というのではなく、彼自身が次へ進むための地歩を心のなかで得たということだった。彼が急に録音の旅に出て、そしていま沖縄で終点を迎えようとしていることが本当にわかった。待っている間は長かったけれど、いまとなってはどこか儚《はかな》い思い出になっているように思えた。

「ところでさっき、常吉《つねよし》と恵子のふたりから立て続けに連絡があった」と、大城さんは言った。公平の目つきがほんの少し鋭く緊張するのがわかった。しかし彼は「へえ、それはまた奇遇ですね」と言うだけだった。

「どういう風の吹き回しかしらないが、恭子さんもせっかく来ていることだし、ふたりとも土曜日にここへ来ることを申し合わせたというんだよ」

「もしかして、大城さんの料理目当てじゃないですか」と、私は言ってみた。公平は目をなごませ、大城さんも少し嬉しそうな顔をした。

「ということでだ。ふたりが土曜日に来るのなら、サバニで海へ出るのは明日か明後日ということになる。公平くんはどっちがいい?」

「大城さんのお仕事の都合に合わせます」と、公平は答えた。ふたりが土曜日にここへ来る本当の理由は別として、すぐにでもサバニに乗れるのが嬉しそうな様子だった。

「ぼくだったら、役場はいつも5時で終わりだ」と、大城さんは言った。「天気が崩れないうちの方がいいから、とりあえずは明日ということにしよう」

明日の朝に天気予報を見て、夜半まで崩れそうになかったら、そのままサバニを車に載せて役場に行く、と大城さんは提案した。そして午後5時すぎに集落で落ち合い、お茶とおにぎりを買って一緒に海へ行くことになった。

太陽が東シナ海へ完全に沈み、しばらくすると東の空に月が上がってきた。それはこんもりとしたやんばるの原生林を幻想的に浮かび上がらせ、いま私たちのいる白い砂浜を青白く照らした。夜行便の旅客機がライトを点滅させながら南へ向かい、それが見えなくなると波の音だけがまた戻ってきた。

公平に出したメールに返信が届いてから、1週間も経《た》っていなかった。しかし月曜日からの4日間は、まるで10日間くらいに思えた。充実していると時間は縮むように感じるというけれど、それは逆なのではと私は思った。確かに時間の経つのは速いけれど、2日まえに斎場御嶽に行ったことが遠い日のように感じられる。音のない夜の浜辺で海を見ていると、それはよけいに遠い記憶のようだった。

サバニの扱い方を教えられた公平は、波打ち際で簡単な練習をしていた。いかにも細い舟だけれど、なかに人が乗ると安定性が増すように見えた。不意に体を動かさないかぎり、舟は安定して海面を捉えた。

防水加工をしたジャケットを着た大城さんが、私のいる場所へ歩いてきた。波打ち際にいる公平はそのまま沖へ出ていくつもりらしく、私に向かって櫂《かい》を振ってみせていた。

「早いうちに戻ってきますから、それまでここにいてください」と、彼は言った。

「ぼくのように子供のときから乗っていると、海で一杯なんてこともするんですが、さすがに今夜はそれはなしです」

「ここでのんびりとしていますから、どうぞお気遣いなく」と、私は言った。「先週末まで東京で忙しくしていたなんて、夢のようです。本当はこの場所の方が、夢みたいですけど」

浜に上げておいたサバニを大城さんは力を入れて押し出し、水に浮いた瞬間を見計らって縁《へり》を両手に取ってなかへ飛び乗った。音のしない最初のひと漕《こ》ぎだけで、舟は公平の横を滑らかに通過していった。公平とは明らかに年季の入り方が違っていた。彼は慣れない手つきで、早くも先をゆく大城さんの後を追った。

海へ出てゆくふたりの男の背中を、私はどこか羨《うらや》ましく思いながら見ていた。自然のなかで何かをしている男性の姿は、それだけで理屈抜きで魅力的だった。奥さんを失った男性と、震災で大切な人を亡くしたひとまわり以上年齢が下の男は、いまだけはそんなことがなかったかのように、何かを語り合いながら横並びになって沖へ消えていこうとしていた。竹川や上田さんが公平に何を期待していたのか、私にもわかる気がした。

斜め上空まで昇ってきた月は明るさと透明さを増し、私を後方から照らしていた。風はゆるく、珊瑚礁の内海に波はほとんどなかった。そして私は、公平と初めて出逢ったときのことを思い浮かべている自分に気づいた。香里《かおり》が私のことを利用するかのようにライヴへ誘った夏から、半年以上が経っていた。彼女の誘いに気乗りはしなかったけれど、そのことがなければ私はいまこうして沖縄にいることさえないのだと思った。

別に一目ぼれというのではなかった。しかし彼には気になる陰があり、探査機ボイジャーの2機が宇宙へ永遠の旅に出たのと同じ日に互いが生まれた偶然もあって、気がつくと私は中華街にあった彼の部屋にいた。自分でもあんな行動に出るとは思ってもいなかった。

やはり何もかも、本当は美紗子さんから始まったのだと、私は改めて思った。香里がライヴに誘ってきたのはなかば偶然だけれど、初めて会った男性の部屋へその日のうちに行って、そこで彼女の写真を目にしてしまったことは、決して偶然なんかじゃない。おそらく私は公平を通して、美紗子さんに引き寄せられたのだ。何か伝えたいことが彼女にあったから、私はそのように導かれたのだと思う。

海はあくまでも静かだった。沖にあるリーフが月の光を受けて真っ白に輝き、そこに波が立っているように見えていた。確かに月の美しい夜の海は、そのあまりの美しさのせいで、少し怖い感じすらした。現実味が薄く、この世ではないどこかとつながっているようだった。そこをまたいでしまうのは、簡単なことであるようにさえ感じられた。何かの気の迷いで、何かにちょっと背中を押されるだけで、ふと向こうへ行ってしまうような感じだ。「陸とつながりのあるものを持っていかなければならない」という海人《うみんちゅ》の言い伝えの意味を、私はいま初めて実感していた。心にふとできたわずかな隙間《すきま》のようなものに何かが入ってくるのをそれは防ぎ、こちら側につなぎ止めてくれるのだ。

海を見るのをやめて、私は浜に仰向けになった。目を少しだけ後ろへ向けると、視界の片隅に月があった。狂おしいほどに綺麗な月だった。この光は月が自ら発しているのではなく、宇宙のなかで太陽の光を受け止めているものだった。それを地球のほんの片隅にいる自分が見上げているのだと思うと、月という巨大な反射鏡がそこにあることじたい奇跡のように感じられた。しかもその月の存在は目のまえに広がる海の潮流さえ左右しているのだから、月こそ故郷のようにも思えた。月を見て懐かしく感じることには、やはり何かの理由があるのだろう。

目をうえに上げたままでいるのが辛くなってきて、私はゆっくりと瞼《まぶた》を閉じた。そしてお腹《なか》のうえで両手をゆるく組み、静かで深い呼吸をした。小さな波の音が聞こえていた。私はその波のリズムに、自分の呼吸を合わせてみようとした。最初はうまく合わなかったけれど、慣れてくるとリズムが自然に重なるようになった。すぐそこにある波が自分のなかに入ってきて、そしてまた出ていくような感じがした。自分の心が潮のリズムで充たされ、ひとつになっているような実感があった。しばらくの間、私はその心地よいリズムを自分のものとしていた。月が出ていることさえ忘れ、自分がどこにいるのかさえ、やがて気持ちのなかから消えていった。大きな流れとひとつになっているという実感だけが、私を静かに充たしていた。

そのときだった。

大きくひろがった心の奥底で、何かが囁《ささや》いているような気がした。身体感覚がなくなってふわふわと浮いたような感じになり、外界との接点を失った私のなかに、あの声が久しぶりに入ってきた。あるいは私の心が、どこか遠くへ飛んでいるのかもしれなかった。

美紗子さんですか、と私は心のなかで訊いてみた。返答はなかった。でも今度は焦らないように気持ちを落ち着かせ、私のなかを出たり入ったりしている波のリズムにゆったりと合わせながら、リラックスした心で彼女にもういちど呼びかけた。
また来ましたよ、美紗子さんですか。

来てくれてありがとう　という声がした。

自分から矢継ぎ早に質問をしないように、私は改めて呼吸を深くさせた。そして彼女が囁くのを待った。

もうこれでおしまいね　と彼女は言った。

もうじきわたしは　なにかとひとつになります
いまはとても安らかです
不安も心配も　何もなくなりました
すべてはあなたのおかげです

もう公平くんには会わなくていいの？　と私は訊いてみた。何か伝えたいことは？

あなたがいてくれれば　それでいい

手をあわせてくれてありがとう
これでもう終わりだと思って
安心して向こうへいけると思って
さいごに元気な公平くんを感じることができました
かれには　どうかこのまま　と伝えてください

これで最後なんだと私も思った。この人とふたりだけで心のなかでお話しできるのは、この瞬間を最後にもう二度と訪れることはないだろう。
そして私は、まえから決めていたことを彼女に伝えようと思った。

これでもう、さようならね　と私は言った。
だから最後に、ひとつだけお願いがあるの
聞いてもらえるかしら

……さいごに　ひとつだけ

ありがとう。無理だとはわかっているけれど、

私はあなたと一緒にいたい
あなたという人を　自分のなかに残しておきたい
そして私のなかのあなたを
公平くんにも感じさせてあげたい
私と一緒になることはできるかしら

　あなたはそれでいいの？　と彼女は言った。

私からお願いしているのよ　と私は答えた。
しばらく時間があった。以前と比べると彼女の気配は、本当に儚くなっていた。
あなたが私のなかにいてくれたら、
私はいつも大切なことを思い出すことができるの　と、私はもういちど言った。

　わかりました　と彼女は答えてくれた。

自信はないけれど　あなたがここに来てくれたから

いま最後にそうしました
ほんとうにありがとう
これでお別れね

でもあなたは、私のなかで生き続ける　と、私は言った。そして公平のなかでも。

さようなら　と私は言った。

さようなら、ほんとうにありがとう　と、彼女は言った。

そして気配がまったくしなくなった。私はしばらく目を閉じたままで、ゆっくりと瞼を開けてみると、視界の中央にほぼ丸い月が輝いていた。どうぞ安らかに、と私はその月に向かって心のなかで囁いた。

公平と大城さんが戻ってくる音が聞こえた。上半身を起こすと、ふたりのマリン・ジャケットが月に明るく照らされていた。寄せるさざ波にサバニをそのまま乗せるようにして、ふたりの舟は浜辺に上がった。大城さんはコンクリート・ブロックに2艘のサバニをもやいで、公平はジャケットの前面を開けながら私のすわる場所に来た。

「凄《すご》いよ、これは本当に素晴らしい」

やや紅く高揚した顔で彼は言った。

「この世の光景じゃないみたいだ。月は明るいけれど沖の彼方には闇《やみ》があって、本当に何かと背中合わせみたいな感じだ」

大城さんが戻ってくるのが目に入り、私は浜から腰を上げた。彼は満面に笑みを浮かべ、満足そうな顔を見せていた。

「一人艇で細いとはいっても、平底だから安定感があって、海のうえで仰向けになることもできるんだ」

「そのまま眠ってしまいそうになることもありますよ」

肩にかけたディパックを、大城さんは砂浜に下ろした。「さざ波に揺られていますからね、水のうえのハンモックみたいです」

浜に腰を下ろした大城さんは、しゃがんでいる公平に海の説明を始めた。沖の方へときおり指をやりながら、行ってはいけない場所や範囲を教えていた。公平はそれを真剣な表情で聞き取っていた。

短い休止を取った後、公平は私を海に誘った。念のためにと言って大城さんはサバニをもやいでいるロープを私の乗る舟の船尾に括《くく》りつけ、2艘が離ればなれにならないようにした。私は浜からサバニに乗りこみ、大城さんがそれを押し出してくれたのに続いて、公平も後からサバニに飛び乗った。「恭子さん、少しまえに漕いでみてください」という大城さんの声が、背後から聞こえた。

勝手のわからないまま右側の海水に浸けた櫂を2～3度引くと、思いのほかスムースにサバニは進んだ。しばらく私たちは前後に位置したまま櫂を操り、水深がやや深くなったところで、公平が横に並んだ。舟を漕がずとも、ただ浮かんでいるだけで幸せに感じた。

これだけの広い海に小さな舟ひとつという心細さと、自分はこんなにも小さな存在だったかという、いい意味での諦《あきら》めと、素晴らしい夜を独り占めにしているという開放感がないまぜとなって、私の腕には何度か鳥肌が立った。まえに読んだことのあるヘミングウェイの短編とは比べ物にならないけれど、底の深い孤独と生命にじかに触れている充足感があった。

ここはリーフに守られた内海だけれど、その先にある外海へ遠く目をやると、そこには月の光を受けた荒れた波頭と、奥行きのない闇があった。ここへは近寄るなと、無言のうちに語りかけているようだった。あのリーフの外は、こことはまったく違う領域なのだ。

海面の下には珊瑚礁のテラスが重なり合い、小魚がときおり銀色に光っているのがわかった。死滅した珊瑚は月と同じような色で、生きている珊瑚は薄暗く天然色に見えていた。公平が黙ったまま仰向けになるのを見て、私もつられるように舟に横たわった。満月に近い月が天空のほぼ中央にあった。

「ねえ、公平くん」と、私は口に出した。彼は「うん」とだけ言った。

「私、さっき美紗子さんとお話ししたわ」

「そうか」と、公平は答えた。

「自分だけ、ただそんな気がしたのかもしれない」

「会いに来てくれたのかな……」

私はそれには答えなかった。そしてその代わりに「ありがとう、って言っていたわ」と伝えた。

「それが、伝えたいことだったのかな」

「手を合わせてくれてありがとう、って言ってた。そう伝えてほしいって……」

「そうか……」

そう言うと、公平は私に背中を向けた。私はそれには振り向かずに、ずっと天空を見上げていた。舟底を叩《たた》くやさしい波の音が聞こえていた。


翌日は昼近くまで眠って、午後は公平の案内でいろいろな場所をめぐった。今帰仁《なきじん》という村へ行って古くからの集落を見てまわり、海沿いの道を伝って備瀬《びせ》という場所へも行った。そこではフクギという肉厚の葉を持った木の並木道となっていて、4月とは思えない強い陽射しを、ほぼ完全に遮っていた。肉厚なのは葉が水分をたっぷりと含んでいるからで、昔の沖縄ではこのような並木を防風林や防火林として利用していたのだと公平は説明してくれた。

昼なお暗いその並木道に注ぐ木漏れ日は、白い砂地にあたって強い陰影を生み出していた。林のところどころに花を咲かせているハイビスカスは本当に真っ赤で、濃い緑のトンネルの先には、強い陽に照らされたビーチが真っ白に眩《まばゆ》く輝いていた。斎場御嶽といい、海に抜けるこのフクギの並木道といい、沖縄という土地柄は本当に穴を大切にしているのだと思った。穴の向こうに何かがあると思わせるような仕組みを、自然を利用することでつくり出しているのだった。この世同様にあの世を実感させる生活を、ここに住む人たちは大事にしてきたのだろう。

小屋で淹《い》れたお茶を砂浜で飲みながら、私たちは東シナ海へ陽が沈むのを待った。雲は昨日と同じようにほとんどなく、真っ赤な夕陽が見られると公平は言った。

横浜へいつ戻る予定なのか、私はそれとなく訊いてみた。私と一緒に帰るのはさすがに無理だろうけれど、彼のなかで時期を決めている気配は、私が沖縄に来たときからしていた。

せいぜいあと1週間かな、と公平は言った。まずは上田さんの店にもういちど戻って、年内はそこを手伝うことにする。それと並行して、自然活動を支援していく事務所を立ち上げる準備をする。各企業とNGOを結びつけながら、様ざまなプロジェクトを企画したり商品の開発をしたりしていくのだという。もちろん雲をつかむような話だけれど、ネットワークを有効に使えばあながち不可能でもないと思う、と彼は言った。環境という問題を社会にアピールしていくうえで、共感してくれる企業は必ずあるはずだというのだ。元は広告代理店にいた彼のことだから、それなりの見通しがあってのことなのだろうけれど、私にはうまく想像ができなかった。事務所をどこに構えるかという最初の問題から、いまはまだまったくの未知数だった。

真っ赤に燃える夕陽が、どこか楕円《だえん》のようなかたちをして、海の彼方へまわりこんでいった。地球が動いていると思った。私はあと2日で横浜に帰り、翌日には職場にいるのだった。そして公平がその1週間後に戻ってくるのだと思っても、どこか現実味がなかった。

海沿いの道を大きくひと回りするようにして名護へ戻り、私たちはそこで夕食を済ませた。時計は9時をまわっていた。暗い街はひっそりとしているようでいて、金曜の夜だからか、どこを歩いても小さな食堂や居酒屋からは三線《さんしん》や指笛の音が聞こえていた。公平くんはカチャーシーを踊ったことはあるの、と私は訊いてみた。比嘉さんに強引に立つように言われて踊ったことならいちどだけある、と彼は答えた。公平が両手を上げて踊っている姿など、私にはまったく想像がつかなかった。明日はその比嘉さんが来るのだから、そのときに踊ってみせて、と私は公平に言った。すると彼は「それだけは勘弁してくれ」と、本気ですがるような目をして言った。

10時近くに、大城さんの小屋へ戻った。いつものように小屋へ下る小径《こみち》の手まえで車を止め、ヘッドライトを消しても満月の明るさがそこには残っていた。公平は車のドアを閉め、そして何かに気づいたように小走りで車寄せを上がった。

「恭子さん、ちょっと」

彼はスロープのやや上から私を手招きした。手を振る速度が速いので、私もそこへ小走りで近寄った。

「これを見てよ」と、公平は言った。彼が指差した場所を見てみると、2艘のうち1艘のサバニがなくなっていた。

「大城さんは、今夜も海へ行ったのかしら……」

公平はそれには答えず、大城さんの母屋へ駆け上がっていった。ふとその方向を見上げると、大城さんの家に明かりはなかった。

33

しばらくして、公平が大城さんの母屋から戻ってきた。やはり彼は、家を空けているようだった。静まり返った森の奥から喉《のど》を絞るような鳥の声が聞こえ、雲のほとんどない夜空には、昨夜《ゆうべ》よりもさらに丸い満月が浮かんでいた。

「ひとりで海へ行ったのだろうか」と、公平は独り言のように呟《つぶや》いた。どことなく殺気立ってくる気配がして、私はそれを和らげるように彼に言った。

「今日は満月だから、最初からそうするつもりだったのではないかしら……」

「昨日行って、今日もまた行くというのかい？」

「ひとりで行くことを、本来は望んでいたんでしょう？」

公平はそれには答えず、ポーチから携帯電話を取り出した。そして登録してある番号を呼び出し、受話口を耳に押しあてた。顔が神妙になってゆくのがわかった。

「だめだ、つながらない」と、彼は言った。「呼び出し音がするだけで、留守電になってしまう」

「海に行っているのだとしても、大城さんはベテランだから慣れているんでしょう？」と、私は言ってみた。公平がどこかへ行ってしまうような気がした。

「慣れているとかいないとか、そういう問題じゃないよ」と、彼は答えた。不安な予感というよりも、ほぼ確信に近いような表情が、彼の顔には浮かんでいた。その確信に引き寄せられようとしているのが怖くて、私は何とかして公平に思いとどまってほしかった。

確かに、慣れているかどうかの問題ではなかった。むしろ海人《うみんちゅ》のように海を知っている人こそ、満月の夜は危険なのだという話を私は思い出した。陸《おか》に引き返すだけの理由がないと、美しい海へ誘い出されてしまうのだ。そして大城さんは、陸とつながりのあるものなど、いまは持っていなかった。

「昨日ふたりで海へ出たとき、ちょっと気になることを大城さんが言ったんだよ」

公平は車寄せのスロープに腰を下ろした。手には開かれた携帯が握られたままで、私もスロープに膝を立ててすわった。

「明日、比嘉《ひが》さんと恵子さんがここに来るだろう？　大城さんはそれに、何かを察知しているんだ」

「どういうこと？」

「何でまた急に来るなんて言い出したのかって、まるで質問するみたいに僕に訊《き》くんだ」

自分の気持ちが、崩れていきそうだった。公平は既に何をするか心のなかで決めてしまっていて、いまではそれを否定する理由が私のなかには見つからなかった。「それで公平くんは何と言って答えたの？」と訊くのがやっとだった。

「答えようなんてないさ」と、彼は消え入るような声で言った。「何をどう取り繕っても、疑われてしまうだけだ。気遣われているのが、大城さんのような人にはむしろ負担なんだ……」

そして公平は携帯のボタンを押し、受話口をもういちど耳に押しあてた。回線がつながって会話が始まり、その様子から比嘉さんに電話をしているのがわかった。

僕はこれから海へ行って大城さんを捜すことにします、と公平ははっきりと比嘉さんに言っていた。ああ、もうこれでどこにも引き返せない、と私は思った。時間は既に10時をまわっており、満月は表情もなく空の高いところにあった。不気味な鳥の鳴き声以外には何の音もなく、車が森に近づいてくる音もしなかった。

「いまから比嘉さんがここに来る」

電話を切った公平は、私に伝えた。何もかも、ひとりで決めてしまっていた。

「比嘉さんの家は那覇じゃなくてもう少し北にあるから、この時間なら1時間で来られると言ってた。これから彼の番号を教えるから、恭子さんはそれを自分の携帯に登録してくれないか?」

「私がここにひとりで待つってこと?」

それだけは嫌だと思って、私は声を少し上げた。せっかく沖縄に来て会えたというのに、1週間後には公平も横浜に帰るという言葉を昨日聞いたばかりなのに、ここに取り残されるのなんて嫌だった。

「比嘉さんはこっちの人じゃないから、昨日行った場所を知らないんだ」

ひどく冷静な口調で公平は言った。完全に落ち着き払っている様子だった。そして携帯を戻したポーチを地面に置いたまま、立ち上がってスロープを上がった。まさかとは思ったけれど、彼は明らかにサバニを置いてある場所へ向かっていた。

公平は丸太を組んだ台からロープをほどき、細い一人艇のサバニを担ぎ上げようとしていた。バランスを取るのが難しいらしく、ちょうどいい箇所を探り当てるのに少し苦労している様子だった。

「恭子さん、車に載せるのを手伝ってくれないか?」

顔を赤らめながら彼は言った。立ち上がった私は彼のいるところへ急ぎ、後ろ半分だけ持ち上がっているサバニを、台の上に押さえつけた。

「おいおい、何をするんだよ」

慌てたように公平は振り返った。

「それだけは、やめて」

全体重をサバニにかけようとして、体に力をこめた。

「ひとりで海に出るなんて無茶よ。あんなに広くて暗い場所で、いったいどうやって捜すというの?」

すると公平はサバニを肩に担ぐのをやめ、船首をいちど台の上に戻した。そして改めてこちらを振り返り、私のすぐそばに近寄ってきた。いままでいちども見せたことのないような、決然とした表情をしていた。

何を言われるのかと、私は一瞬身構えた。しかし公平は無言のまま、船底を抱えこむようにしている私の腕を両手で取り、力をこめて強引に引き剝《は》がそうとした。

「やめてよ!」

「うるさい!」

公平が右手を振り上げたのが、一瞬だけ見えた。目をつぶった私は、体の内側に力をこめた。そして気がつくと、両側の脇が後ろから完全に抱えこまれていた。公平は私の腹部の上で手を組み、綱を引くように強引に自分の方へと引き寄せようとした。恐くて痛くて、涙が激しく溢《あふ》れ出てきた。私は心の底から、そのとき大城さんを憎んだ。

「そこまでしなくたって、いいじゃないの！」

私の手と腕は船底から引き剝がされ、公平は脇を抱きかかえたまま、スロープの下まで私を引きずりおろそうとした。私は怒鳴り散らしながら地面に足を踏ん張り、それでも力と体格でまったく敵《かな》わない彼のわき腹に、肘鉄《ひじてつ》を何度も入れた。そのうちの一発が効いたのか、後ろから私を抱きかかえる彼の両腕から、ほんの少しだけ力が抜けた。私は身をよじって彼から離れ、もういちど「何で大城さんのためにそこまでするのよ‼」と叫んだ。鼻水を拭《ぬぐ》う余裕もなかった。公平の表情は激しく引きつっていた。

その場で私たちはしばらくにらみ合い、公平はふと思いついたかのように、腕時計に目をやった。顔が曇り、そのままの表情で彼は私に視線を戻した。

「乱暴にしたのは悪かった」と、彼は言った。

「でも、本当にもう時間がないんだ。頼むから行かせてほしい」

「いやよ！　大城さんが勝手にしたことじゃない！」

「勝手とかどうとか、そういう問題じゃない」

「そうやってまた、変な理屈をこねるのが、あなたの嫌なところだわ！」

そのときだった。彼の目には殺気が走り、気がつくと私は喉元《のどもと》をシャツの襟首ごと締め上げられていた。本気で力を入れていないのはわかったけれど、哀《かな》しくて自分の体から重さがなくなってしまうような気がした。

「これ以上、こんなことをさせないでくれ」

怒りがたぎったような目で、公平は静かに言った。彼は力をそれほど入れていないのに、私はもう身動きが取れなくなっていた。襟首を締め上げたまま、公平は冷静な口調で言った。

「二度も同じ目に遭わせないでくれないか?」

咄嗟《とっさ》のことに私は意味がわからず、「二度って何よ?」と言った。彼は襟首から手を放し、「地震のことだ」と、小さな声で言った。

「早く行かないと間に合わない。美紗子さんのときと同じような目に、もう遭わせないでくれ」

車のルーフバーにサバニを固定させるのを、私は少し離れて見ていた。もう二度と逢えないような気がして、いちど引いた涙がまた溢れ出てきた。そして公平がゴムバンドを締め上げているとき、ポーチのなかで彼の携帯が鳴った。会話の内容から察すると、恵子さんからのようだった。

作業をすべて終えた公平は、私に言った。

「恵子さんは、さっき那覇を出たそうだ。彼女の話だと、比嘉さんはあと30分くらいでここに着くらしい。そうしたら恭子さんは彼の車に乗って、昨日の場所まで案内してほしい。恵子さんは比嘉さんと連絡を取り合いながら、直接そのまま海へ向かうことになってる。ということで、恭子さんの携帯に、比嘉さんの番号を登録してくれないか?」

私は何も言わず泣きじゃくりながら、公平に言われるがままに、自分の携帯に番号を登録した。何でこんなことをしているのか、自分でもよくわからなかった。今度こそお別れなのかと思い、その哀しさにもはや怒りも湧《わ》かなくなった私は、公平に言った。

「ねえ、ひとつだけ聞きたいことがあるんだけれど……」

デイパックを助手席に置いた彼は、落ち着いた表情で私を振り返った。

「何だい？」

「怒らないで聞いてほしいの。質問に答えてくれる？」

「ああ」

私は何とかして泣くのを鎮め、無理をして息を整えて言った。

「もしも何かがあったら、公平くんは人にも自分と同じ目に遭わせることになるのよ」

彼は下を向いて、何も答えなかった。

「自分だけは同じ目に遭いたくないと言いながら、もしかしたらそれを人に押しつけることになるかもしれないのよ」

「うん……」

「だから、どうかそれだけは自覚してから行ってほしいの。私が言いたいのはそれだけ」

公平は私の手を取り、握手をしようとした。それだけは私は強く断った。そして車に乗りこむとき、彼は「絶対に危険なことはしないから」と、あまり表情のない目で私に誓った。

公平の車が消えてゆくのを見届けてから、20分くらいが経《た》った。私は何も考えられなかった。まさかこんなことのために沖縄に来たのだとは、絶対に信じたくなかった。今日の夕方には公平が横浜に戻る話を聞いていたのに、何もかもが引っくり返ってしまった。

いったい何の試練なのだろうと思った。なぜこうも、何もかもが逆の目に出るのだろう。比嘉さんと恵子さんは好意でしたことなのに、それがむしろ徒《あだ》になってしまった。似た過去を持つ公平は大城さんを慮《おもんぱか》って、悪夢の再現を振り払うかのように、彼を海へ捜しに行ってしまった。すべての行為と親密さと共感が1本の糸にたぐり寄せられ、なのにそこには、暗い穴が口を開けて運命を待ち構えているようだった。私はふと美紗子さんに問いかけたい気持ちになったが、お別れは昨日で終わっていた。自分は本当にひとりになってしまうのかもしれない、と思った。公平が過ごしたのと同じ10年間を、私も過ごしてゆくことになるのだろうか。

エンジンの音が聞こえ、それが近づいてくると、車のヘッドライトがスロープの端を照らした。私は地面から立ち上がり、車に向かって手を振ってみた。比嘉さんはそれにホーンで応え、私の横で車を止めた。

「私のせいでこんなことになって、本当に申し訳ない」

助手席に乗りこむなり、真剣な表情で比嘉さんは言った。

「恵子と立て続けに、朝雄に電話したのがまずかった。却《かえ》って傷つけることになってしまった」

「でもそれと、サバニごと消えていなくなるのと、どこか関係があるんでしょうか」

公平ではない人が相手だと、私は少し冷静さを取り戻すことができた。私の質問に対して、比嘉さんは大きく息を吐きながら「それはどうとも言えないです」と言ったまま、押し黙ってしまった。

私は海沿いの国道まで戻ってもらうように比嘉さんに伝え、彼はカーブがところどころ崩れている真っ暗で細い道を、慎重に先へ急いだ。いくつかのカーブを抜けて、やがて平地へと降りるだけの道に入ると、比嘉さんは改めて口を開いた。

「朝雄がどこで何をしているのか、それはわからないです。しかしサバニがないのだからやはり海に行ったのだと思うし、つまりは家にひとりでいたくなかったということでしょう」

その気持ちが、公平には自分のことのように思えたのだろうか、と私は思った。自分と似たような闇《やみ》を抱えて苦しんでいる彼を見て、公平は大城さんを放っておけなかったのかもしれない。ついこのあいだまで、自分をどこか遠くの世界へ押し出そうとしていた何かに、大城さんもまた惹《ひ》かれているのを公平は察していたのだ。

その先に何があるのか、それを見極めようとしていたのは、他ならない公平自身だった。彼は生きながらそれに触れようとしていたし、自分から近づこうとしていた。超えてしまえばわかるはずだと思ったことも、おそらく何度もあったのだろう。陸につながれながらどこまでそこに近寄れるのか、それが公平にとっての大きな主題だった。もしかしたら彼は、魂そのものになりたかったのかもしれない。

魂になってしまえば、美紗子さんとつながれると彼は信じていた。そうすれば言い残したことや、これからの想いを伝えられるのではないかと思っていた。自分のなかにその魂があるのではなく、彼はいちばん遠い場所にそれがあるのだと考えてきた。だからある時期、美紗子さんは苦しんでいたのだと、今になって私は思った。公平が彼女に近づこうとすればするほど、美紗子さんは解放されなかった。

車は海沿いのT字路に到着し、そこを右折して北上するように私は比嘉さんに伝えた。車はまったくといっていいほど走っておらず、左手を見ると浅瀬の彼方に、満月の光でリーフが白く浮き上がっていた。ここから見るとその向こうの外海は恐ろしいほどの闇なのに、そこにひとたびでも舟を漕《こ》ぎ出した者の目には、なぜその光景が美しく映ってしまうのだろう。なぜ、見えない穴に吸い寄せられてしまうのだろうか。

「こんなことになって申し訳ない」

夜の国道を走りながら、もういちど呟くように比嘉さんは言った。ふと彼の横顔を目を上げてみると、比嘉さんは真っ直ぐまえを見据えていた。

「幼馴染《おさななじみ》だというのに、こんなときに何もできない。というよりも、やってはいけないことをやってしまう。私たちがいろいろとやっても、それは壁をつくることにしかならない」

「壁ですか……?」

「ええ……。友情とか何だとか言っても、結局は朝雄のことを追い立てている。たとえはよくないかもしれないが、うつ病の人に頑張れと言っているようなものです。理解してやることが大切なのに、第三者の目からしか見ていない」

「でもそれは、仕方のないことなんじゃないでしょうか……」

そのとき、比嘉さんの携帯が鳴った。周囲に車がないので、彼は運転を続けながらその電話に出た。相手は恵子さんのようだった。電話を切った比嘉さんは「恵子もあと40分くらいで着くはずです」と言った。

「ところで昨日の浜まで、あとどれくらいですか？」

「10分もかからないはずです」と、私は答えた。すると比嘉さんは、安堵《あんど》とも緊張とも取れないため息を大きくついた。

「結局私たちは、何もしてやれなかった」

静寂の戻った車内で、彼はふたたび話し始めた。

「でも理由はよくわからないが、公平くんは朝雄の心が手に取るようにわかったようです。だから朝雄は公平くんにSOSを出したのだと思うし、公平くんはそのシグナルを見逃さなかった。ここが大切なんです、本当は。出しているシグナルを見過ごされるほど、その人を孤独にするものはないでしょう……」

泣き叫びながらサバニを押さえつけた自分を、私は思い出した。心のなかで美紗子さんとひとつになって、これからも一緒に過ごしたいと思っていながら、私もまた彼を理解していないのかもしれなかった。彼が戻ってきてくれる嬉《うれ》しさだけを考えていた。彼を失いたくないことばかり思っていた。

でもそれは違う　という声が心のなかでした。すぐそばに誰かがいるような気がして、私は咄嗟《とっさ》に車窓の外へ目をやった。小さな岬を迂回《うかい》しているために、海は見えていなかった。灯りひとつない集落が闇のなかに沈んでいるだけだ。

それは違う　という声がもういちど自分のなかで聞こえた。ここに彼を来させないで　とその声は言った。彼がついて来ようとしている、それだけはお願いだからやめて。もうこれ以上苦しめないで……。

体が熱くなり、気持ちの悪い汗が額を流れた。むっとする夏の草いきれに包まれたようだった。軽い眩暈《めまい》と吐き気がして、火照《ほて》っているのに全身に悪寒が走った。うっすらと汗の浮いた肌に鳥肌が立った。そしてもういちど軽い吐き気がして、気が遠くなりそうになった。汗ばんだ悪寒に身を震わせながら、私は比嘉さんに「その先の小さな角を、左に入ってください」と言った。

34

昨夜《ゆうべ》と同じ浜に到着した公平は、砂地の端に車を止めてヘッドライトの明かりを落とした。青白く浮かび上がる砂浜に目を凝らしてみると、やや離れた場所に大城の車が止められているのが見えた。舟を引きずった跡と足跡が波打ち際まであり、その向こうは満月に照らされた海だった。念のために持ってきたキャンプ用のヘッドランプを手に海を照らしてみても、光はわずかな範囲にしか届かなかった。この広い海原に誰かがいることなど、まったく見当のつけようがなかった。

しばらく浜で待ってみようと思ったものの、それには何の意味もないような気がして、公平はおそるおそる海へ出てみることにした。浜で動かずにいる方がすれ違う可能性は少なかったが、仮に戻ってこないのだとしたら、海へ出る方がまだ、ここまで来た甲斐《かい》がありそうだった。

凪《な》いでいる浅瀬で舟を漕《こ》ぐのはさほど困難ではないけれど、他に人がいた昨夜とは恐怖の深さがまるで違った。船底の板一枚の下は本当にあの世なのだという、紙一重の実感が彼の身体《からだ》を突き抜けた。それは、高い場所から下を見下ろしたときの足のすくむような恐怖感や、駅を通過する新幹線が速度を落とさずにホームへ突入してくるのを見るときの感覚に似ていた。ほんの一瞬だけれど飛び降りたくなるような、死へのいわく言いがたい誘いがそこにはあるのだ。しかし新幹線の通過などはほんの一瞬のことでしかなく、いまのように海にいる限りは、その魅惑的ともいえる誘いは常にすぐそこにあった。

どこに向かうというあてもなく、公平はただ無為に櫂《かい》を漕いだ。海面に櫂を浸けてもポチャンという静かな水の音がするだけで、それは恐怖というよりも、心を徐々に静かにしてゆく音だった。自然のなかにある流れが自分の心をひたひたと充たしてゆき、綺麗《きれい》な水の音とやがてひとつになりそうだった。最初に感じた夜の海の恐怖感は公平のなかで少しずつやわらいでゆき、これならどこまでも行けそうな気がしてきた。気持ちが解放されて穏やかになり、満月の光に目がなじんでくると、波紋を映した海底の影がゆらゆらと動いているのがよくわかった。そのゆらぎを目にしているだけでも、うっとりと吸いこまれていきそうだった。

こんな穏やかなゆらぎのなかに美紗子さんもいるのだろうか、と公平は思った。そこにはもう哀《かな》しみも苦悩もなく、自分は大きな何かの一部なのだという、生きている限りは絶対にわからない安《あん》堵感《どかん》があるのかもしれない。何かにつながれている絶対の幸福がそこにはあって、その何かこそ「永遠」というものなのかもしれない。

人が死を怖《おそ》れるのは、それがすべての終わりだからなのではない、と公平はふと考えた。永遠に対する憧《あこが》れが死を怖ろしいものにしているのではなく、実は永遠が何なのかがわからないからこそ、人は死を忌み嫌うのだ。永遠とは何かがわかっていれば、その永遠とつながれるはずの死が怖ろしいはずがない。

美紗子さんはひと足先にその世界へ行っただけなのだ。だから、生きている自分がそれを追ってはいけない。追うのではなく、自分から行けば済むことじゃないか……。満月に照らされる海面はいよいよその美しさをくっきりと浮かび上がらせ、公平はそれまで見たこともないような光景を目にしていた。どの小さな波頭もまるで生き物のように月光を受けて薄い黄金色に輝き、そのすべてがまるで昼間のように辺りを明るく照らしていた。夜の海に小さな光の粒がばら撒《ま》かれ、その光は生命そのものの輝きを内部から美しく放っていた。大城さんの言っていた光景とは、このような光に祝福された世界だったのだ。何も不安がなく、苦しむなどという感情とはまったく無縁で、ひとつを感じるだけですべてが理解できるような、あともう少しの世界がそこにはあった。自分はいまようやくここまで来られたのだ、と公平は感じていた。

もうこれで思い悩む必要もないし、ガラスの破片を無数に心臓に突き刺したような痛みを感じることもない。真夜中にうなされて飛び起きることもなければ、悪夢の冷たい汗を誰もいない部屋で拭《ぬぐ》うこともない。嗚咽《おえつ》しても解決することのない重い闇《やみ》のなかへ、ひとりで放り出されることもない。

待たせてごめんね、と公平は言った。少しばかり時間がかかってしまったけれど、僕はようやくここまで来ることができたんだよ、美紗子さん。だっていまは、美紗子さんがすぐそこにいるのがわかるもの。あの懐かしい匂いを感じることもできるし、あの綺麗な笑顔だって、写真のなかの動かない美紗子さんじゃない。髪がさらさらと動くときにする香りだって、いまならはっきりと感じ取ることができる。どうしてこんなに時間がかかったのかわからないけれど、もうじきそっちへ行くから。それまではほんの少しだから。

外海と内海を隔てる最後のリーフに、公平の舟は近づいていた。リーフを乗り越えてくる荒い波に舟はゆれ、他の波の干渉を受けて三角形に白く泡立つ波の縦横の動きに、船首はまったく定まらなくなった。公平はそれでも櫂を差すこともなく、ただ波にもまれるがままにしていた。誰かに大きな声で呼びかけられたような気もしたが、それは波の音のなかでは少し遠すぎたし、いずれにしろどちらでもいいことだった。

激しくゆれるサバニの上に公平は立ち、明るい満月の光と潮風を受けながら、飛沫《しぶき》で濡れてゆく快感を味わった。やがて髪がびしょ濡れになり、マリンコートを着ている必要もないように思われた。彼はもはや邪魔なだけのコートを脱ぎ去って海原に放り投げ、激しく波にもまれているその黄色いものを目がけて飛びこんだ。その瞬間に水泡に包まれ、それがきらきらときらめきながら自分を包むように上がっていくのを目に、彼は美しい海底がそこにあるのをはっきりと捉えた。空にあるのと同じかたちと色をした満月が、そこには見えていた。

35

その部屋には花がいくつも用意され、空気をおごそかなものにしていた。公平を知る関係者たちが次々と訪れ、受付で記帳してから1本の花を受け取った。そしてその花を胸に挿し、奥にある部屋へと消えていった。

部屋には公平の好きな音楽が流れていた。彼が録音してきた自然の音と楽曲がうまく重なるように編集がなされ、来客の誰もがその音にときおり耳を傾けていた。私の横にいる竹川が、そっと耳打ちをしてきた。

「これで公平くんも満足してくれるかな……」

部屋にまた人が入ってきた。公平のご両親だった。ふと目が合うとふたりは目配せをして、私もそれに目で応えた。ふたりも他の人と同じように受付で花を受け取り、それを胸のあたりに挿した。

「きみから預かった音源はすべて聴いたよ」と、竹川は話を続けた。「それをできるだけ無理のないように、スタジオで編集したつもりなんだけれど」

「これならきっと彼も、喜んでくれると思います」と、私は言った。そのとき重い痛みが下腹部を襲い、私は声に出さないようにそれに耐えようとした。

少しして、大城さんが訪れた。花を受け取った彼は、私がいるのに気づいて近寄ってきた。正装をしている大城さんを見るのは初めてのことだった。

「このたびは申し訳ないと、ふたりから仰せつかってきました」と、彼は私に言った。「恵子と常《つね》吉《よし》はどうしても来られなくて、何とかぼくだけでもと、ふたりの想いを運んできたつもりです」

「本当なら3人ご一緒だとよかったのですが」と、私は大城さんに言った。「でも大城さんが来てくださったのだから、それで公平くんは本望だと思います」

それを聞いた彼は神妙にうなずき、「あの夜は本当にすみませんでした」と、小さく言った。「まさかあのようなことになるとは思ってもいなくて……いまぼくがあるのも、本当に公平くんのおかげです。彼がいなかったら、ぼくはあの夜どうなっていたかわからない」

「彼も納得ずくでやったことですから」と、私は言った。「でも、今日ここでまた再会できるのですから、どうぞ楽しんでいってください。それが公平くんの気持ちだと思います」

すると大城さんはさらに神妙にうなずき、奥の部屋へひとりで消えていった。そして私は腕時計に目をやり、受付にいる公平の友人と香里《かおり》のふたりに声をかけた。

「これでもう、だいたい全員かしら」

公平の友人が、出席者のリストを指でなぞって言った。ふたりともやはり、同じ花を胸に着けていた。

「あと3~4人ほど見えていないようですが、もう始めてしまってもいいかもしれません」

「じゃあ、上田さんにそう伝えてきます」

私はそう言って奥の部屋へ行った。そして人を搔《か》き分けながら上田さんを探し、飲み物を手にしている姿を見つけた。視線が合い、上田さんの方が私に近づいてきた。

「そろそろ始めてください」と、私は上田さんに言った。彼はいつものように落ち着いた表情でうなずき、部屋の隅にあるマイクスタンドへ歩いていった。

「どうか皆さま、そのままの場所でお聞きください」と彼は言った。「私は今日、司会を務めさせていただきます、上田と申します。都内で音楽の店をやっておりまして、公平くんにはとてもお世話になりました。連絡によると、彼はもうじきこの事務所に戻るはずです」

それを聞いた来客たちは、手にしている飲み物をいったんテーブルに置いた。部屋のなかに軽く拍手が上がった。「いつまで待たせるんだ?」という声も聞かれた。

「役所での登記も終わり、いまはタクシーでここへ向かっているところです。そのときは皆さま、受付の者がお伝えしましたように、一斉に花のクラッカーを鳴らしてください。そこの人、フライングはなしですよ」

ひとりで早くも予行演習を始めようとしている竹川に、皆の視線が集まった。

「今日ここに皆さまがお集まりになっていることは、本人は本当に何も知りません。いつも彼には驚かされているばかりの私たちなので、事務所開きの日くらいは逆の目に遭わせようとの趣向です」

そのとき、廊下から続く前室のドアの開く音が聞こえた。それに気づいた客は一瞬にして静まり返り、胸に挿した花を一斉にはずして手にした。

「ああ、時間がかかった」という、公平のひとり言が奥の部屋で聞こえていた。そして荷物を置く音が聞こえ、客は息を呑《の》むようにそのときに向けて身構えた。皆の目がこの部屋のドアに集中していた。

　カチリといって、そのドアが少しだけ開いた。何かの空気を察したのか、ドアは徐々に開けられ、外側にあるドアノブを手にしたまま、公平が顔だけ覗《のぞ》かせた。目が大きく見開かれ、高い背は疑わしそうに丸まっていた。

　その瞬間、すべてのクラッカーが鳴らされた。派手な音と共に極彩色のテープが放たれ、部屋には火薬の香りが充満した。そのテープを全身に浴びたまま、公平は呆然《ぼうぜん》としながら部屋の中央まで歩み出た。そしてあたりをきょろきょろと見渡していた。

　あの夜、公平は大城さんの手によって救い出された。本当に間一髪のところだった。戻った浜に公平の車があるのを見て、咄嗟《とっさ》に海へ引き返したのだった。

　内海の周囲に弧を描くように連なっているリーフ沿いに、大城さんは公平の舟を捜した。方向を決めずに漠然と海を進むよりも、リーフに沿った方が見つけやすいという、大城さんならではの判断だった。公平の舟が波にもまれているのを目にした彼は大声を張り上げたのだが、その声は届かずに、海へ放り出される公平を救うために大城さんは躊躇《ちゅうちょ》なく飛びこんだ。そして海底に力なく沈んでゆく公平を脇から抱え上げ、自分の舟まで連れていった。

　あの夜大城さんは、陸とつながりのあるものを、ひとりで海へ捨てに行っていた。別れた奥さんの最後の写真と、台風で家が崩壊したことを報じる新聞の切り抜きを、彼は海へ捨てに行っていたのだった。いつまでもひとりで苦悩する自分を気遣う恵子さんと比嘉《ひが》さんに対して、彼は死ぬことと決別して生きることを選んだのだ。公平が目を覚ますのを浜で待ちながら、大城さんはそんな経緯を私たち3人に聞かせてくれた。

一命を取りとめた公平は翌日は丸一日眠って過ごし、私はそれを見届けてから大城さんの運転する車で那覇空港へ向かった。あとの面倒はすべてぼくが見ます、と大城さんは空港で強く約束してくれた。

横浜に戻った公平はふたたび上田さんの店を手伝い、それまでの貯金とバイト代をこの部屋を借りる資金にあてた。年が明けてから部屋が見つかり、彼は年度末に間に合うように登記の準備を進めた。すべては未知数だったが、公平とまえから関わりのある企業がいくつか、当面のあいだ企画料として彼の新しい仕事を援助してくれることになった。

皆がなごやかに話している様子を、私はひとりで部屋の隅から見ていた。こんなときこそ公平と話がしたかったけれど、今日の彼は誰からもひっぱりだこで、ふたりで新しく借りた部屋に戻るまで、私は我慢するしかないようだった。

手にしたカクテルを口へ運ぼうとすると、さっきと同じようにお腹の下が鈍く痛んだ。しばらくはこんな飲み物を口にすることもないのだな、と私は思った。それは昨日病院に行ってわかったことで、公平はまだ知らなかった。今日か明日、私は彼に伝えようと思っていた。

私はグラスを近くのテーブルに置き、痛んでいる箇所をやさしく手で撫《な》でてみた。そしてその温もりのある場所に、心のなかでこう囁《ささや》きかけた。

ねえ美紗子さん、これってもしかして、私たちふたりの子かもしれないよ。だってあなたは私のなかに残ってくれるって約束したから、生まれてくる子はきっと美紗子さんの心を宿している。そのつもりで育てるから、あなたもそれをずっと感じていてくださいね……。

比嘉さんのお兄さんは三線《さんしん》を手に取り、マイクのまえに立った。

「えー、私のような者が真《まこと》に僭越《せんえつ》でございますが、これからカチャーシーと呼ばれる速弾きをご披露いたしますので、皆さんぜんぜん遠慮なんかなさらずにですね、こうどんどんと部屋の中央に集まっていただき、両手のひらをぐっと高く上げてお好きなように踊ってください。それではご披露いたしますは……」

速弾きが始まると部屋の空気は一気に華やぎ、グラスをテーブルに置いた人たちが一斉に踊り始めた。比嘉さんの声は太くよく通り、踊っていない人などほとんど誰ひとりとしていなかった。

そしてひとりだけ踊らずにいる公平に竹川が目をつけ、強引に誘い出そうとしているのが見えた。顔のまえで手を左右に振る公平の仕草は「それだけは勘弁してください」と言っているように見えた。


誰かにあるひとりの人間について伝えようとするとき、それにはいくつかの方法があるのだと私は思う。好きな音楽や小説家の名前、あるいは好みの食べ物でもいいし、ちょっとしたエピソードなどもいいだろう。方法さえ間違わなければ、人はその人物についてありありと想像することができる。

しかしここにいる北山公平だけは、どこから手を付ければいいのかわからなくなる。知れば知るほど遠くなって、何を考えているのかを想像しても、彼はもうそれとは別の場所に行ってしまっている。これまでもそうだったし、これからもずっとそうなのだろう。

それでも構わないと私は思う。私は彼がどのような人物であるかを伝える言葉を、これからもずっと探し続けることになるのだから。

＊この物語はフィクションです。
＊文中に引用した『タイタンの妖女』は浅倉久志訳（ハヤカワ文庫）からのものです。
＊初出——「きらら」（小学館）２００５年７月号〜２００７年６月号、全24回

〈解説〉「ボイジャーに伝えて」の成り立ちについて

実はボイジャーはいまも飛び続けている。

ボイジャー（Voyager）は、いまから45年前の1977年にNASA（アメリカ航空宇宙局）によって打ち上げられた無人の宇宙探査機だ。「1号」はその年の9月5日に打ち上げられ、「2号」はそれに先立つ8月20日、宇宙へと飛び立っている。

当初「ボイジャー1号」は木星と土星を目標にして航行、この2つの惑星の写真を地球に送った後、2012年に太陽系から離脱して、星間空間を飛び続けている。姉妹機である「ボイジャー2号」も木星と土星を探査後、天王星と海王星にも接近し、その後2018年に太陽系外へと向かった。2機とも現在も飛行を続けており、とくに「1号」は地球から最も遠い距離に到達した「人工物」となっている。

ちなみに両探査機には、地球外知的生命体に人類の存在を伝えるための「ゴールデンレコード」と呼ばれる、115枚の画像と55の言語、音楽や自然音などが収録された銅製のディスクが収められている。

小説「ボイジャーに伝えて」は、もちろん、著者の駒沢敏器氏がこの宇宙探査機「ボイジャー」にインスパイアされて執筆した作品だ。主人公である公平と恭子の誕生日は、それぞれ「ボイジャー1号」と「ボイジャー2号」が打ち上げられた日に設定されているし、作中でも「ゴールデンレコード」のことなど、実際の探査機「ボイジャー」に関する言及もされている。

駒沢氏から最初にこの小説を受け取ったとき、タイトルは「ボイジャーによろしく」となっていた。「ボイジャー」が作品のモチーフとなることについては、それ以前にも彼とは話していたため、タイトルにすることに異論はなかったのだが、「よろしく」という言葉に少しひっかかりがあった。たぶん、同じようにこの言葉をタイトルに使った作品が頭に浮かんだためだったと思う。そこで、彼と相談して新たなタイトルを考えることにした。駒沢氏と話し合いながら、ざっと1ダースほどのタイトルを考えたのだが、そのなかのひとつが、彼の発案であった「ボイジャーに伝えて」だった。第1回の原稿をすでに読んでいたため、このタイトルは妙にしっくりと心に響いた。とくに以下の書き出しがとても印象的だったので、なおさらだった。

誰かにあるひとりの人間について伝えようとするとき、それにはいくつかの方法がある。まず相手はその人を見たこともなく、どんな声と口調で話すのかも知らない。つまらない話しかしない人なのか、冗談ばかり言っているのか、表面とは裏腹にどこかに影があるのか、そんなこともわからない。性格について語ろうとしても、簡単に言葉で説明できるものではない。

「ボイジャーに伝えて」の冒頭を飾る、篠原恭子の一人称で書かれた文章だが、すでに1行目から「伝える」という言葉が登場しており、すぐにタイトルは「ボイジャーに伝えて」でいこうと直感したのだと思う。駒沢氏からも、タイトルは「ボイジャーに伝えて」でいきたいという強い意向もあったため、今度は問題なく作品のタイトルは決まった。

「ボイジャーに伝えて」という小説の成り立ちについて触れるには、駒沢氏と仕事をすることになった経緯から書いていくのがいいかもしれない。

駒沢敏器氏と初めて会ったのは、いまからざっと20年前、自由が丘駅前のフルーツパーラーだった。どちらがその場所を指定したのかは覚えていないが、たぶん互いの当時の生活領域を照らし合わせてみれば、選んだのは駒沢氏だったと思う。男性2人が昼間から会うには少し微妙なものがある、妙に明るい店だった。

ちょうど、籍を置いていた出版社で小説誌の創刊準備をしているときだった。ジェイ・マキナニーの「空から光が降りてくる」の翻訳者として彼の名前は心得ていたし、いくつかの雑誌で彼の短編小説も読んでいた。とくにそのなかで気に入っていたのは「store」という雑誌に掲載されていた「完璧な土曜日」という作品だった。この小説は、後に彼の短編集を編むときにも収載したのだが、日常生活のなかで生じる微妙な心理のずれを丹念な文章でまとめあげていた。当時、駒沢氏がまだあまり小説を発表していなかったことにも魅力を感じていた。これから良い作品が書けるという編集者としての直感があった。新しい小説誌にはぜひ執筆してもらいたい、そう考えて駒沢氏に会いに出かけた。

汗をびっしりかいてフルーツパーラーにやってきた駒沢氏に、自己紹介をするなり、単刀直入に「小説を書きませんか」と水を向けた。唐突な依頼に駒沢氏は少し逡巡しているようだったが、「考えさせてくれませんか」と彼は答えて、その場は互いが観ていたアメリカ映画の話になった記憶がある。

携わっていた小説誌は、2004年5月にスタートした。駒沢氏に会ったのは、前々年の夏だったが、残念ながら創刊号に彼の作品を掲載することはできなかった。小説執筆に対してはいまひとつ快い返事がもらえなかったので、その間、駒沢氏には「魔空の森 ヘックスウッド」というダイアナ・ウィン・ジョーンズのファンタジー小説の翻訳を依頼していた。「魔空の森」というタイトルは、駒沢氏が考えたもので、翻訳された文章はとてもきちんとしており、彼が書く小説への期待はますます高まった。

創刊した「きらら」という小説誌は、駒沢氏にも送ってあった。それを見て判断したのか、その年の秋、彼から「人生は彼女の腹筋」という短編小説が届いた。主人公とインド人の不思議な友人との奇妙な交流について書かれたものだったが、タイトルからもわかるように意外な展開を持つ少し官能的な作品で、一読して気に入った。もちろん、すぐに掲載を決めて(「きらら」2004年12月号~2005年1月号掲載)、正式に駒沢氏の小説の編集者という立場に就いた。

もともと長編小説の依頼をしていたので、「人生は彼女の腹筋」は、駒沢氏にとっては言わばウォーミングアップのつもりで書いた作品だったのかもしれない。それでも完成度は素晴らしく、長編小説の執筆が楽しみになった。

翌年、「ボイジャーに伝えて」の連載がスタートする。駒沢氏はすでに「夜はもう明けている」という初めての長編小説を刊行していたが、その出来については、いまひとつ満足できていない様子で、「ボイジャーに伝えて」に対しては、かなりの決意を持って臨んでいたように思う。ちなみに「夜はもう明けている」については、後日、次のようなやりとりもあった。小説を書くことに対する駒沢氏の真摯さが滲み出ている文章なので、あえて紹介したい。

再度読み直してみました。まったく、ひどいもんだと思いました（笑）。もはや他人の目で読めるので。「ひどい」のですが、「他人の自分」からみて、「こんなことを自然に書けるのか」ということも随所に感じました。悪くないところも、確かにある。でも、肝心の良さを消している箇所もたくさんある。

「ボイジャーに伝えて」は、小説誌「きらら」の2005年7月号から2007年の6月号まで24回にわたって連載された。時を同じくして、良質の短編小説のようなトラベローグ「語るに足る、ささやかな人生」が刊行されていたこともあり、駒沢氏の作品を読んでいた知人たちの間でも、この新しく始まった小説は確かな感触を得た。

連載中は、駒沢氏は小説を書くことについてかなり突き詰めて考えており、その内容についてもかなりシリアスなやりとりもあったが、ここではあえて、旅先からの送稿が多かった彼が一度たりとも締切に遅れたことがなかったことだけを記しておくだけに留めておこう。

連載は2007年の夏前に終了したが、秋には単行本として刊行したいと考えていた。連載の最終回には、その旨も誌面で予告していた。しかし、駒沢氏に依頼していた改稿作業は、秋を迎えても遅々として進まなかった。確かにこの時期の駒沢氏は、沖縄や海外に何度も足を運んでおり、改稿のためのまとまった時間を取るのがなかなか難しかった。以前から、時々連絡が取れなくなることもあり、果たして改稿がどこまで進んでいるのかも把握できなかった。実は、「ボイジャーに伝えて」の連載中から、並行して「夜はもう明けている」を文庫化するための改稿作業も進めていた。「ボイジャーに伝えて」の連載終了時に、その作業は完遂する予定だったが、細かく赤字の入った「第一章」の原稿だけが送られてきていただけだった。そのような状況で、同時に2つの長編小説の改稿を進めるのはかなり難しいのではないかと考えていたが、その年が終わる頃になっても、改稿を終えたどちらの作品の原稿も届くことはなかった。

その間、駒沢氏と仕事をしていなかったわけではない。「地球を抱いて眠る」の文庫化も進行していたし、「バリ島の犬」という中編小説も「きらら」に掲載している。「ボイジャーに伝えて」の改稿作業が進まないのは、どうやら単なる物理的な理由だけではなく、彼自身の小説に対する生真面目な姿勢からくるものではないかと考えるようになっていた。その後、何度か進捗に関して尋ねはしたのだが、改稿途中の原稿は彼のパソコンに入ったままだった。

「ボイジャーに伝えて」の連載終了後、2年余り経った2009年8月に、彼から以下のような文章が届いた。

「ボイジャー遅延」についてなのですが、ご存知のように僕はこれまで「取材したことを短編集のように書く」というスタイルを踏襲してきました。ですからかつて会ったことのある人物や、以前に別件で取材した人などをモデルに仕立てていけば、自分の書き方は「構造的に」小説にスライドできるものだと考えていました。

しかし、そうではないのだと気づきました。

ノンフィクションの場合はまず「事実」があり、その当事者である「人物」がいて、そこへ「僕が関与」することで成立します。そしてスモールタウン（注「語るに足る、ささやかな人生」）の時も今回の沖縄の本（注「アメリカのパイを買って帰ろう」）の改訂に関しても、最終的に留意しなければならないことは、「事実をどう扱うか」「当事者をどのように描きあげるか」「そこに関与する自分の距離感の長短」といったようなものでした。

しかしボイジャーを通して今更ながらに深く気づかされたのは、「事実も当事者も何もなく、したがって距離の取りようもない」ことと、当然のことではあるのですが、「小説とはすべて自分のなかから出てきたもの」だということでした。

ですから僕は、自分という人間と対面しなければならなくなりました。

連載をさせていただいていたときは「進行中」ですから、そのときは「自分のなかから生まれているもの」に対して無自覚とまでは言いませんが、次のプロットを考えるという実作業もあることで、ある程度やり過ごしているところもありました。このことじたいに、特に問題はないと思います。

そして延々と取り組むことになった「改訂」。

僕はこの改訂の難しさや作業の多さには、ふたつのものが原因となっていると判断していました。

・読み返してみると下手なので、そこを直す。

・量が何しろ多いので、大工事をしなければならない。

ですから自分が頑張りさえすれば、それは技術的に解決できるものだと考えていました。

しかし最初の何章かに繰り返し繰り返し手を入れていくうちに、これも当然のことなのですが、僕はひとつのことに気づかされることになりました。

小説の改訂をするという作業は、半ば無意識に自分のなかから出た何かに対して、もういちど自分が立ち向かう作業なのだ、と。

ですから「ノンフィクションでやってきたスタイルはフィクションにもスライド可能」という見立ては、ここで完全に崩れ去りました（あくまでボイジャーの場合）。

では、ボイジャーのなかで出ている自分とは何なのか。

すべては自己投影でしかなく、いわばエゴの押し付けで、結局は自分のなかにある、説明のつかない闇のようなものを加工して外へ出しているだけなんじゃないかと、そう思い始めたのです。

テーマに関しても同様のことが言えるかもしれません。

ボイジャーはまず「死生観」に関するフィクションであり、「あの世とこの世」を往復したりしなかったりする物語であり、それを「公平くん」が「闇」として抱え込んでいます。

古代人の心を取り戻して生きてみたい、という点では折口信夫とつながっているかもしれません。

自分のなかから出てきたものが、こんなに大きなスケールだったのかと恐ろしくなり、しかしそれは自分なのだから直面して改訂を進めなければ、かたちには何もならないだろう、とも思いつつ、結局のところ僕は、
・ボイジャーの抱える闇
・自分のなかから出てきた得体の知れないもの
そのものに、何度も押し潰されそうになってしまいました。

改訂や「小説を書くという作業・覚悟」に関する困難さからただ逃げようとしているだけの自分がいる一方で、得体の知れないものが続々と自分にのしかかって来て、何度も精神的にコロされそうになりました（苦笑）。

遅延の実情は、こんなところから生まれています。

駒沢氏が小説に対してどんな姿勢で挑んでいたのかが如実にわかる文章だ。あえて掲載

したのは、そのことを明らかにしたかったためでもある。彼は短編小説についてはこれまで書いてきたノンフィクションの延長線上にあると考えていたのだが、長編小説については、かなり真剣に向き合い、作品に対して臨んでいたように思う。もちろん、それが改稿作業の遅れに繋がるのだが、そんな彼に突然の不幸な出来事が起こり、彼が考えていた「ボイジャーに伝えて」の最終形も永遠に知り得ぬものとなってしまった。

生前、駒沢氏とは、「ボイジャーに伝えて」を刊行した後に、「人生は彼女の腹筋」を中心とした短編集をまとめるという作業も進めていた。基本的には表題作の他に「きらら」に掲載した作品「バリ島の犬」、「那覇空港のビーチパーティ」、「ルイジアナ大脱走」、「秋になれば街は」を収録して、彼の小説に注目するきっかけともなった「完璧な土曜日」を加えるという内容だった。作品のセレクトや短編集に並べる順番についても、駒沢氏の同意を得ていた。この短編集「人生は彼女の腹筋」は、駒沢氏がこの世を去った2年後、2014年6月に刊行して、彼の墓前に捧げている。

以上が、駒沢敏器氏と彼の作品の編集者として関わった経緯についてだが、今回、「ボイジャーに伝えて」が、こうして単行本として刊行されるのには、2人の人物のひとかたならぬ熱意が存在したからだ。

1人は、新たな駒沢氏の編集者となった風鯨社の鈴木美咲さんだ。駒沢氏の熱心な読者であった鈴木さんは「きらら」の連載中にこの作品を読んでいた。再びこの小説を読みたいと自らのブログに綴ったところ、もう1人の立役者である平田公一氏との繋がりができたという。駒沢氏の旧友であり彼の全作品を収集中の平田氏の尽力で、ひさしぶりに「ボイジャーに伝えて」の全編を読んだ鈴木さんは、自身で出版社を起こしたばかりだった。なんとかこの作品をより多くの読者に届けられないかと考えたという。駒沢氏と生前「Morgen Rote」という同人誌を編集していた平田氏の仲介を得て、鈴木さんを紹介され、元編集者も「ボイジャーに伝えて」の刊行に協力することになった次第だ。

さて、「ボイジャーに伝えて」というタイトルの話に戻るが、駒沢氏からこのタイトルの提案があったとき、いったいこの小説では、誰を「ボイジャー」に擬しているのかという疑問があった。その時点では第1回の原稿しか読んでいなかった（当然のことだ）ので、冒頭の書き出しから「ボイジャー」とは主人公の北山公平だと睨んでいた。しかし、連載が進むうちにそれは早計だったと気づくことになる。駒沢敏器という作家は、もっと大きなものを「ボイジャー」に託していたようにも思う。「ボイジャー」が誰であるか、また何であるかについては、もう本人に尋ねることはできないが、これは読む人間によっても変わってくるのではないかといまは考えている。

今回、「ボイジャーに伝えて」を刊行するにあたって、風鯨社の鈴木さんの手伝いをさせていただき、この小説を何度も読み直したが、改稿する余地がないほど入念に書かれていることに気づいた。駒沢氏がその当時に抱いていたテーマが、見事に物語として実現されている。もしかしたら改稿するところがないことで、駒沢氏がその作業に躊躇していたのではないかと思われるほどだ。宇宙探査機「ボイジャー」や「阪神淡路大震災」という実際の出来事を作品中に取り入れているにもかかわらず、いささかも古びた感じがしないのは、ひとえにそこに流れているスピリチュアルな普遍的なテーマによるものだと思う。そのような理由から、今回の刊行にあたっては、連載時に不規則なものとなっていた章立て以外は、駒沢氏の原稿をそのまま掲載していることを断っておきたい。

45年前に地球を出発して、太陽系の外へと飛び出した「ボイジャー1号」は、いまも通信に往復34時間もかかる遥か遠い場所で、星間空間が奏でる音を聴いているという。残念ながら、電力の供給能力が2025年には限りなくゼロに近づくため、地球との通信機能も途絶えると言われているが、その後も果てしない宇宙を漂うはずだ。

駒沢敏器氏の小説「ボイジャーに伝えて」は、いまあらためて再発進をしたところだ。宇宙探査機「ボイジャー」のように、これからも彼がこの小説で描こうとしていた宇宙を飛び続けるにちがいない。

稲垣伸寿（編集者）

2022年6月
駒沢敏器氏の愛聴していたパット・メセニーの「トラヴェルズ」を聴きながら

駒沢敏器《こまざわとしき》

1961年東京都生まれ。雑誌『SWITCH』の編集者を経て、作家、翻訳家に。主な著書は、小説に『人生は彼女の腹筋』、『夜はもう明けている』、ノンフィクションに『語るに足る、ささやかな人生』、『地球を抱いて眠る』、『アメリカのパイを買って帰ろう』、翻訳に『空から光が降りてくる』（ジェイ・マキナニー）、『魔空の森ヘックスウッド』（ダイアナ・ウィン・ジョーンズ）、『スカルダガリー』（デレク・ランディ）。2012年逝去。

ボイジャーに伝《つた》えて

2022年7月22日　初版第一刷発行

著者　駒沢敏器
発行者　鈴木美咲
発行所　風鯨社
[WEB] https://fugeisha.com/
[MAIL] info@fugeisha.com
印刷・製本　株式会社シナノパブリッシングプレス

ISBN978-4-9911568-1-6